KB020078

나의
나쁜 연하남

MY BAD YOUNG MAN

나의 나쁜 연하남 1

2020년 6월 1일 초판 1쇄 인쇄
2020년 6월 4일 초판 1쇄 발행

지은이 윤초아
발행인 이종주

기획 편집 주종숙 정시연 송영경
경영 지원 배진경
마케팅 김정수

발행처 (주)로크미디어
출판등록 2003년 3월 24일
주소 서울시 마포구 성암로 330 DMC첨단산업센터 318호
구입문의 (02)3273-5135 **편집문의** (070)7863-0342
홈페이지 rokmedia.blog.me
E-mail romance@rokmedia.com

값 10,000원

ISBN 979-11-354-8320-2 04810 (1권)
ISBN 979-11-354-8319-6 04810 (세트)

윤초아 장편소설

vol. 1

나의
나쁜 연하남

MY BAD YOUNG MAN

CONTENTS

남자의 입술이 떨리는 여자의 입술을 단번에 집어삼켰다. 꼭 다문 입술을 가르고 들어온 뜨거운 혀가 그녀의 입안 구석구석을 난폭하게 헤집기 시작했다.

"으읍……."

송두리째 뽑아 낼 것처럼 혀를 빨아 당기는 힘에 속수무책인 여자가 끙끙 신음만 흘렸다. 가느다란 팔로 겨우 밀어내 보지만, 돌덩이보다 단단한 남자의 가슴은 꿈쩍도 하지 않았다.

남자는 잠시 숨을 쉴 시간도 주지 않았다. 여자의 뒷머리를 움켜쥔 채로 그는 집요하고 게걸스럽게 여자의 입안을 탐했다.

타액이 차오르며 뒤엉켰다. 거친 신음이 조용한 호텔 방 안에 울려 퍼졌다.

키스하는 소리가 이렇게 야한 거였나…….

여자는 아득해지는 정신 속에서 몽롱하게 생각했다.

마치 뭔가에 홀린 듯했다. 남자의 가슴팍에 올려 놓은 자신의 손이 어느새 그의 목을 휘감고 있다는 것도 모를 만큼 여자도 열중하고 있었다.

그녀는 제 입안에서 멋대로 움직이는 남자의 혀를 빨아 보았다. 남자의 목울대에서 즉각 그르렁거리는 짐승 같은 울림이 터져 나왔다.

용기를 얻은 여자는 어설픈 혀 놀림으로 남자의 혀를 휘감아도 보고, 그가 했듯 그의 가지런한 이도 훑어보았다. 수줍지만 열정적인 그녀의 호응에 남자는 무섭게 흥분했다.

"헉!"

다음 순간 여자는 침대 위로 거칠게 밀쳐졌다. 눈 깜짝할 사이에 그녀의 몸 위로 올라탄 남자는 강인한 허벅지로 여자를 단단히 죄며 다급하게 입술을 부딪쳐 왔다.

마치 오늘이 세상의 끝인 양, 남자는 연약하고 보드라운 여자의 입안을 휘젓고 핥고 삼켰다. 그 또한 거의 이성을 잃어 가는 듯했다.

"자, 잠깐만. 숨을, 숨을 못 쉬겠어……."

헐떡이는 여자의 애원에 마지못해 입술을 뗀 순간 남자는 한 번도 겪어 보지 못한 허기를 느껴야 했다.

어이없게도 그건 상실감이었다. 촉촉한 그녀의 입술을 빼앗긴 것 같은, 그러니 제 것을 되찾아 와야 한다는 어처구니없는 소유욕이기도 했다.

이미 그의 페니스는 아플 만큼 부풀어 있었다. 당장이라도 여자의 안을 뚫고 들어가고 싶어 죽을 지경이었다. 힘줄까지 뻐근해 오는 그 느낌을 억누르려 그는 이를 악물고 욕설을 뱉었다.

"제기랄!"

하지만 가쁘게 몰아쉬는 여자의 달뜬 신음은 남자의 자제심을 파괴했다. 기어이 이성을 잃은 손이 그녀의 블라우스를 움켜잡았다.

부욱!

"허억!"

얇은 천이 속절없이 찢기며 단추들이 후드득 떨어졌다. 놀란 여자는 본능적으로 가슴을 가리려 했지만, 남자의 동작이 먼저였다. 잽싸게 여자의 두 손을 거머쥔 남자의 눈매가 가느다랗게 길어졌다.

평범했던 겉옷을 벗기자 드러난 예상치 못한 검은 레이스 브래지어와 그 안에 구겨져 있던 하얀 젖가슴이 출렁이는 것을 본 남자의 목에서 억눌려 있던 신음이 토해졌다.

"하아……."

그는 다급하게 젖가슴을 움켜쥐었다. 그의 큰 손에 다 들어가지도 않을 만큼 풍만한 가슴이었다.

물이 꽉 찬 고무풍선처럼 그것들은 남자의 손가락 사이를 비집고 나왔다. 빌어먹을 만치 부드럽게 말캉거리며.

좋아. 남자는 욕설처럼 거칠게 되뇌었다.

정말이지 이루 말할 수 없는 짜릿함이었다. 자신의 손으로 뭉개는 젖가슴에 제가 남긴 흔적이 얼룩덜룩 새겨지는 걸 본다는 것은.

그는 무섭도록 흥분했다.

그의 아래 깔려 힘겹게 신음하는 여자의 모습에 성난 페니스가 불끈 몸집을 키웠다. 동시에 짓이겨지던 젖가슴 위 동그랗게 솟아난 핑크빛 몽우리가 남자의 입안으로 순식간에 빨려 들어갔다.

"아흑!"

여자의 몸이 파드득 진동을 일으켰다. 그가 게걸스럽게 젖꼭지를 빨기 시작하자 본능적이고도 야릇한 신음이 그녀에게서 연신 터져 나왔다.

"하읏! 아흐흑……."

친절한 애무 따위는 없었다. 무자비한 입술로 빨려 들어간 여자의 유두가 처참하게 희롱당했다.

남자가 이를 세워 잘근잘근 그녀의 유두를 씹고 물고 빨 때마다 전기 같은 짜릿함이 머리끝까지 관통했다.

"하흑…… 아."

찌릿찌릿한 쾌감이 익숙지 않은 여자의 허리가 저절로 비틀렸다. 정신마저 혼미해진 여자는 필사적으로 침대 시트를 부여잡았다.

도대체 이 느낌은 뭐야…….

여자는 이런 감각이 존재할 거라고는 생각지도 못했다.

제 가슴 위에서 남자의 풍성한 검은 머리가 흔들리는 것을 보는 것도, 그의 입안으로 강하게 빨려 들락이는 유두와 살덩이의 느낌도 말로 설명할 수 없는 쾌락을 선사했다.

그의 타액과 젖가슴의 마찰로 일어나는 음란한 소리마저 그녀를 흥분시켰다. 얇은 팬티는 이미 민망할 정도로 젖어 있었다.

그 야릇한 내음을 맡은 것일까. 남자의 행위는 더욱더 격렬해졌다.

"하읏…… 아, 하아……."

발가락부터 머리카락까지 퍼지는 낯선 쾌감에 여자의 온몸이 부들거렸다. 하지만 무작정 빨아 대는 거친 행위가 주는 쾌락은 아픔과도 닮아 있었다.

"아, 아파…… 자, 잠깐만……."

창피함을 무릅쓰고 여자는 애원했다. 그제야 그는 마지못해 물고 있던 가슴에서 입을 뗐다.

거만하게도 잠시의 여유를 허락하며 남자는 여자를 내려 보았다. 흐트러진 숨을 고르는 눈빛은 퇴폐적이면서도 단정했다.

하지만 여자가 참았던 숨을 쏟아 내며 거세게 들썩거리자 남자의 눈은 또다시 사나워졌다.

조금 전까지 물고 빨았던 예쁜 가슴에서 번들거리던 자신의 타액이 빠르게 말라 가는 것을 그는 참아 낼 수가 없었다.

뭐든, 그게 어디가 되었든 이 여자는 자신의 것으로 가득 차 있어야 했다. 범벅이 되어야만 했다.

아랫도리가 사납게 존재감을 자랑하는 것과 동시에 남자는 그녀의 입술을 또다시 거칠게 삼켰다. 그의 성난 페니스가 그녀의 안을 채울 것을 미리 연습하듯 뜨거운 혀로 입안을 채우고 거칠게 왕복했다.

"하아, 하아……."

간간이 들리는 신음 소리. 서로의 타액이 섞이며 내는 젖은 소리. 수줍은 여자의 혀를 집요하게 쫓아가 기어이 휘감아 빨아 대는 소리.

"읏!"

남자가 자신의 팬티를 벗겨 내고 있다는 것을 뒤늦게 깨달은 여자는 가까스로 그 팔을 잡았다.

남자는 즉각 동작을 멈추었다. 거친 호흡을 내뱉으면서도 그의 입매는 유혹하듯 관능적으로 말려 올라갔다.

"……하지 마요?"

지독하게 낮고 풍부한 저음엔 대놓고 드러낸 욕망이 담겨 있었다. 여자는 멍하니 눈을 깜빡이며 예쁘게 부푼 입술로 무슨 말을 할 듯 말 듯 달싹거렸다.

저런, 저런, 그건 아니지. 이제 와서 거부하면 안 되지, 이 여자야.

망설이는 여자의 마음을 눈치챈 남자는 아주 조금 반칙을 쓰기로 했다.

손가락으로 달싹이는 입술을 가만히 쓸어 주었더니 여자는 금세 전의를 잃고 파르르 떨었다. 그는 감은 여자의 눈두덩이에 입을 맞추며 슬며시 내린 손으로 여자의 꽃잎 위 얇은 천을 부드럽게 덮었다.

순진한 여자의 반응은 즉각적이고도 정직했다. 울컥, 샘솟은 물기가 이미 흥건한 팬티에 스며 나와 그의 손을 적셨다. 고집스레 눈을 감은 그녀의 얼굴은 금방이라도 터질 듯 달아올랐다.

이 여자를 어쩐다……. 그는 잠시 갈등했다.

지금 당장 젖은 손가락을 저 도톰한 입술 안에 쑤셔 넣고 싶은데. 그녀가 만든 애액을 남김없이 빨아 삼키게 하면 예쁘게 울까.

엉망진창이 될 여자의 얼굴을 보고 싶은 흉포한 욕구는 참기 힘들 만큼 강렬했다.

하지만 너무 놀라서 도망쳐 버린다면 안 되니까.

가까스로 본능을 자제한 남자는 가만히 입술을 내렸다. 닿을락 말락 하는 입술에서 나오는 헝클어진 숨결도 아찔하도록 달콤했다. 귀엽기도 하지.

"하지 마?"

남자는 은근하게 대답을 재촉했다.

커다란 눈동자에 희미한 갈등이 치열하게 일렁였다. 남자는 더 이상 망설이지 않기로 했다. 그녀가 지금이라도 마음을 바꿀 여유를 줄 이유가 없다.

얇은 천 위에서 무늬를 그리듯 원을 그리자 알 수 없는 물기가 계속해서 스멀스멀 배어났다. 기다란 손가락을 세워 그 지점을 긁어내리고 손바닥 전체로 꾹 누르듯 움켜쥐기를 반복했다.

여자는 온몸으로 경련했다. 하아, 하아. 젖은 신음엔 본능만이 충실하게 담겨 있었다.

그것만으로 충분했다. 어설픈 반항은 끝임을 그녀는 억눌린 신음으로 답했다. 이미 준비를 마친 깊숙한 곳은 아프도록 그를 원하고 있다는 것도.

남자는 만족스럽게 입꼬리를 올렸다.

"······싫어?"

격렬했던 그의 눈매가 깊숙하게 가라앉았다. 야릇한 신음을 흘리며 몸을 비트는 여자의 반응에 안도한 자신에게 조금은 놀라면서도 그는 능숙하게 감정을 숨겼다.

"이건 내가 원한 게 아니야. 당신이 부탁한 거야."

혀를 뾰족하게 세워 잘근거리던 유두를 지나 드러난 배꼽 위까지 약 올리듯 천천히 훑어 내렸다.

"아윽······."

이건 또 뭐지. 난데없이 몰아치는 새로운 감각에 그녀가 허리를 휘었다.

그의 혀가 지나가는 자리에 오솔오솔 소름이 돋는 것만 같다. 배꼽 주위를 빙글빙글 돌던 뜨거운 혀는 과감하게 내려가 레이스 팬티의 끝부분에 닿았다.

남자는 기어이 대답을 듣겠다는 듯 동작을 멈추고 여자를 올려다보았다.

나 정말 미쳤나 봐.

여자는 벌어진 다리를 필사적으로 오므려 보았다. 속수무책으로 떨리는 자신을 추스르지 못한 그녀는 눈을 질끈 감았다.

"마음이 변했으면."

그는 의도적으로 말을 끊고 잠시 침묵했다.

못된 남자였다. 자신이 거부하지 못할 것을 알고 있으면서도.

"지금 말해요. 마지막 기회야."

분하게도 그의 음성은 자신감에 차 있었다. 싱긋 웃는 입 사이로 하얀 이가 위험하게 반짝였다.

여자는 입술을 꽉 깨물었다. 이미 돌이킬 수 없다는 것을 그녀도 알고 있었다. 그의 말대로 자신이 먼저 원한 일이었고, 너무나하고 싶으니까.

부끄러움과 흥분으로 그녀의 목소리가 달달 떨렸다.

"멈추지…… 마."

"왜?"

남자는 끝내 심술궂었다.

"하고 싶어. ……해 줘."

남자의 눈이 빛났다. 그녀의 대답이 떨어짐과 동시에 벗기지도 않은 흥건한 팬티 위로 그의 얼굴이 난폭하게 쑤셔 박혔다.

✿

옆자리는 싸늘하게 식어 있었다.

주혁은 한쪽 팔로 머리를 받치고는 주인 없는 빈자리를 응시했다. 난감한 듯 그의 미간이 좁혀졌다. 애초 그의 계획은 이런 것이 아니었으니까.

적당한 복수. 그의 첫사랑을 처참히 깨 버린 여자에 대한 작은 심술. 딱 그가 느꼈던 모멸감만큼 되돌려 주려던 소소하고 중요하지 않았던 게임이 어쩌다가 이렇게 되었나.

주혁은 눈을 감고 지난밤을 떠올렸다. 나쁘지 않았다. 사실 미칠 만큼 좋았다. 그 자신도 당황스러울 만큼.

놀랍게도 여자를 떠올리는 것만으로도 페니스는 즉각 반응했다. 터질 것처럼 부풀며 꿈틀거리는 통에 아랫배가 묵직하게 뜨거워졌다.

숨죽이며 방을 나가던 여자를 못 본 척한 자신의 배려심을, 그는 조금은 후회했다.

하지만 주혁은 느긋하게 생각하기로 했다. 나른하게 늘어진 몸을 일으키며 그는 미소를 지었다. 놀랍게도 가벼운 그 미소 하나에 그의 인상이 180도 바뀌었다.

그전까지는 세상에 무심하고 시크한 표정이었다면 미소를 띤 그의 얼굴은 장난기 가득한 소년처럼 매혹적이었다.

많은 여자들이 넘어간 미소를 혼자 있는 공간에 아낌없이 날리며 주혁은 벌떡 일어섰다.

실오라기 하나 걸치지 않은 몸도 아랑곳없이 전면이 유리로 된 창 앞으로 걸어가 걸리적거리는 커튼을 한 번에 걷었다.

고풍스러운 호텔 VIP룸 안으로 햇살이 부서지며 들어왔다. 모처럼 기분이 상쾌했다.

'잘도 도망갔겠다. 박솔.'

그의 미소가 깊어졌다.

✽

솔은 허겁지겁 회사 안으로 뛰어 들어왔다.

헝클어진 머리, 화장기 없는 얼굴. 꼬깃꼬깃 구겨진 옷. 아직 술 냄새가 폴폴 나는 옷에는 어젯밤 어디서 굴렀는지 흙탕물까지 튀어 있었다.

직장인이라고 하기엔 너무도 자유분방한, 어떻게 보면 미친 여자 같기도 한 모습에 그녀와 오랜 시간 동고동락하던 김 부장의 이마에도 핏줄이 섰다.

"죄, 죄송합니다. 느, 늦었나요?"

미친 모습의 여자가 더듬거렸다.

"괜찮아. 오늘 토요일이잖아."

옆자리의 송 대리가 속삭였다.

"아, 맞다."

후아─ 솔은 안도의 숨을 늘어지게 쉬며 자리에 털썩 앉았다. 김 부장의 도끼눈이 그녀의 행동 하나하나를 째려보고 있었지만 상관하지 않았다.

"술! 술 냄새! 술 냄새가 여기까지 난다. 이봐, 밥솥! 여기가 해장국집이야, 2차 장소야? 엉!"

"죄송합니다."

본격적인 김 부장의 잔소리가 시작되려 하는데도 솔은 심드렁하게 대답했다. 오히려 그녀는 지금 죽고 싶은 맘이 간절했기에 조금 더 잔소리를 퍼붓는다면 확 들이받아 버리겠어! 라는 마음도 있었다.

"박솔. 지금 월급 밀렸다고 시위하냐? 요즘 취직자리가 얼마나 귀한지 몰라? 뉴스도 좀 보고 살아라. 나이나 적냐? 서른둘에 새로운 직장 구하기 쉬울 거 같아! 요즘 널리고 깔린 게 웹디자이너야! 뭘 믿고 이렇게 개차반처럼 굴어! 엉!"

우 씨! 들이받는다!

솔은 고개를 휙 쳐들었다. 그리고 앙칼지고 냉랭하며 분노에 찬 목소리로 외쳤다. 아니, 그래야 했다. 하지만 솔의 입에서 나온 건 애처로운 흐느낌이었다.

"어, 어쩌, 라구요!"

그러고는 책상에 몸을 내던지며 엉엉 울기 시작했다.

달랑 셋만 쓰는 작은 사무실의 분위기가 순식간에 어정쩡해져 버렸다.

당황한 김 부장이 더듬거렸다.

"이, 이봐. 밥솥…… 아니, 박솔 씨. 뭐 이깟 걸로 그래? 우리가 하루 이틀 이런 것도 아닌데."

"나이 얘기까지 할 건 없잖아요. 부장님이 너무하셨어요."

사람 좋은 송 대리까지 질책하자 김 부장은 안절부절못하며 솔의 앞으로 슬금슬금 다가왔다.

"아니, 나는……. 그, 그게. 미안해. 아, 미안해! 그만 울어 응? 점심 내가 사 줄게. 뭐 사 줄까? 해장국?"

해장국 소리에 솔은 속에서 뭔가가 확 치솟는 걸 느꼈다.

그래, 맞아. 그놈의 술! 모든 건 술 때문이야!

더욱 서럽게 울음을 터트리는 그녀를 보며 김 부장과 송 대리의 이마에는 식은땀까지 맺히고 있었다.

'어쩔 거냐고! 나 어제 남자랑 잤다고! 아무한테나 냅다 순결을 던져 줬다고! 그것도 4살이나 어린 동생 친구 놈에게!'

❉

일주일 전, 토요일.

"오늘 주혁이 집으로 올 거야. 빤스 바람으로 다니지 마!"

외출하려던 찬은 문득 솔을 돌아보며 외쳤다. 솔이 멍한 눈으로 찬을 보았다. 막 잠에서 깨어난 후라 정신마저 부스스했다.

"누구?"

"한주혁. 기억 안 나? 내 친구 있잖아."

솔의 머리를 스치고 가는 짧은 기억. 생각난다. 까만 테의 안경을 꺼벙하게 쓰고 다니던 유난히 키 작고 하얗던 꼬맹이 녀석.

"아, 말랑카우 같던 그 꼬맹이? 걔 외국 산다고 안 했어?"

"이번에 아예 들어왔어. 호텔 생활 신물 난대서 집 구할 때까지 여기 있으라고 했으니까 그렇게 알아."

"뭐야?!"

다음 순간, 솔의 슬리퍼가 가차 없이 찬의 머리로 날아갔다.

"악! 좀!"

신발 끈을 조이다가 슬리퍼에 맞은 찬이 와락 짜증을 내며 솔을 노려보았다.

이놈 버릇없는 거 보게?

"야! 네가 뭔데 멋대로 내 집에 네 친구를 기숙시켜! 미쳤냐? 이 집에 너만 살아?"

목이 다 늘어진 찬의 헌 티셔츠를 입은 솔이 삐딱하게 말했다.

발육이 남다른 동생 찬의 티는 그녀의 엉덩이를 충분히 가리는 길이였지만, 낯선 남자가 들어와 산다면 이 꼴로는 못 다닐 것 아닌가. 슬슬 부아가 치밀었다.

가뜩이나 심기 불편한데 오늘 너 잘 걸렸다.

솔은 어슬렁어슬렁 찬의 앞으로 걸어갔다.

언제 미용실에 갔는지 염색이 내려가 의도치 않게 투톤이 된 머리가 그녀의 어깨 위에서 찰랑거렸다. 마르지도 뚱뚱하지도 않은 평범한 몸매와 아담한 키를 가졌지만 하얀 얼굴에 박힌 커다란 눈을 번쩍이면 충분히 위협적으로 보인다는 것을 알고 있는 솔이었다.

예상대로 180이 훌쩍 넘는 찬이 엉겁결에 한 발 뒤로 물러섰다. 그런 동생을 솔은 못마땅한 눈으로 위아래로 훑었다.

'어릴 적부터 좋은 건 지가 다 처먹더니 혼자 컸잖아. 나쁜 놈!'

얄미운 동생의 코를 확 잡아 비틀고 싶었다. 하지만 그러기 쉽지 않은 키 차이임을 아는 솔은 대신 비열한 웃음을 지었다.

곧이어 두 번째 손가락으로 찬의 가슴을 꾹꾹 찌르기 시작했다. 찬이 가장 질색하는 고문법 중 하나였다.

그녀는 한 마디 한 마디 힘을 주며 내뱉었다.

"네가 미치지 않고서야 이렇게 과년하고 아름다운 처자가 사는 집에 외간 남자를 불러들이겠다고? 네놈이 제정신인 게야? 죽고 싶냐!"

아나나 다를까 몇 번 찌르지도 않았는데 찬은 질겁했다. 뛸 듯이 뒤로 물러선 찬이 외쳤다.

"이 집이 왜 네 집이야? 등기에 내 도장 찍힌 내 소유라고! 니가 무단으로 침입한 지 벌써 3년이잖아. 이제 제발 좀 나가라. 엉? 시집이라도 가라고!"

어쭈, 자식. 기억력이 좋은데?

솔은 킁— 소리를 내며 콧등에 주름을 잡았다.

언제쯤 녀석이 이 집이 자기 소유라는 걸 잊어버릴까. 은근슬쩍 가로채고 싶은데…….

"좋아!"

찬을 찔러 대던 손가락을 위로 치켜들며 솔은 생색냈다.

"특별히 이번 한 번만 천사 같은 누나가 봐준다. 단, 한 달 이상은 안 돼. 집 구해서 되도록 빨리 나가라고 확실하게 말해."

찬은 울화통이 치밀어 오르는지 솔을 한참 쏘아보다가 몸을 휙 돌려 버렸다.

"언제 올지 모른다고 해서 비번 알려 줬어. 나는 경고했다. 빤쓰 꼴로 돌아다니지 마. 한국에 오랜만에 들어온 녀석이야. 못 볼 꼴 보고 다시 기어 나가고 싶게 만들지 말란 말이야."

찬은 잔소리를 한바탕 늘어놓은 후 오늘 자신은 늦을 거라는 말을 끝으로 나갔다.

팬티가 보이나? 거의 미니 원피스 같은데?

솔은 고개를 갸웃거리며 자신의 모습을 내려다보았다.

"내 꼴이 뭐 어때서. 완전 귀엽기만 하구먼. 아, 박찬, 저 자식. 아무리 꼬맹이래도 다른 남자가 있으면 이렇게는 못 다닐 거 아냐. 귀찮아. 에잇, 귀찮아!"

머리를 벅벅 긁어 대며 솔은 욕실로 향했다.

오후.

솔은 무시무시한 눈빛으로 액정에 뜬 온라인 초대장을 노려보고 있었다.

『금요일 오후 8시 세화 호텔 39층 그랜드볼룸. 강민지와 최진수의 결혼 전 뜨겁게 불타는 커플 파티!』

가식적인 미소를 한가득 머금은 남녀의 모습이 벌레 같아 보였다. 죽여도 죽여도 튀어나오는 바퀴벌레. 한 쌍의 그 바퀴벌레들은 눈이 아프도록 번갈아 액정을 채우고 있었다.

'놀고들 있네.'

솔은 핸드폰을 거칠게 뒤집으며 혀를 찼다.

온라인 초대장은 저게 문제다. 기품이 없다. 품위가 없단 말이다. 눈 아프게 번쩍번쩍! 클래식한 종이 초대장이 얼마나 정갈하고 보기 좋은가 말이다.

'좋긴 뭐가 좋아! 온라인이든 종이든 무슨 상관이야!'

솔은 와락 책상에 얼굴을 박았다. 치솟는 분노를 참지 못하고 온몸을 다다다 흔들어 댔더니 옆자리의 송 대리가 움찔하며 멀찍이 떨어지는 것이 느껴졌다.

"또 왜 그래? 디자인이 잘 안 풀려? 커피 한 잔 타다 줄까?"

"나, 커피 마시면 잠 못 자는 거 아직도 몰라요? 됐어요!"

저도 모르게 벌컥 짜증을 내 버렸지만 금세 미안해졌다. 솔은 지그시 입술을 깨물며 슬그머니 사과했다.

"송 대리님한테 화난 거 아니에요. 미안해요."

"괜찮아. 내가 솔이 씨를 모르나. 우리가 한두 해 같이 일한 것도 아닌데."

솔의 우울한 말투에도 마냥 좋은지 송 대리는 사랑스럽다는 시선으로 그녀를 보았다.

주 5일 근무라 굳이 나오지 않아도 되지만, 언제부턴가 김 부장을 비롯해 송 대리, 솔은 토요일에도 꼬박꼬박 출근하고 있었다.

회사가 잘돼서 그런다면 얼마나 좋겠냐만, 할 일 없고 갈데없고 돈도 없는 그들만의 주말 보내는 방법이었다. 그래도 송 대리는 토요일까지 솔을 볼 수 있다는 게 좋기만 했다.

다정하게 바라보는 송 대리에게 어정쩡한 미소를 보내고는 솔은 다시 생각에 잠겼다.

암만 생각해도 돈이 썩어 나는 것들이었다. 결혼식이 코앞인데 파티가 웬 말인가 말이다. 게다가 파트너를 동반해야 하는 커플 파티라니.

'이건 나 엿 먹으라고 하는 거 맞지? 분명 날 겨냥한 거지? 에잇, 신경질 나!'

다시 열이 오른 솔은 희번덕거리는 눈으로 괜스레 송 대리를 쏘아보았다. 그 모습에 송 대리가 찔끔 놀라며 딴청을 부렸다.

'송 대리님은 안 돼. 외모, 성격, 능력, 말주변 뭐 하나 눈에 띄는 게 없어. 민지, 그 여우 같은 것한테 잘근잘근 씹히다 뱉어질 거야. 고것 콧대를 눌러 주려면 적어도 찬이 정도는 돼야 하는데…….'

배우 뺨치는 출중한 외모를 가진 동생 찬은 이미 동창들 사이에서 유명하니 그것도 가망 없고…….

기운이 빠져 버린 솔은 아무 말이나 내뱉기 시작했다.

"송 대리님."

"왜? 뭐? 말해 봐. 커피 싫으면 주스라도 사다 줄까?"

웬일로 솔의 음성이 다정해서 송 대리의 둥근 얼굴에 금세 화색이 돌았다.

"주변에 잘생기고 말 잘하고 능력 있는, 그런 후배 없어요?"

"잘생기고 말 잘하고?"

"재력은 필요 없구요. 귀티가 좌르르 흐르면서 섹시함이 좔좔! 아, 그런 거 있잖아요. 남들 앞에 데려갔을 때, 파트너까지 멋진 사람으로 보이게 만드는 그런 스타일요."

송 대리가 머리를 긁적였다. 어차피 기대도 안 한 넋두리였기에 솔은 심드렁하게 모니터로 시선을 돌렸다.

"됐어요. 그냥 한번 해 본 소리예요. 그런 놈이 있음 딱 좋은데. 아 놔, 나는 왜 남친이 안 생기냐. 이해가 안 되지 않아요? 미모가 딸려, 성격이 꿀려. 어디 하나 흠잡을 데가 없는데. 흠잡을 데가 없는 것이 흠일까?"

"이해가 안 돼?"

잠자코 듣던 김 부장이 안경을 치켜세우며 툭 끼어들었다.

"이해가 안 된다는 게 나는 더 이해가 안 되는데? 거울 좀 봐. 단박에 답 나올걸."

"부장님!"

"화장이라도 하고 다니든지 말이야. 여자 나이 32살이면 아무리 연예인급 미모라 해도 관리가 필요할 때야. 뭘 믿고 맨얼굴로 다니는 거야? 사회생활 하는 사람으로서 기본 예의가 없어, 예의가. 뭐라도 찍어 바르면서 그런 소리를 하든지."

"허!"

솔은 인상을 구겼다.

"지금 하신 말씀 책임질 수 있으세요? 완전 심각한 여성 차별 발언이거든요!"

"잘생기고 젊고 섹시한 남자 찾는다는 거는 남성 차별 발언 아닌가? 바로 옆에 훤칠한 송 대리를 두고 말이야. 돈 많으면 고소해라. 나도 벼르던 참이니까."

솔은 벌떡 일어섰다. 그 기세에 독설을 내뱉던 김 부장이 움찔했다.

"나! 관둘 거예요!"

"……지겹다, 저 소리. 갈 데도 없으면서."

"갈 데 없어도 관둘 거예요. 밀린 월급이나 주세요!"

저 말이 왜 나오지 않나 했던 김 부장은 심기가 상했지만, 바로 꼬리를 내렸다.

"회사 사정 뻔히 알면서 또 왜 이래. 사장님이 돈 구하러 갔으니까 좀만 참아."

"벌써 6개월째라고요. 요즘 누가 월급 밀리는 곳에서 참고 일해요! 나, 그 돈 받고 성형해서 시집가야겠으니까 줘요!"

"아우, 무슨 그런 소릴. 우리 솔이 씨가 손댈 데가 어딨다고. 이이, 송 대리 뭐해! 빨리 별다방 주스라도 사 와!"

네네, 대답하며 달려 나가는 송 대리와 썩은 미소를 날리는 김 부장의 만류에 솔은 못 이긴 척 다시 앉았다.

하긴, 김 부장의 말이 틀린 것도 아니었다.

누가 32살 웹디자이너를 채용해 주냐고. 요즘 널리고 깔린 게 웹디자이너인데. 열정 페이에도 덤벼드는 감각 있는 젊은것들이 얼마나 많은데…….

이래저래 더욱 우울해진 솔은 책상에 꿍 머리를 대며 늘어졌다.

'저거, 실력만 없어도 당장 잘라 버리는 건데.'

달랑 하나 남은 디자이너를 어쩔 수도 없고, 그나마 남은 거래처가 솔의 실력을 믿고 맡기는 곳들이라 김 부장은 입술만 실룩거렸다.

'온몸을 갈아엎어 봐라. 그 성격에 남자가 생기나.'

그런 부장을 모른 척하며 솔은 한숨을 푹 내쉬었다.

어디 가서 구하냐고. 쌔끈한 킹카를…….

피곤한 하루였다. 월급도 못 줄 만큼 허덕이는 회사 주제에 야근은 밥 먹듯 시킨다.

솔은 천근만근 무거운 몸을 질질 끌며 집으로 들어왔다. 차가운 맥주 한 잔이 절실했다.

평소처럼 현관부터 옷을 벗으며 걸어가던 솔은 문득 동작을 멈췄다.

'아, 오늘 주혁인지 하는 놈 온댔지. 진짜 귀찮아.'

솔은 벗어 던진 겉옷을 챙겨 들며 투덜거렸다. 당분간 이런 편안함도 끝이라고 생각하니 벌써부터 불편했다.

일단 만나면 단단히 교육시켜야지. 오늘은 첫날이니까 내가 먼저 예의를 지키마.

방 안으로 들어온 솔은 문부터 잠갔다. 다행히 그녀는 욕실이 딸린 제일 큰 방을 쓰고 있었다. 솔로의 자유로움을 즐기던 찬의 집에 3년 전 막무가내로 들어온 후 고스톱으로 뺏은 안방이었다.

바보 같은 놈. 그때 생각을 하며 솔은 히죽 웃었다.

'아직 안 온 거 같으니까 후딱 씻자.'

커튼까지 완벽하게 치고 나서 솔은 허물을 벗듯 훌훌 옷을 벗기 시작했다.

콧노래를 흥얼거리며 팬티까지 완벽하게 벗어 버린 그녀는 욕실 문을 왈칵 열었다. 샤워 후 들이켤 시원한 맥주 생각에 기분이 좋아졌다.

"어!"

다음 순간, 솔은 얼음처럼 굳어 버렸다.

세면대 앞에 웬 낯선 남자가 서 있었던 것이다. 급하게 들어간 그녀는 그 남자와 거의 부딪칠 뻔했다.

누군가가 있을 거란 생각조차 못 한 그녀는 뻣뻣하게 얼어붙었다. 너무 놀라 비명을 지를 생각조차 못 하고 말 그대로 일시 정지 상태가 되어 버린 채로 눈만 껌뻑거렸다.

남자는 찬만큼, 아니 찬보다도 훤칠한 키를 가지고 있었다. 놀란 듯 크게 뜬 눈동자는 칠흑처럼 까맣고, 도자기 같은 피부에 뚜렷한 이목구비가 기가 차도록 조화로웠다.

조금 전 TV에서 연기하다가 뛰쳐나온 듯한 눈부신 잘생김이 현실 같지 않은 남자.

너무 피곤해서 꿈을 꾸나? 그동안 수고했다고 하늘이 주는 상인가?

그녀는 손으로 눈을 벅벅 문지르고 다시 크게 떴다. 여전히 남자는 사라지지 않았다.

아니, 왜. 하얀 티셔츠와 청바지 차림에도 빛이 반짝반짝 나는 모델 같은 남자가 왜, 왜 내 방 욕실에?

"……박솔?"

남자가 솔의 이름을 불렀을 때야 그녀의 입이 떡 벌어졌다.

누가 더 놀랐는지는 모르겠지만, 그는 바로 정신을 수습한 듯 보였다. 본능적인 남자의 시선이 솔의 몸을 빠르게 훑어 내려갔다.

흘러내린 머리카락으로도 감추지 못한 하얀 젖가슴과 뻣뻣하게 일어서 있는 귀여운 유두를 지나 잘록한 허리선 밑 은밀하고도 비밀스러운 그곳에 시선이 닿았을 때 남자의 눈이 반짝거렸다.

감탄인지 놀람인지 경악인지 모를 한 마디가 그의 입에서 나직이 흘러나왔다.

"와우!"

자신이 알몸이라는 것도 잊을 만큼 놀란 그녀는 어정쩡한 자세로 손가락을 들어 그를 가리켰다.

그 움직임에 젖가슴이 출렁이는 것도 몰랐다. 그것을 바라보는 남자의 눈이 깊어지는 것조차 알아차리지 못할 만큼 혼이 나가 버렸다.

"누, 누, 누, 누구세요?"

곤란한 얼굴로 서 있던 남자가 갑자기 미소를 지었다.

수백 개의 전구를 한꺼번에 켠 듯한 효과를 발휘한 그 미소는 여전히 비현실적이었다. 눈부시고 화려해서 솔은 눈을 가늘게 늘려 떠야만 했다.

그 순간, 그는 반갑다는 듯 웃으며 한 걸음 성큼 다가왔다. 방금 세수했는지 조각 같은 얼굴에 물방울이 그림처럼 흘러내리는 것을 솔은 멍하게 보았다.

"누나……."

"너, 너, 너, 너!"

"글래머네요."

글래머?

글래머?!

글래머!!

뻔뻔하게 다시 내려가는 그의 시선을 따라 솔도 천천히 자신의

27

몸을 내려다보았다.

3초 뒤.

"까아아아아아아~~악~!"

아파트 현관 밖까지 솔의 비명이 사정없이 울려 퍼졌다.

✳

"흑흑흑."

쾅쾅! 문을 두드리는 소리가 요란했다.

"누나! 누나! 괜찮아. 별일 아냐. 문 열어, 엉? 문 좀 열어 봐."

"어흐흐흑흑흑."

방 안에서 솔의 울음소리가 서럽게 흘러나왔다.

찬이 집에 도착한 지 1시간이 지났는데도 울음은 좀처럼 그치지 않고 있었다. 오히려 동생에게 들려주려는 듯 더욱더 크게 울부짖고 있었다.

"미치겠네."

나직이 중얼거리던 찬은 별안간 주혁을 노려보았다.

"너 인마, 진짜 아무 일 없던 거 맞지?"

주혁은 난감한 듯 어깨를 으쓱 올렸다.

"일은 무슨. 나는 당연히 이 방이 네 방인 줄 알았지. 나도 얼마나 놀랐는데. 누나가 홀딱 벗고……."

"아오, 진짜! 박솔 저거, 내가 조심하라고 그렇게 말했는데."

찬은 굳게 잠긴 문에 귀를 대었다. 울음소리와 함께 침대를 쿵쿵 내리치는 소리가 들리는 걸 보니 온몸을 버둥거려 가며 통곡을 하는 것이 분명했다.

"게다가 난 잘 보지도 못했다고. 워낙 순식간이었거든."

억울하다는 듯한 주혁의 말에 찬은 그를 째려보곤 다시 문을 두드리기 시작했다.

"누나! 아무것도 못 봤대. 눈은 그냥 장식이래. 렌즈 빼서 그냥 사람 하나 서 있나 보다 그랬대. 그러니까 문 열어, 어? 내가 맥주 사 왔어."

다행히 울음소리가 조금씩 잦아들었다. 찬과 주혁이 숨을 죽이며 문에 바짝 다가설 때였다.

삐거덕— 조심스럽게 문이 열리더니 좁은 틈 사이로 퉁퉁 부은 눈동자 하나가 나타났다. 얼마나 울었는지 눈알이 온통 빨갛다.

"흑…… 딸꾹…… 정, 정말?"

"으이구. 울든지 딸꾹질하든지 하나만 해라. 진짜 아무것도 못 봤대."

"딸꾹! 흐윽…… 그, 그런데. 딸꾹, 그런데…… 흑 내가 글, 글래머인 건 어떻게, 딸꾹, 아, 알고…… 글래머라고. 흑."

자세히 듣지 않으면 알아듣기도 힘들었다. 웃지 않기 위해 주혁은 일부러 인상을 썼다. 이 상황에서 웃음이 새어 나오기라도 하면 낭패란 것을 모를 만큼 얼간이는 아니었다.

"글래머? 제가요? 나는 그냥 왜 그곳에 서 있냐고 물어보려던 것뿐인데, 누나가 갑자기 비명을 질러서……."

"그렇다잖아. 그리고 네가 무슨 글래머야! 장난해? 그만 울고 나와."

솔은 잠시 머뭇거리더니 용기를 내어 문을 조금 더 열었다. 온전히 드러난 얼굴은 가관이었다. 안 그래도 잘 붓는 얼굴이 찐빵처럼 부풀어 있었다.

그 모습을 본 찬이 저도 모르게 혀를 찼다.

"내가 분명히 말했지? 조심하라고. 빤스 입은 모습 보이지 말랬다고, 빤스 벗은 모습을 보였냐? 이 웬수야!"

한 발짝 내밀던 솔의 얼굴이 일그러졌다. 퉁퉁 부은 눈에 순식간에 눈물이 다시 차올랐다.

찬은 아차 싶었지만 이미 늦은 후였다.

쾅!

세차게 문이 닫히고 잠기는 소리가 들리는가 싶더니 우당탕 소리가 났다. 침대로 몸을 던진 소리 같았다.

"허허허헝허허허허헝…… 어허허헝! 죽어 버릴 거야! 어허헝."

"누나! 누나! 아냐. 내 입이 미쳤나 봐. 누나! 누나!"

깜짝 놀란 찬이 애처롭게 문을 두드렸지만, 닫힌 문은 다시는 열리지 않았다. 솔의 시끄러운 통곡 소리만 요란하게 울릴 뿐이었다.

"너도 고생했다. 좀 쉬어라."

결국, 솔을 나오게 하는 것을 포기하고 맥주 한 캔씩 나눠 마신 후 찬은 주혁을 방으로 안내했다.

별로 크지 않은 집이라서 말이 방 세 개지, 주혁이 쓸 방은 침대 하나 겨우 들어간 창고 수준이었다.

찬은 자신보다 키가 큰 주혁을 보며 미안한 듯 웃었다.

"누나 정신이 돌아오면 방 바꿔 보자고 할게. 당분간 좁아도 참아라."

"좋은데 뭘. 솔이 누나 불편하게 할 생각 없어. 신경 쓰지 마."

"고맙다. 저게 성질은 지랄스럽게 보여도 사실 겁도 많고, 순둥이야. 아마 오늘 많이 놀랐을 거야. 내일 네가 어리광 좀 부려 줘. 어릴 적에 누나가 너 꽤 귀여워했잖아."

"……그랬나?"

주혁은 옅게 웃었다. 표정이 미묘하게 달라졌지만, 눈치채지 못한 찬은 그의 어깨를 툭툭 치고는 나갔다.

그제야 주혁의 얼굴에서 웃음기가 사라졌다. 창가로 간 그는 커튼을 젖히고 창문을 열었다. 차가운 밤바람이 무표정한 그의 얼굴을 스쳤다.

"귀여워했다…… 라."

티셔츠를 위로 올려 벗으니 탄탄한 복근이 드러났다. 귀여워하기보단 사랑해 줘야 할 것 같은 단단한 몸매의 그는 잠시 옛 기억을 더듬으며 생각에 잠겼다.

무엇을 떠올렸는지 얼굴에 아련한 미소가 떠올랐다. 잠시 솔의 방과 붙은 벽을 보다가 그는 시선을 돌렸다.

'내가 얼마나 보고 싶어 했는지 알면 박솔, 넌 아마 놀랄 거야.'

창에 비친 그의 눈동자가 즐거워 보였다.

"더럽게 반가워요, 누나."

다음 날.

늦은 아침까지 솔은 침대에서 뭉그적거리고 있었다. 주말이니 출근을 할 필요는 없지만, 계속 숨어 있을 수만도 없다. 하지만 도대체가 거실로 나갈 엄두가 나지 않았다.

'글래머' 하고 '그곳에 왜' 하고를 잘못 들었다는 게 말이 돼?

그녀는 밤새 머릿속을 맴돌던 생각을 다시 끄집어냈다.

'아니야. 말이 될 수도 있어. 너무 잘생겨서 내가 알몸인 것도 잊

31

었잖아. 정신이 나간 거지. 이 못난 것아. 남자의 미모에 홀려서 헛소리까지 들어? 뺨을 후려치고 냉큼 뛰어나왔어야지.'

하지만 아무리 생각해도 이상했다.

분명히 그 자식은 자신을 보고 웃었다. 정상적인 인간이라면 그녀석도 혼비백산해서 뛰쳐나가야 마땅한 상황에 그저 사이코패스처럼 섬뜩하게 웃었단 말이다.

너무나도 매력적이었던 그 미소는 결코 잘못 본 것이 아니었다. 그리고 뻔뻔하기 짝이 없을 정도로 태연하게 자신을 훑던 시선도 착각이라기엔 너무도 노골적이었다.

그래 놓고는 아무것도 못 봤다고? 아무리 눈이 나빠도 여자가 올 누드로 서 있는데 못 봤다고?

다시 생각해도 얼굴이 후끈거리는 민망함에 솔은 용수철처럼 몸을 튕기며 일어났다. 방 안을 정신없이 서성이기 시작한 그녀는 손부채질로 열기를 식히며 씩씩거렸다.

"그런데 저 자식은 뭐 먹고 저렇게 큰 거야. 캐나다 음식이 좋은가? 거기 사람들이 크긴 크지. 그렇다고 쳐도 그때는 나보다도 작았었는데⋯⋯. 요만했잖아?"

손으로 자신의 이마쯤을 가늠하며 기억을 쥐어짜 보았다.

그녀가 기억하는 주혁은 정말이지 너무나 작은 소년이었다. 고등학생이었는데도 초딩처럼 보였으니 말이다.

그때 이미 180이 넘었던 찬과 다니던 모습이 우습고도 귀여워서 자신이 많이 놀렸던 기억도 있었다.

─ 어이구. 우리 꼬맹이 언제 커서 누나한테 장가올 거야?

유난히 하얗던 볼을 양손으로 잡아당기며 놀렸었다. 찹쌀떡처럼 쭉쭉 늘어지는 맛이 있었다.

둥근 엉덩이도 몇 번 툭툭 두들겨 준 거 같다. 그럴 때면 녀석은 귀엽게 웃으며 도망치곤 했다.

그랬는데. 그런 꼬맹이였는데. 어떻게 저렇게 달라질 수 있단 말인가.

욕실의 노란 조명 아래 서 있던 그는 꼬마는커녕 어릴 적 동화에서 묘사된 왕자 같았다. 키 크고 늘씬한 몸매와 귀족적인 얼굴을 가진.

솔은 고개를 세차게 저었다. 머리가 띵할 정도로 흔들었다.

"정신 차려! 아무리 잘 컸다고 해도 저 녀석은 꼬맹이 한주혁이야. 귀염둥이 동생 친구라고! 그깟 놈한테 뭘! 벗은 몸 한 번 보여 준 게 뭘! 이모가 조카 목욕탕 데려간 거나 마찬가지지, 안 그래?"

솔은 두 주먹을 불끈 쥐었다. 이 민망함을 떨쳐 내려면 이렇게 우기는 수밖에 없었다.

생각해 보면 얼마나 고마운 누나인가. 머물게 해 준 것도 모자라 환영 인사로 화끈한 누드를…….

되살아난 기억에 솔은 기겁하며 진저리를 쳤다.

"어린놈이. 감히 누나 방에 들어와서 욕실을 훔쳐 써? 뭘 배우고 온 거야? 누나로서 혼쭐을 내 주겠어!"

다시는 내 방 근처에 얼씬거리지 못하게!

용기가 사라지기 전에 솔은 방문을 벌컥 열고는 뻑뻑한 눈을 있는 힘껏 부릅뜨며 사방을 둘러보았다.

그녀의 흉흉한 기세에 현관에 서 있던 찬과 주혁이 깜짝 놀라는 것이 보였다. 솔은 다짜고짜 소리부터 빽 질렀다.

"야!"

살아났군.

찬은 누나의 기세등등한 얼굴을 보며 눈살을 찌푸렸다.

동네 구경 겸, 아침 운동하러 주혁과 나가려던 참이었는데, 분기탱천한 솔을 보니 잠시 빠져야겠다는 생각이 들었다. 저 성질에 시끄러워질 것이 뻔했다.

"누나. 일어났구나. 주혁이랑 할 말 있지? 그냥 가벼운 사고였으니까 화해하고 저녁에 환영 파티 하자. 알았지?"

찬은 허둥지둥 나가며 주혁에게도 당부했다.

"잘못했다고 하고 적당히 넘겨. 1층에서 기다릴게."

문이 닫히자 정적이 흘렀다.

솔은 있는 힘껏 주혁을 노려보기 시작했다.

단정하게 서 있는 녀석은 어제 본 것보다 더 커 보였다. 아무것도 모르는 듯한 순수한 눈빛이 탄탄한 몸매와 어울리지 않았다. 하지만 그 눈빛에 이상하게도 솔의 전투 의지가 꺾였다.

"야! 인마. 너! 그래, 너! 그래서 인마!"

한껏 고개를 치켜들었지만 민망하게 소심한 목소리만 나왔다.

왜 저렇게 잘생긴 거야. 남자가 왜 저리 단아해?

새삼 감탄한 솔은 자세히 그를 뜯어보고 싶었지만, 어젯밤의 낯 뜨거운 기억 때문에 그의 눈을 쳐다보는 것도 힘들었다.

"어제는 죄송했어요. 잠깐 세수만 하고 나온다는 것이……. 누나 방인 줄 정말 몰랐어요. 화 많이 났어요?"

멋쩍게 웃는 미소에 홀려, 남은 분노도 비 맞은 성냥처럼 맥없이 꺼져 버렸다.

"흠, 흠. 그래? 그래……. 첫날이니까 모를 수 있지. 그래. 흠,

이젠 실수하지 마! 알겠어?"

"누나 방인 거 알았으니까 접근도 안 할게요. 제가 사정이 좀 그래서, 갈 곳도 없는데 같이 지내게 해 주신 것도 너무 감사해요. 신경 쓰이지 않게 조용히 있을게요."

"흠……. 알면 됐어. 나가 봐."

생각보다 저자세로 나오는 녀석에게 더는 쏘아붙일 말이 없어 솔은 슬그머니 고개를 돌렸다.

한편으로는 안도했다. 주혁이 눈치채지 못하게 안도의 숨을 내쉬며 솔은 가슴을 쓸어내렸다. 굉장히 민망한 상황인데 이렇게 넘겨서 얼마나 다행인지.

"누나. 여기 잠깐 앉아 봐요."

어느 틈인지 주혁은 신을 벗고 들어와 솔의 어깨를 잡고 소파에 앉혔다. 움찔하는 솔을 보며 그는 걱정스러운 듯 말했다.

"눈이 많이 부었어요. 기다려 봐요."

"어?"

그는 거실 욕실로 들어갔다. 물 흐르는 소리가 나는 걸 보니 수건이라도 적셔 오려는 모양이었다.

자식! 그래도 착하게 잘 컸네.

솔은 흐뭇하게 욕실 쪽을 바라보았다.

덩치는 몰라보게 컸어도 꼬박꼬박 존댓말도 쓰고, 바르게 자란 거 같아. 하긴 어제 일은 일부러 그런 것도 아닌데 이만한 일로 쫓아낸다면 미안하긴 하지.

"눈 감아 봐요. 이거라도 올리면 좀 가라앉을 거예요."

예상대로 차가운 물에 적신 수건을 가져온 그가 낮은 목소리로 말했다.

"어? 내가 해도 되는데."

"나 때문에 울었잖아요, 눈 감아요."

다정하기도 해라.

솔은 얼떨결에 눈을 감았다. 곧 물수건이 곧 그녀의 얼굴에 올려졌다. 다행히도 얼얼할 만큼 차가운 물수건은 후끈거리던 눈두덩이뿐만 아니라 영문 없이 달아오른 얼굴까지 가라앉히는 효과가 있었다.

"다른 사람 앞에서는 울지 말아요."

낮으면서도 적당한 울림이 있는 중저음.

분명 느끼한 멘트인데도 그의 목소리가 너무도 듣기 좋아 솔은 저도 모르게 또 얼굴을 붉혔다. 친구 동생이 아니라면 분명 가슴이 설렜을 만큼 그녀가 좋아하는 음색이었으니까.

그녀는 다소곳이 대답했다.

"원래 잘 안 울어. 어제는 너무 놀라서 그런 거야."

"그래요. 울면 안 되겠어요. 가뜩이나 못생긴 얼굴이 더 흉해졌잖아."

응?

물수건에 눈을 가린 솔은 귀를 의심했다.

지금 뭐라고 했지? 못생겼다고 그런 거 맞아? 캐나다식 농담인가?

"그래도 몸매는 꽤 좋던데요. 배는 좀 나왔지만 못생긴 얼굴을 커버할 만큼 예쁘긴 했어요."

"……뭐, 뭐라고?"

솔은 버둥거리기 시작했다. 즉각 그녀의 어깨를 꾹 누르며 움직임을 제압한 주혁은 은밀하게 속삭였다.

"특히 왼쪽 가슴 위에 점. 음, 묘하게 설레던데……. 그런 게 또 남자를 미치게 하거든. 확 베어 물고 싶었잖아."

그녀가 얼굴에 얹어진 수건을 후다닥 치웠을 때 그의 목소리는 멀어진 후였다. 어느 틈인지 현관 앞에 선 그는 삐딱하게 그녀를 보고 있었다.

솔은 더듬거렸다.

"너, 너 지금 뭐라고 했어?"

"기분 나빠요? 내가 보고 싶어서 본 것도 아니고, 피차 당황스러운 사고였는데 나만 치한 취급받는 건 불공평하잖아. 본 것에 대한 간단한 리뷰라고 생각해요."

"뭐! 리, 리뷰?! 너, 이 자식. 다 봤어? 렌즈 안 뺐어?!"

"렌즈? 무슨 소리야. 내가 시력이 얼마나 좋은데. 머리부터 발끝까지 잘 봤어. 암튼 점순이. 이따 보자고."

헐.

뜨악한 그녀를 남기고 그가 유유히 빠져나갔다. 설핏 본 그의 옆얼굴에 비웃음마저 보이는 듯했다.

"흐어어!"

솔은 공기가 모자란 금붕어처럼 입만 뻐끔거렸다.

2

"음······. 그래서 너는 실오라기 하나 걸친 것 없이 홀랑 벗었고, 그 녀석은 완벽하게 입은 상태였다?"

솔은 심드렁하게 대답했다.

"치욕적이었지."

"흐음."

혜주는 비릿하게 웃었다. 머리카락을 기계에 대롱대롱 매달은 그녀는 흡사 메두사처럼 보였다. 무심하게 잡지를 넘기며 혜주는 콧방귀를 뀌었다.

"치욕은 그 녀석이라고 못 느꼈을까. 볼 것도 없는 친구 누나 알몸을 강제로 봐야 했으니 얼마나 눈을 씻고 싶었겠냐. 고소 안 당한 걸 다행으로 여겨."

"우 씨!"

솔은 발끈했다. 염색을 새로 하느라 포일로 감은 머리가 흉하게 흔들렸다.

고등학교 시절부터 절친인 혜주는 같은 아파트 옆 동에 살고 있었다. 상가 미용실에 나란히 앉아 머리를 하다가 솔이 슬그머니 주혁과의 일을 꺼낸 직후였다.

"볼 것이 없다니. 네가 봤어? 내 몸을? 가슴도 빵빵하고 허리도 잘록하고 골반도 튼튼하고. 내가 어디가 어때서?"

"문제는 말이다. 너의 그 몸뚱이를 객관적으로 평가해 주는 사람이 없었다는 거지. 거울로 보는 내 모습은 뇌의 착각으로 몇 배는 예뻐 보인다잖아. 너, 그 정도는 아냐."

"허."

잡지를 덮고 혜주는 본격적으로 몸을 솔이 쪽으로 기울였다.

"솔직히 말해 봐. 너 처음이지? 남자에게 알몸 보인 거 말이야."

"얘가, 얘가. 날 뭐로 보고. 내가 서른하고도 두 살이야!"

"너를 제대로 아니까 하는 소리지. 내가 요즘 잠을 다 설쳐. 하나 있는 친구가 숫처녀로 노처녀 돼 가는 게 가슴 아파서."

"누, 누가……."

"아무하고 뒹굴라는 것도 아니고, 사귀던 사람도 두어 명 있었으면서 왜 진도를 못 빼? 등신아."

솔은 그만 입을 다물었다. 가진 팬티가 몇 개 있는지도 아는 사이에 거짓말은 무의미했다.

그래도 남사스럽게 꼭 이런 말을 해야 하나. 자신은 그저 주혁을 같이 욕해 주길 바랐을 뿐인데.

솔은 사납게 잡지를 넘기기 시작했다.

혜주는 진즉에 결혼해서 첫아이 나이가 6살이었다. 문득, 그녀의 결혼식 날, 날을 잡은 친구를 기어이 물리치고 부득부득 우겨서 부케를 받은 진상이 떠올랐다.

솔이었다.

그때는 자신도 금방 결혼할 수 있을 줄 알았다. 착하고 순한 남자 만나 일찍 결혼해서 알콩달콩 사는 것은 그녀의 오랜 꿈이기도 했다.

시간이 빠르기도 하지. 어느새 30살이 훌쩍 넘어 32살이 되어 버린 지금, 결혼은 고사하고 키스란 걸 맛본 지도 언제였던지.

가물거리는 기억으로는 26살 겨울이 마지막이었던 거 같다. 그때 사랑한다고 속삭이던 그놈은 작년에 굳이 청첩장을 보내왔더랬지.

썩을! 심장이 쿡쿡 쑤셨다.

"기회가 없었던 건 아냐."

한풀 죽은 솔의 목소리는 기어들어 갔다. 혜주는 다시 한번 콧방귀를 뀌었다.

"그 나이에 기회도 없었으면 기념물이지. 뭘 그렇게 소중히 여겨. 왜 혼자 스스로 자기 몸을 아끼는 건데? 네가 그렇게 진저리를 치니까 사귀던 놈들이 먼저 떨어져 나가지."

"소개팅이라도 해 주면서 잔소리를 하든가. 지훈 씨 친구 중에 아직 솔로인 사람 있을 거 아냐."

"있어도 없어. 쓸 만한 놈들은 여우 같은 것들이 죄다 채 갔어. 그건 그렇고 너 말해 봐. 진짜 어디까지 해 봤어?"

뜨악한 표정으로 솔은 혜주에게서 멀찌감치 떨어졌다. 호기심으로 눈을 빛내며 혜주는 손으로 하나하나 제 몸을 짚었다.

"키스야 당연히 해 봤을 거고. 목덜미? 가슴? 배꼽? 아니면 팬……."

"야! 야! 너는 애 엄마가 낯 뜨겁게!"

"소문 안 낼게. 나한테만 말해 봐. 응? 응?"

인상을 쓰던 솔은 재빨리 주변을 둘러보았다. 머리 손질에 바쁜 미용실 안에 그녀들을 신경 쓰는 사람은 없었다.

"……가슴."

엄청난 비밀을 털어놓는 것처럼 솔은 소곤거렸다. 덩달아 혜주의 목소리도 은밀해졌다.

"오? 손으로? 입으로? 어디서? 어떤 자세로? 좀 자세히 말해 봐."

"아, 진짜! 저질! ……손과 입을 동시에. 차 안에서."

혜주가 손뼉을 '탁' 쳤다. 몇몇 손님이 그녀들을 돌아보자 혜주는 다시 목소리를 낮췄다.

"오오. 생각보다 제법인데! 진수는 아닐 거고, 그때 만났던 그 사람? 어땠어? 막 흥분되고 찌릿찌릿했지? 그랬으면 끝까지 가봤어야지 맹추야."

"찌릿찌릿 좋아하신다. 더러웠다."

"더러워? 어떻게 그게 더러워?"

쳇.

솔은 의자에 몸을 깊이 묻고 손톱 끝을 매만지기 시작했다.

진짜였다. 남들은 좋아 죽는다고 하던데 뭐가 좋은지 도통 이해할 수가 없었다.

기교라고는 없이 우악스럽게 덤벼 대는 통에 가슴 끝만 떨어져 나가는 줄 알았다. 더럽게 침은 또 왜 그리 발라 놓는지.

결국, 참다못한 솔이 자신의 젖가슴에서 떨어지지 않는 남자의 뒤통수를 후려치면서 그들의 로맨스는 막을 내렸다.

그것이 6년 전 겨울이었다.

"그건 그 사람을 네가 정말 좋아한 게 아니어서 그래. 진짜 사랑하는 사람이 날 안아 주고 감미롭게 키스해 주고……. 어홍. 얼마나 찌릿한데. 상상만 해도 온몸이 짜릿짜릿! 요렇게! 요렇게!"

혜주는 제 어깨를 끌어안고는 몸서리를 치며 발을 굴렀다. 황당했지만, 솔은 진심으로 궁금하기도 했다.

"너는 아직도 지훈 씨랑 찌릿찌릿해?"

몽롱하던 혜주의 눈이 남편의 이름을 듣자 확 깬다는 듯 찢어졌다.

"여기서 그 인간 이름이 왜 나와? 내 신성한 상상에 초 치지 마. 유부녀에게도 상상의 상대는 맘대로 고를 자유가 있어."

"허……. 있는 것들이 더한다더니. 이러니 내가 결혼이란 걸 하고 싶겠냐고."

"됐고, 민지 파티는 어쩔 거야? 파트너 데리고 간다고 큰소리쳤다며. 상대는 구했어?"

이번에는 솔의 얼굴이 일그러졌다.

"없어. 알바라도 고용해야 하나 봐. 민지 고 계집애, 콧대를 확 눌러 줘야 하는데."

"걔 어때?"

솔의 눈이 반짝였다.

"누구? 누구?"

"주혁이 말야. 바람직하게 컸다며. 한번 부탁해 봐."

"미쳤어?!"

솔은 펄쩍 뛰었다. 그 녀석 이름을 듣자 놀란 심장의 좌심 우심이 흔들리며 피가 거꾸로 솟는 거 같다.

"절대 안 돼. 여태 내 말 못 들었어? 그 녀석 이상해. 완전 미친

놈이라고!"

"따지고 보면 개도 억울했겠지. 보려고 본 것도 아닌데 네가 울고불고 죄인 취급하니까. 욱해서 한 소리 한 거겠지."

"욱한다고 그런 소리를 해? 그거 성희롱 아니니?"

"좋게 생각하면 네 몸매가 예쁘다고 한 거잖아. 그거 외국식으로 칭찬한 걸 거야. 거기는 그런 칭찬을 자연스럽게 하잖아. 우리가 듣기 거시기해서 그렇지."

"백번 양보해서 그렇다고 치자. 그럼 못생겼다고 한 건? 흉하다고 했다고!"

울분으로 솔은 씩씩거렸다.

"너 울어서 얼굴 부으면 진짜 흉해. 차마 눈 뜨고 못 볼 수준이어서 주혁이 본심이 튀어나왔겠지. 그게 문제가 아니고, 슬쩍 찔러 봐. 호텔비도 없어서 얹혀산다며? 10만 원쯤 쥐여 주고 잘 달래서 데려와 봐."

"싫어! 차라리 전문 알바생을 구하면 구했지 그 변태 자식은 싫어!"

생각하기도 싫다는 듯 솔은 돌아앉았다.

"뭐래. 사람 있는지 확인도 안 하고 홀랑 벗고 들어간 지 잘못은 생각 안 하네. 그 와중에 너도 주혁이 생김새는 구석구석 살펴봤다며. 내가 보기엔 알몸으로 그런 네가 더 변태스럽다."

구시렁거리는 혜주를 무시하고 솔은 몸서리를 쳤다.

싫다. 너무 싫다. 알몸을 보인 것도 치욕인데, 못생겼다고? 배가 나왔다고? 그리고 가슴에 있는 점 이야기는 다시 생각해도 불쾌했다.

베어 물고 싶다니……. 당장 고소해도 될 만한 언어 폭행 아닌

가. 줘도 싫다, 그딴 녀석.

"맘대로 해라. 내가 보기엔 하늘이 내려 준 적임자인데 말이지. 네가 싫다면 별수 있니."

가볍게 얘기했지만, 눈치 빠른 혜주는 곰곰이 생각에 잠긴 솔의 모습을 놓치지 않았다. 손톱을 잘근잘근 깨문다는 것은 반은 넘어 왔다는 것.

빼도 박도 못 하게 민지한테 미리 말해 놔야겠다고 혜주는 느긋하게 생각했다.

'단순한 것.'

혜주는 몰래 웃었다.

❋

솔은 집 현관 앞에서 서성이며 쉽사리 안으로 들어가지 못하고 있었다.

'그래. 그 녀석보다 인물 좋은 알바생을 어디서 구해. 있어도 엄청 비싸겠지. 눈 딱 감고 부탁해 봐?'

하지만 녀석이 보인 이중인격적인 면모가 마음에 걸렸다. 게다가 그런 부탁을 한다는 게 민망하기도 하고, 그 낯 뜨거운 첫 만남도 걸리고…….

어쩌지? 솔은 머리를 쥐어뜯었다. 새로 한 머리가 보기 싫게 헝클어졌지만, 신경 쓰지 않았다.

'처음부터 기선을 확 잡아야 했는데. 올 누드가 웬 말이야.'

그것만 아니면 옛정을 생각해서 부탁해 볼 만도 한데……. 자존심 상하지 않게 부탁할 방법이 없을까.

솔은 빠른 걸음으로 복도를 빙빙 돌기 시작했다. 머릿속이 뒤죽박죽이었다. 중요한 건, 파티는 돌아오는 금요일 밤이니 시간이 없다는 거였다.

민지 그 계집애와 진수를 생각하면 솔은 무슨 일이 있어도 괜찮은 파트너를 데려가고만 싶었다.

"그래! 좋아!"

마침내 걸음을 멈춘 솔은 주먹을 불끈 쥐었다.

말본새야 아직 국내 정서에 익숙하지 않아서일 수도 있다. 어릴 적엔 바르고 착했던 녀석이었잖은가.

예전에 저 녀석을 대했던 그대로, 카리스마 있는 누나의 모습을 보인다면, 저 녀석도 '알았습니다.' 할 거야. 갈 데도 없고, 돈도 없는 녀석인데 뭐.

2시간에 10만 원이면 얼마나 꿀알바겠는가. 인심 쓴다 생각하자!

하지만 뭐라고 말을 꺼내지? 어쩌지?

결심은 섰지만, 어떻게 얘기를 꺼내야 할지 모르겠다. 솔은 아까보다 더 요란한 소리를 내며 복도를 돌기 시작했다.

그때였다.

"흐억!"

갑자기 벌컥 열린 문 안에서 환한 불빛이 쏟아졌다. 놀란 솔은 순간 비틀거렸다. 강한 손이 뻗어 나와 가볍게 그녀를 잡은 건 다음 순간이었다.

"왜 안 들어와요?"

주혁이었다. 솔은 자기도 모르게 그의 손을 '탁' 쳐 내며 날 서게 대꾸했다.

"왜! 뭐!"

"발소리가 시끄러워서 다 들려요. 들어와요, 누나."

이 녀석 정체가 뭘까. 말간 얼굴로 솔을 바라보는 눈빛은 그녀를 비웃던 아침의 서늘한 눈빛과 전혀 다르다. 그는 예의 바른 동생 친구로 돌아와 있었다.

어쩐지 조금 소름이 돋았다.

"누나! 밖에서 왜 그러고 있냐. 들어와서 맥주 한잔해! 안 들어오면 쳐들어간다 꿍짜라 꿍짝!"

얼큰하게 취한 목소리에 힐끔 고개를 빼고 들여다보니 맥주 캔을 흔드는 찬이 보였다.

"찬이 취했니?"

"그러게요. 몇 잔 마시지 않았는데 저러네요."

도도하게 고개를 치켜들며 솔은 집 안으로 들어왔다. 간단한 안줏거리와 꽤 쌓여 있는 빈 맥주 캔들로 너저분해진 거실을 보자 눈살이 찌푸려졌다.

"누나! 우리 귀여운 누나! 여기 앉아 봐. 빨랑빨랑. 내가 잼있는 얘기 해 줄 꼬야."

찬은 취했을 때나 나오는 귀여운 목소리로 솔을 불렀다. 눈까지 말똥말똥 빛내며 찬은 자신의 옆자리를 연신 두드렸다.

오늘은 안 되겠다. 흘깃 주혁을 훔쳐보며 솔은 생각했다.

그런 얘기를 동생이 있는 데서 할 수는 없지.

어쩌다 나오는 진수 얘기에도 예민한 반응을 보이는 찬은, 애인이 없어서 그 녀석 결혼 파티에 알바를 고용해야 한다는 사실을 알면 불같이 화를 낼 것이 뻔했다.

짧게 한숨을 쉬며 솔은 시큰둥하게 대꾸했다.

"됐어. 친구끼리 많이 마셔라. 난 일찍 잘란다."

"글쎄 말야. 저 녀석 말야. 주혁이가 한국에 왜 왔는지 알아? 웃겨서 정말."

술에 취한 찬은 그녀의 말은 무시하고는 제 하고 싶은 얘기를 신나게 떠들어 대기 시작했다.

"잊지 못한 사람을 찾으러 왔대. 웃기지? 저 녀석이 저래. 완전 로맨티시스트야. 캬아. 애틋하지 않아? 고딩 때 헤어진 첫사랑을 찾아왔다니."

멀뚱멀뚱하게 서 있던 솔의 입가에도 슬쩍 웃음기가 돌았다. 웃기다기보다 유치해서였다. 첫사랑을 찾으러 왔다니.

흘깃 주혁을 보니 담담한 척해도 귓가가 조금 빨개진 듯 보였다.

뭐야, 얘. 제법 귀엽잖아.

어쩌면 주혁은 키만 컸지 아직 순수한 소년 그대로일지도 모르겠다는 생각에 솔우 눈을 굴렸다.

이런 귀여운 순정남에게 누나로서 칭찬과 격려를 해 준다면 이 어색한 기류가 잡히지 않을까? 생각해 보니 꽤 괜찮은 타이밍이었다.

그래, 일단 아무 일 없었다는 듯 은근슬쩍 친한 척하는 거야. 민망해져 봐야 지금보다 더하겠어?

솔은 숨을 들이마시며 용기를 냈다.

"어구구. 그랬쩌요?"

어릴 적 주혁을 대했던 것처럼 솔은 반 옥타브 높은 음성을 냈다. 하지만 그 과한 음성과 세트였던 몹쓸 습관이 튀어나올 거라는 건 그녀도 예상치 못했다.

"우리 쭈혁이가 그랬쩌요? 첫사랑 찾으러 왔떠요?"

그러니까 과장된 소리와 함께 그녀의 손이 움직인 건 맹세코 습관적이란 거였다.

"귀엽기도 해라! 오호호. 잘했쩌요!"

툭툭! 그녀는 주혁의 엉덩이를 두들겼다. 그리고 기억대로라면 말캉하고 몰랑몰랑한 느낌이 손에 닿아야 했다.

어머나!

하지만 솔은 우뚝 동작을 멈출 수밖에 없었다.

그리고 벼락처럼 깨달았다. 이 녀석은 더는 귀엽기만 한 꼬맹이가 아님. 탄탄하고 단단한 근육을 가진 진짜 남자임을.

그녀의 손에 닿은 건 어린 주혁의 토실토실한 엉덩이가 아니라 돌덩이처럼 딴딴한 성인 남자의 엉덩이였다.

내가, 내가 무슨 짓을? 주혁의 엉덩이에 손을 댄 채로 솔은 숨을 헉 들이마셨다.

예기치 않은 그녀의 행동에 주혁의 몸도 즉각 경직되는 것이 느껴졌다. 경악한 눈동자가 어정쩡하게 고개를 든 그녀의 눈과 마주쳤다.

그는 아침보다 살벌한 눈빛으로 그녀를 죽일 듯이 노려보기 시작했다.

무, 무섭다! 너무 무섭다!!

솔은 재빨리 손을 거두고 사과를 해야 함을 알았다. 하지만 당황한 그녀는 제대로 된 판단을 내릴 수가 없었다.

어떻게 해! 어쩜 좋아! 멈추면 안 돼! 더 이상해! 더 어색해! 난 몰라!

식은땀이 솟아나는 걸 느끼며 솔은 사정없이 그의 엉덩이를 두들기기 시작했다. 툭툭 소리가 찰싹찰싹, 찰진 소리로 바뀐 줄도 모르고 온 힘을 다해서.

"그, 그랬……쪄요? 잘했쪄요! 우리 쭈혀기……."

✻

주혁의 눈이 허공으로 올라갔다가 자신의 엉덩이로 정확하게 내려오는 작은 손을 따라 움직였다. 슬로모션처럼 그것은 그의 눈에 느릿하게 보였다.

그녀의 혀가 짧아지며 '그랬쪄요, 저랬쪄요'를 외치는 순간 그도 예감했었다. 치가 떨리도록 익숙한 그녀의 행동은 놀랍지 않았지만, 치욕스러움은 배가 되었다.

철썩! 철써억!

역시 악마 같던 이 여자는 조금도 변하지 않았다. 얄미운 미소를 한가득 담고서 혀 짧은 소리를 내며 여전히 그의 엉덩이를 두들긴다.

"우리 쭈혀기가 귀엽기도 하지. 첫싸랑 찾아서 뭐하게요? 장가가고 싶어서 그랬떠요? 오구구."

마치 그날처럼 말이다.

주혁이 고등학교 1학년이었던 그날.

학교 제일의 퀸카, 윤세나는 주혁을 내려 보며 상냥한 미소를 짓고 있었다.

어린 주혁의 얼굴은 긴장이 가득했다.

초등학교 4학년 때부터 무려 6년간 짝사랑했던 세나는 예뻤다.

학교뿐만 아니라 그 지역에서도 유명한 얼짱이었고 성격마저 좋아서 남학생과 여학생 모두에게 인기가 많은 소녀였다.

내세울 거라곤 전국 1, 2등을 놓치지 않는 머리뿐이던 주혁이 차마 욕심낼 수 없었던 첫사랑. 얼마 후면 캐나다로 떠나야 하는 그로서는 마지막 기회였다.

사실, 지금 골목에 숨어서 자신을 응원하는 친구들이 아니었다면 감히 고백할 생각도 할 수 없었을 것이다.

슬쩍 친구 녀석들을 바라보자 소리 없이 요란한 손짓, 발짓으로 고백을 재촉하고 있었다. 그의 얼굴에 한 방울 땀이 흘렀다.

"할 말이 뭔데?"

이토록 상냥하고, 예쁜 목소리는 세상에 없을 거라고 주혁은 확신했다. 자신보다 한참이나 작은 그를 대할 때도 세나는 깔보는 눈빛조차 없이 언제나 다정하기만 했다.

용기를 끌어모으려 그는 심호흡을 크게 했다.

"윤세나."

"응. 말해."

"나, 너 좋아……."

간신히 그의 입이 떨어졌을 때 도수 없는 안경에 습기가 차며 뿌옇게 흐려지는 것이 느껴졌다. 밋밋한 얼굴에 포인트로 쓰고 다니는 일종의 액세서리였다.

안경을 추어올린 그는 마른침을 한번 꿀꺽 삼키고 다시 입을 열었다.

"윤세나. 나는 너를 좋아……."

"어멋! 이게 누구야!"

뒤편에서 쩌렁쩌렁한 음성이 터져 나온 건 그때였다. 주혁은 순간 귀를 의심했다.

"우리 검둥이 쭈혁이 아냐! 우쭈쭈. 쭈혁이!"

그는 낭패감으로 질끈 눈을 감았다. 목소리의 주인공이 누군지 알고 있었다. 너무나 익숙한 목소리였으니까.

끈질기게 자신을 괴롭히는 마녀 같은 여자! 친구 박찬의 하나뿐인 대학생 누나 박솔!

눈을 돌렸을 때 역시나 박솔, 그녀가 그를 보며 심술궂게 웃고 있었다. 당황스러웠다. 그녀가 왜 여기에 있는지 그는 도무지 알 수가 없었다.

대학생이 되어 기숙사 생활을 한다는 그녀는 주말에만 집으로 온다고 했는데. 이곳은 그녀의 집에서도 한참이나 먼 곳인데.

이 시간, 왜 이곳에 그녀가…….

그는 필사적으로 눈으로 부탁했다.

제발 누님. 제발 누나! 지금은 그냥 꺼져 주세요, 제발.

"우리 쭈혁이, 여기서 뭐 해? 설마 지금 요 예쁜 누나 꼬시니?"

"누, 누나!"

솔의 눈매가 가늘어지며 둥글게 휘어지고 한쪽 입꼬리가 고약하게 올라가기 시작했다.

안 돼!!

안 돼, 안 된다. 지금은 안 된다. 비참하게도 그는 그 표정 뒤에 이어질 그녀의 행동을 알고 있었다. 막을 수 없다는 것도.

아무리 정색하고 싫다고 해도 고쳐지지 않는, 그녀가 주혁을 귀여워하는 방법!

주혁은 어떻게든 그 사태를 막아 보려 다급히 입을 열었다.

"누나!"

"오구오구. 귀여워라! 연애하고 싶었떠요? 오호호호!"

찰싹! 한 치의 망설임도 없이 그녀의 손이 그의 엉덩이를 찰지게 내리쳤다.

찰싹찰싹! 연달아 주혁의 엉덩이를 내려치는 그녀의 행동에 그뿐만 아니라 앞에 있는 세나의 입마저 벌어졌다.

어디선가 가방이 툭 떨어지는 소리도 들렸다. 친구 중 한 명이리라.

"우유 많이 먹고 얼른 크면 누나가 델꼬 살아 준다고 했짜나용. 꼬맹이, 누나 몰래 바람폈쩌? 우리 쭈혁이 음흉하기도 하지! 때치, 때치!"

투투투툭! 엉덩이를 치던 손이 곧장 그의 얼굴로 올라왔다. 박솔은 눈을 희번덕대며 주혁의 양 볼을 쭉쭉 잡아당기기 시작했다.

"어구구, 이뻐, 귀여워. 오호호!"

엿가락처럼 늘어난 뺨을 쥐고 마구 흔들어 댔다. 그의 손에서 한 송이 꽃이 힘없이 떨어진 것도 모른 채.

"찹쌀떡 같은 녀석! 저녁에 찬이랑 집으로 와용~ 누나가 맛있는 떡볶이랑 계란말이 해 줄게용. 요 이쁜 여친도 델꼬 와용~ 호호호! 어구, 귀여워라!"

깔깔깔! 앙칼진 웃음과 함께 마녀는 등을 돌렸다.

옆에 있던 그녀 친구 목소리가 아주 멀리서 울리는 것만 같았다.

"쟤가 주혁이야?"

"응. 찬이 친구. 저래 봬도 고등학생이야. 근데 찬이랑 키 차이가 완전 거인과 땅꼬마야. 킥킥. 볼이 잘 반죽해 놓은 밀가루 같지 않니? 난 이상하게 쟤만 보면 볼을 막 꼬집고 싶더라."

"초딩 같긴 하다. 그래도 여자 친구도 있는데, 너무했다, 너."

양심이란 게 있는지 친구는 소곤거렸지만, 마녀는 목소리를 낮출 생각도 하지 않았다.

"귀여워서 그런 건데 뭐. 꼴에 눈은 높네. 어우, 웃겨. 지도 남자라 이거지. 오호호호!"

"좀 작게 말해. 기지배야."

"근데 저렇게 예쁜 여자애가 저런 꼬맹이한테 넘어오려나? 키가 요만한데? 뽀뽀라도 하려면 어디 올라서야 할 텐데? 어머, 상상하니까 너무 웃겨. 호호호!"

"애가 오늘따라 왜 이리 오바야. 작게 좀 말하라고. 진짜 다 듣겠다."

"괜찮다니까. 쟤도 내가 예뻐서 이러는 거 다 알아. 내가 귀여워해 주면 좋아 죽어."

까르르ー 그녀는 악마 같은 웃음소리만 남기고 멀어져 갔다. 골목 안 친구 녀석들도, 세나도, 주혁도 아무 말도 할 수 없었다.

한 줄기 바람이 그의 뺨을 스쳤다.

"풋!"

세나의 예쁜 입에서 웃음이 터졌다. 미안함에 입을 가리던 세나는 못 참겠는지 그렇게 두세 번을 더 웃었고 주혁은 눈을 질끈 감았다.

"미안, 나 학원 가야 해. 다음에 보자."

뒤돌아서기 전까지 미처 걷어 내지 못한 세나의 웃음을 주혁은 멍하니 보았다.

그렇게 그의 첫사랑이 끝났다.

풀썩 주저앉은 그를 친구들이 업고 달렸다. 넋이 나간 그의 팔이 친구 등에서 툭 떨어지며 덜렁거렸다.

아지랑이처럼 피어오르던 길가의 먼지와 함께 멀어지는 첫사랑의 뒷모습. 귓가에서 떨어지지 않는 마녀의 웃음소리.

세나에 대한 주혁의 오래된 짝사랑을 아는 친구들은 고맙게도 그 일에 대해 입을 닫았다. 그 자리에 없었던 찬은 그의 누나가 저지른 만행을 끝까지 알지 못했다.

– 키가 요만한데? 뽀뽀라도 하려면 어디 올라서야 할 텐데?

그날 밤, 악몽처럼 밤새 그의 꿈속에는 솔의 목소리가 되풀이되며 울렸다.

그리고 그날 주혁은 첫 몽정을 했다.

지난날을 떠올리는 주혁의 눈매가 가늘게 접혔다.

12년 만인가? 마녀 같던 이 여자는 여전했다. 아니, 오히려 더 이상해졌다.

이미 충분할 텐데도 그녀는 아직 그의 엉덩이를 때리고 있었다. 무슨 사명감을 가진 것처럼 부지런하게도 손을 움직였다. 그의 이마에 힘줄이 불끈 솟았다.

"그만…… 합시다."

주혁은 순간 당황했다. 낮게 으르렁대는 목소리를 쥐어짜고 있을 때 이상한 느낌을 받았던 것이다.

놀랍게도 그의 몸은 낯선 반응을 보이고 있었다. 페니스가 꿈틀대며 부풀어 오르더니 답답한 바지 속에서 제멋대로 움직이고 있었다.

"누나!"

간신히 정신을 가다듬은 그는 허공에서 내려오는 그녀의 손을 휙 낚아챘다. 어찌나 난폭했는지 솔은 휘청거렸다.

"으, 응?"

"그만하라고!"

"응? 뭘? 왜?"

그때 찬이 비틀거리며 일어나 화장실로 들어갔다. 그의 뒷모습을 확인한 주혁은 험상궂은 표정으로 돌변했다.

"왜? 지금 왜라고 했어요? 책임질 수 있단 뜻인가? 다 큰 남자 엉덩이를 만지면 무슨 일이 일어나는지 몰라?"

"⋯⋯책임? 무슨 일?"

아무것도 모르겠다는 표정은 변한 게 없었다.

이젠 파릇파릇 대학생이 아닌 서른 살이 넘어 많이 변해 있을 그녀를 상상했었다. 심술이 더덕더덕 붙어 있던 얼굴에 세월까지 묻어 있으면 더 못나졌겠지.

이미 계약해 놓은 오피스텔을 두고 굳이 찬의 집으로 들어온 이유는 하나였다.

오직 박솔, 이 여자를 보기 위해서. 한 번쯤은 비웃어 주고 싶어서.

솔직히 너무 기대되었다.

185라는 자신의 키를 자랑하고 싶은 마음도 있었다. 유치한 건 알지만 그는 진심으로 이 여자의 쪼글쪼글한 모습을 보고 싶었고, 대놓고 우쭐거리고도 싶었다. 그녀가 했듯 아래로 내려다보고 싶었단 말이다.

하지만 어젯밤, 황당하게도 나신으로 등장한 그녀는 세월을 비

껴간 모습이었다. 아니, 달라지긴 했다.

이 여자가 이렇게 작았던가? 이렇게 눈이 컸던가? 이렇게 예뻤던가?

더욱 당황스러운 것은 그녀의 벗은 몸이 아니라 자신의 반응이었다. 그 자리를 박차고 나와야 하는 걸 알면서도 시선을 떼는 것조차 힘들었다.

풍만한 가슴이 출렁거리고, 왼쪽 가슴 위 펜으로 찍어 놓은 듯한 점이 눈에 들어왔을 때 그의 분신은 격렬히 반응했다. 발끝부터 머리까지 훅 밀려오는 생전 처음 느끼는 강렬한 욕구였다.

예쁘고 섹시한 여자들이야 숱하게 봤지만 결단코 그런 느낌은 처음이었다. 결국, 잠마저 설쳐야 했던 주혁은 눈을 가늘게 늘려 뜨며 솔을 노려보았다.

착각이라 애써 무시했던 욕망이 지금, 이 순간 또다시 살아났다는 것을 믿기 힘들었다.

왜! 이런 여자에게!

주혁은 솔의 손목을 움켜쥔 손을 망설이지 않고 빠르게 잡아당겼다. 아슬아슬하게 그녀의 손이 그의 솟아 있는 바지 앞섶에서 멈췄다.

덩달아 솔의 시선이 아래로 향했다. 불룩해진 그곳이 찌르듯이 그녀의 눈에 박혔다.

자신이 보고 있는 것이 무엇인가를, 그리고 어떤 상태인지를 깨달은 그녀의 눈이 경악으로 커졌다.

"너, 너, 너……!"

"계속하고 싶어?"

주혁은 날카롭게 그녀를 노려보다 턱을 치켜들고 방문을 가리켰다.

"들어갈까?"

솔은 즉각 말귀를 알아들은 듯했다. 멍한 얼굴이 순식간에 시뻘 겋게 달아올랐다.

"얘, 얘, 얘…… 얘가!"

그녀는 힘을 주어 주혁의 손을 뿌리쳤다. 귀까지 빨개진 모습이 볼만했다.

"조, 조그만 게…… 누, 누나한테 지금 무슨 소리야!"

"나 이제 작지 않아요."

주혁은 천천히 허리를 폈다. 위협적으로 다리를 벌리고 팔짱도 꼈다. 그의 덩치 앞에서 그녀는 정말이지 작아 보였다.

"키도 크고 손도 크고, 발도 크죠. 모조리 크단 말입니다. 보여 줘요?"

"아뇨!"

솔은 저도 모르게 존댓말로 외치며 찔끔찔끔 뒤로 물러섰다. 얼 굴에 핏기마저 사라졌다. 바보는 아닌지, 그가 보여 주고 싶어 하 는 것이 손과 발이 아니란 걸 눈치챈 모양이다.

"절대 보고 싶지 않아요!"

지독한 트라우마를 안겨 준 그녀였다.

아침저녁으로 인삼을 갈아 넣은 우유를 마셔 가며 그가 얼마나 이를 갈았던가. 유제품 알레르기가 있는 그가 끝내 병원으로 실려 갈 때도 머릿속에는 온통 이 여자, 박솔만이 떠올랐었다.

그런 그녀가 드디어 제 앞에서 겁을 먹었는데도 주혁의 기분은 사나워져만 갔다.

"나, 나는 그냥 네가 귀, 귀여워서!"

"맘껏 귀여워해 보라고. 기회를 줄 테니까."

"잘못했어요!"

솔은 필사적으로 소리를 질렀다.

"내가 미안해요! 아니, 미안해! 다신 안 할게요! 아니, 안 할게!"

그리고, 찬이 있는 화장실 문을 잽싸게 바라보았다. 도통 나올 기미가 없는 굳게 닫힌 문을 보다가 그녀는 얼른 몸을 움직였다.

"아, 아구, 아우, 피곤해! 왜, 왜 이렇게 피곤하지? 나이가 있어서 그, 그러나? 누나 잔다!"

후다닥 그녀가 방 안으로 뛰어 들어갔다. 어찌나 바람처럼 줄행랑을 쳤는지 주혁의 앞머리가 날릴 정도였다.

혼자 남은 주혁은 그녀의 방문을 노려보았다. 기분이 몹시 좋지 않았다.

'뭐야? 방금 무슨 일이? 뭐야 쟤? 뭐야.'

침대로 몸을 던진 솔은 몸을 떨었다. 머리끝까지 뒤집어쓴 이불이 덜덜 떨렸다.

눈빛이, 눈빛이 잊히지 않는다. 그의 눈은 말 그대로 그녀를 집어삼킬 것처럼 활활 타올랐었다.

내가 아는 꼬맹이가 아니야! 귀여웠던 그 아이가 아니다.

진정이 되지 않았다. 동생 친구가! 그것도 땅꼬마 주혁이가! 너무 빨리 자라 버린 동생 찬을 대신해서 마구마구 귀여워해 주었던 귀염둥이가!

솔은 자신의 손을 들어 눈앞에 가져다 보았다.

단단한 그의 엉덩이를 토닥였던 손. 어쩌면 그의 그 흉측한 것도 만질 뻔한 손!

59

"으아아아!"

솔은 몸서리를 쳤다. 손을 미친 듯이 흔들어 남아 있는 그의 엉덩이 감촉을 털어 냈다.

"아니, 뭐, 저, 저런 변태 또라이가……."

※

새벽 6시.

내가 왜 이 시간에 내 집에서 도둑처럼 움직여야 하는가. 남들이 보면 무서워서 피하는 것처럼 보일 거 아닌가.

기가 막혀서 헛웃음까지 나지만, 솔의 발걸음은 조심스러웠다. 현관 앞에 서고서야 솔은 주혁의 방문을 있는 힘껏 노려보았다.

'야, 야! 더러워서 피하는 거야. 알아? 머리에 피도 안 마른 자식이 하늘 같은 친구 누나에게 음란한 소리나 지껄여 대니까 황당해서 피하는 거라고.'

기분 나빴다면 좋게 말했어도 됐지 않은가. 물론 자신도 잘한 건 없지만, 그도 과한 반응을 보였다. 모욕적이라고 할 만큼 날을 세운 그에게 솔도 이미 감정이 상한 상태였다.

뭘 어째? 계속해? 보여 줘? 뭘 보여 줘!

그 말을 할 때 주혁의 눈빛을 떠올리자 다시 몸이 부르르 떨렸다. 그녀는 이를 악물고 그의 방을 향해 소리 없이 주먹을 날렸다.

"두고 봐. 내가 너 쫓아낸다! 신성하고 아름다운 이곳에 변태 같은 네놈을 그냥 둘 수는 없어! 찬이한테 다 이를 거야! 두고 봐!"

각종 욕을 퍼붓던 솔은 안에서 들려오는 인기척에 화들짝 놀라 허둥지둥 몸을 돌렸다. 그녀의 뒤에서 도어록의 소리가 유난히 크게 울렸다.

음…….

주혁은 눈을 번쩍 떴다.

박솔, 저걸 어떻게 해야 하지?

달라진 모습을 보여 주고, 적당히 우쭐거리다 나갈 작정이었던 그의 계획이 어젯밤 이후로 완벽하게 바뀌었다. 정확히 그녀가 자신의 엉덩이를 두들겼을 때!

잊으려 노력했던 그날의 악몽과 트라우마가 맹렬하게 되살아났다. 적어도 한 번쯤은 저 여자도 이런 치욕을 느끼길 원했다.

추진하는 사업 때문에 오늘부터는 바빠질 텐데. 저걸 무슨 수로 옆에 두고 잘근잘근 씹어 먹을 수 있을까. 침대에 길게 누운 채로 그는 곰곰이 생각에 빠져들었다.

❀

솔은 복도에 잔뜩 쌓여 있는 건축자재에 눈살을 찌푸렸다. 솔의 사무실을 제외한 공간에 예정된 공사가 드디어 시작된 모양이었다.

당분간 시끄럽겠네, 중얼거리며 솔은 사무실로 들어갔다.

"어? 솔이 씨?"

책상 위에 삼각김밥을 올려놓고 먹던 송 대리가 깜짝 놀라며 일어섰다.

"이렇게 일찍 웬일이야?"

"그러는 대리님은 이 시간에 뭐 해요? 뭐야, 여기서 잤어요?"

꾀죄죄한 몰골. 너저분한 책상. 구석에 펼쳐진 침낭까지.

송 대리는 긁적긁적 머리를 긁었다.

"설마…… 쫓겨났어요?"

"이번 달에는 꼭 준다고 했는데…… 주인이 방을 빼 버렸어. 보증금 남은 것도 얼마 되지 않고 해서 월급 나올 때까지 당분간……."

"으이그."

가방을 책상 위로 던진 솔은 우거지상을 지었다.

내 주위는 어째 다 이 모양일까. 왜 하나같이 갑갑하고 힘든 인생뿐인가. 왜 민지같이 못된 것들은 잘 먹고 잘 살고, 착해 빠진 송 대리는 저리 궁상맞게 살아야 하는지.

안쓰러움을 넘어 짜증이 났다.

"아, 진짜! 송 대리님! 다른 직장 구하면 안 돼요? 말이 좋아서 회사지, 달랑 직원 세 명에 사장님은 얼굴 보기도 힘들고, 언제까지 밀린 월급 기다리기만 할 거야. 나야 동생 집에 얹혀산다지만 송 대리님은 상황이 다르잖아욧!"

"내가 뭐…… 할 줄 아는 게 있어야지. 영업직원이라고 제대로 된 계약 물어 온 적도 없고……. 그리고 망할 때 망하더라도 나는 여기가 좋아."

솔이 씨가 있으니까– 라는 말은 험악하게 일그러지는 그녀의 얼굴 앞에서 쏙 들어갔다.

"뭐가 좋아? 뭐가! 뭐가요! 월급이 언제 나올지 알고! 나온다고 해도 밀린 월급 한꺼번에 나올 거 같아요? 아 씨. 안 되겠어."

솔은 괜히 씩씩거렸다.

화가 나서 미치겠다. 요즘 왜 이리 되는 일이 없을까.

"나부터 관둬야겠어. 아까운 내 재능 이딴 곳에서 썩히는 것도 하루 이틀이지. 노동부에 신고하고 당장 나갈 테야!"

"왜 그래. 솔이 씨가 나가면 여기 진짜 망해. 알잖아."

"어이구. 속 터져 진짜."

솔은 자리에 털썩 주저앉았다.

이른 아침 빈 사무실에서 향기로운 차 한 잔과 함께 간밤의 일, 그리고 민지 파티 문제를 곰곰이 생각하려 했는데, 그게 무슨 팔자 좋은 고민인가 싶었다.

누구는 당장 잘 곳이 없어 차가운 바닥에 침낭 펴고 삼각김밥으로 아침을 때우는데, 그깟 돈 지랄 파티는 무엇이며, 잘생긴 변태 또라이가 뭔 대수인가.

이런들 어떠하고, 저런들 어떠하리. 해탈한 느낌마저 들었다.

"너무 속상해하지 마. 이건 비밀인데……."

듣는 사람도 없는 사무실에서 송 대리는 주변을 두리번거렸다. 기대도 하지 않는 솔의 반응은 심드렁하기만 했다.

"부장님이 나만 알고 있으라고 했거든."

"뭐야! 꼴랑 세 명 있는데, 송 대리님만 알고 있으라는 건 나한테만 말하지 말라는 거잖아옷! 김 부장님 어딨어요!"

"진정하고 들어 보라니까. 좋은 일이야."

송 대리의 목소리가 은밀해졌다. 좀처럼 볼 수 없었던 그의 흥분된 눈빛에 솔의 호기심도 조금씩 동했다.

"들어오면서 공사 준비하는 거 봤지? 얼마 후면 이곳에 회사 하나 들어올 거거든."

"응, 응."

솔의 목소리도 덩달아 작아졌다.

"그 회사는 이 건물 중 총 두 층을 쓰기를 원했나 봐. 그래서 위층과 우리 층에 있는 회사들은 보상받고 진즉에 다른 곳으로 옮겼어."

"그건 나도 아는데요?"

"들어 봐. 그런데 왜 우리 회사는 꿋꿋하게 이 자리에 남아 있을까? 그것도 정 가운데에?"

"왜일까?"

그녀의 눈이 반짝반짝 빛났다. 뭔지 모르지만 흥미로웠다.

"우리 사무실 계약 기간이 3년이나 남았거든. 보상이고 뭐고 못나가겠다는데 어쩔 거야. 함부로 쫓아낼 수는 없지. 이런 걸 전문용어로 알박기라고 해."

"그건 부동산 사기 칠 때 쓰는 단어 아녜요?"

그런가? 송 대리는 고개를 갸웃하며 딴생각으로 빠졌다.

"그래서? 계속해 봐요."

"어? 응. 암튼, 놀랍게도 우리 사장님이 새로 들어올 회사 대표랑 먼 친척이라는 거야. 부장님이 그러는데 우리 셋을 고용하는 조건으로 이 사무실을 넘길 생각이래."

"하!"

그럼 그렇지. 솔은 콧방귀를 뀌었다.

어느 정신 나간 인간이, 빚만 잔뜩 있고 명색만 유지하는 작은 회사를 인수하면서까지 고작 사무실 자리를 탐낼까. 돈만 있다면 다른 건물, 다른 층도 얼마든지 있는데.

"진짜야. 그 회사가 앱 개발과 게임 개발을 주력으로 하는 신생회사거든. 대표가 아직 젊은데 해외에서 대박을 터트리고 수백억에 회사를 매각한 경영의 천재래. 그런 대단한 사람이 우리 사장님하고 친척이라는 거지. 굉장하지?"

"앱 개발이면……. 음, 디자인 부분에선 뭐 내가 할 수 있는 일은 있겠네. 하지만 김 부장님하고 송 대리님은 그런 회사에서 무슨 일을 해요? 분야가 전혀 다른데?"

"영업이 필요하지 않은 회사가 어디 있어. 물론 희망 사항이긴 하지만 그렇게만 되면 우리한테 정말 좋은 일이잖아."

"음."

"사실은 지난주에 부장님이 솔이 씨가 했던 작업물들 정리해서 사장님께 넘겼어. 조만간 가타부타 결정이 날 거야."

송 대리의 말대로 된다면야 이건 정말 대박 사건이었다. 조그만 회사도 아니고, 수백억의 자산가가 신규 창업하는 탄탄한 회사의 디자이너라!

어쩌면 밀린 월급도 한 번에 받을 수도 있겠다 싶어 솔도 진지해졌다.

"김칫국 마시는 거 아닐까요? 이러다 안 되면? 사장님이 우리까지 넘기려는 걸 보면 진짜 여기는 가망이 없다는 거잖아요."

"사장님이 큰소리치는 걸 보니까 답이 없는 것도 아닌가 봐. 문제는 솔이 씨 포트폴리오야. 그쪽 성향과 맞기만 한다면 솔이 씨가 나와 부장님을 살리는 거야."

"부담 주지 마요."

"헤헤."

다시 머리를 긁적이며 웃는 송 대리의 얼굴이 해맑다. 적당히 맞장구를 쳐 주긴 했지만, 솔은 왠지 코끝이 찡했다.

이 바보야. 확정도 아닌데 이게 무슨 좋은 뉴스냐. 사장이 그 정도로 급한 거면 문 닫을 날이 얼마 안 남았다는 건데. 저렇게 낙천적이고 긍정적이어서야…….

이미 솔의 머릿속에는 주혁도, 민지의 파티도 지워져 있었다.

당장 먹고사는 문제에 부딪힌 솔의 얼굴은 근심으로 어두워져 갔다.

퇴근 후, 아파트 벤치에 앉은 솔은 전화기를 만지작거렸다. 파티 참석을 취소한다고 민지에게 연락하기 위해서였다. 한 번쯤은 민지를 눌러 주고 싶었던 솔은 우울했다.

그 계집애, 보나 마나 깔깔 비웃을 텐데. 분하지만 어쩔 수 없지.

내키지 않지만, 솔은 메신저를 켰다. 꾹꾹 누르는 손가락이 벌써부터 분해서 벌벌 떨렸다.

[갑자기 엄마가 오신다고…….]

이건 거짓말 티가 너무 난다. 다시.

[나야 상관없지만, 나를 보면 예비 신랑 눈 돌아가지 않겠니? 너도 알잖아. 진수가 나를 얼마나 좋아했는…….]

유치해라. 진심이긴 해도 결혼을 앞둔 애들한테 이건 할 짓이 아니다.

지우고 진지하게 다시 치려고 할 때 느닷없이 메시지가 도착했다. 민지였다.

[너, 남친 생겼다며? 이름이 한주혁? 찬보다 키도 크고 생긴 것도 모델 같다고 혜주가 그러더라. 그런 것도 모르고 진수랑 난 네 걱정 많이

했잖아. 데리고 올 사람 없어서 대충 핑계 대고 안 올까 봐. 아무튼, 기대가 크다. 고급 호텔이니까 내 얼굴 봐서 예쁘게 차려입고 오렴. 입구에서 박솔/한주혁 이름으로 예약 확인하면 된단다. 꼭 보자!]

헐— 솔은 입을 벌렸다.

되는 일이 진짜 없다. 대화창을 열고 있어 이미 읽음 표시로 되어 있는데 못 봤다고 할 수도 없고.

문자에서도 비웃는 민지가 보이는 거 같아 오기가 발동한 솔은 분노를 가득 담아 꾹꾹 답을 눌러썼다.

[깜짝 놀라게 해 주려고 했지. 주인공이 따로 있는데 우리 자기가 괜히 민폐 하객 되는 거 아닌지 몰라. 우리 자기랑 꼭 같게. 기대해!]

그리고 두 손으로 얼굴을 덮었다.

"아, 정말 미쳐 버리겠다. 혜주, 그건 왜 시키지도 않은 짓을……."

이름이야 바꿔서 가면 된다 치고, 문제는 어디서 찬보다 키도 크고 잘난 놈을 구하느냐 말이다.

주혁을 데리고 갈 마음은 싹 사라졌지만, 어제 자신을 대하는 태도로 봐서는 부탁한다 해도 들어줄 것 같지 않은데.

그저 울고 싶은 솔은 힘없이 자리에서 일어났다.

그때였다. 동네에서 보기 힘든 외제 오픈카가 바람을 일으키며 솔을 스쳐 갔다. 솔의 단정했던 머리가 휘날릴 정도로 속도를 내던 차는 끼이익 소리를 내며 요란하게 정차했다.

"저런 미친! 아파트 내에서 저 속도로!"

한마디 할까 발끈하던 솔은 후다닥 급히 몸을 숨겼다. 오픈카 조수석에 보이는 옆모습이 익숙했기 때문이었다.

저 머리! 저 어깨! 한주혁?

조수석에 앉은 사람은 분명 주혁이었다. 운전석에 있는 놀랄 정도로 화려한 여자를 향한 그의 미소가 묘했다.

저건 뭐지? 굉장히 따뜻하고 사랑스러워 죽겠는 느낌?

'뭐야? 애인이야?'

그러기엔 몹시도 수상쩍은 그림이었다. 낯 뜨거울 정도로 깊게 팬 의상과 화려한 화장을 한 여자는 적어도 50대는 넘어 보였다.

"어머! 어머!"

갸우뚱하던 솔의 눈이 휘둥그레졌다. 여자가 스스럼없이 주혁의 목을 끌어안는가 싶더니 다음 순간 그녀의 입술이 그의 입술을 덮어 버렸던 것이다.

"어머! 웬일이니. 길 한복판에서 저게 뭔 짓이야."

저도 모르게 눈을 가린 손가락을 활짝 벌리며 솔은 똑똑히 보았다.

녀석은 거부하지 않았다. 오히려 주혁은 여자의 뒷머리를 움켜잡고는 얼굴을 비스듬히 내려 열성적으로 키스를 되돌리고 있었다.

덕분에 솔은 그의 표정을 더 자세히 볼 수 있었다.

세상에…… 낯 뜨거워라.

숨이 멎을 만큼 놀란 솔의 머릿속에 이런저런 생각이 엉키기 시작했다.

도대체 무슨 상황이지? 왜 엄청 나이 차이가 나는 여자분이랑 주혁이 저러고 있는 거야?

하는 짓이 정상이 아닌 건 알고 있었지만, 저 정도 나이 차이가 나는 여자랑 만난다는 게 말이 되나?

혹시?

솔의 눈이 게슴츠레해졌다. 그녀는 냉정하게 상황을 분석하기 시작했다.

얼핏 봐도 비싸 보이는 외제 컨버터블. 최대한 어리게 입으신 여사님. 딱 봐도 돈 있는 사모님과 젊고 잘생긴 주혁에게선 열기가 뿜어져 나왔다.

그건 당연히 끈적끈적한 불륜의 열기였다.

"후후…… 후후후."

냄새가 난다! 드라마에서나 보았던 그렇고 그런 냄새가!

확신에 찬 그녀의 얼굴에서 비릿한 미소가 피어올랐다.

"요놈, 요 발칙한 놈."

어젯밤 엉큼한 소리를 할 때부터 알아봤어야 했다. 그건 철저하게 직업적인 멘트였던 것이다.

그런 말에도 훅 가는 여사님들이 있었던 모양이지?

눈앞에서 확인한 이상 누나로서, 인생의 선배로서 가만있을 수는 없다고 솔은 말갛게 웃었다.

왜냐면, 왜냐면 저 녀석의 정체는…….

"후후후. 제비였구나!"

눈을 번쩍 빛낸 솔은 핸드폰을 들어 올렸다.

3.

어머, 웬일!

믿을 수가 없었다. 철옹성 같던 주혁이 키스를 피하지 않고 있다니!

그를 알게 된 후 끊임없이 유혹했지만, 가벼운 인사의 입맞춤 외에는 철저하게 직원과 대표로서의 선을 지키던 그였다.

드디어 이 남자가 자신에게 문을 여는 걸까? 시도 때도 없이 들이댄 노력의 보답을 이제야 받는 걸까?

기왕 하는 거면 화끈하게, 더 입을 벌리란 말이야. 좀 더 깊숙이…….

엠마의 주름진 눈가가 황홀한 듯 휘었다.

"적당히 하지?"

"흐응."

몰라. 못 들었다.

엠마는 좀 더 바짝 그에게 밀착하며 깊게 파인 원피스 위로 드러난 풍만한 가슴을 비볐다.

이래도 거부할래? 그러고도 네가 남자야?

그때였다. 찰칵! 찰칵! 어디선가 들려온 카메라 셔터 소리에 깜짝 놀란 엠마가 고개를 돌려 확인을 하려 했다. 그런 그녀의 머리를 주혁은 인정사정없이 깊게 눌렀다.

"완전히 떼지는 말고, 그냥 가만히 있으라고."

웃음기가 묻어 있는 목소리. 그제야 엠마는 주혁의 신경이 자신이 아닌 뒤쪽 어딘가에 쏠려 있다는 걸 깨달았다.

"아 씨. 뭐야!"

"조용히 해. 고개는 빼지 말고."

아직 그녀의 입술 위에 가볍게 얹혀 있는 그의 잘생긴 입술이 보기 좋게 올라갔다.

엠마는 기분이 상했다. 그도 그럴 것이 그를 알게 된 건 오래되었지만, 장난기 있는 그의 모습을 보는 일은 드물었다.

일 외에는 모든 것에 심드렁한 그가 눈까지 빛내며 호기심을 드러내고 있는 것이 자신이 아니란 사실에 자존심이 상했다.

그의 호기심을 차지한 것을 확인하기 위해 그녀는 고개를 획 돌렸다. 매서운 눈으로 돌아보자 핸드폰으로 사진을 찍던 웬 조그만 여자가 휘청 놀라는 것이 보였다.

여자는 고개를 돌리며 딴청을 부리기 시작했다. 애써 몸을 아파트 외벽 뒤로 붙이는 모습이 어설프기 짝이 없었다.

"넌 그만 가라."

주혁은 엠마의 삐죽이는 입술을 못 본 척하며 느긋하게 벨트를 풀었다. 아직 그의 눈이 반짝이고 있었다.

"뭐야. 기껏 데려다줬더니."

"누가 데려다 달랬어. 네가 나 사는 곳 알아내려고 일부러 온 거잖아."

"그러니까 왜 계약한 오피스텔로 안 오고 딴 데로 튀었냐구. 내가 그 옆에……."

읍. 엠마는 재빨리 입을 다물었다. 그를 쫓아 한국으로 들어왔을 때도 기막혀했는데, 그의 옆집으로 계약까지 한 걸 알면…….

"오빠 미워!"

최후의 수단으로 엠마는 새초롬히 삐진 척 몸을 돌렸다. 그녀의 이런 행동을 보면 그는 귀엽다는 듯 머리를 쓰다듬곤 했으니까.

"분장이나 지워."

"응?"

그제야 엠마는 자신이 아직 분장한 상태라는 것을 깨달았다.

그녀의 취미 중 하나였다. 특수 분장.

오늘은 시내에서 열리는 코스프레 행사에 참여하느라 직접 자신에게 해 보았다. 주혁을 허둥지둥 쫓아 나오느라 옷만 갈아입었을 뿐 분장까지 지울 생각을 못 했으니 당연히 얼굴은 아직도 50대 요란한 팜므파탈 캐릭터일 것이다.

"진작 말해 주지."

엠마는 스카프를 머리에 멋스럽게 둘러 얼굴을 가렸지만, 주혁은 그녀에게 전혀 관심이 없었다. 아직도 그는 룸미러를 응시하며 미소를 짓고 있었다.

엠마는 못마땅하게 물었다.

"아는 여자구나?"

"응."

"왜 벽에 붙어 있는 거야? 저러면 자기가 안 보이는 줄 아나? 저렇게 가로등 한가운데 서 있는데?"

"큭."

주혁은 소리 내 웃었다. 묘하게 기분이 나빠진 엠마는 쏘아붙이듯 말했다.

"바보구나."

"함부로 말하지 마. 다음 주부터 일해야 하니까 너는 출근 준비나 잘하고 있어."

주혁은 가볍게 차 문을 뛰어넘었다. 또 저런다. 열리고 닫히는 문을 놔두고 굳이 저렇게 멋있는 척. 아니, 멋있잖아!

사이드미러를 보니 그 바보는 주혁이 내리는 모습을 보자마자 후다닥 뛰어가고 있었다.

"잡아야 하는 거 아냐? 사진 찍던데?"

"잡아야지. 잡아서 혼내 줘야지."

"아, 뭐야! 누구야? 저런 멍청이를 오빠가 어떻게 알아?"

"함부로 말하지 말랬지. 저 여자힌테 힘부로 해도 되는 사람은……."

그가 즐거운 듯 웃었다.

"나밖에 없어."

그리고 등을 돌려 뛰기 시작했다. 이미 한참이나 멀어진 여자를 향해 주혁은 전속력으로 달리기 시작했다.

❋

그 녀석이 쫓아온다. 무서운 속도다.

뒤를 보지 않아도, 솔은 느낄 수 있었다. 그 긴 다리 길이로 뛰어온다면 잡히는 건 시간문제란 것도.

그럴 수는 없지. 이 사진만 있으면 바로 내쫓을 수 있는데.

솔은 미친 듯이 달렸다. 다행히 1층에 서 있는 엘리베이터 안에 잽싸게 들어온 그녀는 목적지인 6층을 누르고 그 위에 모든 층을 다 눌렀다.

25층이나 되니 아마 한참 기다려야 올 것이다, 이 자식아.

그때, 아슬아슬하게 닫히는 문틈으로 바짝 다가온 주혁이 보였다. 그녀는 헉헉거리면서도 의기양양하게 손가락 두 개를 들어 자신의 눈을 찌르듯 가리키고는 곧장 그에게로 돌렸다.

똑똑히 다 봤어, 이 제비 자식아. 넌 아웃이야!

"우후후후후."

남겨진 주혁의 귀에 들린 건 그녀의 의뭉스러운 웃음소리뿐이었다.

"찬! 찬아! 찬아!"

신발도 벗지 않고 솔은 거실 화장실로 몸을 날렸다. 불이 켜져 있는 걸 확인했으니, 분명 찬은 있을 것이다.

벌컥 문을 열자,

"악!"

용변을 보던 찬은 외마디 비명과 함께 엉덩이를 틀었다. 멈칫했던 솔이 이내 온갖 인상을 쓰며 소리쳤다.

"이 자식이 또! 앉아서 하라고 했지! 청소할 때 얼마나 구역질 나는지 알아!"

"아 놔! 누나! 쫌!"

"그게 중요한 게 아니고 이거 봐 봐. 응응?"

언제 그 녀석이 들이닥칠지 모른다. 솔은 핸드폰을 찬의 눈앞에 들이밀었다.

허겁지겁 지퍼를 올린 찬은 눈을 질끈 감고 심호흡을 하고 있었다.

"내가, 내가 꼭 노크하라고 했지! 아무리 남매라도 지켜야 할⋯⋯."

"닥치고 이거나 보라고!"

솔은 찬의 머리채를 잡아 자신의 핸드폰 위로 올렸다. 강제적으로 사진을 보게 된 찬의 눈이 커졌다.

"봤지? 내가 고민했는데, 진짜 저 녀석이 내 알몸을 봐서 이러는 게 아니고, 네 친구 완전 이상해. 선수야, 선수. 이거 봐 봐. 이게 말이 되냐? 적어도 오십이 넘은 아줌마랑 남들 다 보는 길거리에서 이러는 게 말이 되냐고?"

"뭐야, 이거?"

찬은 핸드폰을 빼앗아 자세히 들여다보기 시작했다. 솔은 정신없이 외쳤다.

"내가 보기엔 저 녀석 연상 킬러야. 직업도 없겠다, 돈도 없겠다 반반한 얼굴로 아줌마들 꼬셔 먹고사는 제비라고. 남사스러워서 정말. 프로도 아닌가 봐. 적어도 작업장은 구별해야지. 아파트에서 대놓고 작업질이라니. 동네 꼬마라도 봤어 봐. 교육상 좋겠니? 지 엄마한테라도 이르면 소문 퍼지는 건 금방이야. 동네에 반반한 제비가 휘젓고 다니는 게 알려지면 집값도 떨어질걸. 그렇게 되면 너 동네 주민한테 맞아 죽어. 친구 잘못 둬서 망하는 건 한순간이라고. 어릴 때 정이 있어서 내가 웬만하면 그냥 넘기려고 했는데⋯⋯."

"뭐라는 거야? 좀 천천히 말해 봐. 무슨 소린지 하나도 못 알아듣겠다."

"시간이 없어! 하여간 나한테도 작업 들어왔다니까! 어제 저 녀석이 나한테 뭐랬는 줄 알아? 자기는 다 크대. 다다다다 다 크대!"

"뭐?"

찬의 얼굴은 멍해졌다.

"혼내 줘. 혼내 줘. 빨리 쫓아내 줘!"

띠리리리— 현관문이 열리는 소리에 솔은 얼른 찬의 뒤로 숨었다. 주혁이 들어오자 솔은 찬의 등 뒤에서 의기양양하게 얼굴을 쳐들었다.

이미 늦었어. 너는 이제 친구도 잃고 살 곳도 잃는 거야. 그러게 감히 누나를 협박해? 조금 귀여워했다고? 미안하지만 너는 이제 끝이야.

손으로 목을 긋는 시늉까지 하며 솔은 최대한 비열한 웃음을 지었다. 짜증 나서 한번 죽어 봐, 이 자식아.

"왔냐?"

"어."

응? 미소가 사라진 건 솔이었다. 별다른 반응 없이 소파로 걸어가는 찬을 보며 그녀는 눈을 깜빡였다.

이게 뭐야! 친구라면 당연히 너 뭐 하는 놈이냐고 역정을 낸 후, 그렇게 살지 말라고 멱살을 잡은 뒤 우리 누나를 괴롭히는 놈과 같이 살 수 없다며 쫓아내는 것이 순서 아닌가?

찬은 소파에 앉으며 무심하게 말했다.

"혹시 엠마도 한국 왔냐?"

"어. 부르기도 전에 왔더라고. 실력은 최고니까 이렇게 된 거 이번에도 같이 일해 볼까 해."

엠마는 누구고 이건 무슨 반응?

최대한 주혁과의 거리를 유지하면서 찬에게 돌진한 솔이 소리쳤다.

"빨리 뭐라고 해야지! 이러고도 네가 친구야? 친구가 나쁜 구렁텅이에서 헤매는 제비인데? 다른 건 몰라도 나는 저런 도덕관념을 가진 놈과는 같이 못 살아!"

"그 여자 50대 아냐. 우리랑 동갑이야. 28살. 맞지?"

심드렁하게 찬이 물었고 주혁은 고개를 끄덕였다.

"근데 걔는 왜 너한테만 오빠라고 하냐? 잘생기면 오빠라면서 왜 나는 꼬박꼬박 이름으로 부르는 건데? 걔도 눈이 한참 낮아."

"그러지 않아도 엠마가 너 한번 보고 싶다더라. 너희 본 지가 한 3년 넘었지?"

"벌써 그렇게 됐나? 하긴 내가 너 사는 곳 놀러 간 게 그 정도 됐나 보다. 그때 참 재미있었는데……."

찬의 눈빛이 쓸데없이 아련해졌다. 솔은 동생이 멱살을 거세게 쥐었다. 난데없이 봉변을 당한 찬이 캑캑거렸지만 상관 않고 버럭대기 시작했다.

"추억에 빠지지 말란 말이다! 그 여자가 어째서 너와 동갑이야. 내가 똑똑히 봤다고. 주름이 자글자글!"

"캑! 이거 놔! 그거 걔 취미야! 피규어도 만들고 특수 분장도 하고, 게임캐릭터 만드는 애란 말이야. 놔!"

"못 놔! 빨리 혼내 줘! 훤한 길에서 막 애정 행각을 벌였다니까!"

그때 주혁이 슬그머니 솔의 팔을 잡았다. 순간 흠칫했지만, 솔은 꿋꿋하게 찬의 멱살을 쥐고 주혁을 노려보았다.

"미안해요. 누나, 많이 놀랐나 봐요. 걔가 원래 외국 생활을 오래 해서 좀 자유분방해요. 별 사이 아니에요."

"뭐, 뭐라고?"

"단순한 인사였어요."

담담한 목소리에 맥없이 그녀의 손이 풀렸다. 아직 캑캑거리는 찬과 묘한 미소를 보내는 주혁. 마치 바보가 된 기분이었다.

하지만 가벼운 인사라니……. 뒷머리를 움켜쥐고 부비부비하는 입맞춤이 어떻게 가벼운 인사란 말인가. 이렇게 당할 수만은 없었다.

"하지만 너! 너 어젯밤에 나한테 했던 말은 뭔데? 다, 다 크다고……."

말하면서도 솔의 얼굴은 벌게졌다. 부끄러움이 왜 자기 몫이어야 하는지 억울했다.

"누나가 아직도 절 꼬마 취급하니까요. 이제 다 큰 성인이잖아요, 저."

주혁은 침착하면서도 정중했다. 캑캑이던 찬이 솔을 향해 고개를 매섭게 쳐들었다.

"나도 봤어! 누나가 주혁이 궁둥이 막 토닥이는 거! 미쳤어? 그거 성희롱이야!"

"아니, 나는……."

"빨리 사과해."

"뭐?"

주혁이 얼른 끼어들었다.

"괜찮아요. 누나가 어릴 적부터 저 예뻐해서 그런 거 알아요. 하지만 이제 그거 하지 말아요. 좀 그래요."

"아, 아니……. 하지만 너도 막 내 손을 거기다가…… 나는……."

"아직 시차 적응도 못 한 애를 왜 못살게 굴어. 빨리 사과해! 주혁이도 어제 누나한테 사과했잖아."

찬의 호통에 솔은 그만 입을 다물었다.

뭔가 억울하고 분한데, 표현할 길이 없다. 나이도 많은 주제에 옹졸하고 치졸한 인간이 된 느낌이다.

눈을 번득이며 노려보는 찬도 재수 없고, 이 상황이 난감한 듯 서 있는 저 녀석은 더욱 재수 없었다. 그렇지만…….

"미안해."

결국, 기어들어 가는 소리로 솔은 사과했다.

"아뇨, 내가 미안하죠. 너는 누나한테 왜 그래. 누나가 싫다고 하면 난 갈 데도 없는데."

주혁은 몹시 곤란해하며 손사래까지 쳤다.

"우리 누나 그 정도로 야박하지 않아. 그리고 여긴 내 집이야. 신경 쓰지 말고 편하게 있으라니까. 따지고 보면 누나도 내 집에 굴러들어 온 민폐 덩어리야."

이런 걸 동생이라고……. 솔은 보기 흉하게 벌어졌던 입을 꾹 다물었다.

그래. 나만 나쁘다. 너네는 좋겠구나. 사이가 좋아서. 한 쌍의 바퀴벌레는 여기도 있구나.

솔은 입술을 꼭 깨물고는 우두커니 서 있었다. 눈동자에 소외감과 억울함이 들어차 차츰 고약하게 변하기 시작했지만, 그런 그녀는 안중에도 없는지 어느새 둘은 자기들끼리만 아는 대화를 하기 시작했다.

"일은 잘 해결됐어? 시작은 언제부터 하는 거야?"

"공사 들어갔으니까 다음 주부터는 시작할 거야."

"이번엔 중간에 관두지 말고 진득하게 해 봐. 다시 생각해도 아까워 죽겠다."

"그래야지."

치― 쓸쓸하게 서 있던 솔은 축 처진 어깨를 돌려 방으로 향했다.

둘은 그녀가 들어가는지도 모르는 모양이었다. 낄 데가 없다. 사이좋은 바퀴벌레는 그녀에게 관심조차 없었다.

하지만 문을 닫고 들어간 그녀는 보지 못했다. 그녀를 다시 돌아본 주혁의 눈은 지대한 관심을 담고 있었다. 물론 좋은 의미는 아니었지만.

날카롭고 서늘하게 그는 한참이나 그녀의 방문을 응시했다.

❋

똑똑. 노크 소리에 누워 있던 솔이 슬그머니 일어났다.

"누나, 아직 안 자죠?"

뭐냐, 저 녀석은?

"얘기 좀 해요."

싫은데?

솔은 혼자서 깐족거렸다. 나는 너랑 얘기하기 싫어. 왜냐면 난 네가 싫거든. 그냥 싫어. 왠지, 몹시, 완전 싫어. 계속 서 있어 봐라, 내가 나가나.

"찬은 약속 생겨서 잠깐 나갔어요. 우리, 할 얘기 있는 거 같은데."

신속하게 확인한 문은 다행히도 굳게 잠겨 있었다. 솔은 머리끝까지 이불을 뒤집어쓰고는 귀를 막았다.

"점순이. 문 안 열어? 부순다."

누웠던 솔이 튕기듯 일어났다.

뭐래. 지금 뭐라고 했어. 분명히 점순이라고 했지? 오호라.

솔은 이제야 알 거 같았다. 저 녀석은 찬이 없을 때만 본성을 드러내고 있다는 것을.

얼마나 자신을 만만하게 봤으면 저러는지 화가 치밀었다. 발끈한 그녀는 후다닥 뛰어나갔다.

"너 방금 뭐라고 했어!"

후후! 비웃음이 들리는가 싶더니 녀석은 등을 돌렸다. 느긋하게 소파에 앉은 주혁은 맥주 캔을 들어 올렸다.

"이래야 누나가 나올 거 같아서요."

"야, 너…… 와…… 너."

"한잔해요. 우리가 좀 껄끄럽게 만났지만, 계속 불편하게 지낼 필요는 없잖아요."

"난 하나도 안 불편하거든. 마시려면 너나 마셔."

매몰차게 솔은 돌아섰다. 어쩐지 저 녀석과 엮일 때마다 말리는 듯한 기분이 싫었다. 되도록 말을 섞지 않는 것만이 정신 건강에 좋을 것 같다는 강한 예감이 들었다.

그때.

"화났어요?"

뒤에서 들려온 진중한 음성에 솔은 멈칫했다.

"미안해요."

슬쩍 돌아보니 주혁은 전에 없이 진지한 눈빛이 되어 솔을 바라보고 있었다.

"미안? 네가 뭘 잘못했는지는 알고 하는 소리니?"

"솔직히 우리가 좀 민망한 상황으로 만났잖아요. 내 나름대로 어색함을 풀고 싶었어요. 아직 여기가 캐나다인지 한국인지 적응도 안 되고, 친밀하게 군다는 게 여기 정서에 맞지 않았나 봐요. 정말 미안해요."

솔은 나름 예리하게 주혁의 표정을 뜯어 살피기 시작했다. 얼마겪지 않았지만, 태도가 수시로 바뀌는 그를 무턱대고 믿을 수는 없었다.

하지만 웃음기 거둔 진지한 표정과 미안함에 흔들리는 눈빛은 진심 같아 보이기도 했다.

갑자기 그녀는 이 상황이 쑥스러워졌다. 조금 부끄러운 것도 있었다.

나이도 4살이나 어린놈 앞에서 까칠하게 구는 자신도 잘한 것은 없고, 먼저 사과하고 다가오는데 여기서도 돌아서면 정말 나잇값도 못 하는 사람이 되는 것만 같았다.

"에휴……."

큰 결심을 한 듯 숨을 내뱉은 솔은 터벅터벅 걸어 그의 옆에 털썩 앉았다. 샤워를 했는지 그에게서는 좋은 향이 났다.

이유 없이 민망해진 그녀는 엉덩이를 슬금슬금 밀어 그와의 거리를 뒀다.

"나도 줘. 마실래."

차가운 맥주를 숨도 쉬지 않고 반 이상 벌컥벌컥 마셨다.

나란히 앉아 있으려니 참을 수 없이 어색하기만 했다. 그의 말이 맞았다. 이렇게 불편하게 지내 봐야 서로에게 좋을 것도 없었다.

솔은 흠흠 헛기침으로 목소리를 가다듬었다.

"미안하면 앞으로 점순이라고 하지 마."

"싫어요? 그럼 뭐라고 해요? 가슴에 예쁜 점이 있는 여자, 점순이라고 부르면 안 돼요?"

"얘가 또! 당연히 안 되지."

"내가 살던 곳에선 그런 거 엄청난 매력 포인트인데. 일부러 내보이고 자랑하고 그래요. 굉장히 섹시하잖아요."

"여기선 그런 소리 함부로 하는 거 아냐. 그러나 너 큰일 나. 신고당해서 신세 망치는 건 한순간이라고."

제법 엄하게 솔은 그를 타이르면서도 속으로는 혀를 찼다.

기가 막혔다. 외국에서 태어난 것도 아니고 고등학교 때 건너간 녀석이 왜 이렇게 딸한 건지. 공부는 잘했다고 들었는데 생활 머리는 별로인가?

"칭찬이었는데, 기분 나빴다면 그것도 사과할게요."

주혁은 고개를 갸웃거리더니 갑자기 씩 웃었다.

웃는 얼굴에서 희미하게나마 예전 모습이 보이는 듯했다. 그때도 주혁은 하얀 얼굴에 뚜렷한 이목구비가 꽤나 귀엽긴 했었는데 지금에 비할 바는 아니었다.

새삼 감탄한 솔은 저도 모르게 얼굴을 붉히며 빠르게 말했다.

"알았으면 이제 절대 그런 소린 하지 마. 그리고……."

그녀는 잠시 망설였다. 분명 지금은 고분고분하고 말 잘 듣는 착한 동생의 분위기인데 뭐가 이렇게 찜찜한 걸까.

아무래도 재회의 순간이 너무도 남사스러워 그럴 거라고 솔은 애써 마음을 눌렀다. 그 일만 서로 잊는다면 나쁘게 지낼 이유는 없다.

찜찜한 생각을 걷어 내듯 고개를 한 번 크게 저은 솔을 주혁은 말간 얼굴로 바라볼 뿐이었다. 그녀는 짠- 손을 내밀었다.

"화해하자. 그리고 같이 사는 동안 잘 지내자."

주혁은 야무지게 내민 작은 손을 잠시 바라보았다. 한층 누그러져 있는 그녀의 눈을 보자 피식 웃음마저 나왔다.

이렇게 쉬워서야……. 내민 손을 잡아 주니 솔은 환하게 웃으며 힘차게 아래위로 흔들었다.

"그리고 나도 미안했어. 엉덩이 토닥인 거 사과할게."

단순한 여자.

그의 입가에 옅은 웃음이 어렸다. 그는 이미 솔의 성격을 대충은 파악한 후였다. 화내는 것도, 풀리는 것도 순간이고, 포기도 빠르고 주눅도 잘 드는 것 같고…….

아까도 조목조목 말만 잘했어도 찬이 앞에서 굳이 사과까지 할 필요는 없었을 텐데.

나이에 비해 철없어 보이는 건 아마도 과한 사랑을 받고 자란 탓인 듯했다. 티격태격하는 것 같지만 동생인 찬이 그녀를 얼마나 애틋하게 아끼는지 잘 알고 있었다.

그래서일까. 이 여자는 상당히 단순했고, 깊이 생각하는 것 자체를 싫어하는 듯했다.

그러니 그는 일단 먼저 머리를 숙이기로 했다. 예상을 벗어나지 않는 그녀는 역시나 단박에 화해를 하잖나. 정말이지 어디 가서 사기당하기 쉬운 여자가 아닌가.

부모님이 섭섭해할 만큼 지나치게 독립적인 성격을 가진 자신과는 반대의 성격.

그가 한번 당한 일은 끝내 갚고야 마는 집요한 면이 있다는 걸 안다면 이 여자는 이렇게 쉽게 손을 내밀지 못했을 텐데.

해맑게 웃는 모습을 보자 그의 기분마저 좋아졌다.

사실 오늘은 아침부터 기분 좋은 날이었다.

요즈음 그는 먼 친척 아저씨의 말도 안 되는 요구에 난감해하던 중이었다.

필요하지도 않은 도움을 자청하며 사무실 계약까지 도와주실 때만 해도 감사했다. 아버지의 부탁도 있고 해서 최대한 정중하게 대하려 노력했다.

아저씨는 자신이 운영 중인 광고대행사가 세 들어 있는 빌딩을 적극적으로 추천했다. 건물도 훌륭했고 교통이나 주변 환경이 만족스러웠기에 주혁은 군말 않고 진행했다.

하지만 막판에 아저씨는 말을 바꾸었다. 자신의 회사 직원들을 채용해 달라는 것이었다. 통사정을 했지만, 말도 안 되는 일이었다.

한국에 오기 전부터 주혁의 새 프로젝트는 시작되었다. 전 회사의 매각으로 확보한 넉넉한 자금력으로 최고의 인재들을 계약했고, 그들은 지금, 이 시가에도 세계 곳곳에서 재택근무를 하고 있었다.

엠마만 해도 그렇다. 그녀는 해외 여러 업체에서 러브콜을 받는 실력 있는 디자이너였다.

그런 그의 회사에 검증되지 않은 디자이너와 영업 사원을 들일 이유는 없었다. 게다가 사적인 청탁을 받고 채용을 한다는 것은 그의 신조에도 어긋나는 일이었다.

단호하게 거절하자 아저씨는 지친 표정으로 포트폴리오를 내밀었다.

- 내가 정말 우리 직원들에게 미안해서 그래. 착한데 능력들이

없어. 당장 회사 문 닫으면 저것들 일 구하기 쉽지 않을 거야. 주혁아, 한 번만 더 생각해 주면 안 될까? 아주 잡다한 업무라도. 그래도 시키는 일은 성실하게 하는 편이니까. 나는 그냥 이것저것 다 정리하고 이제 쉬고 싶구나. 그러자니 이것들이 눈에 밟혀서……. 그리고 이것 좀 봐라. 다른 건 몰라도 우리 디자이너는 정말 실력이 있어.

그의 말대로 포트폴리오는 제법 괜찮았다. 비록 그의 회사와 전혀 다른 분야이긴 해도 감각도 좋고 세련된 디자인이었다. 하지만 사업은 사업이다.

다시 한번 거절을 하려던 그의 눈에 아저씨가 주섬주섬 꺼내 놓은 이력서들이 들어온 건 그 순간이었다.

박솔!

맨 위에 있는 이력서에 생긋 웃는 이 여자의 사진이 붙어 있었다. 비록 포토샵으로 턱도 심하게 깎고 눈도 엄청 키웠지만, 한눈에 알아보았다.

와우. 이런 인연이, 이런 행운이 다 있나.

주혁은 가슴마저 설렜다. 사장과 직원이라니. 옆에 두고 괴롭혀 주기에 너무나 환상적인 환경이 아닌가.

이번만큼은 공과 사 따위를 상관하지 않기로 했다. 그만큼 솔에 대한 그의 감정은 복잡했다.

첫사랑 세나의 얼굴은 잊은 지 오래지만, 이 여자의 얼굴, 목소리는 그와 함께 살아왔다. 속 좁고, 유치하다 해도 그에게 박솔이란 여자는 넘어야 할 커다란 트라우마였다.

주혁은 제 생각이 드러나지 않도록 시선을 내리깔았다. 그의 손을 꽈악 잡은 그녀의 손이 힘차게 위아래로 움직이는 것이 눈에 들어왔다.

커다란 눈을 빛내며 솔은 적극적으로 그의 손을 흔들고 있었다. 따스하고 부드러운 손이었다. 제법 감촉이 좋아서 악수가 끝났을 때 조금은 아쉽기까지 했다.

"찬이랑 아까 한 얘기가 뭐야? 너 무슨 일 시작하는 거 같던데, 직장 구하는 거야?"

주혁과 화해를 했다고 생각한 솔의 목소리는 한층 낭랑해져 있었다. 렌즈를 낀 것처럼 반짝이는 눈을 크게 뜨고는 솔은 상체를 주혁에게로 기울였다. 어깨까지 흘러내린 머리카락 사이에서 달콤한 복숭아 향이 풍겼다.

"조그만 사업 하나 해 보려고요."

"사업?"

솔은 눈살을 찌푸렸다.

"그런 거 섣불리 하면 안 돼. 차라리 취직을 하지 그래? 누나가 살아 보니 그렇더라. 안정적인 회사에서 따박따박 나오는 월급 받고 사는 거, 그게 최고야."

"……."

"누나가 주변에서 사업하다 엎어진 사람 여럿 봐서 그래. 잔소리 같겠지만 잘 생각해 봐. 너도 적은 나이가 아니잖니. 저축도 하고 빨리 자리를 잡아야지. 얼굴 반반한 거는 오래 못 가. 능력과 비전이 있어야 장가도 가지."

"제 얼굴이…… 반반해요?"

그는 재미있다는 듯 웃었고 솔은 말을 멈췄다.

포인트를 못 알아채네, 이 녀석은. 진짜 머리가 나쁜가?

솔은 이쯤에서 화제를 돌리기로 했다. 화해도 했고, 분위기도 나쁘지 않으니, 아까부터 입안을 간질거리던 부탁을 꺼내도 괜찮을 듯싶었다.

슬쩍 찔러나 볼까? 솔은 힐끔힐끔 주혁의 눈치를 살폈다. 자존심이 상하지 않게 말할 타이밍을 찾기 위해 그녀는 일단 제일 무난한 화제를 꺼냈다. 호구조사.

"흠. 흠. 근데, 아버지는 뭐 하셔? 이민 가기 전에도 너희 집 제법 살았잖아."

"아버진 지금은 일 안 하세요. 그냥 집에만 계세요."

"어머, 실직하셨어?"

솔은 마시던 캔 맥주를 내려놓았다.

"처음에는 이것저것 해 보셨는데 제가 20살이 되던 해부터 그냥 쉬고 계세요."

어머나, 저걸 어째! 중얼거리는 솔은 금세 안쓰러운 표정이 되었다.

그녀는 알지 못했지만, 주혁은 20살이 되었을 때 이미 유명 인사였다. 18살에 창업한 회사가 엄청난 호평과 함께 대박을 치고 있었으니까.

놀고먹는 것이 평생의 꿈이었던 아버지는 그의 통장 잔액을 확인하던 날, 선언하셨다.

─ 나는 이제 아들 덕 보고 살란다. 그동안 먹여 주고 공부시켜 줬으니 이제 네가 엄마랑 아빠 먹여 살려라.

그것을 알 리 없는 솔은 주혁을 짠하게 보았다.

다 정리하고 해외까지 갔으면 잘 살아야 했는데, 아버지도 실업자 신세니 먹고사는 게 힘들었을 테지. 오죽하면 선진국을 떠나 헬조선으로 기어들어 와 방 한 칸 구하지 못하고 친구 집에 얹혀살까.

짠했다. 짠하면서도 희망이 보였다. 적당히 구슬리고 혜주 말처럼 알바비를 챙겨 주면 쉽게 데려갈 수도 있을 것 같았다.

"음…… 그럼, 꼬맹아."

그의 눈이 찌릿, 솔을 노려보아서 솔은 흠칫했다. 다른 건 다 좋은데 눈빛은 왜 저 모양인지. 사람 섬뜩하게…….

어쨌든.

"음, 주혁아. 누나가 일일 알바 자리 하나 제안해도 될까? 너한테도 나쁘지 않을 거야."

용기를 낸 솔은 조심스럽게 말문을 떼었다.

이야기가 끝났을 때 그녀의 얼굴은 벌게져 있었고 주혁은 묘한 표정이 되어 그녀를 물끄러미 바라보았다.

"파티? 파트너를 하면 돈을 준다고요?"

"……응."

솔은 배시시 웃었다.

"얼마를 준다고요?"

"2시간에 무려 3만 원. 너 이거 결코 적은 금액 아니야. 최저시급보다도 높고, 맛있는 뷔페도 먹을 수 있고 신나게 파티도 즐기면서……."

주혁의 비웃는 표정을 본 솔은 말을 흐렸다. 일단 낮은 가격으로 흥정을 시도한 건데 너무 짜긴 했다.

"좋아! 누나가 인심 한번 쓴다. 5만 원. 오케이?"

주혁은 대꾸할 가치를 못 찾은 듯 몸을 일으켰다. 당황한 솔은 주혁의 손을 덥석 잡았다.

"시, 십만 원! 더 이상은 못 줘."

자신의 손과 포개진 솔의 손을 뚫어지게 쳐다보는 주혁을 보며 솔은 입을 비죽거렸다.

외국에서 오래 살아서 셈이 흐릴 줄 알았는데, 제법 약은 놈으로 컸네. 젠장!

"물론 그걸로 끝이 아니지. 누나가 네 취직자리도 알아봐 줄게. 이력서 주면 누나의 막강한 인맥을 동원해서⋯⋯."

"정확히 내가 해야 할 일이 뭔데요? 누나 말대로 파티 즐기는 게 다라면 굳이 돈을 주지 않아도 갈 사람은 많지 않아요?"

"그렇지. 많지! 줄 섰지!"

지기 싫어 일단 큰소리를 쳤더니 주혁이 눈썹을 쓱 올렸다. 의아해한다기보다 빨리 털어놓으라는 협박 같았다.

침을 꿀꺽 삼킨 솔이 간신히 입을 열었다.

"한 가지 사소한 의무가 부과되는 게 문제인데⋯⋯. 그게 뭐냐면⋯⋯."

막상 말하려니 민망해 죽을 지경이었다. 한참이나 우물쭈물거리며 쉽사리 입을 떼지 못하는 그녀를 주혁은 참을성 있게 기다렸다.

에라, 모르겠다! 마침내 솔은 눈을 질끈 감고 외쳤다.

"내 애인 노릇을 해 줘야 해!"

"⋯⋯."

"남자 친구 말야. 애인! 연인! 그 역할을 해 달라고. 딱 2시간만!"

잡았던 손을 탁 털어 내며 솔은 마저 외쳤다. 얼굴은 화끈 달아올랐고 민망함이 등줄기를 훑고 올라왔다. 하지만 이제 와서 주워 담을 수도 없는 일이었다.

"애인?"

그의 인상은 기묘하게 변했다. 생전 처음 듣는 몹쓸 단어라도 되는 듯 천천히 되풀이한 그는 솔을 뚫어지게 응시했다.

자신을 한심하게 보는 것 같은 그 눈빛에 저절로 주눅이 들었지만, 솔의 자존심은 육체를 빠져나가 바닥을 기어 다닌 지 오래였다.

"정확하게 말하면, 나에게 빠져서 허우적대는 남친 노릇을 해 줘야 해. 마치 병시중을 드는 간병인처럼 하나하나 챙겨 주며 내, 내가 사랑스러워 못 견뎌 하는 연기를 해야 해."

"흠."

주혁이 팔짱을 끼며 고개를 기울였다. 그 모습이 너무나 자연스럽고 우아해서 솔은 탐욕스럽게 침을 삼켰다.

욕심이 났다. 무조건 이 녀석을 데려가고만 싶었다.

주혁은 상냥하게 웃었다.

"왜?"

"응?"

"이유가 뭐죠? 혹시 누나의 전 애인이 온다든가, 그래서 보여 주기 위해서라든가 뭐, 그런 유치한 이유는 아니겠죠?"

"왜 아냐! 왜 아니겠어! 그런 이유가 아니면 돈까지 쓰면서 내가 왜 널 데리고 가겠냐. 날 차 버린 전 애인 놈이 파티 주인공이고, 그놈을 뺏어 간 여자도 나오는 자리다. 됐냐!"

자존심이고 뭐고 다 집어던진 솔은 조급했다.

이 녀석, 이 녀석만이 나의 쪼그라든 자존심을 세워 줄 수 있다는 절박함에 그녀는 거의 애원하듯 눈을 깜빡이고 있었다.

그의 표정이 알 수 없는 장막을 씌운 듯 알쏭해질수록 애가 탔다.

탐색하는 시선으로 한참이나 그녀를 뜯어보던 주혁은 마침내 입을 열었다.

"50만 원."

"뭐? 얼마? 50?!"

허. 이 녀석 아주 배가 부른 녀석일세. 벌이도 없는 백수 주제에 감히 딜을 해 보겠다?

쥐꼬리만 한 솔의 월급에 오십이란 돈은 거금이었다. 고작 2시간에 그 큰돈을 꿀꺽하겠다니, 이런 날도둑이 다 있나.

발끈하려던 솔의 머릿속에 자신을 비웃는 민지의 얼굴이 섬광처럼 스쳤다.

─ 옷은 격식에 맞게 입고 와야 해. 남자 친구도 너도. 가능하겠어?

고작 너 따위가, 하는 얄미운 목소리가 귀에 울리는 듯했다. 50만 원이 아닌, 100만 원이라도 그 계집애의 콧대를 납작 눌러 줄 수 있다면 뭣이 아까울까.

분한 듯 입술을 실룩이며 솔은 말했다.

"20만 원."

주혁은 콧방귀를 뀌었고 솔은 울고 싶은 심정으로 가격을 올렸다.

"25만 원?"

"30만 원으로 하죠."

하마터면 '앗싸!'를 외칠 뻔했다. 가까스로 그 말을 삼킨 솔은 간신히 도도한 표정을 지었다.

"잘 생각했어. 정말 별거 아냐. 그냥 누나가 고급 호텔 뷔페도 데려가 주고 용돈도 주는 거라고 생각하면 돼. 하하하."

그러고는 주혁의 손을 다시 덥석 잡고는 정신없이 흔들었다. 너무 좋아서 웃음을 감출 수도 없었다.

"맘 변하면 안 돼. 물론 이 정도 조건이면 할 사람은 많아. 나는 전혀 아쉬울 게 없지만, 네 처지가 딱해서 특별히 시켜 주는 거야. 알았지?"

비록 예상외 지출이 속이 쓰리긴 하지만, 사정이 어려운 이 녀석도 돕고 자신도 한숨 돌리고. 긍정적으로 생각하자 함박웃음이 터져 나왔다.

주혁의 눈이 짓궂게 빛난 것도 같았지만 착각일 테지.

"고마워요."

"고맙긴. 반은 선금으로 지금 줄게. 나머지는 일 마치고. 오케이?"

그의 입가에 비스듬한 미소가 걸렸지만 너무나 행복해진 솔은 눈치채지 못했다.

"지금 보니 너 사업도 잘하겠다. 협상할 줄도 알고. 크게 되겠어. 하하하."

그저 커다란 그의 손만 기운차게 흔들 뿐이었다.

※

금요일 늦은 저녁.

'이 자식. 멱살을 잡아 직접 끌고 와야 했어.'

초조하게 시계를 보는 솔의 얼굴은 구겨졌다.

파티장으로 바로 오겠다는 그 녀석에게 꼭꼭! 몇 번이나 당부했건만, 무심하게도 약속 시각은 1시간을 넘기고 있었다. 아직 휴대전화도 없는 주혁에게 연락할 방법조차 없는데, 이미 초대받은 사람들이 거의 참석한 후였다.

바짝바짝 타들어 가는 속을 달래려 테이블에 준비된 와인을 연거푸 비워 내는 중에 또다시 민지와 눈이 마주쳤다. 그녀는 호시탐탐 자신에게 다가올 기회를 엿보는 것이 분명했다.

몹시도 어색하게 눈을 데굴데굴 굴려 피한 솔은 또다시 와인을 입에 털어 넣었다.

'내가 너무 기었어.'

주혁을 생각하며 솔은 이를 바득바득 갈았다.

그날 이후 비굴 모드로 그를 대한 자신의 행동이 원통하기 그지없었다.

옷도 빨아 주고 개어 줬고, 아침밥도 꼬박꼬박 차려 주고 시킨 것도 아닌데 잔심부름까지 알아서 해 주었던 것이다.

'너무 저자세였던 거야. 그래서 날 만만하게 본 거야.'

그녀의 순수한 친절을 그가 권리로 착각할 줄은 몰랐다. 오늘 아침만 해도 그랬다.

운동 후 마주친 그는 당연하다는 듯 요구했다.

– 물 좀 줘요.

나는 왜 기다렸다는 듯이 쪼르르 갖다 바친 걸까. 두 손으로 주지만 않았을 뿐, 거의 하녀와 다름없이.

대기하던 쟁반에 다 마시고 빈 물 잔을 내려놓던 뻔뻔한 미소가 떠올랐다.

넋을 잃고 보는 대신, 꼬리를 흔드는 강아지에게 칭찬을 던지는 것 같던 그 하얀 얼굴에 물을 뿌렸어야 했다.

물론 솔도 감정은 상했다. 하지만 거사는 눈앞이었고 혹시라도 주혁이 마음을 바꿀까 싶은 불안함에 본능적으로 설설 기었다.

따지고 보면 자신은 일종의 고용주인데 왜 그렇게 비굴하게 굴었을까?

솔은 뒤늦게 치미는 화를 안주 없는 술로 달랬다.

'선금도 줬는데⋯⋯. 나쁜 자식.'

사랑스러운 인디 핑크빛 드레스로 예비 신부의 자태를 뽐내는 민지는 언제라도 쫓아와 시비를 걸 게 분명했다.

못된 계집애. 솔은 슬쩍 민지를 흘겼다.

내가 네 밥이냐? 너는 집안도 빵빵하고, 얼굴도 에쁘고, 성질도 고약하고, 내 첫사랑도 뺏은 것도 모자라 끝내는 내 커리어까지 엉망으로 망쳐 놨잖냐.

왜 나를 못 잡아먹어 안달인데?

솔이 민지를 이긴 것이 있다면, 그녀보다 좋은 대학에 붙은 거밖에 없었다. 순수미술과 디자인으로 전공은 달랐지만, 무슨 악연인지 졸업 후 직업마저 같았다.

좁은 바닥에서 수시로 마주치는 것은 서로에게 몹시 껄끄러운 일이었다. 이쯤 되면 악연도 이런 악연이 없다.

당한 거로 치자면 솔이 민지의 머리끄덩이를 잡고 휘둘러도 모자랄 지경인데도 민지는 뭐가 그리 아니꼽고 분한지 사사건건 솔에게 날을 세웠다.

그래서 솔은 한 번쯤은 꼭 그녀에게 한 방 먹이고 싶었다. 괜찮은 파트너로 체면을 세운다는 건 창피한 일이라는 걸 알지만 민지와 진수에게만은 꼭 보이고 싶었다.

그랬는데 주혁이 이놈이 내 계획을 망쳐? 감히 뒤통수를 쳐?

차라리 그에게 준 돈으로 옷이라도 사서 화려하게 차려입을걸.

솔은 뒤늦게 후회했다. 평범한 블라우스와 치마에 질끈 묶은 머리가 초라해 보여 자꾸만 신경이 쓰였다. 모든 원망은 주혁에게로 돌아갔다.

'한주혁. 넌 오늘 죽었어. 죽은 목숨이야. 어린노므 자식이 감히 누나를 능멸해?'

반쯤은 포기한 솔은 소주 마시듯 와인을 입에 털어 넣었다. 준비해 놓는 족족 비워 버리는 그녀를 향한 웨이터의 눈길이 곱지 않았지만, 알 바 아녔다.

취하자. 차라리 취해서 빨리 자리를 뜨자는 생각으로 솔이 다시 잔을 들었을 때였다.

"오랜만이다."

기척도 없이 민지가 다가왔다.

블링블링한 네일아트로 한껏 멋을 부린 손을 요란하게 움직이며 남은 와인 잔 하나를 잡은 폼이 딱 '내 반지 봐라!'였다. 치켜든 그녀의 손가락에서 굵고 화려한 다이아몬드 반지가 번쩍였다.

솔은 남은 술을 마저 입에 털어 넣었다.

"얘는 여기가 술집이니. 뭔 술을 그렇게 마셔."

못마땅한 듯 속눈썹을 파르르 떠는 민지에게 솔은 억지로 미소를 쥐어짰다.

"축하해. 드디어 결혼하는구나. 니들 10년도 넘게 만났지?"

"에그, 그러게. 벌써 그렇게 됐네. 말이 10년이지 헤어졌다 만났다, 그랬지 뭐. 나 아니면 죽겠다고 울고불고하는 걸 책임져야지 어쩌겠어."

웃기고 있네.

민지가 진수를 유혹해 뒹굴다 걸린 그날의 사건은 동창이라면 다 아는 일이었다. 솔만 눈치채지 못했을 뿐, 진수를 향한 민지의 유혹은 그날이 처음도 아니라고 했다.

하필이면 솔이 참석하지 않았던 동창회 날 은밀한 룸에서 일어난 일이었다. 알몸이 된 그들은 발견됐고 소문은 걷잡을 수 없이 퍼지며 결국 솔의 귀까지 들어왔다.

그것도 민지가 손을 써 일부러 솔에게 흘린 거라며 혜주는 펄펄 뛰었지만, 솔은 아무 생각도 할 수가 없었다.

그날, 그녀가 받은 충격은 지금 떠올려도 선명했다. 신파극의 여주처럼 안쓰럽게 바라보는 시선도, 동정과 흥미가 뒤섞인 뒷말들은 그녀에게 아무 상처도 되지 않았다.

첫사랑. 첫 연인. 어쩌면 그 시절 솔에게 유일한 쉼터였던 진수. 그가 나에게 어떻게…….

오직 그 충격으로 무너졌었다.

고등학교 시절부터 만난 진수와 솔은 서로가 첫사랑이었다. 남들 다한다는 연애 싸움 한 번 없이 알콩달콩 사귀는 그들은 나름 유명한 커플이기도 했다.

쟤네는 결혼까지 갈 거야– 라는 말을 수도 없이 들었다.

서로 다른 대학에 들어갔지만 불안하지 않았던 건 그만큼 믿었기 때문이다. 영원히 그와 예쁜 사랑을 할 거라고. 결혼을 하게 된다면 자신의 손에 반지를 끼워 줄 사람은 진수일 거라고 순진하게 자신했었다.

가끔씩 흔들리던 그의 눈동자를 무시한 대가였나. 배신당한 첫 사랑의 끝은 참담했고 지울 수 없는 상처로만 남았다.

내가 부담스러웠을까. 아니면 그의 계속되는 잠자리 요구에 응하지 않아서 그랬을까?

그때 나는 어렸고 그저 서툴렀을 뿐인데.

못나게도 수없이 자책하면서도 진수를 용서할 수 없었다.

감정이 변했다면 차라리 덜 비참했을 수도 있었다. 여전히 자신을 사랑한다면서 한낱 육체의 유혹에 넘어갔을 뿐이라는 변명은 오히려 반감만 불러일으켰다.

병신 머저리 같은 진수는 몇 날 며칠을 찾아와 싹싹 빌었지만, 용서가 되지 않았다. 결국, 솔의 마음을 돌릴 수 없다고 판단한 그는 돌변했다.

― 너는 나한테 노력했어? 나도 남자야! 참을 만큼 참았어! 여태까지 만났던 게 아까워서라도 기다렸다고! 네가 아무리 느끼지 못하는 여자라 해도 연기라도 했어야지. 의무감이라도 날 받아 줬어야지! 너 그 성격으로 어떤 남자하고도 끝까지 못 가. 두고 봐. 너는 노처녀로 늙을 거야. 너한테 남는 건 애지중지 아끼는 그 빌어먹을 순결뿐일 거야. 그때쯤 되면 날 놓친 걸 후회할 거야!

그 말은 배신당한 것보다 더한 충격이었다.

그가 그런 마음으로 자신을 바라봤다는 걸 믿을 수가 없었다. 바라는 것이 오로지 잠자리뿐이었나. 끔찍하고 역겨웠다.

오랜 시간 예쁘게 키워 온 사랑은 한순간에 악몽으로 변했고, 개자식의 저주 같은 예언은 맞았다.

솔은 씁쓸히 웃었다.

난, 이 나이가 되도록 아직 남자와 잔 적도 없고, 이미 노처녀의 범주에 들어 버렸는걸. 10년도 지난 일이지만 아직도 가슴이 꼭꼭 쑤시는 상처였다.

사실 민지가 자신을 미워하는 이유도 잘 알고 있었다. 솔의 첫사랑이 진수이듯, 진수의 첫사랑도 솔이라는 걸 모두 다 아니까.

하지만 결국 승자는 너지.

솔은 인형처럼 아름다운 민지를 물끄러미 보았다.

네가 아니었다면, 나는 진수랑 잘되었을까? 지금 이 자리에 네가 아닌 내가 화사하게 빛났을까?

부질없는 생각이었다. 솔은 고개를 저으며 옅게 웃었다.

뜬금없는 그녀의 행동에 민지는 눈살을 찌푸리더니 본격적으로 부아를 긁기 시작했다.

"네 그 잘났다는 남친은 어딨어? 아까부터 봤는데 없더라. 안 왔어?"

이런 건 어디서 가르쳐 주는 것이 틀림없다. 타고났든지. 나는 아무것도 몰라요, 라는 얼굴을 하고 사람 부아를 긁는 재주.

울화가 치미는 걸 꾹 누르며 솔은 상냥하게 대답했다.

"오려고 했는데……."

"했는데 안 왔어? 아님, 처음부터 올 사람이 없었니?"

민지는 손뼉까지 치며 깔깔 웃었다.

"농담이야, 농담. 내가 오늘 기분이 좋아서 그래. 미안~ 당연히 안. 온. 거겠지."

그때 뒤에서 민지를 노려보던 혜주가 어슬렁어슬렁 걸어 나오며 툭 끼어들었다.

"사회생활 하다 보면 바빠서 못 올 수도 있는 거지. 우리 신랑도 안 왔는데 뭘 그러냐."

유난히 민지는 혜주에게 약했다. 솔의 일이라면 어미 새처럼 끼어들어 거친 말도 서슴지 않는 혜주에게 당한 적이 많아서일지도 몰랐다.

민지는 잠시 입술을 삐죽거리더니 곧바로 입을 닫았다.

"어쨌든 축하한다, 강민지. 결국, 몸으로 덮친 보람이 있네! 네가 진정한 승자다."

천적답게 혜주는 민지에게 호탕한 웃음과 함께 비수를 날렸다.

민지가 미치도록 듣기 싫어하는 말이란 걸 알기에 일부러 그랬다. 물론, 혜주도 오늘 같은 날 예비 신부에게 나쁘게 굴고 싶지 않았지만, 도저히 꼴사나워 더는 두고 볼 수가 없었다.

솔이 진수와 헤어지고 얼마나 힘들어했는지를 아는 혜주는 사과 한 마디 없이 집안과 얼굴만 믿고 까부는 민지를 어쩌면 솔보다 더 싫어했다.

역시나 혜주의 말에 가식적이던 민지의 표정은 단박에 일그러졌다.

"몸으로…… 뭘 어째? 나 참. 내 입으로 내뱉기도 거시기하네. 너는 무슨 말을 그렇게 교양 없이 하니!"

"기분 상하라고 한 말은 아닌데. 오늘 주인공이 기분 틀어지면 안 되지. 쏘리!"

쿨내 나는 사과에 더는 혜주에게 쏘아붙이지 못하고 민지는 다시 솔에게로 돌아섰다. 전의에 타오르는 눈빛을 보니 민지도 오늘은 단단히 각오한 모양이었다.

"네 애인, 사진이라도 보자. 폰에 있을 거 아냐."

"어? 어. 당연하지."

낭패다. 그것까지는 생각하지 못한 솔은 당황했다. 그 표정을 놓치지 않은 민지의 눈이 번득였다.

"애들아! 솔이 남친 사진 보여 준대. 이리 와 봐!"

어느새 모여든 동창에게 둘러싸인 솔은 가방을 뒤지는 척했다. 옆에 있는 혜주의 몸도 덩달아 긴장되는 것이 느껴졌다.

어쩌지. 어쩌지?

"어딨더라. 핸드폰이…… 두고 왔나 보……."

"요기 있네!"

어느 틈인지 빼꼼히 고개를 내민 민지가 솔의 가방에서 핸드폰을 번개처럼 낚아챘다.

"패턴이 뭐야?"

난감해진 솔과 혜주가 시선을 주고받았다. 민지의 의기양양한 웃음이 커졌다.

"한번 보자구. 네 그 잘생겼다는 남자 친구."

"그, 그게 말이야……."

"애기야!"

그때였다. 커다란 손이 불쑥 튀어나와 솔의 허리를 휘감고는 쑥 잡아당겼다.

모여 있던 동창들의 눈이 약속이나 한 듯 휘둥그레졌다. 몇몇 놀란 친구들이 입까지 벌리는 것을 보며 솔은 눈을 깜빡였다.

순식간에 솔을 품으로 끌어당겨 안은 주혁이 양손으로 그녀의 허리를 잡고는 느릿하게 웃었다.

"한참 찾았잖아. 우리 애기, 전화도 안 받고."

애기? 갓난아기?

이건 웬 쌍팔년도 멘트란 말인가?

반가움도 잠깐. 솔의 팔뚝에 정체 모를 소름이 돋았다. 고개를 기울여 솔과 눈을 맞춘 주혁의 잘생긴 미소가 느끼하면서도 어쩐지 소름 끼쳤다.

하지만 친구들, 그것도 여자 동창들의 얼굴이 왜 갑자기 얼빵해졌는지는 알 것도 같았다. 솔도 똑같은 표정이 돼 버렸으니까.

웬만한 모델 뺨을 연속 서너 대 후려칠 듯한 댄디한 재킷 차림의 주혁은 그만큼 멋있었다. 그가 나타난 순간 주위의 모든 남자들이 특색 없는 배경이 돼 버릴 만큼.

특유의 샤방한 미소를 홀리려는 듯이 머금고는 주혁은 솔의 허리를 잡은 손을 올려 그녀의 뺨을 감싸 쥐었다. 결코 부드럽지 않은 강력한 힘이었다.

"우리 애기, 보고 싶었어."

"주, 주혁아?"

그의 커다란 손안에서 구겨진 얼굴로 솔은 더듬거렸다.

주혁은 한층 더 힘을 주며 솔의 얼굴을 거의 쥐어짜듯 조였다. 맞닿을 것처럼 그녀에게로 가까이 얼굴을 내린 주혁은 갑자기 씩 웃었다.

4.

생후 386개월 애기, 솔은 어쨌든 주혁이 고마웠다.

눈물이 찔끔 나도록 고맙다. 지금 나타난 주혁에게 절이라도 하고 싶을 만큼 고마웠다.

비록 32살 애기가 되어 두고두고 동창들에게 놀림거리가 되겠지만, 그게 뭐 대수인가. 점순이라 부르지 않은 것만 해도 어디냐.

조그만 덜 요란스럽게 등장해 줬으면 훨씬 감사했을 테지만.

그녀는 입가에 경련이 일어나도록 억지웃음을 지었다.

"주혁…… 읍!"

순간, 긴 손가락 하나가 뻗어 와 솔의 입술을 꾹 눌렀다. 힘 조절에 실패했는지 그녀의 입술이 흉하게 구겨졌는데도 아랑곳하지 않고 주혁은 엄숙하게 고개를 저었다.

"아니지."

아냐? 뭐가?

솔은 주혁을 따라 천천히 도리도리했다. 지켜보는 동창생들 앞에서 감히 소리 내지 못하고 그저 눈으로만 물었다. 그러다 갑자기 그녀의 눈이 휘둥그레 커졌다.

주혁의 입술이 내려오고 있었기 때문이다. 비스듬히 고개를 기울이며 주혁의 입술은 분명 자신의 입술로 돌진하고 있었다.

뭐, 뭐야. 이 녀석……. 설마 이 많은 사람들이 보는 앞에서? 키스를!!

솔의 심장이 대책 없이 쿵쾅대기 시작했다.

결단코 설레어서 뛰는 건 아니었다.

무서워서였다.

외국에서 살다 온 그가 진짜 키스라도 한다면?

그가 인사라고 우기던 특수 분장사 아줌마하고의 진한 부비부비 입맞춤이 떠올라 솔의 얼굴에서 핏기가 가셨다. 착각인지 몰라도 주변의 동창들도 일제히 숨을 죽인 느낌에 오한마저 일었다.

다행히도 살짝 방향을 틀어 솔의 귓가에 입술이 멈추자 철렁했던 마음이 진정되었다.

하지만 그것도 잠시였다.

뜨거운 숨결과 함께 흘러들어 온 말에 솔은 또다시 기겁했다.

"오빠라고 해 봐."

"!!"

이런 미친!

몸에 돋은 소름을 긁어내 튀기면 두 접시는 나올 판이었다.

리허설을 하고 왔어야 했나. 이 녀석이 왜 이리 오버하는 건지, 도대체 뭐라고 대꾸해야 하는지 감도 잡을 수가 없어 솔은 그저 눈만 껌뻑였다.

신이 난 건 동창들뿐이었다.

"뭐라는 거야? 안 들려."

"아, 조용히 해 봐."

이것들이 드라마 보나! 대놓고 구경하는 동창들에게로 솔이 획 고개를 돌렸다. 사납게 눈을 번득이자 너도나도 기울였던 자세를 바로잡기 시작했다.

주혁은 느긋하게 그들을 둘러보았다.

솔의 허리에 감은 팔에 힘을 주자 나긋나긋한 여자의 몸이 찰싹 붙었다. 얇은 천을 통과해 전달되는 파르르한 떨림이 미치도록 기분 좋았다. 그 느낌을 음미하며 그는 살짝 미소 지었다.

이 정도면 충분히 시선은 끌었고.

만족스럽게 그는 솔을 내려다보았다. 딱 봐도 그녀는 긴장으로 굳어 있었다.

부끄러워 죽겠지?

사랑에 빠진 연기쯤이야 자신 있었다. 간병인 정도의 보살핌? 우습지도 않았다.

내가 오늘 박솔, 이 여자를 손가락 하나 까딱 못 하는 공주병 말기 환자로 만들어 주지.

그래 봐야 너는 내가 느꼈던 치욕을 백만분의 일도 느끼지 못하겠지만, 너그럽게 이걸로 끝내 주겠단 말이다. 어쨌든 찬의 누나니까.

자신의 매력 포인트를 잘 알고 있는 주혁은 이쯤에서 관객들을 위한 미소를 한 번 더 날리기로 했다.

과하지도, 모자라지도 않게 적당한 각도를 유지해 입술을 틀어 올린 그는 단번에 관중을 사로잡았다. 수많은 강연에 서 보았던 그에게는 익숙한 일이었다.

청각을 집중시키는 매력적인 음성으로 그가 말했다.

"처음 뵙겠습니다. 우리 애기, 아, 죄송. 버릇이 돼서. 솔이 애인, 한주혁입니다."

'에잇! 나도 모르겠다!'

주혁의 의도를 알 길 없는 솔은 냅다 그의 허리를 양팔로 끌어안았다. 부끄러움도 잠시, 믿기지 않는다는 얼굴을 한 민지를 보자 그녀는 의기양양해졌다.

봤냐? 클래스가 다르지 이것아?

"아, 하하하. 애기…… 하하핫. 이거 참. 부끄럽구만!"

어색한 솔의 웃음과 말이 이어졌지만, 동창들은 신경 쓰지 않는 눈치였다. 일제히 주혁에게 몰려든 그들의 인사에 누가 오늘의 주인공인지 모를 지경이었다.

감탄과 부러움의 시선이 이렇게 좋은 것이라니. 저절로 우쭐해졌다.

"근데, 나이가 어려 보이네. 솔이 옆에 있으니까 꼭 동생 같다."

그들을 흘겨보던 민지가 툭 끼어들기 전까지는 딱 좋았다.

솔이 거짓말을 하고 있다고 확신한 민지에게는 주혁의 등장은 쇼크였다. 게다가 이렇게 잘생기고, 이렇게 키도 크고, 목소리까지 좋은 남자라니! 말이 되지 않았다.

알 수 없는 패배감에 휩싸였던 민지는 금세 정신을 가다듬었다. 저런 잘난 남자 친구를 솔이가 SNS에 올리지 않을 이유가 없었을 거라는 데 생각이 닿았던 것이다.

가짜야!

민지의 두 눈이 반짝였다. 어디서 반반한 녀석 구해서 임시로 데려온 것이 분명했다. 꼭 그런 것이어야만 한다.

"연하 맞죠?"

"법적인 나이로는 그렇지만, 뭐…… 정신이나 신체적으로 우리 애기가 저보다 훨씬 어리죠. 보세요."

민지의 말을 기다렸다는 듯 주혁이 냉큼 솔을 잡았다. 다음 순간 어, 어? 무슨 짓을 당하고 있는지 파악도 못 한 채로 솔의 몸이 핑그르르 돌려 세워졌다.

"주름 하나 없는 맑은 피부. 반짝이는 눈. 아기 같은 몸매! 어디가 30세가 넘어 보입니까. 적어도 내 눈에는 아직 16살 같아 보입니다."

그의 손짓을 따라 모두의 눈이 솔의 피부와 눈과 몸매로 이동했다. 인정할 수 있는 것은 '아기 같은 몸매'밖에 없다는 눈빛들을 솔은 죽일 듯이 마주 쏘아보았다.

어찌나 낯 뜨거운지 볼이 다 화끈거렸다.

'진짜. 애 왜 이래. 뭐 잘못 먹고 왔나. 창피해 죽겠네.'

솔은 팔꿈치로 주혁의 옆구리를 꾹꾹 찔렀다. 적당히 하라는 경고였지만 주혁은 오히려 사랑스럽다는 듯이 솔의 머리를 쓰다듬었다.

미치겠네. 일단 둘이 있어야겠다. 오버스러운 그의 행동을 자제시키는 것이 시급했다.

"오호호. 우리 자기가 나를 얼마나 이뻐하는지. 호호. 부끄럽게. 자기야. 배고프지? 저기 초밥 있던데."

슬쩍 빠져 단둘이 얘기하자는 뜻이었는데 주혁은 알아듣지 못한 모양이다. 오히려 그는 깜짝 놀라며 큰 소리로 이목을 더 집중시켰다.

"우리 애기, 배고파? 왜? 아직 아무것도 안 먹었어? 자기는 여기서 기다려. 다리 아프게 움직이지 마. 내가 가져올게. 어디 가지 말고 꼭 여기 있어!"

말이 끝남과 동시에 주혁은 초밥 코너로 성큼성큼 가 버렸다. 얼굴이 타들어 가는 부끄러움은 솔의 몫으로 남긴 채.

그가 자리를 비우자마자 솔을 에워싼 동창들의 질문이 쏟아졌다.

"어머머. 너무 괜찮다. 어디서 만났어?"

"얼마나 사귄 거야? 직업은 뭐야?"

"모델 아냐? 나 저 사람 텔레비전에서 본 거 같아. 분명히 봤어."

솔은 애매하게 웃었다. 어깨를 으쓱하며 대충 둘러대려는 찰나.

"직업이 없나 봐?"

민지가 얄밉게 말했다.

"무슨 소리야? 우리 자기는 여태 외국에 살았고, 멋, 멋진 직업을 가지고 있는데!"

"그니까 그게 뭐냐고."

말문이 막힌 솔을 보며 민지가 코웃음을 쳤다.

"내가 충고 하나 할게. 남자 얼굴 보고 만나는 거 아냐. 얼굴, 그게 뭐야? 밥을 주니 옷을 주니. 괜히 잘생긴 얼굴에 넋 나가서 인생 망칠 수도 있어. 우리 나이쯤 됐으면 잘 알아보고 탄탄한 재력과 집안의 사람을 만나야지. 제대로 된 직업이 있든가. 하긴."

민지가 드라마틱하게 말을 끊었다. 어느새 모두의 이목은 민지에게로 향했다.

"그런 남자가 32살 누나에게 꽂힐 리가 없지. 그래서 네가 밥 사 주고 옷 사 주면서 어린애 하나 꼬신 거 아냐?"

"뭐야?!"

뒤에 서 있던 혜주가 성큼 민지의 앞에 섰다.

"이게 보자 보자 하니까! 야! 내가 알아. 저 사람 솔이한테 뻑 갔어! 죽고 못 살아. 직업도, 집안도 빵빵한 사람이라고!"

"맞아. 나 저 사람 진짜 티비에서 봤다니까."

분위기가 싸해지자 다른 동창 녀석 하나가 얼른 끼어들었다.

대놓고 말은 못 해도 모두 민지와 솔과 진수의 관계를 알고 있는 모임이었다. 민지의 도를 넘은 언행은 제삼자가 보기에도 거북하고 얄미웠던 것이다.

또 다른 친구에게 동조를 구한다는 듯 동창은 말을 이었다.

"너도 그때 같이 봤잖아. 해외에서 활동하는 자랑스러운 젊은 한국인. 이런 다큐였지 않아? 기억 안 나?"

"아, 맞다. 어디서 봤나 했네. 나도 봤어. 저 사람 외국에서 엄청 유명한 사업가야."

진짜? 무슨 사업? 어느 채널에서? 주변은 갑자기 와자지껄해졌다.

별안간 낙동강 오리 알처럼 소외된 민지는 얼굴이 붉으락푸르락했고, 당황한 것은 솔도 마찬가지였다.

"민지 너는 몰라? 네 큰아빠가 이번에 투자한다던 회사가 저 사람 거잖아."

이쯤 되면 낭패였다. 솔은 눈을 감았다.

부인할 수도 없고 맞장구치다가 정말 망신살이 뻗칠 수도 있는 상황에 돌아 버릴 지경이었다. 싸가지 없는 민지 때문에 열이 받기는 했지만, 찔리는 것이 있으니…….

결국 그녀는 슬금슬금 뒤로 물러났다.

"나, 화장실 좀……."

그 사람이 맞네, 안 맞네! 설전을 벌이다 못해 핸드폰으로 검색에 들어간 친구들을 피해 솔은 도망쳤다.

몹시 창피해지고 있었다.

민지의 말이 틀린 것도 없었다. 그런 대단한 남자였다면 자신처럼 나이도 더 많고, 내세울 것도 없는 여자와 만나겠는가. 집도 못 구해 친구 집에 얹혀살겠냔 말이다.

터덜터덜 걸어가던 그녀는 테이블 위에 놓인 와인 병 하나를 통째로 들었다.

빨리 취하자. 후딱 취해 버리자. 처음부터 유치하고 미친 계획이었다. 그냥 쿨하게 친구들 결혼 축하해 주면 되지. 가짜를 이용해 무슨 자존심을 세우겠다고.

주혁이 더 날뛰기 전에 잡아서 나가야겠다고 생각하며 솔은 병나발을 불기 시작했다.

＊

주혁은 접시 한가득 초밥을 정성껏 올렸다. 뻐끔거리던 솔의 입술을 떠올리니 재미있어 죽겠다.

'이건 시작이야, 박솔! 우쭈쭈, 어쭈쭈. 내가 오늘 다 해 주겠어.'

신이 난 주혁이 솔이 있는 곳으로 발길을 돌리던 순간, 지나가던 여자들의 대화가 들려왔다.

"민지 진짜 진상이지?"

"그러게. 여기가 어디라고 솔을 초대하니. 잘 만나고 있는 남친을 뺏은 것도 자기면서. 솔도 대단하다. 나 같으면 못 와. 아니, 안 와. 저것들 보면 천불이 안 나겠어?"

"그래도 근사한 남자 데려왔잖아. 민지 표정 봤지? 내가 다 꼬소해 죽겠더라."

"근데 나도 좀 수상하긴 해. 솔이 남자 만난다는 말 전혀 없었는데. 민지 말대로 어디서 하나 고용해서……."

"그럼 뭐 어때. 솔이라고 여기 혼자 오고 싶었겠어? 민지가 얼마나 얄밉게 굴었으면 저렇게까지 하겠니. 나는 솔이 이해해."

"그치?"

그녀들이 지나간 후에도 주혁은 그 자리에 잠시 서 있었다. 고개를 돌려 보니 솔은 보이지 않았다.

오늘 아침, 바들거리면서 주혁을 보던 솔의 간절한 얼굴이 머리에 스쳤다.

– 꼭. 꼭. 와 줘야 해. 응, 응?

뭐야. 이거.

박솔 따위가 망신을 당하거나 말거나. 이게 뭐라고 신경이 쓰여.

단호하게 걸음을 옮기던 그는 다시 발을 멈췄다.

그래도 안 돼. 저 여자를 괴롭혀도 되는 사람은 나밖에 없어.

주혁이 다시 자리에 나타나자 그들의 설전은 뚝 끊겼다.

예의 있게 미소를 짓는 주혁에게로 핑크빛 드레스를 입은 여자가 쭈뼛거리며 다가섰다. 누가 봐도 이 자리의 주인공인 예비 신부

113

의 차림새였다.

그는 가늘게 뜬 눈으로 그녀를 응시했다.

"저기…… 아니죠?"

"네?"

"제임스 한. 아니죠?"

제임스 한. 또 다른 그의 이름이었다.

여자는 주혁의 눈빛에 눌려 있으면서도 얄밉도록 뚫어지게 그를 바라보고 있었다. 애처로울 만큼 부릅뜬 눈에는 제발 아니라고 해 달라는 애원마저 서려 있었다.

이 여자군. 나의 원수를 괴롭힌다는 여자가.

그는 천천히 위아래로 그녀를 훑었다. 충분히 모욕적인 시선을 대놓고 받은 핑크 드레스는 놀랐는지 움찔했다.

"저의 다른 이름이 제임스 한 맞습니다만."

제임스 한은 어린 나이로 창업에 성공해 세계 최고의 IT업체에 천문학적 금액으로 회사를 매각했다는 인물이었다. 미국과 유럽에서 올해의 가장 주목받는 젊은 경영인으로 여러 매체에 이름을 올린 남자이기도 했다.

그가 새롭게 추진하고 있는 프로젝트에 해외뿐 아니라 한국 기업에서도 투자 문의가 빗발치고 있다고 했다.

그새 인터넷을 통해 정보를 읽은 동창들은 웅성거렸다. 모두가 그의 대답에 놀람과 기대에 찬 눈빛을 보내며 솔과의 인연을 궁금해하고 있었지만, 핑크빛 드레스만은 인상을 일그러뜨렸다. 그녀는 기어이 말을 더듬었다.

"그런데…… 왜……. 아니, 당신 같은 남자가 어디가 못나서 솔이 따위와. 왜…… 솔이 같은 여자를……."

주혁의 미소가 씻은 듯 사라졌다. 예의를 걷어치운 그는 표정마저 살벌했다.

순식간에 뿜어져 나온 냉기에 민지는 저도 모르게 바르르 어깨를 떨었다.

"이봐요."

그녀를 내려다보며 주혁은 짧게 조소했다.

이윽고 그의 입에서 민지를 녹다운시킬 한마디가 천천히 흘러나왔다.

"아줌마."

핑크 드레스를 비롯한 주변인들의 눈이 동시에 경악으로 커졌다.

파티의 주인공에게 아줌마라니. 조금 전까지 솔을 '애기'라고 칭하는 걸 봤는데 같은 나이의 민지에게 아줌마라니.

뒤에 서 있던 혜주의 양 볼이 도토리를 물고 있는 다람쥐처럼 빵빵해졌다. 비집고 나오는 웃음을 억지로 참는 얼굴이 우스꽝스럽기까지 했다.

민지는 두 손으로 치맛단을 움켜잡았다. 애써 못 들은 척하는 눈동자가 잘게 떨렸다.

"이, 이보세요. 제임스 한. 지금 뭐라······."

쉿! 주혁은 손가락을 입술에 대고 조용히 하라는 듯 엄숙한 표정을 했다. 우습게도 말 잘 듣는 아이처럼 민지는 단박에 입을 닫았다.

"결혼, 축하해요."

주혁은 그 말을 끝으로 몸을 돌렸다. 황당한 민지는 잠시 멍하게 있다가 주변에서 새어 나온 웃음소리에 퍼뜩 정신을 차렸다.

저, 저 남자가 지금 나보고 뭐라고? 아줌마?!

이 시간을 위해 피부 관리와 미용으로 얼마나 많은 돈을 투자했는데, 다른 날도 아니고 내가 주인공인 날, 나보고 뭐라고?

화가 머리끝까지 난 그녀는 재빨리 주혁의 앞을 막아섰다.

생각 같아서는 소리라도 꽥 지르고 싶었는데 막상 남자 앞에 선 그녀는 주춤거렸다. 무표정으로 자신을 바라보는 모습이 마치 굴러다니는 돌멩이 하나를 보듯 감정이 없었다.

발끈하던 민지는 그만 그의 표정 앞에서 넋을 잃었다.

뭐가 이리 잘생긴 거야. 약혼자를 지척에 두고서 가슴이 뛰는 자신을 믿을 수가 없었다. 가까스로 정신을 가다듬은 민지가 쏘아붙인 건 한참 후였다.

"지금 나보고 뭐라 했어요? 내가 질문한 거 듣기는 했어요? 외국에서 살다 왔다더니 우리말 몰라? 아줌마라뇨! 아줌마가 어디 쓰는 말인지 몰라요!"

주혁은 무심히 머리를 쓸어 넘겼다. 화가 나서 쌕쌕대는 여자 앞에서 그는 참 여유롭고 지루해 보이기까지 했다. 더욱 화가 난 민지가 막말을 던지기 시작했다.

"내 질문, 뜻 이해는 해요? 당신이 진짜 제임스 한이라면 솔이 같은 여자를 만날 이유가 없잖아요! 나이도 많고 직업도 거지 같고 남의 남자나 넘보는 그따위……."

"따위?"

진중하게 울리는 목소리는 주위를 단숨에 조용하게 만드는 힘이 있었다. 그러지 않아도 숨죽여 그들을 바라보는 주변인들은 흥미진진해지는 전개에 입을 다물지 못했다.

주혁은 경멸의 빛을 대놓고 드러내며 민지를 바라보았다.

"아줌마야말로 한국말 모릅니까? 따위가 무슨 뜻인지 알고는 있어요? 업신여기거나 하찮은 걸 칭할 때 쓰는 말입니다. 적어도 결혼을 축하해 주러 온 친구한테 할 소리는 아니지."

"뭐, 뭐라고요?"

"그것도 그 여자의 남자 친구 앞에서 말이죠. 아줌마가 주인공인 자리라고 해서 내가 참아야 합니까?"

"아, 아줌마……."

무려 연달아 아줌마라고. 한 번은 실수라고 쳐도 이 남자, 자신을 똑바로 보며 정확한 음성으로 아줌마라고 딱 부러지게 말했다.

민지의 귀에는 다른 말은 들리지도 않았다. 오직 그 말만이 뱅뱅 돌고 있었다.

"내 여자 험담을 하는 사람을 왜 참아야 하는지 모르겠군요. 솔직히 지금 나는……."

주혁은 매력적인 미소를 지었다.

"몹시 화가 납니다."

민지에게 몸을 기울이며 주혁은 천천히 말을 이었다.

"솔이 같은 여자? 솔이 같은 여자가 제게 어떤 여자인지 아십니까? 어린 시절 그녀를 알게 된 후 하루도, 한시도 잊은 적 없는 여잡니다. 다시 만나게 되기를 간절하고 절실하게 바라 왔던 여자란 말입니다."

진심이었다.

"다시 만난다면, 다시 만날 수만 있다면. 제 집착이 착각일까 두려웠던 적도 있어요. 그런데 아니었습니다. 그녀는 다시 만난 순간 저를 또다시 사로잡았습니다."

의미가 다르긴 하지만 이것도 사실이었다. 올 누드로 그의 앞에 선 그녀를 생각하면 지금도 아랫배가 묵직했다.

그날 이후 밤마다 떠오르는 눈부신 나신, 당장이라도 입에 넣고 굴리고 싶던 탐스러운 젖가슴. 그 위에 새겨진 앙증맞은 점. 믿기지 않게도 이성을 배반하고 흥분했던 제 반응까지.

"따위? 감히 내 앞에서 내 여자에게 어떻게 그런 말을 쓰는 거지? 내가 그렇게 만만해 보였나? 참고 넘어갈 만큼 등신으로 보였습니까?"

분위기는 삽시간에 냉랭해졌다. 경멸하듯 자신을 바라보는 남자의 눈빛 앞에서 민지는 숨을 쉬기도 버거웠다. 한참 후에야 그녀는 간신히 입을 열었다.

"아, 아니. 이보세요……. 그, 그렇다고 해도 이건 예의가……."

"기본 예의를 지키지 않은 건 그쪽이 먼저야. 적어도 상식이란 게 있다면 애인 앞에서 그런 소리를 하지 말아야지."

"……."

"그래도 솔이가 친구라고 부르는 사람이니까 이쯤 해 두죠."

그는 갑자기 표정을 바꾸며 주위를 쓱 둘러보았다. 숨죽이며 자신들을 바라보는 주변인들에게 주혁은 예의 그 상냥한 미소를 보내더니 다시 민지에게 시선을 돌렸다.

"다시 한번 결혼 축하드립니다. 그리고 친구의 애인으로서 충고 하나 드리죠."

그가 민지에게 가까이 다가왔다. 움찔 물러선 민지의 귓가에 흘러드는 그의 목소리는 꿀처럼 달콤했다.

"웬만하면 샵을 바꿔요. 화장이 꼭……."

주혁의 입꼬리가 살짝 올라갔다.

"우리 엄마 같아요."

＊

나는 왜 별 다섯 호텔 파티룸 화장실 변기에 앉아 홀로 술을 마시고 있는가.

마지막 와인 한 방울까지 깨끗이 비운 솔이 아쉬운 듯 빈 병을 흔들었다. 그래도 비싼 거라 그런지 술술 잘도 들어간다.

술에 약한 편은 아니지만, 마셨다 하면 온몸이 새빨개지는 치명적인 단점이 있는 솔은 다른 사람들이 있는 곳에서는 자제하는 편이었는데 오늘은 이미 주량을 한참 넘었다.

"아! 몰라!"

솔은 혼자 버럭댔다. 주혁 정도의 애인을 데려오면 기분이 좋을 줄 알았다. 물론 민지의 한 방 먹은 표정은 통쾌했다.

그럼 뭐 해, 가짠데……. 친구들 말처럼 주혁이 유명하고 괜찮은 직업을 가졌다고 해도 진짜 애인이 아닌걸. 그저 돈 받고 도와주러 온 알바생일 뿐이잖아.

오히려 기분은 점점 더 침울해지고 있었다. 자신이 한심해서 참을 수가 없었다.

"집에나 가자."

솔은 30분 이상 틀어박혔던 화장실 문을 박차고 나가 찬물로 손을 박박 씻으며 알딸딸해지는 정신을 차리려 애를 썼다.

그래도 민지에게 한 방 먹였으니 이 정도면 성공인 건가. 그걸 위안으로 삼고, 더 이상 남의 행복한 파티에 초 치지 말고 이제는 퇴장해야겠다고 솔은 생각했다.

오버쟁이 주혁을 잡아서 빨리 사라지자.

비틀거리는 걸음을 조심하며 화장실을 나와 한 걸음 옮기려던 그녀가 우뚝 멈춰 선 건 다음 순간이었다.

벽에 등을 대고 서 있던 남자가 솔을 보자 몸을 똑바로 세웠다. 복잡하고 어두운 그의 눈빛이 곧장 솔에게로 향했다.

최진수.

솔의 첫사랑이자 첫 연인이었던 남자. 동창 모임에서 가끔 보던 그였지만, 이렇게 단둘이 마주 서기는 10년도 넘은 일이었다.

첫사랑이란 결코 가볍지 않은 무게다. 아름답지 못했던 마지막 만남의 독설만이 남아 오래도록 미워도 했지만, 시간은 그런 기억마저 잊히게 한 모양이다.

이제는 소식을 들어도 무덤덤하기만 한 사람인데, 직접 얼굴을 마주한 느낌은 묘했다.

그녀가 보지 못했던 얼굴의 주름이 어긋난 세월을 실감하게 했다. 그리고 시간을 거슬러 그날, 그에게 무참히 차이던 아픔이 다시 느껴져 조금은 서글프기도 했다.

우뚝 서 있는 그녀에게 진수는 천천히 다가왔다.

"솔아……."

나직이 그녀의 이름을 부르는 목소리가 참…… 가볍기도 하지.

원래 이렇게나 가는 목소리를 가졌던가? 하긴 낯선 것은 음성뿐만은 아니었다.

고급 슈트로 잘 차려입은 모습도, 웃음기 사라진 담담한 얼굴도 솔에게는 낯설기만 했다. 그녀와 사귈 때의 진수는 캐주얼한 옷차림이 근사했던 웃음 많은 남자였는데.

솔은 애써 웃으며 밝게 대답했다.

"오랜만이네."

"그래."

할 말을 신중히 고르는 듯 시선을 발끝에 두며 그는 더 이상 입을 열지 못했다. 그런 그를 보는 솔의 얼굴에 술기운과는 상관없는 홍조가 올라왔다.

새삼스럽게 기억나는 그와의 추억 때문이었다.

풋풋했던 첫사랑. 떨리기만 했던 첫 키스. 비겁했던 이별과 비참했던 그와의 마지막 만남.

결코, 그리워서가 아니었다. 다시는 돌아가지 못한다는 것이 새삼 실감이 나서 씁쓸했다.

죽을 것만 같던 감정도 시간에 묻혀 사라진 지금 그 앞에서 아무렇지 않은 자신도 낯설었다.

그래도 솔의 가장 예뻤던 시간 속에 같이 있었던 남자였다. 위로가 필요했던 그때의 솔을 따뜻하게 안아 주었던 그는 적어도 그 시간만큼은 진심으로 자신을 사랑했다고 믿고 싶었다.

괜스레 코끝이 찡해진 솔도 진수처럼 시선을 떨궜다.

"네가 여기 올 줄은 몰랐다. 민지가 생각이 짧았어. 대신 사과할게."

그래야지. 네가 대신 사과해야지. 너희 둘은 이미 한 쌍이고, 나는 단순한 동창이니까.

"괜찮아. 친구가 결혼하는데 당연히 와 봐야지."

"같이 온 남자 봤어. 애인이야?"

"응? 응……."

한편으로 안심이 되기도 했다. 이제야말로 진짜 아름다운 마감을 하려나 보다. 그렇게 오래 만나 놓고 마무리가 영 거지 같긴 했으니까.

이렇게라도 서로 덕담을 주고받을 자리가 마련된 것에 솔은 감사했다. 지난 일은 잊고 좋은 기억으로 남게 된다면 다행이라고 생각하는 것은 진수도 마찬가지인 모양이다.

그는 천천히 말을 이었다.

"생각지도 못했어. 네게 애인이 생길 거라고는……."

첫사랑과의 진짜 아름다운 마무리. 각자의 행복을 빌어 주는.

"저놈과…… 잤냐?"

아름다운 추억으로 남을…….

응??

솔의 눈썹이 뒤늦게 꿈틀거렸다.

잘못 들었나 귀를 의심한 그녀는 고개를 들었다. 그녀를 뚫어지게 쳐다보는 진수의 두 눈이 활활 타오르고 있었다.

"잤어? 너, 저 자식이랑은 되냐? 나는 아무리 용을 써도 안 됐잖아. 손만 대도 무서워했잖아. 그래서 나는 네가 불감증인 줄 알았지. 영영 다른 남자는 못 만날 줄 알았다. 어떻게 네가 뻔뻔하게 이 자리에 남자 친구를 데려올 수가 있지? 설마 나한테 보이려고 그런 거야?"

"뭐, 뭐라고? 불감증?"

황당하기까지 한 진수의 말에 솔은 어안이 벙벙했다. 술이 확 깨는 느낌이었다.

"아니면 뭐야? 네가 날 찬 이유가. 내가 그렇게 애원하고 매달려도 넌 눈 하나 꿈쩍 안 했어. 결국, 그게 안 되니까 그런 거잖아! 아니었어?"

"야! 최진수!"

이런 개자식을 봤나! 아름다운 마무리 좋아하네. 이 자식은 얼마 남지 않은 좋은 추억마저 구역질 나는 언행으로 짓밟고 있잖아!

픽!

화가 머리끝까지 난 솔이 들던 조그만 가방으로 진수를 후려쳤다.

"너 뭐야! 지금 그게 무슨 돼먹지도 않은 소리야! 너 지금 새신랑이야! 제정신이니?"

그녀의 공격에도 진수는 꿈쩍하지 않았다. 온갖 애증을 담은 살벌한 눈으로 솔을 노려만 보고 있는 그를 보자니 기가 막혀 기절할 지경이었다.

"야! 나는 여태 민지가 나쁜 년이고 너는 그냥 우유부단한 놈이라고 생각했어! 남들 다 너 욕할 때, 나는 그래도 네 편을 들었어. 왜인 줄 알아? 내가 만났던 남자는 그 정도 쓰레기는 아니었으니까. 꽤 괜찮은 놈이었으니까. 그런데 아니었구나!"

"말해! 잤냐고!"

진수는 위험하도록 목소리를 깔았다. 솔의 머리에도 분노가 차오르고 있었다.

"잤다! 맨날 잔다. 어제도 같은 집에서 자고 아침에 같이 나왔다! 됐냐? 불감증? 불감증 같은 소리 하고 있네! 나는 옆구리만 눌러도 활활 타오르는 여자야! 내가 아니라 네가 문제였던 거야, 이 개자식아!"

"……."

"이제 보니 민지를 욕할 게 아니었네. 내가 선물이라도 바리바리 해 줘야 할 판이네. 너 같은 개자식을 대신 데려가다니 얼마나 고마운 일이야! 정신 차려, 이 자식아!"

돌아서는 솔의 손목을 진수가 우악스럽게 낚아챘다.

"너 뭐 해! 이거 못 놔! 미쳤어?"

거칠게 솔을 밀어붙인 진수는 양손을 벽에 짚어 그녀를 가두었다. 그제야 진수에게서 술 냄새가 진하게 풍기고 눈빛이 비정상적으로 번득이고 있다는 것을 깨달은 솔은 소스라치게 놀랐다.

"다시 말해 봐. 네가 저 자식이랑 뭘 해? 잤다고?!"

벽을 사이에 두고 친구들이 잔뜩 모여 있는 자리다. 다른 날도 아닌 진수의 결혼 기념 파티다.

솔은 겁이 와락 났다. 이런 벽 치기 자세로 이따위 대화를 한다는 것만으로도 치욕적인데, 누가 만약 보기라도 한다면…….

민지가 진수를 유혹한 그 동창회 날보다 더한 추문으로 얼룩질 것이 분명했다.

기겁한 솔은 거세게 그의 가슴을 밀며 빠져나가려 애를 쓰기 시작했다.

"비켜! 네가 뭔데 이래? 우리가 헤어진 지 10년도 더 지났어. 게다가 바람피운 건 너였잖아. 날 찬 건 너라고!"

"실수였다잖아! 몇 번을 빌었잖아! 그깟 실수 따위 핑계로 날 떠난 건 너였어!"

"이런…… 미친놈!"

"그래, 나 미쳤어. 널 생각하면 항상 미칠 거 같아서. 어떻게 그럴 수 있지? 한 번도 내가 남자로 보인 적이 없었나? 아니, 그럴 수는 없어. 넌 무조건 못 느끼는 여자야 해! 그래서 나와 끝낸 거야. 다시 말해! 저 자식이랑 진짜 잤어?"

"그럼요."

그때, 낯선 음성이 불쑥 끼어들었다.

"잤습니다."

솔과 진수의 고개가 동시에 돌아갔다. 언제부터인지는 몰라도 한주혁이 서 있었다. 알 수 없는 표정으로 그는 그들을 바라보고 있었다.

"아악!"

솔이 정신을 차리기도 전 주혁은 진수의 손목을 비틀었다. 아픔을 이기지 못한 진수가 흉하게 몸을 틀며 한쪽 무릎을 꿇었다.

"우리 애기는요…….."

움켜쥔 진수의 손목을 꺾으며 주혁은 느릿하게 웃었다. 화가 난 목소리가 아닌데 그에게선 살기마저 어린 무서운 기운이 풍겼다.

솔의 취한 눈은 얼핏 그의 몸 전체에서 뿜어져 나오는 아우라를 본 것도 같았다.

머…… 멋있다!

"엄청 밝혀요."

진수의 입이 보기 싫게 벌어졌다. 무릎을 꿇은 상태로 어떻게든 손목을 풀려고 하는 노력이 애처로워 보이기까지 했다.

"우리 애기는요."

한쪽 무릎을 접어 진수에게로 시선을 맞춘 주혁이 상냥하게 답해 줬다.

"한 번으로는 성도 차지 않아요."

멋있다! 솔은 왕자님 같은 주혁을 보며 눈을 반짝였다. 심장이 쿵쿵 뛰기 시작했다.

"기본 1시간, 적어도 네다섯 번은 연달아 사랑해 줘야 만족해요."

목소리마저 품위 있었다. 저렇게 멋있는 포즈로, 저렇게나 잘생긴 남자가 나를 위해서 악당을 때려눕히고 있다니!

솔은 믿을 수가 없었다.

"못 느끼다뇨. 하룻밤에 몇 번이나 느끼는지. 그때마다 얼마나 아름다운 표정을 짓는지……. 불감증? 씨발. 절대 아니에요. 알겠습니까?"

너무나도 시적인 표현이 아닌가.

솔은 몽롱하게 감상했다. 적절한 욕설을 버무려 음악 같은 음성으로 나를 밝히는 여자라고 칭찬을 하다니.

밝히는 여자, 기본 1시간…….

네다섯 번 만족……. 막 느껴……. 뭘 느껴?

하트로 덧씌워졌던 솔의 눈이 천천히 정상으로 돌아온 것은 순간이었다.

사태를 깨달은 그녀의 얼굴은 경악으로 하얗게 질렸다. 불길한 기운으로 뒤통수가…… 뒤통수가 따가웠다.

어느새 화장실 앞은 그들만의 공간이 아니었다. 천천히 뒤를 돌아본 그곳에…….

"애기야! 나 흥분했어! 하고 싶어. 나가자!"

패대기치듯 진수의 손을 팽개친 주혁이 활기찬 목소리로 소리치며 벌떡 일어남과 동시에 솔은 눈을 질끈 감았다.

각종 욕설이 머릿속에서 난무하다가 그녀의 입으로 띄엄띄엄 토해져 나왔다.

"아, 이런 쓰으……. 이런 씨!"

얼음처럼 굳은 민지를 선두에 두고 가지런히 선 동창들은 그들을 보고 있었다.

"……대박!"

솔의 진정한 친구, 혜주가 짝짝 손뼉을 치기 시작했다.

"누나 울어요?"

주혁이 걱정스럽게 말을 건넸다. 한 방울 눈물이 또르르 흘러내리는 얼굴로 솔은 고개를 저었다.

"아니."

"눈물 떨어지는데?"

"이건."

끅− 설움을 삼킨 솔이 울먹였다.

"신경 쓰지 마. 눈물이 아냐."

상처받은 내 영혼이 액체가 되어 가출하는 거란다.

고집스럽게 솔은 주혁을 보지 않았다. 지금 바라본다면 머리로 저 녀석을 들이받을까 겁났다.

"그 자식 때문에 울지 말아요. 그 남자, 그 정도 가치 없어요."

제법 진지하게 주혁이 솔을 위로했다. 엘리베이터 거울에 비치는 초라한 자신을 응시하며 솔은 다시 한번 설움을 삼켰다. 어느새 눈물은 양 볼에 줄줄 흐르고 있었다.

'나도 알아. 그 자식은 그 정도 가치가 없지. 하지만 너는 내가 울 정도의 가치를 가졌구나. 허우대만 멀쩡했지 머리 나쁜 녀석아. 나는 이제 시집도 다 갔고, 사랑하는 동창들도 더는 만날 수 없겠지. 다 네 덕이야. 이런 창피는 머리털 나고 처음이란다. 잘생긴 백치야.'

혜주를 시작으로 동창들은 너 나 할 거 없이 박수를 치기 시작했다. 납치하듯 솔을 안고 누구나 다 알도록, 무언가가 아주 급한 모습으로 주혁이 뛰기 시작했을 때는 환호성과 휘파람 소리로 파타장은 그야말로 축제의 도가니탕 같았다. 심지어 그들의 환호성을 착각한 밴드의 화려한 축하 음악까지 울려 퍼지며 그렇게 그들은 요란하게 그 자리를 떠났다.

그때까지도 누구 하나 민지와 볼썽사납게 주저앉아 있는 진수를 신경 쓰지 않았다.

그들이 제대로 결혼까지 할 수 있을까. 진수의 찌질한 모습을 모두 목격했는데 민지가 과연 그를 용서할 수나 있을지.

솔의 눈에서 끊임없이 눈물이 흘렀다.

"그만 울어요. 내가 말했잖아요. 울면……."

"알, 알아. 흉해지지. 못생겨지지. 아니까 닥쳐 주라."

나는 알지만 너는 모른다. 내가 우는 건 민지와 진수가 걱정돼서도 창피해서도 아니란다.

그동안 나는 상처받은 가련한 여인이었다. 모든 동창들은 안쓰러움과 동정의 다독임을 보내 줬단다.

자존심이 상하지 않았냐고?

아니, 이제야 알겠다. 내가 그 시선을 즐겼다는 것을.

내가 불쌍해질수록 민지와 진수를 욕하는 소리도 커졌다. 은근히 즐거웠었다. 버림받은 부심이란 것도 존재한다는 것을 알게 되었다.

하지만 난 이제 결혼을 아작 낸 악녀로 전락했다.

동창들은 수군대겠지. 솔이 저게 그래도 꼬리를 쳤으니까 진수가 저런 거 아니겠냐고. 미친놈이 아니고야 십 수 년 전에 헤어진 여친에게 다른 남자와 잤냐고 바락바락 질투를 보였겠냐고.

적어도 네 덕에 나는 동정받는 것을 욕먹는 것보다 좋아하는 사람이란 걸 깨달았단다. 하지만 이제 어디 가서 이 억울함을 하소연

하란 말이냐.

혹시 너는 답해 줄 수 있니, 잘생긴 백치야?

거리의 밤공기는 적당히 시원했다. 부축당하다시피 주혁에게 이끌려 밖으로 나온 솔은 술기운이 한꺼번에 올라오는 것을 느꼈다.

억울했다. 너무너무 억울하다. 남자와 잠 한 번 못 자 본 내가 공식적으로 엄청 밝히는 여자가 됐다는 게 너무나 억울해서 못 살겠다.

오늘 밤 끝내 버리자!

그녀는 주먹을 불끈 쥐었다.

"누나."

솔이 빨개진 눈을 들자 주혁이 싱그럽게 웃었다.

"나 오늘 제법 잘했죠?"

"……응."

얘부터 보내야겠다고 생각한 솔은 대충 장단을 맞추기로 했다.

"그래. 너 엄청 잘하더라."

"내가 연기에 소질이 있나 봐요. 사업 관두고 본격적으로 이런 일에 뛰어들까 봐요."

"그래, 그래. 내가 수소문해서 이런 알바 많이 소개해 줄게."

그러니 제발 내 앞에서 꺼져 주라. 누나는 오늘 밤 바쁠 거란다.

"그래서 말인데……."

"말해, 빨랑."

"잔금 지금 줄래요? 돈거래는 제때 하지 않으면 깨끗하지 않거든요."

개. 자. 식.

솔은 주섬주섬 가방을 열었다. 잔금과 보너스로 차비까지 챙겨 넣어 둔 봉투를 꺼낼 때였다.

"그리고. 이 옷이랑 차 빌리는 데 100만 원 정도 썼어요."

"뭐라구?"

"누나가 잘 차려입고 오라고 했잖아요. 신경 좀 썼어요."

속으로 피눈물이 흘렀지만, 솔은 아무 내색도 하지 않았다. 다만 지친 눈으로 주혁을 응시했다.

"너…… 혹시 민지가 고용했니? 얼마 준다고 그러디?"

"네?"

"아냐. 됐어. 계좌번호 문자로 찍어 줄래? 월요일에 넣어 줄게."

"돈거래는 그때그때 해야 하는데……. 뭐 누나는 믿으니까 그러죠."

목을 조르고 싶었다. 원더우먼처럼 날아올라 저 하얗고 말끔한 목을 쥐고 마구 흔들어 캐나다로 날려 보내고 싶다.

금빛이 도는 가죽 채찍으로 철썩철썩 소리 나게 때린다면 속이 풀릴 것도 같았다.

하지만 평범한 인간일 뿐인 솔은 주혁의 손에 봉투를 쥐여 주며 지그시 눈을 맞췄다.

이제는 안쓰럽기까지 했다. 이 녀석도 눈치 없는 머리로 태어나고 싶진 않았을 테니까.

"그만 집에 가. 오늘 고생했어. 고마웠다."

"누난 같이 안 가요? 나 차 있는데."

"응. 안 가. 누나 오늘 집에 안 가. 아주 중요한 일이 남았거든. 너 먼저 들어가서 발 씻고 푹 자렴."

솔은 미련 없이 등을 돌렸다. 취기가 올라와 제멋대로 움직이는

발이 휘청였다.

오늘 누나는 아무 남자나 만나 잘 거란다. 이 족쇄 같은 순결을 버릴 거란다. 돈을 원하면 돈을 주고, 마음을 원하면 마음도 주고. 진수 말처럼 내가 정말 불감녀인지 알아볼 생각이란다.

가라, 키 큰 꼬맹아.

휘적휘적 위태롭게 걸어가는 솔의 뒷모습을 바라보는 주혁의 눈빛이 차츰 차가워졌다. 어느새 어두워진 밤거리엔 인적도 드물었다.

"저거, 위험한데……."

※

일단 물 좋은 클럽에 가는 거야!

오늘은 뼈와 살이 불탄다는 금요일이니까 비루한 이 한 몸 받아 줄 남자 하나쯤은 있을 테지.

잘 삶아진 문어처럼 온몸이 빨개진 솔은 주변 사람들이 힐긋대는 것도 눈치 못 챌 만큼 긴장해 있었다. 누가 봐도 술에 취한 티를 뿜으며 클럽 입구의 웨이터들과 장시간 눈싸움을 하는 중이었다.

그녀는 클럽 안으로 들어갈 마음의 준비를 하는 거였지만, 하룻밤 일탈을 꿈꾸는 혈기왕성한 취객들에겐 그야말로 안성맞춤인, 준비된 먹잇감이 틀림없어 보였다.

아니나 다를까 솔이 클럽을 향해 한 발짝 떼는 순간 그녀 주변으로 나이 어린 남자들이 다가오기 시작했다.

"클럽 가요? 혼자 왔어요?"

밝은 남자의 음성이 반가워 솔은 냉큼 고개를 돌렸다. 제법 귀엽게 생긴 20대 초중반의 남자 하나가 싱글거리며 서 있었다.

비록 술기운에 몸은 빨개졌지만, 정신만은 말짱한 솔은 재빠르게 남자를 스캔했다.

외모 통과! 옷 센스 통과!

그녀는 최대한 예쁜 웃음을 지어냈다. 앞에 선 남자에겐 그 모습조차 제 자신을 가누지 못할 만큼 취한 여자로 보인다는 건 알지 못했다.

"왜요?"

할 수 있다. 이깟 어린 남자쯤 유혹할 수 있다. 왜냐면, 왜냐면 나는 엄청 엄청 밝히는 여자니까!

"여기 지금 꽉 차서 대기해야 해요. 그러지 말고 우리랑 놀래요?"

빼꼼 뒤를 보니 조무래기 두 명이 솔을 흘긋대며 시시덕거리고 있었다. 저것들은 아웃.

솔은 요란하게 눈썹을 펄럭이기 시작했다.

"싫은데요."

"그러지 말고 같이 가요. 근처에 좋은 술집 있어요. 친구들 불러서 짝 맞춰 놀아요."

"나는, 음…… 우리 둘, 둘이서만 놀고 싶은데."

심장이 밖으로 튀어나올 것만 같았다. 새침하게 들리는 목소리가 자신의 입에서 나왔다는 것이 믿기지 않았다.

하지만 효과가 있는지 남자의 눈이 즉각 은밀해졌다.

"그럼 나는 더 좋고."

남자는 일행에게 돌아가 솔을 흘긋거리며 뭔가를 말하고 있었다. 터질 것 같은 긴장감에 솔은 입술을 꼭 깨물었다.

어쩐지 혼란스러웠다. 잘하는 짓인가. 이러다 큰일 나는 거 아냐? 불안해지기 시작했다.

무슨 일이야 나겠어? 일단 둘이 술을 마시는 거야. 말이 통하고 괜찮다 싶으면…… 나중 일은 나중에 생각하자.

"갈까?"

잘근잘근 입술을 깨물고 있던 솔은 화들짝 놀랐다. 그녀의 허리에 갑작스레 커다란 남자 손이 휘감겨 왔다.

깜짝 놀라 올려 보니 일행을 보내 버린 남자가 자연스럽게 말을 놓으며 웃고 있었다.

본능적으로 움찔한 솔은 최대한 몸을 뒤로 뺐다. 두근거리던 심장이 이제는 다른 의미로 미친 듯 오두방정을 떨고 있었다.

아까는 꽤 귀여워 보였는데, 지금 보니 남자의 인상도 비열해 보였다.

그는 주저하는 솔을 바짝 당기더니 두툼한 손으로 그녀의 허리를 쓰다듬기 시작했다. 오싹 소름이 돋았다.

게다가 환한 술집 거리를 놔두고 그가 솔을 이끄는 곳은 골목쪽이었다. 모텔의 전광판만이 반짝이는 골목. 갑자기 정신이 번쩍 들었다.

미쳤어, 미쳤구나! 내가 잠깐 돌았나 봐. 이, 이건 아니지!

겁에 질린 솔은 몸을 비틀며 그에게서 빠져나왔다.

"우리 지금 어디 가요? 술, 술 마시자면서요."

"술 마셔야지."

남자는 능글맞게 웃으며 솔의 손목을 잡았다.

"술도 사 주고, 밥도 사 줄게. 가자."

"아, 아니, 잠시만요. 죄송해요."

솔은 넙죽 허리를 숙였다. 뭔가가 아주 잘못되었다.

"제가…… 미안합니다. 다, 다음에……."

"미안할 거 없다니까. 술은 됐고. 잠깐 쉬었다 가자고. 친구들도 보냈는데 이제 와 이럼 곤란하잖아, 응? 오빠가 잘해 줄게."

남자는 껄렁하던 미소를 지웠다. 살짝 짜증 섞인 얼굴로 그는 거칠게 솔을 끌기 시작했다.

"아뇨! 이보세요! 아니, 이봐요!"

더 크게 소리를 질러야 하나? 시작은 내가 했는데?

솔의 얼굴이 새파랗게 질리기 시작했다. 다른 손이 다가와 남자의 손을 사납게 떼어 낸 건 그때였다.

"손 놔."

하얗고 강한 손이었다. 주혁이구나! 손만 보고도 알 수 있었다.

안도감이 어찌나 급하게 몰려들었는지 솔은 자리에 주저앉을 뻔했다.

주혁은 솔의 앞에 당당히 서서 남자를 향해 낮게 말했다.

"곱게 말할 때 그냥 가라."

예기치 않은 불청객의 등장에 솔과 주혁의 얼굴을 번갈아 보던 남자가 험상궂게 인상을 구겼다.

"이건 또 뭐야! 너 뭐야?"

"이 여자 애인."

"뭐?"

애인? 남자 못지않게 솔도 어리둥절했지만, 어느새 소유권을 주장하는 듯 솔을 꽉 끌어안은 주혁의 품에서 얼굴을 들 수 없었다.

청량한 향이 나는 셔츠에 숨이 막힐 정도로 얼굴을 묻은 그녀는 그의 말투가 살벌하다는 것만 느낄 수 있었다.

"너 운 좋은 줄 알아. 우리 애기가 지금 많이 아파. 격리된 병원에서 탈출한 걸 간신히 잡은 거야. 너도 좋은 경험 했다 치고 이렇게 막살지 마라. 일찍 죽는 수가 있어."

"아니…… 이 여자가 먼저."

남자는 말을 끝맺지 못하고 퍼뜩 정신이 든 얼굴로 한 걸음 뒤로 물러났다.

병원? 격리?

솔 또한 입을 벌렸다.

대충 애인인 척하고 남자를 쫓아내려는 건 알겠는데 뭘 이렇게까지 스토리를 만들고…….

간신히 고개를 빼 바라본 남자는 믿지 못하겠다는 표정으로 주혁과 솔을 번갈아 보고 있었다. 눈에 띄게 움츠러든 모습이었다.

주혁의 말을 믿는 건지, 덩치로 보나 차림새로 보나 자신보다 월등한 주혁에게 기가 눌린 건지 머뭇거리던 남자는 슬쩍 눈을 피했다. 그러더니 난데없이 욕을 퍼붓기 시작했다.

"씨발, 존나 재수 없게!"

남자는 솔을 잡았던 손을 옷깃에 마구 문지르며 솔을 노려보았다.

"야, 죽으려거든 혼자 죽어. 아, 씨발. 진짜 재수 없게."

남자는 허둥지둥 사라졌다. 솔은 남자가 사라진 방향을 멍하니 보다 숨을 길게 토해 냈다. 그제야 살았다는 안도감으로 무릎이 후들거렸다.

"박솔."

하지만 들려온 목소리가 심상치 않았다. 고개를 들고 보니 주혁이 그녀를 노려보고 있었다.

그는 솔을 거칠게 품 안에서 떼어 내더니 양어깨를 힘을 주어 잡았다.

"너 뭐 하는 거야, 지금."

처음 보는 무서운 얼굴이었다. 어찌 되었건 잘한 게 없는 솔은 배시시 웃음을 지었다. 비록 자신을 감염병 환자로 만들긴 했지만 도와준 건 사실이니까.

하지만 주혁은 더욱 살벌하게 인상을 구기며 그녀의 어깨를 흔들었다.

"웃어? 웃음이 나와? 무슨 짓이냐고. 너 저 남자랑 뭐 하려고 했어?"

"너? 너, 누나한테 너가 뭐야……."

"나잇값을 해야 누나지. 도대체 무슨 생각이야. 겁도 없이 아무 남자나 따라가?"

솔은 입을 다물었다. 주혁의 말이 백번 맞았기에 부끄러워신 그녀는 고개를 숙이고 울먹였다.

"그런 거, 아니야."

"아니면 뭐야. 너 원래 이런 여자야? 순진한 척 굴다가 밤마다 욕구 채우러 남자 찾아다니는 거야?"

"……."

"내가 실수했나 보군."

주혁이 싸늘하게 말했다. 눈빛에 경멸이 묻어 있었다.

"……그런 거 아니라고."

"방해해서 미안하다. 오늘 일은 못 본 거로 해 두지. 나는 갈 테니 너는 살던 대로 살아."

그는 냉정하게 등을 돌렸다. 울컥 설움이 복받친 솔이 그의 뒷모습에 대고 버럭 소리를 질렀다.

"그런 거 아니라잖아! 너도 들었잖아! 진수가……. 그 망할 자식이 나더러 불감증이라잖아. 아무 남자하고도 못 잤을 거라잖아!"

솔은 털썩 자리에 주저앉았다. 부끄러움과 민망함과 설움이 뒤섞인 울음이 터졌다.

"그 녀석 말이 맞아! 그렇게 오래 만났으면서 나는 한 번도 그 녀석과…… 노력해도 안 됐단 말야! 진수뿐만 아니라 다른 남친이 생겨도 마찬가지였어! 징그럽고 싫었어. 조금만 날 만져도 겁이 났다구!"

솔은 엉엉 울기 시작했다.

"나도 내가 정말 불감증인지 확인하고 싶었어. 그래서 그랬어. 그게 뭐가 나빠! 서른 살도 넘었는데, 내가 정상인지 알아보겠다는 게 왜 나빠! 이따위 지긋지긋한 순결 따위 버리고 싶다는데! 내가 내 몸 맘대로 하겠다는데 왜 말을 그렇게 심하게 해! 아 씨, 정말 내가, 내가 쪽팔려서……."

솔은 주먹으로 눈물을 찍어 내기 시작했다. 술기운과 알싸한 거리의 바람과 서러움이 뒤섞인 그녀는 콧물까지 흘리며 서럽게 훌쩍였다.

울면서도 부끄럽기 짝이 없었다. 이게 뭐 하는 짓이람. 지금 누구한테 이런 하소연을 하는 거야. 저 녀석은 동생 친구인데. 이게 무슨 망신이야.

"하아……."

긴 한숨이 들리는가 싶더니 주혁이 그녀 앞에 한쪽 무릎을 접어 앉았다. 그리고 그녀를 찬찬히 바라보았다.

잔뜩 겁에 질린 채 훌쩍이는 솔을 보며 그는 다시 한번 깊은 한숨을 내쉬었다.

"……이거 정말, 손 많이 가는 여자네."

세상에서 가장 멍청하고 쓸모없는 인간이 된 기분이었다.

솔은 고개를 숙이고 어떻게든 눈물을 참아 내려 애를 썼지만, 그것도 잘되지 않았다. 뚝뚝 떨어지는 눈물이 그저 창피했다.

"사, 상관 말고. 너는 집에 가."

"나 보내고 뭐 하려고. 또 아무 남자나 꼬시려고?"

"아니라니까! 오늘 일은…… 제발 잊어 줘. 부탁할게."

주혁은 조용히 손을 뻗어 솔의 턱을 쥐었다. 힘을 주어 뻗대는 그녀의 고개를 그리 힘들이지도 않고 올리고는 눈을 맞춰 왔다.

새까맣고 이지적인 눈동자가 그녀의 진심을 읽어 내기라도 할 듯 집중하자 부끄러움은 배가 되었다.

그래서 자꾸만 얼굴이 붉어지는 거라고 솔은 자신에게 우겼다. 아름다운 그의 눈동자에 반응하는 것이 절대 아니라.

어색하기 짝이 없는 침묵을 깬 건 주혁이었다. 낮아진 음성으로 그가 말했다.

"……좋아."

"뭐가?"

"나랑 해요."

"……뭘?"

"내가 해 줄게요. 나쁘진 않을 거예요. 난 신원도 확실한 사람이고."

솔은 멍해졌다.

지금 주혁이가 뭐라고 하는 거지?

솔의 눈빛이 가로등 불빛을 받으며 이리저리 흔들렸다. 착각일지 몰라도 그의 음성은 묘하게 야릇했다. 그가 말한 의미보다 더.

그리고…… 그리고 그 순간 가슴속 깊은 곳부터 간질간질하는 느낌이 피어나더니 뒤늦게 심장이 쿵 떨어졌다.

말도 안 되는 이런 말에 울렁이는 이 찌릿함은 뭐지? 너 돌았니? 해야 하는데 나는 왜 홀린 듯이 이 녀석의 입술만 보고 있지?

주혁은 살짝 미소를 지었다.

"게다가 나……."

그의 눈은 더욱 그윽해졌다. 깊이를 알 수 없는 호수처럼 어둡게 가라앉으며 그녀를 잡아끌고 있었다. 솔은 무섭도록 빠져들고 있는 자신을 느꼈다.

"잘해요."

5.

시간이 멈춘 것 같았다.

그와 그녀를 제외한 모든 것이 정지한 듯했다. 심장이 가슴이 아닌 머리에서 쿵쿵 울리는 것만 같아 정신마저 혼미했다.

솔은 홀린 듯이 입을 열었다.

"공…… 공짜로?"

혀를 깨물고 싶었다.

솔은 자신의 입에서 나온 말에 스스로도 경악했다. 여기서 갑자기 웬 흥정이란 말인가. 공짜가 아니라고 하면 돈 줄래? 등신아.

깊어졌던 주혁의 눈도 질끈 감겼다.

입 모양을 보니 소리 없이 하나 둘 셋을 세고 있었다. 얼핏 보기에는 울화를 삭이려는 몸짓 같기도 했다.

이윽고 눈을 뜬 그는 파티장에서 여자 동창들을 사로잡았던 산 뜻한 미소를 지어 보였다. 비록 이를 가는 듯한 음성이었지만.

"공짜로."

"……."

"싫으면 말고."

"누, 누가 싫대! 안 싫어!"

솔은 벌게진 얼굴로 버럭 소리를 쳤다. 이것저것 생각하면 말도 안 되는 제의긴 하지만.

잘한다잖아! 공짜라잖아!

그 순간 절박할 정도로 솔은 주혁이 욕심났다. 기왕 이렇게 된 거, 잘생기고 잘한다는 남자가 손을 내미는데 미치지 않고서야 내가 왜 마다해?

술에 취한 그녀의 머리가 제대로 뒤죽박죽이었다.

혹시나 주혁이 마음을 바꿀까 봐 초조해진 그녀는 그의 옷깃을 강하게 움켜잡았다.

"두말하기 없기! 하자. 너랑 하겠어!"

"……."

열띤 솔의 반응에 주혁은 한동안 그녀를 응시했다.

발그레한 뺨. 기대와 흥분으로 빛나는 눈. 쭈그려 앉아 강아지처럼 자신의 처분을 기다리는 모습에 그의 입꼬리가 정체를 알 수 없는 만족감으로 서서히 올라갔다.

"좋아요. 대신……."

솔은 두근두근하는 마음으로 그의 잘생긴 입에서 나올 다음 말을 기다렸다.

이것이 오늘 단 한 번뿐의 기회라는 뻔하디뻔한 멘트에 넘어가 카드를 꺼내는 홈쇼핑 족의 심정인가. 농담이라는 둥, 하기 싫어졌다는 둥 그딴 소리가 나오면 기절을 시켜서라도 데려갈 테야.

가슴이 터지기 일보 직전에야 주혁은 말을 이었다.

"부탁해 봐요."

"뭐라고?"

잘못 들은 것만 같은데도 깊어진 그의 미소에 눈을 뗄 수가 없었다.

놀리는 것처럼 장난기 어린 미소가 어떻게 이토록 섹시할 수가 있나. 혹시 그는 최면을 걸 줄 아는 걸까? 그렇다면 이 녀석은 정말 실력 좋은 마술사임이 분명했다.

"정중히, 절실하게 부탁하라고."

나중에 이 순간을 떠올리며 솔은 벽을 주먹으로 수없이 내리쳐야 했다. 원통하고 비굴한 기억에 발버둥 치며 괴로워해야 했다.

술을 그토록 건하게 마시지만 않았더라도, 안드로메다로 날아간 자존심이 찌꺼기만 남겨 두었더라도, 이 녀석은 이 자리에서 자기 손에 죽었어야 했다.

하지만 술기운과 잘한다는 멘트에 홀려 버린 솔은 정신이 나간 후였다. 이미 최면에 걸려 버린 솔의 입은 비굴하게 열렸다.

"제발……. 제발 나랑 자 줘."

그 순간 주혁의 눈에 떠오른 감정이 즐거움인지 비웃음인지 솔은 이성이 돌아온 나중에도 알 수 없었다.

✼

주혁은 문이 닫히는 걸 기다리지도 않았다. 호텔 방에 들어서기가 무섭게 그녀의 머리를 움켜쥔 그는 거칠게 입술을 포갰다.

"읍읍."

민망함이 자리 잡을 시간도 없었다. 자동으로 문이 잠기는 소리만 희미하게 들려왔다.

왜, 왜 이래? 뭐가 이렇게 급해?

당황한 솔은 다급히 도리질하며 간신히 얼굴을 떼어 냈다. 이미 숨이 가빠지고 얼굴도 달아오른 후였다.

"저, 저기. 천천히……."

"입 다물어."

잔뜩 가라앉은 목소리가 섬뜩하게 귀를 때렸다.

뭘 다물어?

돌변한 그의 말투에 솔은 놀랐다.

엘리베이터에 탔을 때까지만 해도 주혁은 다정했다. 아무 말도 없었지만 따뜻하게 손을 잡아 주고 긴장한 그녀를 위해 상냥하게 웃어 주기도 했었다.

하지만 지금의 그는 뭔가가 달라졌다. 희미한 스탠드 불빛에 일렁이는 눈빛은 사나웠고 다급했다.

정신을 차리기도 전에 또다시 강하게 돌진한 그는 기어이 그녀의 입술을 갈랐다.

"흐으읍!"

난 몰라. 다물라며 왜 벌려!

당황스럽던 솔의 생각은 딱 거기까지였다.

"흐읍!"

남자의 뜨거운 혀가 거침없이 입안으로 들어왔다. 준비도 되지 않은 그녀의 혀를 찾아내고는 뜨겁게 휘감았다.

마치 제집이라도 되는 것처럼 파고들며 가지런한 치아를 훑고 목 깊숙한 곳까지 사납게 침범하기 시작했다.

"하아…… 하아……."

숨을 쉬기도 버거워 솔은 그저 헐떡였다. 엄청난 키 차이에 대롱대롱 매달린 자세도 힘겨웠지만, 입안 점막을 핥고 빨아 대는 낯선 감각에 무릎에서 자꾸만 힘이 빠지고 정신은 몽롱해졌다.

무너지려는 그녀를 몇 번이고 고쳐 안으며 주혁은 그녀의 혀를 정신없이 탐했다.

"흡……. 읍……."

타액이 뒤엉켰다. 뒷머리를 움켜쥐고 우악스럽게 키스하는 남자의 힘을 이겨 낼 수는 없었다. 정확히는 그럴 의지도 없었다.

어느새 그의 목에 팔을 감은 솔은 똑같은 열기로 열중하고 있었다. 거칠어진 두 숨결 사이로 뒤엉키는 흥건한 타액마저도 달콤했다.

"하아……."

굶주린 듯한 키스였다. 주혁은 거칠고 성급했다. 마치 오랜 시간 기다려 온 사람처럼 그는 잠깐의 여유조차 용납하지 않았다.

숨이 차오른 그녀가 주혁의 단단한 가슴을 간신히 밀어내는 순간, 주혁은 입술을 떼는 대신 그녀의 아랫입술을 콱 깨물었다.

"아야!"

입술 안으로 비릿한 피 맛이 번졌다. 솔이 놀란 눈으로 외쳤다.

"왜, 왜 물어! 아프잖아!"

호흡이 가빠져 말을 하기도 힘들었지만 이건 조금 이상했다. 왜 이렇게 급하게 구는 거지? 생각할 틈도 없이 그는 또다시 입술을 겹쳤다.

입안 가득 혀를 밀어 넣으며 주혁은 솔을 번쩍 들어 안았다. 균형을 잡기 위해 있는 힘껏 그의 목을 감싸 안을 수밖에 없었다.

조금씩 조금씩 침대를 향해 이동하면서도 그는 키스를 멈추지 않았다.

"헉!"

다음 순간, 솔은 내동댕이치듯 침대 위로 던져졌다.

어찌나 놀랐는지 말려 올라간 치마 밑으로 팬티가 드러난 것도 알아채지 못한 그녀의 몸 위로 눈 깜짝할 사이에 그가 올라탔다.

새까만 눈동자가 뜨겁게 타오르며 아래를 내려다보았다. 얇은 레이스 천에 거뭇거뭇 비치는 음모를 뚫어지게 보며 그의 눈은 더욱더 까맣게 어두워졌다.

"좀, 천천히······."

솔은 얼굴을 붉히며 더듬었다.

거친 그의 행동이 낯설었지만 무서운 건 아니었다. 그의 시선만으로 열이 오른 몸 여기저기에서 혈관이 팔딱팔딱 뛰었다.

그가 태워 버릴 듯 보고 있는 곳으로 천천히 시선을 내렸을 때야 솔은 화들짝 놀라며 다리를 오므렸다.

이미 늦었어.

주혁은 그답지 않게 급히 올라 버린 열기를 굳이 누를 생각이 없었다. 평소라면 생각해 보지도 않았을 원나잇이었다. 이해되지 않은 자신의 행동에 대한 분석도 집어치웠다.

오직, 먹이를 눈앞에 둔 맹수처럼 여자에게 집중했다. 빠져나갈 틈이 없도록, 느리고도 위험하게 그녀를 응시했다. 본능은 그녀의 조건 없는 복종만을 원했다.

붉어진 얼굴, 흐트러진 머리카락과 거세게 들썩이는 젖가슴의 윤곽. 당장이라도 베어 물고 싶은 하얀 허벅지와 말려 올라간 치마 밑 레이스 팬티.

더없이 퇴폐적인 모습인데도 볼을 붉힌 여자는 소녀 같았다. 인정하기 싫지만, 그런 그녀의 모습에 그의 피가 끓어올랐다.

곱씹어 보면 언제나 그랬다.

그녀의 꿈을 꿀 때면 어김없이 찾아왔던 몽정. 기대치 않은 나신으로 자신을 맞이한 십 수 년 만의 재회 날, 또다시 울컥 쏟아 낸 늦은 몽정.

얼룩진 이불을 도둑처럼 몰래 버리며 그는 이를 갈았었다. 왜 그녀가 자신에게 그런 영향을 미치는지 알 길이 없었다.

하지만 오늘, 마침내 주혁은 자신이 그녀를 간절하게 원했다는 것만은 인정하기로 했다.

참 이상하지. 이 여자만이 나를 흥분시킨다. 못 견디게 얄미운데, 그래서 숨이 막히도록 키스하고 싶단 말이지.

단순한 호기심과 젊은 혈기 때문이든, 오래된 앙금이 비정상적인 욕정으로 발전된 것이든 상관없다. 그녀가 선물처럼 쥐여 준 이 밤에 사춘기 소년 같은 욕망을 모두 끝내 버리면 그만이다.

생각만 해도 아랫도리가 저릿했다. 당장이라도 백지처럼 펼쳐진 나긋나긋한 몸을 타고 올라 걸치고 있는 방해물들을 찢어 내고 싶었다.

재회의 그날부터 그를 잠 못 들게 하던 하얀 젖가슴을 움켜쥐고 그 예쁜 까만 점에 입을 맞추고 빳빳하게 윤곽을 드러낸 젖꼭지를 물고 흔들며 애원하는 여자의 신음을 듣고 싶었다.

그만해 달라는, 아니, 도톰하고 예쁜 입에서 젖은 신음으로 더, 더 해 달라는 울부짖음이 터질 때까지 페니스를 쑤셔 박을 것이다. 그곳과……. 이곳에…….

주혁은 손가락으로 살짝 벌어진 솔의 입술을 쓸었다.

그녀는 움찔했지만 피하지는 않았다. 달뜬 눈동자에는 첫 경험에 대한 두려움보다는 기대와 흥분이 가득했다.

불감증?

그 빌어먹을 자식이 뱉어 냈던 말을 떠올리며 주혁은 나직이 웃었다.

고작 손가락 하나를 물려 줬을 뿐인데도 그녀는 눈을 감고 뜨겁게 헐떡였다. 귀여운 혀로 머뭇머뭇 그의 손가락을 맛보았다. 숨길 수도 없게 단단해진 유두의 흔적이 옷 위로 뚜렷했다.

아니야. 이 여자는 느껴.

그것도 누구보다 예민하고 섬세하게.

주혁은 지금 이 순간이 너무나 즐거웠다.

솔은 조금 겁이 났다.

주혁은 다른 사람이 된 것 같았다. 떨리던 손을 잡아 주며 호텔 방으로 들어올 때까지 아무 말도 없었지만, 눈빛만은 다정했었다.

그래서…….

그래서 그녀는 주혁이 아주 부드러운 사랑을 할 거라고 막연하게 생각했다. 낭만적이고 섬세한 아름다운 밤은 상냥할 거라고 기대했다.

하지만.

웃음을 지운 그는 어쩐지 위험해 보였다. 타는 듯한 눈빛은 뜨거웠지만, 동시에 서늘하기도 했다. 스탠드의 불빛에 붉게 물든 하얀 셔츠 안의 단단한 육체마저 사나워 보였다.

어쩌면 그보다 더 겁이 나는 건 자신의 반응일지도 몰랐다. 낯선 그가 두려운데도 솔은 야릇한 설렘에 숨이 막힐 지경이었다.

온몸의 혈관들이 터질 것처럼 스스로 팔딱팔딱 뛰며 뜨거워지고 있었다. 그 느낌이 생경해 그녀는 저도 모르게 부르르 몸을 떨었다.

그때 주혁이 비웃듯이 물었다.

"겁나요?"

"……."

"겁을 내려거든, 조금 일찍 냈어야지, 이 여자야."

주혁은 혀끝으로 느릿하게 입술을 핥았다.

그 모습에 정말로 겁이 더럭 났다. 반말과 존댓말을 멋대로 섞어 쓰는 그는 즐거워 보였고 그래서 지독히도 낯설었다.

솔은 침을 꿀꺽 삼키고는 조심스럽게 입을 열었다.

"너……. 혹시 이상한 취향이 있다든가 그런 건 아니지?"

"왜? 이제야 궁금해?"

"무, 무섭게 왜 이래. 이러면…… 나, 갈 거……."

"입 다물라고 했잖아요."

살벌한 경고와는 어울리지 않는 살뜰한 음성으로 말한 그가 미소를 지었다. 녹아 버릴 만큼 관능적인 미소였다.

그대로 몸을 기울이며 그는 시선을 맞췄다. 뜨거운 숨결이 솔의 달뜬 얼굴로 여과 없이 쏟아졌다.

"그런 건 낯선 놈을 따라갔을 때 걱정했어야지."

"……."

"뭘 기대하는 거예요, 누나."

키스로 촉촉해진 입술을 손끝으로 어루만지며 주혁은 중얼거렸다. 살짝 벌어진 입술 틈에 손가락을 밀어 넣고 예민한 점막과 숨어 있던 혀까지 다정하게 훑어 내렸다.

하아─ 솔은 저도 모르게 눈을 감고 신음을 흘렸다.

"다정하게 해 주길 바랐어요?"

그는 마치 먹잇감을 가지고 노는 맹수 같았다.

잠시 놀기엔 재미있지만, 종국엔 갈기갈기 찢어 삼킬 하찮은 먹이를 보는 시선과 닮아 있는 눈을 차마 바라볼 수가 없어 솔은 눈을 뜰 수 없었다.

"부드럽기를 기대했어?"

"……."

그가 무슨 말을 하는 건지, 어떤 대꾸를 해야 하는지도 알 수가 없을 만큼 솔은 속수무책으로 무너져 가고 있었다.

어떻게 이런 상황에도 터질 것처럼 심장이 뛰는 걸까. 고작 얼굴에 닿은 숨결과 입술을 지분거리는 손끝이 다인데도…….

이토록 터질 것 같은 설렘은 어디서 오는 거지? 그의 손이 닿는 곳이, 만져 주길 원하는 곳들이 견딜 수 없을 만큼 간질거렸다.

"로맨틱하게, 소중하게 대하길 바랐나?"

입술을 지분대던 손가락이 목덜미를 지나 드러난 쇄골을 매만졌다.

"그렇게 해 주길 원해요?"

솔은 그저 고개만 끄덕였다. 낮은 웃음소리가 고막을 달궜다.

"간질거리게 키스하고……. 꿈인지 현실인지 모를 달콤한 영화처럼. 그저 부드럽게, 네 예쁜 구멍 안에 대충 좆을 쑤셔 넣고 몇 번 쳐 대다 끝내는 거? 그런 걸 상상했나?"

"……!!"

뭐, 뭐?

솔의 눈이 경악으로 번쩍 떠졌다.

어느 틈인지 귓불을 잘근거리며 씹고 있는 그의 이 사이로 가소

로운 웃음이 새어 나왔다.

"아까 그 새끼는 그렇게 해 줄 것 같아서 따라갔어? 응?"

듣고도 믿을 수가 없었다. 솔은 기어이 자신이 맛이 간 모양이라고 생각했다.

태어나 난생처음 이런 야한 말을 면전에서 들었다. 다른 사람도 아닌 주혁이가…….

저 멋지고 수려한 입으로……. 어디에 뭘 어떻게 넣어?

"어쩌지."

타액이 묻은 손가락을 쓱 핥으며 그는 악마처럼 웃었다.

"그런 건 내 스타일이 아닌데."

그, 그런 스타일이 아니면?

솔은 이해할 수가 없었다.

섹스가 그런 거 아니야? 키스하고 애무하고 그의 말대로 몇 번 같이 움직이다가 끝나는 거 맞잖아. 그게 다잖아.

혹시……?

그녀의 얼굴이 순식간에 굳었다.

이 녀석, 진짜 변태 끼가 있으면 어쩌지? 엎어 놓고 엉덩이라도 때린다면? 어쩌면 허리띠, 혹은 의자. 한 대 제대로 맞으면 즉사할 것 같은 저 커다란 손으로.

즉각 소름이 돋으며 몸이 떨렸다. 솔은 본능적으로 엉덩이를 밀었다. 조금이라도 그와 거리를 두려 꿈틀거리며 물러나던 그녀의 등에 침대 헤드가 닿았다.

"아, 안 돼……."

주혁은 흥미롭게 그녀의 헛된 몸짓을 보고만 있었다. 표정을 감춘 그의 눈에선 아무것도 읽을 수가 없었지만, 그의 말대로 늦은 후회가 몰려들었다.

"때, 때리지 마!"

달달 떨리는 목소리로 냅다 소리를 질렀다. 눈까지 질끈 감은 솔은 진심으로 그가 그런 놈이 아니길 바랐다.

"때, 때리는 것만은 안 돼! 때리면 무조건 신고할 거야!"

"때려?"

다행히도 주혁은 황당해했다.

미간에 잔뜩 주름을 잡으며 그녀를 바라보던 그가 이윽고 큭큭 웃기 시작했을 때에야 솔은 슬그머니 눈을 떴다.

"넌 정말……."

웃음기가 가득한 눈으로 주혁은 덧붙였다.

"쉽게 질리지는 않겠어."

미쳤나 봐. 나 정말 밝히는 게 맞나 봐.

의미와는 상관없이 낮고도 그윽한 목소리에 솔의 머릿속은 또다시 혼미해졌다. 놀란 마음에 아직도 몸이 떨리는데도, 재미있다는 듯 고개를 갸웃거리는 모습에 심장이 쿵 내려앉고 정신이 어찔했다.

"걱정 마요. 때리지 않아. 그런 악취미는 없어."

그 말을 듣고서야 솔의 꽉 쥔 주먹에서 힘이 빠져나갔다. 이유는 모르지만, 그녀는 주혁의 말을 믿었다. 무작정 믿을 수밖에 없는 진지함을 읽었다.

"지, 진짜지?"

"대신."

그는 더욱 달콤하게 속삭이며 그녀의 허리를 끌어당겼다. 긴 손가락 하나가 망설임도 없이 그녀의 다리 사이 깊은 곳을 꾹 눌렀다.

"헉!"

부끄럽게도 이미 흥건해진 천에 배어 나온 물기가 그의 손가락을 적셨다. 주혁은 솔의 눈에서 시선을 떼지도 않았다.

"이제부터 이런저런 짓은 할 거야. 네 몸 위에서."

부드럽게 원을 그리며 팬티 위를 지분대는 손가락 끝으로 강한 열기가 올라왔다. 솔은 헐떡였다.

자신의 은밀한 곳이 본능적으로 움찔거린다는 것만 희미하게 느꼈을 때 단단한 손가락이 단번에 갈라진 틈을 찔러 왔다. 솔은 머리를 확 뒤로 젖히며 신음했다.

"아웃……. 읏!"

"완전히 정상적으로. 때리거나 강압적이 아닌 온전한 너의 동의를 받아서."

팬티 위로 질구를 긁어 대자 그의 손톱 안까지 그녀의 애액이 스며들었다. 그곳이 꿈틀거리며 못 견디게 뜨거워졌다.

솔은 경련하듯 허리를 비틀었다. 자신이 들어도 야한 신음이 연신 흘러나왔다.

"이렇게 젖은 주제에……."

헐떡이는 그녀를 보며 주혁은 비웃었다.

"누가, 누구더러 변태라는 거야."

비록 얇은 천이 막고 있었지만 갈라진 틈을 집요하게 비비며 찔러 대는 그의 손가락은 참을 수 없을 만큼 야릇하고 외설스러웠다. 천을 뚫을 것처럼 움직이던 손이 다음 순간 거칠게 음부를 움켜잡았다.

"하앗!"

이, 이게 뭐야?

속절없이 몸을 비틀며 솔은 신음을 질렀다. 팬티와 함께 움켜잡힌 살덩이와 음모들이 비명을 지를 만큼 아픈데도 전기처럼 관통하는 찌릿한 쾌감을 이길 수는 없었다.

달달 몸을 떠는 그녀를 보며 주혁은 흡족한 듯 웃었다. 언제부터인지 그의 눈도 욕망으로 까맣게 변해 버린 지 오래였다.

"⋯⋯좋아?"

기어이 그의 손이 팬티 안으로 들어와 맨살을 부드럽게 덮었다.

"하윽⋯⋯."

그녀는 움찔움찔 몸을 떨었다.

이상했다. 처음 겪는 짜릿함은 아찔할 만큼 강한 쾌락을 주는데도 몸 구석구석은 모자란 듯 간지러웠다. 충족되지 않은 어떤 욕구가 미칠 듯이 끓어올랐다.

누구의 손길도 닿지 않았던 그곳이 스스로 움직이는가 싶더니 울컥거리며 애액을 쏟아 냈다. 솔의 얼굴은 확 붉어졌지만, 손바닥 가득 그것들을 받아 낸 주혁은 만족스럽게 신음했다.

"좋은가 봐."

그는 갈라진 음성으로 중얼거렸고, 솔은 기절할 지경이었다. 분명 수치스러워해야 마땅할 말인데도 부정할 수가 없었다.

그녀가 쏟아 낸 애액을 넓게 펴 발라 주듯 주름 하나하나를 쓸고 있는 그의 손으로 온 신경이 쏠려 있었다.

"주혁아⋯⋯ 주혁아."

그의 이름을 부르며 뒤로 젖힌 그녀의 얼굴에 주혁의 시선이 고정된 줄도 몰랐다. 눈을 감은 그녀의 입은 벌어졌고, 가는 경련으로 달달 떨리는 얼굴은 무방비했다.

그에게는 더할 나위 없이 아름답고 퇴폐적으로 보이는 줄도 모르고 사시나무처럼 몸을 떨며 그녀는 본능적으로 몸을 바짝 그에게로 붙였다. 다가올 행위에 대한 기대감으로 이성이 날아간 지 오래였다.

이건 솔이 아는 섹스의 기본 순서가 아니었다. 탐색하는 키스와 깊어지는 애무, 한참을 공을 들인 후에 벗겨져야 할 속옷들. 위부터 아래로 내려가는 것이 마땅히 정상이라고 생각했는데.

맙소사. 그는 아직 옷도 벗지 않았다는 것을 솔은 몽롱한 정신 속에서도 깨달았다. 단계를 뛰어넘어 다리 사이부터 깊게 지분대는 건 분명 당황스러운데도 어떻게 이토록 흥분될 수가 있는 걸까.

"넣어 줘요?"

음란한 말을 서슴없이 뱉는 주혁의 목소리도 그녀만큼 거칠어져 있다는 것만이 위안이라면 위안이었다.

솔은 끊임없이 신음했다.

주혁에게 장난은 여기까지였다. 그는 한계였다.

몸을 벌떡 세워 셔츠를 단숨에 벗어 던졌다. 단단한 잔근육들이 불빛에 꿈틀거렸다.

눈빛을 조절할 만큼 이성이 남아 있지도 않았기에 날것 그대로의 본능에 휩싸인 눈을 번득이며 그가 재촉했다.

"대답해."

분명 그녀는 예상보다 더 젖어 있었다. 자신의 손가락이라도 집어삼키고 싶은 듯 움찔거리는 질구는 끊임없이 애액을 쏟아 냈다.

"박아 달라고 말해. 너도 박히고 싶어 죽을 거 같다고."

대답을 기다리지 않고 곧장 그녀의 몸 위로 올라탄 그는 다시 그곳으로 손을 내렸다. 미끈거리는 애액은 손가락을 타고 흐를 만큼 흥건했다. 질펀해진 이곳이 그녀가 흥분했다는 증거라는 것을 그는 확신했다.

들어갈 듯 말 듯 손가락을 세워 찔러 댔더니 그녀는 예쁘게 헉 헉거리며 숨을 몰아쉬었다.

"주, 주혁아······. 아훗."

목을 뒤로 젖힌 채 연신 신음하는 그녀의 가슴이 출렁였다. 조금 후면 그의 입안에 가득 빨려 있을 하얀 젖가슴.

딱딱하고 귀여운 유실을 혀에 말아 이로 긁으며 아무도 침범하지 않았던 깊고 예쁜 동굴에 퍽퍽 박아질 페니스를 생각하니 이성이 날아갔다.

그녀를 엎드리게 하고 등 뒤에서 나긋한 허리와 하얀 엉덩이를 움켜쥐고 거칠게 허리 짓을 할 때 이리저리 춤을 추며 출렁일 젖가슴.

부욱-

집어삼킬 듯한 열기를 참지 못하고 주혁은 그녀의 블라우스를 찢었다. 다급하게 브래지어를 위로 밀치며 양손 가득 그녀의 가슴을 움켜쥐었다. 목구멍에서 저절로 앓는 신음이 터졌다.

상상했던 것보다, 여태껏 만지고 보았던 그 어떤 것보다 부드럽고 기분 좋은 무게감까지 선사하는 가슴이었다.

두 손으로 꽉 양 젖가슴을 모으자 분홍빛 젖꼭지가 투두둑 튀어 올라왔다. 마치 그의 입을 마중 나온 듯이.

먹어야겠어. 당장 맛봐야겠어.

유두를 덥석 베어 물자 젖가슴 살도 한 움큼 입으로 빨려 들어왔다. 주혁은 정신없이 그것들을 물고 빨고 깨물었다. 질펀한 쾌감이었다.

허기지게 가득 빨아 대자 허리 아래 성난 페니스가 아우성을 쳤다.

이리저리 몸을 트는 솔의 반응 또한 그를 무섭게 흥분시켰다. 아아, 아흐흑. 울음인지 탄성인지 모를 흐느낌이 남자의 자존심을 지독하게 채워 주었다.

"아으…… 아아…… 하윽."

황홀에 젖은 여자의 신음이란 이렇게 야한 거였나. 찌걱찌걱. 자신의 타액과 여자의 맨살이 만들어 내는 젖은 소음이 이토록 사람을 미치게 만드는 거였나.

너무 좋아. 너무 좋아 미칠 것 같은데 너는 어떨까.

"하아윽!"

마치 응답처럼 솔이 주혁의 머리카락 사이로 손가락을 찔러 넣었다.

더 세게, 더 강하게 빨아 달라고 보채는 것처럼 그의 머리를 눌러 제 젖가슴에 문대는 그녀의 귀여운 행위에 그는 넋이 나갈 것 같았다.

"……하고 싶어. 해 줘."

그녀의 마지막 대답에 그도 모르게 존재했던 긴장이 끊어졌다.

단숨에 그녀의 다리 사이에 고개를 박은 주혁은 이빨로 물어뜯듯 팬티를 끌어 내렸다. 미처 벗겨 내지 못한 팬티가 가는 발목에서 길을 잃고 대롱거렸다.

주혁은 솔의 다리를 들어 올렸다. 그 기운에 그녀의 허리까지 힘차게 올라왔다.

양 허벅지를 어깨에 걸치자 그녀의 은밀한 곳이 코끝에 닿았다. 허벅지가 그의 얼굴을 쥐어짜듯 압박했지만, 그는 개의치 않았다.

"아악, 주, 주혁아…… 주혁아."

혀를 뾰족하게 말아 그녀의 질구 안을 찌르며 들어가자 그녀는 거의 울부짖었다. 그녀가 비명처럼 내지르는 자신의 이름이 듣기 좋았다.

둥근 엉덩이를 힘껏 쥐어뜯으며 얼굴을 음부에 비벼 댔다. 손으로 지분거릴 때와는 비교할 수 없는 쾌감이 머리까지 관통했다.

"좋아……."

그는 웅얼거렸다. 뜨겁고 촉촉한 질구에 입술을 비벼 대는 그의 목소리는 제가 들어도 뭉개져 있었다.

믿을 수 없을 정도로 부드러운 그곳의 주름을 게걸스럽게 핥아 먹으며 자신의 신음도 꾸역꾸역 삼켰다. 넘쳐흐르는 애액이 꿀보다 달콤해서 하나도 빠짐없이 흡입하고만 싶었다.

"하아악. 아윽. 난 몰라……. 몰라."

주름 속 숨겨진 진주 같은 몽우리를 이로 살짝 깨물어 늘이자 솔의 허벅지에 힘이 바짝 들어갔다. 정성스레 빨기 시작하자 이불을 꽉 틀어진 여자의 손이 부들부들 떨리는 것이 느껴졌다.

이건 뭔가……. 이건 뭐야.

그는 끊임없이 신음하며 스스로에게 물었다. 이상하게도 오히려 주혁 자신이 더 정신을 차리지 못하는 것만 같았다.

자꾸만 흉포해지고 싶은 욕망이 불끈거렸다. 현란하게 혀를 움직이고 손가락으로 그녀의 안을 쑤시는데도 모자랐다. 그는 죽을 것만 같았다.

"씨발! 돌겠네!"

고개를 쳐든 그는 짐승처럼 사납게 으르렁거렸다. 다급하고 사나워진 욕망을 더는 참을 수가 없었다.

한쪽 발목에 매달려 있던 팬티마저 순식간에 날려 버렸다. 실오라기 하나 걸치지 않은 하얀 나신이 꿈틀꿈틀 전율에 떠는 모습을 보니 눈이 뒤집혀 또다시 욕설을 뱉었다.

"씨발!"

그는 단숨에 몸을 일으켜 그녀의 머리를 끌어당겼다. 충분히 젖은 도톰한 입술을 단번에 집어삼켰다.

그의 입속에 남아 있는 그녀의 애액을 주인에게 되돌려 주듯이 휘저어 타액을 섞었다. 목구멍까지 들어갈 기세의 키스는 흉포하고 맹렬했다.

"흡⋯⋯. 흡⋯⋯."

휘몰아치며 시작된 키스는 시작할 때와 마찬가지로 갑작스럽게 끝났다.

그는 한계란 것을 인정했다. 전희가 충분하지 못하다는 건 알지만 어쩔 수 없었다.

"너 때문이야!"

이해 못 할 말을 욕설처럼 뱉으며 주혁은 스스로 단추를 풀고 지퍼를 열었다. 거대하게 딱딱해진 페니스가 사납게 퉁겨 나왔다.

봐. 네가 날 어떻게 만들었는지 봐!

브리프를 벗어나 솔의 눈앞에 들이민 페니스는 제 눈으로 봐도 살아 있는 것처럼 보였다. 힘차게 꺼덕거리며 생명을 가진 것처럼 스스로 움직였다.

솔은 입을 막고 그것을 뚫어지게 보기 시작했다. 그 눈길만으로도 살덩이는 점점 더 부피를 키웠다. 그 자신도 본 적 없을 만큼 거대하게 부풀었다.

"⋯⋯너무, 너무 큰 거 같은데."

탐욕스러울 만치 뜨겁게 바라보던 솔이 갑자기 못 볼 것을 본 것처럼 벌게져서는 고개를 휙 돌렸다.

주혁은 알 수 없는 뿌듯함에 우쭐거렸다.

"괜찮아."

거만하고도 상냥하게 그는 속삭였다.

"……괜찮아."

"아니, 아니……. 난."

"괜찮아, 괜찮아……."

뭐가 괜찮다는 건지 자신도 모르면서 주혁은 달콤하게 그녀를 달랬다. 솔의 망설임을 단순히 첫 경험에 대한 두려움으로 여기며 어떻게든 딴생각을 못 하도록 그녀의 눈, 코, 입, 얼굴 전체에 입 맞춤을 퍼부었다.

"괜찮아."

알 게 뭐야. 나도 내가 무슨 소리를 지껄이는지 모르겠는데.

"아니 그래도……."

우물쭈물하는 그녀가 귀여워 머리를 쓰다듬었다. 아랫입술을 지그시 물자 그녀가 눈에 띄게 안정돼 가는 것이 느껴졌다.

그는 아까보다 거대해진 기둥 끝을 본능적으로 위치에 조준하기 시작했다.

"넣을 거야."

꾸득. 주혁의 페니스가 그 좁은 구멍을 뚫고 들어가는 순간 그의 자만심과 오만함은 끝났다.

"허억!"

"아윽!"

둘은 동시에 신음을 터트렸다.

번개처럼 아찔한 감각이 주혁의 머리를 강타했다. 등에 박힌 그녀의 손톱이 길게 생채기를 내며 긁어 내려가는 아픔도 느끼지 못했다.

급히 숨을 들이켜며 눈을 질끈 감았는데도 눈앞에 하얗게 점멸하는 느낌이었다.

주혁은 피가 나도록 세게 문 입술 안으로 나머지 신음을 간신히 집어삼켰다.

이건……. 이건 뭔가.

너무 좁아서 그런 건가? 아닌 게 아니라 페니스를 감싼 그곳은 좁고도 뜨거웠다.

아직 반도 밀어 넣지 못했는데도 정신이 아득했다. 좁은 내벽이 조여 오는 살덩이는 금방이라도 정액을 터트릴 것처럼 욱신거리며 날뛰었다.

이런 건 정말이지 처음 맛보는 황홀감이었다.

간신히 눈을 떴을 때야 그의 가슴을 두들기며 헐떡이는 여자의 얼굴이 보였다. 거의 죽일 듯한 얼굴로 그를 노려보던 솔은 울먹였다.

"아, 아프잖아! 뭐가 괜찮아! 내, 내가 너무, 너무 크, 크다고 했잖아!"

감전된 듯한 감각으로 정신이 나간 주혁은 멍하니 중얼거렸다.

"……미안."

말해 놓고 나니 세상 제일가는 얼간이가 된 느낌이었다. 그는 다시 한번 정중하게 사과했다.

"미안해."

이성의 끈을 놓는 마지막에 가까스로 미리 한 사과였다.

그 순간 그도 깨달았다.

이건, 지독하게 아플지도 모른다. 자신의 페니스도 끊어지는 것처럼 고통스러운데 그녀는 더하겠지.

그러니 그녀가 원하는 달콤함은 없을지도 모르겠다. 오히려 난폭하고 집요하고 욕정에 가득 찬 짐승 같은 섹스일 거라고 그는 예감했다.

그럼에도 그가 할 수 있는 건 많지 않았다. 죽을힘을 다해 흉포함을 억누르는 것만이 최선이었다.

그녀의 마음이 바뀌지 않기를 기도하며 그는 숨을 가다듬었다.

"뭐? 미안? 뭐, 뭐가!"

흥분과 분노가 섞인 떨리는 눈빛을 슬그머니 외면했다.

나를 죽여. 그러지 않고는 나는 멈출 수 없을 거야.

그는 진심으로 미안함을 담아 속삭였다.

"두 번째는……."

"아아악!"

그녀의 엉덩이를 잡은 손에 힘을 주며 그는 허리를 천천히 쳐올렸다. 자제한다고 했지만 멋대로 날뛰는 페니스는 겨우 입구만 맛본 불만족 때문인지 난폭하게 쑤시며 불쑥 끝까지 찔러 들어갔다.

"……두 번째는 아프지 않을 거야."

이를 악물고 그가 간신히 말했다. 그가 할 수 있는 최선의 약속이었다.

"하아! 아, 아파! 다 넣지 마!"

흐읍. 주혁은 신음을 흘리며 참으려 했지만, 허리를 추켜세우자 오히려 한 뼘 더 깊이 페니스가 밀려 들어갔다.

머리끝까지 퍼지는 아찔한 쾌락에 정신을 뺏기지 않기 위해 주혁은 허리에 있는 대로 힘을 주며 더 이상의 흉포한 율동을 막는 데만 급급했다.

"아파! 하윽! 아프다고!"

"……."

"아파……. 제발……."

제발 어쩌란 말인가. 멈출 수 있다면 진즉 그리했어. 믿을 수 없겠지만 최선을 다해 부드럽게 하려 하고 있어. 나도 아파. 씨발, 내 것도 좋으면서도 아파 죽겠다고!

주혁은 이를 갈 듯이 물었다.

"…… 그만해?"

솔은 흐느끼며 그의 등에 박은 손톱을 날카롭게 세웠다. 원망하듯 바라보는 눈빛을 마주 보지 못하고 주혁은 시선을 내렸다.

맞붙은 그들의 성기 부분을 보자 바로 쌀 것만 같아서 그녀의 눈으로 다시 시선을 돌렸지만.

"아프면…… 그만할게."

"누가, 누가 그만두래? 아프니까……. 살살 하란 말이야. 천천히."

울 듯이 애원하는 반응에 그는 돌 것만 같았다. 목을 잡고 탈탈 흔들어 나도 아프지만 뺄 수는 없지 않냐고 윽박지르고만 싶었다.

주혁은 눈을 감고 머리를 허공으로 젖혔다. 굵은 땀이 이마를 타고 수려한 턱 선까지 흘렀다. 그도 이를 갈 듯이 애원했다.

"미안하다고 했잖아. 나도 최선을 다하고 있다고."

"……."

"멈추라면 멈출게. 싫다면 안 해. 그러길 바라?"

솔은 눈물이 그렁한 눈으로 그를 올려 보았다. 울먹울먹 대답하기까지의 시간이 주혁에게는 천년 같았다.

"멈추라는 게 아니야. 나도, 나도 하고는 싶지만."

"그럼 제발. 제발 조금만 참아……. 으윽!"

그 대답과 동시에 꾸드득— 페니스는 뿌리까지 깊숙이 박혔다. 제자리를 찾은 기쁨에 그것은 무섭게 꿈틀거렸다. 살과 살이 맞물린 곳에서 불길이 이는 듯했다.

"아윽!"

솔은 눈에서 불꽃이 튀었다. 감당하지 못할 아픔으로 허리를 요란하게 비틀며 벗은 그의 등에 손톱을 깊이 박았다.

철썩하는 소리와 함께 거대한 이물감이 자궁 끝까지 박히는 느낌은 말로 설명하기 힘들었다.

좀 전까지 그녀를 휘감았던 쾌락은 없었다. 너무도 아파서 그녀는 소리조차 지르지 못했다.

타악. 타악, 탁탁. 뜨거운 소리가 연거푸 들리며 주혁의 허리가 강하게 쳐올려졌다. 솔은 활처럼 허리를 휘며 욕설을 질러 댔다.

"아아악. 아파! 이, 이런 개자식!"

솔도 알고 있었다. 어차피 첫 경험은 아플 수밖에 없다는 것을. 중간에 그만두기를 바라는 것도 아니었다.

하지만, 뭐가……. 뭐가 이리 아프단 말인가.

이건 그녀가 상상하던 것이 아녔다. 아니, 세상에 어느 여자가 이런 아픔을 기대한단 말인가.

혜주 이년! 솔은 난데없이 혜주를 저주했다.

너는 내 손에 죽었어. 뭐? 좋아 죽어? 순진한 나에게 감히 헛된 꿈과 희망을 심어 줘? 좋아 죽긴, 아파 죽겠다!

주혁이 나름대로 힘을 조절하며 최선을 다해 부드럽게 움직이려 한다는 것은 믿었다. 하지만 이 녀석도 죽일 테다.

저 거대하고 무섭도록 흉측한 것을 집어넣고는 괜찮아? 미안? 미안 좋아하시네. 미안하면 차라리 빨리 끝내 달란 말이야!

"하아, 윽, 으읍, 아, 흐윽……."

뜻 없는 신음만이 울음에 섞여 터졌다. 솔의 뜨거운 몸 위에서 주혁의 몸짓은 충실하게도 리듬을 타 가고 있었고 조금씩 격렬해졌다.

철썩철썩. 젖은 살이 부딪치는 외설적인 소리와 둘의 입에서 나오는 신음이 더운 방 안을 가득 메웠다.

정신을 차릴 수 없을 정도로 빨라지는 그의 행위에 맞춰 풍만한 젖가슴이 이리저리 요동쳤다.

"하아…… 으읏."

언제부터인지 솔의 신음이 미묘하게 달라졌지만, 그녀도, 주혁도 알아채지 못했다. 이리저리 흔들리던 가슴은 더욱더 격렬해지는 행위에 탁탁 소리를 내며 자기들끼리 부딪혔다.

주혁은 허리 짓을 하는 중에서 그것들을 하나씩 물고 빨기를 반복했다.

"제길, 진짜……. 뭐가 이렇게 좋아. 뭐가."

그때였다. 그의 단단한 가슴에서 굵은 땀방울 하나가 솔의 젖가슴 끝 유두 위로 정확히 떨어졌다.

"하응…… 하으윽…… 아아……."

솔은 아픔과는 다른 야릇한 감각을 인지했다. 발가락부터 시작된 그 느낌은 느리지만 강하게 위로 올라왔다. 어느새 솔은 주혁의 이름을 애타게 부르고 있었다.

"하아, 하아……. 주혁아, 주혁아."

맞물린 육체가 흔들리는 반동으로 목소리마저 덜덜 떨려 나왔다. 주혁은 듣지 못하고 무섭게 집중하고 있었다. 솔의 몸을 가두듯 짚은 양팔에서 쉴 새 없이 불끈불끈 힘줄이 솟았다.

퍽퍽— 뿌리 끝까지 박을 때마다 두툼한 고환이 연약한 살에 부딪혀 짓이겨지다가 튕겨 나왔다.

"헉. 아윽! 아윽."

그녀가 내지르는 소리가 커지며 그의 허리 짓도 집요해졌다. 단숨에 그녀의 팔을 모아 베개 위로 누르며 주혁은 몸을 포갰다.

젖은 몸은 틈 하나 없이 하나가 되었다. 단단한 가슴에 땀에 젖은 젖가슴이 뭉개져 붙었다. 조금의 지침도 없이 힘차게 들락이는 움직임은 머리로 따라가지 못할 만큼 빨라져 있었다.

탁탁탁— 속도 붙은 소리가 커질 때였다.

"하아, 하아……."

"허어억!"

솔은 별을 보았다. 뭔지는 모르지만, 머릿속에서 폭죽이 한꺼번에 터지더니 제멋대로 몸이 경련을 일으켰다.

광속처럼 발끝까지 내려갔던 전율의 파도가 다시 역류해 뇌리를 다시 한번 강타했다. 울컥울컥 자신의 내부에서 쏟아져 나오는 뭔가를 느끼며 솔은 허리를 크게 휘었다.

이것이 절정이란 것을 모르는 솔은 미친 듯이 도리질을 했다. 주혁의 목을 와락 껴안고 그녀는 울음을 터트렸다.

"하아윽……. 난 몰라! 이게 뭐야……. 난 몰라."

"으읍!"

그의 입에서도 억눌린 신음이 터졌다. 그녀 깊숙한 곳에 존재했던 페니스를 급하게 빼며 주혁은 힘줄이 드러나도록 목을 뒤로 젖했다. 순간, 땀에 젖은 그녀의 하얀 허벅지 위로 뜨거운 액체가 뿜어졌다.

"으윽…… 으윽."

그녀의 가슴 위로 무너지듯 내려앉은 그는 숨을 헐떡였다. 솔의 젖가슴을 움켜쥐고 그는 그렇게 한참을 격렬하게 들썩였다.

"하아……."

마침내 그의 입에서 긴 숨이 토해졌을 때, 솔은 눈을 감았다.

이게 좋은 것인지 아픈 것인지 싫은 것인지 분간도 되지 않았다. 그저 지친 그녀는 죽을 것 같은 이 헐떡임이 가라앉기만을 바랐다.

"착하네……. 우리 누나."

한참 후, 그가 솔의 목덜미에 키스를 퍼부을 때야 입술이 바들바들 떨려 왔다.

※

잠들었겠지?

솔은 슬며시 눈을 떴다.

주혁이 그녀 위로 무너지듯 몸을 포갤 때부터 그녀는 잠든 척하고 있었다. 얼굴과 목에 자잘한 입맞춤이 폭우처럼 쏟아졌지만, 끝끝내 눈을 뜨지 않았다.

뭐라 정의 내릴 수 없는 첫 경험은 아리송했다. 확실한 건 간질거리던 심장이 좀처럼 가라앉지 않고 있다는 것이었다.

도저히 그의 얼굴을, 눈을 마주칠 용기가 없었다. 이미 술기운이 빠져나간 머리는 후회로 가득했다.

미쳤구나. 미친 거지.

벌떡 일어나 당장 욕실로 가 온몸을 벅벅 씻고 싶었지만, 솔은 꼼짝도 하지 않고 누워만 있었다.

― 그래, 잠깐만 자자.

자는 척하던 그녀의 귓가에 울리던 음성이 떠올랐다. 나른하고 퇴폐적이기까지 한 목소리에 담긴 의미는 소름이 끼쳤다. 잠깐 자고 뭐 하게? 나는 두 번은 못 한다.

솔은 힘차게 눈을 감고 한참이나 잠이 든 연기를 했다.

이 밤이 지나면 다시는 보지 않겠다.

그리고 맹세했다.

쫓아내든, 내가 나가든 한 공간에 더는 살 수 없다. 멀쩡한 얼굴로 찬에게마저 본성을 숨긴 녀석의 정체를 확실하게 알아 버렸으니까.

그는 짐승이다.

내가 분명히 크다고 했는데⋯⋯. 조금씩 밀어 넣었어도 되었을 텐데. 한차례 폭풍이 지나자 그의 진정성이 의심스러웠다.

아까 그가 뭐라고 했던가. 두 번째는 안 아플 거라고? 겁이 와락 났다.

솔은 조심스럽게 몸을 침대 구석으로 밀기 시작했다.

내가 미쳤니?

미친 건 사실이지만 두 번은 못 미친단다. 이 이상한 걸 또 하자고? 심장 터져 난 못 살아.

당당하게 도망갈 테야.

솔은 결심했다.

지도 사람이라면 피곤하겠지. 아무리 잘하는 프로라 해도 잠들었겠지. 알몸이라도 뛰쳐나갈 테다. 난폭하고 민망한 행위를 맨정신으로 되풀이할 수는 없다.

흠씬 두들겨 맞은 것처럼 여기저기 아팠다. 애벌레처럼 꿈틀거리며 간신히 모서리까지 이동한 솔은 조심스레 몸을 일으켰다.

주혁은 규칙적으로 숨을 쉬며 잠자고 있었다. 잠이 든 그는 순수해 보였다.

순수? 순수 좋아한다. 저건 잘하는 게 아니라 발정 난 거야. 아주 미쳐 날뛴 거지.

솔은 이를 북북 갈았다. 경험이 없다 해도 그까짓 것쯤은 알 수 있다.

이런 놈에게 내가 부탁을 했다니. 속으로 얼마나 쾌재를 불렀을까. 이 녀석의 반응으로 보아하니 하룻밤도 여자 없이 못 살 놈이었다.

일어서자 아릿한 통증이 다리 사이에서 느껴졌다.

"아윽."

솔은 황급히 입을 틀어막고 주혁을 보았다. 그는 여전히 평화롭게 자고 있었다. 그녀는 다시금 이를 악물었다.

이런 걸 합법적으로 매일 해야 하는 것이 결혼이라면 나는 시집 따윈 가지 않겠어.

결혼한 여자들이 왜 다이어트를 하는지 이해가 가지 않았다. 모든 행위가 이렇다면 한 달 안에 해골처럼 말라 죽을지도 모른다.

'아윽. 아파. 뻐근해 죽겠네. 진짜…….'

후들거리는 다리에 힘을 주자 비명이 절로 나왔다. 정말이지 움직이지 못할 정도로 아프다.

내려다본 허벅지엔 그의 것과 자신의 것으로 뒤섞인 얼룩덜룩한 흔적이 묻어 있었다. 온몸도 벌긋벌긋 난리였다.

빨리 씻어 내고 싶어 솔이 움직이기 시작했을 때였다.

"어딜!"

꾹 참던 웃음을 터트리며 그가 솔을 와락 끌어당겼다.

"앗!"

솔의 몸이 곧 칭칭 감겼다. 반항 한 번 못한 엉덩이가 엄청난 힘에 끌려 순식간에 그의 품 안으로 들어갔다.

단단한 가슴이 그녀의 벗은 등에, 흉측하고 커다란 그것이 강하게 밀착된 엉덩이에 꿈틀거리며 닿았다.

솔은 기겁했다. 언제 이 상태가 되었는지 그 살덩이는 딱딱하기까지 했다. 그리고 바로 쳐들어올 것처럼 그녀의 엉덩이 골을 정확히 찔렀다.

솔은 발버둥을 치기 시작했다.

"이거 못 놔!"

그런 그녀를 꼭 안고 주혁은 웃었다. 수면 등에 빛나는 입술이 매끈하게 올라갔다.

"그, 그거 당장 못 치워!"

"못 치워. 다시 넣을 거야."

이런 미친!

그는 솔의 목덜미에 강하게 입술을 밀어붙였다. 솔은 자신도 모르게 파르르 몸을 떨었다.

놀랍게도 이상한 열기로 몸이 뜨거워진다. 좃대도 없는 몸이 또다시 반응한다. 왜 이러나. 왜 주인의 자존심을 못 세워 주나.

"자는 척 다 했어? 기다리다 죽을 뻔했어."

"뭐?"

그녀의 가슴은 이미 그의 커다란 손에 잡혀 있었다. 이미 그의 흔적으로 벌긋벌긋한 가슴을 그는 탐스럽게도 주물렀다.

"이미 해, 했잖아!"

약하고 떨리는 음성이 내 목소리인지.

아파서 다시는 못할 것 같았는데 그의 손길 하나에 잘 발효된 밀가루 덩어리처럼 나긋해지다니.

주혁의 손가락 끝에 잡힌 유두도 마음을 배반하고 뾰족하게 올라왔다. 주혁은 손가락 사이에 그것을 끼워 빙빙 돌리다가 손톱 끝으로 살짝 긁었다.

"아…… 흑."

원통하게도 짜릿했다. 분명히 아파서 죽을 뻔했는데, 돌아 버릴 뻔했는데 젖꼭지 끝은 전기가 오르는 쾌감을 느꼈다.

마음과 다른 몸의 반응에 솔은 미칠 지경이었다.

나는 어쩌면 정말 밝히나 봐.

"말했지. 기본 1시간."

다음 말은 하지 않아도 알 수 있었다. 적어도 서너 번. 녀석은 자신의 말에 충실할 생각인 거다.

"하아…… 아."

대꾸할 틈도 없이, 물컹하고 뜨거운 혀가 그녀의 척추를 핥으며 내려갔다. 혀의 돌기에 묻은 타액이 그녀의 등을 적셨다.

솔은 뜨거운 숨을 내뱉었다. 등이…… 허리가 타는 것 같았다. 주혁은 솔의 벗은 등을 안은 자세로 손을 내려 부드럽게 그녀의 다리 밑을 만지기 시작했다.

"주혁아, 제발…… 제발……."

솔은 의미 없이 애원했다. 주혁의 행동은 분명 아까와는 달랐다.

어쩐지 부드러운 느낌? 하긴 그 정도 난폭하게 군 다음에 어떤 놈이랑 어떤 자세로 해도 부드럽다고 느끼겠지.

그녀의 안에 고여 있던 애액으로 충분히 적셔진 손가락이 부드럽게 회전하며 갈라진 곳으로 범위를 좁혔다. 주름을 헤치고 숨은 몽우리를 찾아냈다.

소중하게 매만지며 그가 속삭였다.

"이렇게 잘 느끼면서……."

"하웃!"

솔은 눈을 번쩍 떴다. 머리카락이 한 올 한 올 설 것 같은 전기가 이성을 마비시켰다. 발가락 사이가 벌어질 만큼 참을 수 없는 쾌락은 오히려 고통 같았다.

"아흐흑! 제발……."

솔은 자신이 부탁하려는 말이 무엇인지 몰랐다. 제발 멈추라는 건지. 제발 어떻게 더 해 달라는 것인지.

주혁은 솔의 몸을 뒤집고 꼭 끌어안았다. 그리고 몽우리를 어루만지던 손가락을 쑥 하며 그녀 안으로 집어넣었다. 움찔하던 솔은 이내 주혁의 너른 가슴에 푹 얼굴을 묻었다.

주혁은 끊임없이 그녀의 머리를 쓰다듬으며 한 손으로는 리듬감 있는 행위를 반복했다. 어느새 탁탁 소리를 낼 정도로 속도가 높아졌다.

"말해 봐."

그의 혀가 쑤걱 그녀의 귓속으로 들어왔다. 데일 것처럼 뜨거움으로 귀 안을 마구 휘저었다. 그의 혀에 침범당한 귓속도 손가락이 들락거리는 은밀한 곳도 질퍽질퍽 야한 소리를 냈다.

"……제발 어떻게 해 줄까. 응?"

주혁 또한 숨을 몰아쉬고 있었다. 귓불을 입에 물고 잘근거리는 그의 말은 분명하지 않았다. 목소리는 점점 더 가빠졌다.

"아까처럼 해 줄까? 어? 허…… 억……. 난 넣고 싶은데. 고작 손가락으로 안 되겠는데. 말해 봐. 어떻게 해 줘야 좋아할 거지? 응? 어떻게 하면 너도 나처럼 느낄 수 있지?"

탁탁탁 소리는 빨라졌다. 주혁은 이미 흥분할 만큼 흥분해 있었다. 물고기처럼 파닥대는 솔의 몸짓이 미치도록 좋았다.

제 손놀림에, 제 혀 놀림에 흐느낄 때마다 오히려 그가 아득해졌다. 그리고 미치도록 그녀가 만족하길 원했다.

착각이라 생각했던 첫 관계의 전율 못지않게, 아니 그보다 더 빠르게 주혁은 발정했다. 다시 해야만 했다. 달래서라도, 애원해서라도 말이다.

"나는, 나는 모르겠어……. 제발."

솔은 달뜨게 답했다. 그가 해도, 안 해도 죽을 것만 같아서. 어떻게 이 행위가 또다시 궁금한 건지 부끄러웠다. 하지만 본능은 알고 있었다. 그와 다시 하고 싶었다.

그리고 솔은 깨달았다. 짐승은…… 자신이었다.

"내가 약속했잖아."

탁한 목소리였다. 단번에 그녀의 몸을 뒤집고 올라탄 그의 무게가 아프도록 좋았다.

"……걱정 마. 이제 요령을 알 것도 같아."

주혁은 이해할 수 없는 말을 중얼거렸다. 그녀의 가는 허리를 단단하게 잡고 거대한 살덩이를 입구로 조준하며 그는 어쩐지 스스로에게 다짐하듯 말했다.

"더 잘할 수 있어."

솔은 그의 말을 이해하지도 못했고 이해할 정신도 없었다. 다시 이어질 아픔에 그녀는 겁이 났고 그래서 입을 틀어막았다. 더 무서운 건 그가 멈춰 버릴까 봐 겁내는 자신이었다.

천천히 그리고 부드럽게 입술을 내리며 그는 속삭였다.

"이번에는 아프게 하지 않아. 약속할게."

솔은 다시금 몽롱해졌다. 속도 없고, 부끄러움도 없이.

'아팠어! 아팠다고!'

호텔에서 빠져나온 솔이 겁에 질린 얼굴로 뒤를 돌아보았다. 금방이라도 주혁이 쫓아 나올 것만 같아 무서웠다.

20대라 그런지 지치지도 않는 무서운 놈!

그때마다 반응하며 녹아내리던 자신이 더 이상하긴 했지만, 도저히 이 이상은 무리였다.

그래서 도망쳤다. 그가 또다시 침대 위에 던져 놓고 악마처럼 비열하게 웃으며 그녀의 몸을 이리저리 뒤집을 것만 같았다.

먹기 좋게 호떡 뒤집듯!

'아직 남았잖아! 나는 기본 네다섯 번은 해야 해!'

큰 소리로 말하며 그 커다란 것을 몸 안에 넣고 다시 격렬하게 쳐 댈 것만 같았다.

그는 처음과는 달리 부드럽게 굴었지만, 그 큰 것은 여전히 거

북하고 아팠다. 그리고 절정에 다다를 때면 주혁은 여지없이 거칠어졌다.

더는 못 해. 너무 힘들어. 심장이 터진다고!

비틀거리면서도 솔은 빠르게 걸었다. 지나가는 사람 모두가 알 것만 같은 느낌.

최대한 당당히 고개를 들었지만 부끄러워 미칠 지경이었다. 급한 대로 입은 녀석의 흰 셔츠는 재킷으로 가려져 남자 옷을 입은 티가 나지는 않겠지만 말이다.

'몰라.'

주혁이 벗고 나오든 찢어진 자신의 블라우스를 걸치든 상관없었다.

동물이야? 짐승이야? 멀쩡한 옷은 왜 찢어? 돈이 썩어나?

입고 벗으라고 달린 단추를 위해 써야 하는 게 손가락 아닌가! 쓰라는 데 쓰지 않고 그녀의 다리 사이 깊은 곳만 차지게 들락거렸던 손가락이 떠오르자 호흡이 가빠졌다.

그러고 보니 주혁은 손가락도 참 잘생겼다. 하얗고 길고 아름다운 데다가……. 엄청 힘이 좋지.

어떻게 남자 손톱이 관리받는 여자보다 더 예쁠 수가 있냐고. 그 예술 같은 손가락들이 그런 용도로 쓰이다니. 내 얼굴을 감싸고, 온몸을 어루만지고…….

다시 생각해 봐도 가슴이 콩닥콩닥.

솔은 도리질하며 기겁했다. 술이 깬 지 오래인데도 이런 걸 보면 미친 것이 분명했다. 술김이라고 박박 우겨야 하는데 여전히 떨리다니.

현실로 돌아온 솔은 진심으로 죽고 싶었다.

다른 건 둘째 치고 주혁은 동생의 친구다. 어린 시절 엉덩이를 토닥여 주었던 동생의 친구.

아무리 남자가 없기로서니 녀석하고 이런 아침을 맞아서는 안 되는 일이었다. 찬의 얼굴은 어찌 보며, 또 아침저녁으로 마주쳐야 하는 저 녀석은 어쩐단 말인가.

다리 사이의 뻐근함이 심해서 솔은 잠시 비틀거렸다. 정말 빌어먹게도 아팠다.

'몰라. 몰라. 잊어야 해. 지워야 해.'

그녀는 허리를 똑바로 폈다. 호텔 앞에서 방금 나온 여자가 엉거주춤 이상한 자세로 걸을 수는 없으니까. 지금도 지나가는 모든 사람은 알 것만 같은데.

그녀가 한 마리 짐승이 되어 이런, 저런, 요런 자세로 요망하고 외설적인 행위를 밤새 했다는 것을. 한 번도 아니고 세 번이나!

마지막 행위 때는 자신이 더 적극적이었다는 것도 솔은 지우려 애썼다.

'알긴 뭘 알아!'

솔은 눈을 부릅뜨며 자꾸 힘이 풀리는 다리를 꼿꼿이 세우고 어깨에 힘을 주고 또각또각 걷기 시작했다.

'아무 일 없었어. 난 술에 취해 꿈을 꾼 거야. 놈이 기억해도 난 몰라. 지웠어. 생각 안 해. 몰라. 없었던 일이야!'

오후.

솔의 눈이 희번덕 빛을 뿜었다.

한참을 통곡하며 책상에 엎어져 있던 그녀는 세수하고 오더니 무섭게 일에 몰두했다.

'삼겹살 왕창 세일!'이라는 전단 메인 문구에 적용할 폰트를 요란스럽게 탁탁 고르며 눈까지 빛내는 모습에 김 부장과 송 대리는 어안이 벙벙했다.

"왜 저래?"

"몰라요."

뒤에서 소곤대는 목소리가 거슬렸지만, 솔은 주문을 외우듯이 중얼거리기만 했다.

"삼겹살! 삼겹살 왕창 세일!"

두 눈이 비정상적으로 빛났고 히죽이는 미소엔 살기마저 어려 있었다.

"삼겹살! 삼겹살! 삼겹살!"

송 대리는 부장의 곁으로 슬쩍 다가갔다.

"삼겹살이 먹고 싶나 봐요."

"아니야……."

경험 많은 김 부장의 촉이 발동되었다.

가끔 까칠하긴 해도 몇 년 동안 보아 온 솔은 밝은 여자였다. 격의 없이 김 부장과 송 대리를 대하는 것도 그녀의 그런 성격 때문이다.

단순하고, 우유부단하며 겁도 많았다. 울기도 잘 울었고 욱하는 면도 있지만, 기본적으로 박솔은 착했다.

문득 3년 전 그 일이 떠올라 김 부장은 코끝이 시큰해졌다. 그때, 박솔은 출근하자마자 뜬금없이 자취방을 뺐다고 쩌렁쩌렁 외쳤다.

─ 여자 혼자 사니까 말야. 무서워서 못 살겠더라고요. 남동생

집으로 들어갈 거예요!

묻지도 않은 말을 혼자 선언하던 그날, 솔은 온종일 김 부장의 옆을 어슬렁거렸다.

– 쓸데도 없는 돈이 남았네. 보증금 남은 게 이천이나 되는데 어쩌지? 은행은 이자가 너무 짜고, 갖고 있긴 무섭고. 누가 관리해 줬음 좋겠다.

비 맞은 노숙자처럼 구시렁거리는 말에 김 부장은 목이 메었다.
그때 그가 필요한 돈이 딱 이천이었다. 갑작스레 잡힌 어머님 수술비와 해외 있는 딸내미 학비가 모자라서 몇 날 며칠 시름시름 앓던 중이었다.
김 부장이 눈물이 핑 도는 눈가를 급히 찍고 있을 때 솔은 몹시 어색해하며 봉투를 내밀었다.

– 부장님이 맡아 주세요. 믿을 사람이 김 부장님밖에 없어요. 갖고 있다가 뭐…… 급하면 쓰시고, 나 시집갈 때 이자 쳐서 줘요.
– 아냐 밥솥…… 아니, 박솔…… 이러지 마. 나 괜찮아.
– 어머, 부장님 울어요? 웬일이야! 나이 들면 눈물만 많아진다더니……. 세상에, 흉해라. 드라마 좀 그만 보세요. 그리고, 이 돈 맡아 달라고요. 내가 불안해서 그래요. 나같이 예쁜 여자가 현금까지 많아 봐. 돈 노리고 오는 놈들 수두룩할 텐데 어떻게 떼어 내요. 귀찮더라도 갖고 계세요!

3년이 지난 지금까지 솔은 한 번도 그 돈에 관해서 말하지 않았다. 월급 밀린 건 눈을 똑바로 뜨고 바락바락 대들면서도 그 일은 잊은 듯이 입을 닫았다.

좀처럼 여유가 생기지 않아 빚을 갚지 못하는 김 부장의 마음은 항상 솔에게 미안하고 고마웠다.

'저거, 빨리 좋은 남자 만나서 시집이라도 잘 가야 할 텐데.'

언제부터인가 김 부장에겐 솔은 나이 어린 조카이자 딸 같은 존재였다. 생각 없이 철없고 밝아 보이지만, 드러내지 못한 상처가 있다는 것쯤도 눈치채고 있었다.

그런데도 항상 웃는 바보스러운 그녀가 무슨 일인지 목 놓아 엉엉 울어 대자 김 부장은 가슴이 아팠다.

지난 일에는 미련 두지 않고 쿨한 건지 단순한 건지 금세 잊어버리는 성격인데. 무슨 일이 있었는지는 모르지만, 그런 그녀가 평소처럼 대충 털어 내지 못하고 산발이 된 모습으로 미친 듯 전단을 디자인하는 걸 보면…….

김 부장은 만족스럽게 결론지었다.

"시집가고 싶은 거야."

송 대리가 얼굴을 찌푸렸다.

"시집가고 싶어서 저런다고요?"

"어제 친구 결혼 파티 간다고 일찍 퇴근했잖아. 거기서 열 받은 거지. 저 나이면 친구들 대부분 가정을 꾸렸을 테고, 몇 남지 않은 동지마저 떠나는 걸 확인하고는 기어이 맛이 간 거야."

"오……."

김 부장의 말이 그럴싸한지 송 대리도 동조하며 솔의 뒤통수를 뚫어지게 보았다.

이미 점심시간을 훨씬 넘긴 시간이었다. 오늘은 일찍 퇴근해서 오랜만에 친구들과 한잔하기로 했는데, 솔이 걱정스럽고 신경이 쓰였다.

김 부장이 은근한 말투로 슬쩍 던졌다.

"데이트하자고 해 봐."

"네?"

"짝사랑 지겹지도 않아?"

송 대리의 동그란 얼굴이 금세 벌게졌다.

"지금 얼마나 좋은 타이밍이냐. 시집가고 싶어서 반 미쳐 있을 때 남자답게 다가가 봐. 못 이긴 척 받아들인다는 것에 만 원 건다."

"그, 그래도 솔이 씨가 저 같은 거랑……."

"송 대리가 어때서? 착하지! 음…… 착하지. 음…… 착하잖아! 해 봐. 날도 좋은데 맛있는 것 좀 사 주고 기분 좀 풀어 주라고."

"그래도……."

"으아아아아악!"

갑자기 터져 나온 솔의 괴성에 김 부장과 송 대리는 깜짝 놀랐다. 어찌나 놀랐는지 손에 쥔 컵까지 떨어뜨릴 뻔한 송 대리가 사색이 되었다.

"기억났어! 생각났어! 아아아악!"

솔은 머리를 쥐어뜯으며 발버둥을 치고 있었다. 차마 다가가지도 못하고 그들은 그녀의 모습을 멍하니 지켜보았다.

"아악! 죽어 버릴 거야. 기억났어! 지워져라! 지워져라! 삼겹살 왕창 세일! 아아악!"

급기야 책상에 머리를 쿵쿵 찧기 시작한 그녀를 보며 송 대리가 질린 얼굴로 더듬거렸다.

　"오늘은 안 할래요. 무, 무서워요. 진짜 무서워요."

　"……그러게. 잘못 건드리면 한 대 맞겠다."

　황당함에 얼어붙은 그들을 뒤에 두고 솔의 발버둥은 계속되었다.

6.

오도독. 오도독.

혜주의 입속으로 들어간 땅콩 과자가 부서지고 있었다. 텅 빈 사무실에서 과자 안주와 맥주로 그녀들의 토요일 밤이 깊어 가는 중이었다.

솔은 맥주 캔을 내려놓고 오물오물 과자만 먹어 대는 혜주를 노려보았다.

"그래서 민지는……."

자신이 망쳐 놓은 파티의 뒷이야기가 궁금해 미칠 것 같아 불렀더니, 요리조리 딴소리만 해 대는 혜주가 얄미워 죽을 지경이다.

"먼저 말하라고. 그러면 알려 준다잖아."

입가에 묻은 과자 부스러기를 야무지게 털어 내며 혜주는 눈을 빛냈다.

"너, 주혁이랑 잤지?"

"아니라잖아! 몇 번을 말해!"

솔은 버럭 소리를 질렀다.

아무리 절친이라지만 알게 된 지 며칠 안 된 남자와 그것도 동생 친구와 잤다는 소리를 어떻게 한단 말인가.

솔은 맥주를 벌컥벌컥 마시기 시작했다.

"누굴 속여. 요망한 것. 혼란스러운 눈빛! 어제와 같은 복장! 무엇보다도 남자의 몸을 알게 된 여자만이 풍길 수 있는 야리꼬리한 분위기! 너, 잤어."

같은 여자지만, 여자의 촉이란 정말 무섭다.

"시끄럽고! 민지 어떻게 됐어? 그것부터 말하면 나도 말할게."

쳇. 혜주는 심드렁하게 의자에 몸을 묻었다.

당장이라도 자리 펴고 누울 것 같던 솔과 주혁이 궁금해서 보채는 애도 남편에게 맡기고 왔더니. 누가 봐도 수상스럽고 의심스러운 분위기만 풍기고 솔은 입을 꾹 다물고 있다.

혜주는 퉁명스럽게 대꾸했다.

"그게 왜 궁금해? 너는 이제 신경 쓰지 마. 무사히 결혼식을 하게 되더라도 오지 마. 내가 민지여도 너 가만 안 둬. 머리채를 잡고 열 번쯤 휙휙 돌리다가 벽으로 집어 던질 거야."

"내, 내가 뭘 잘못했는데!"

"너야 잘못한 게 없지. 그래도 생각해 봐. 너 같으면 일주일 후에 결혼할 남자가 전 애인에게 다른 남자랑 잤냐고 버럭대는 꼴을 봤다면 가만있겠니? 그것도 로맨틱의 정점인 벽 치기를 하면서. 진수도 밉겠지만, 신부 입장에서는 너부터 때려죽이고 싶을걸."

"씨……."

솔은 울상을 지었다. 잘못한 건 진수인데 또 자신만 죽어나게 생겼다. 이쯤 되면 첫사랑이 아니라 원수다.

"진수가 무릎까지 꿇고 싹싹 비는데도 나가 버리더라고. 이번엔 정말 어떻게 될지 몰라. 결혼하는 건지, 완전히 쫑 나는 건지. 암튼 살다 살다 이렇게 흥미진진한 결혼 스토리는 처음이야. 다 네 덕이지. 좋은 구경거리 줘서 고맙다."

"내가 이딴 걸 친구라고……."

"됐고. 주혁이 얘기나 해 봐. 걔 너한테 완전 빠졌던데? 어우, 그냥. 섹시한 눈빛을 이글대면서 널 바라보는데…… 내가 다 가슴이 콩닥콩닥."

허. 기가 막힌 솔은 말문까지 막혔다.

"지훈 씨도 너 이러는 거 알아? 그래도 좋다고 같이 살아 주냐? 부처다. 내가 보기엔 지훈 씨가 부처야."

"그 인간 말 꺼내지도 마!"

남편의 이름을 듣자마자 혜주는 인상을 썼다.

"순수하던 나를 이렇게 만든 사람이 누구겠냐. 연애 때는 시도 때도 없이 안달 나서 죽더니만, 요즘은 내가 샤워하는 소리만 들어도 자는 척해. 재수 없어. 더럽고, 치사해서 진짜."

혜주의 음성에 담긴 씁쓸함에 솔은 조금 놀랐다.

"진짜?"

"남자란 게 그래. 처음에는 어떻게든 꼬신다고 간 쓸개 빼놓다가 자기 여자가 되면 잡은 물고기라는 거지. 내가 애를 낳아 몸매가 망가져서 저러나. 못난 생각까지 하게 된다니까."

혜주는 피식 웃었다.

"그러니까 다른 사람 연애사라도 듣고 싶은 거야. 나도 설레고 싶은데 바람피울 수는 없잖아. 그래서 로맨스 드라마도 보는 거 아니겠어? 대리 만족. 어휴, 말하다 보니 나 좀 불쌍한 거 같다."

농담처럼 웃어넘기는 혜주는 쓸쓸해 보였다. 항상 기운 넘치던 친구여서 이런 고민이 있는 줄은 몰랐었다.

"그니까 너라도 합법적일 때 남자 많이 만나 봐. 이것저것 재지 말고. 좋으면 사귀고, 끌리면 자는 거고, 그러다 싫어지면 헤어지면 그뿐이야. 그것도 다 미혼이 가진 권리야."

"……."

"결혼 상대로 괜찮아 보인다고 마음 안 가는데 만날 필요도 없고, 끌리는 대로 살아. 그러다 보면 진짜 사랑하는 사람을 만나겠지. 날 봐. 그렇게 사랑해서 결혼했는데도 남자 변하는 건 못 막겠더라. 대충 결혼했다간 정말 후회만 남을 거야. 그리고 그깟 결혼 따위 안 하면 또 어때."

"……."

"진수 그 미친놈 말도 신경 쓰지 말고. 알았지?"

"걱정 마. 신경 안 써."

"그래서…… 너 주혁이랑 잤지?"

끈질긴 것. 자신의 성생활까지 털어놓으며 다그치는 혜주를 더는 무시할 수는 없었다. 그렇다고 사실대로 말하기엔 솔은 너무나 부끄러웠다.

사귀는 사이도 아니고 찬이 친구일 뿐인데……. 술 취한 친구 누나랑 원나잇을 하는 가벼운 남자로 주혁이 평가되는 것도 왠지 싫고.

솔은 우물쭈물 대답했다.

"호텔까지는 갔지……."

"그지? 그랬지? 그럴 줄 알았어. 잘했어!"

"근데, 그게 다야. 아무 일 없었어."

"왜 등신아!"

혜주는 천둥처럼 고함을 쳤다. 그녀는 그런 기회를 날린 게 솔이라면 멱살이라도 잡을 기세였다.

"그냥 뭐 얘기만……."

"그걸 나보고 믿으라고? 내가 주혁이 눈을 봤는데? 그 자리에서 네 옷을 갈기갈기 찢고 싶어 하던 눈빛이었는데? 얘기만 했다고!"

찢긴 찢었지. 박박.

솔이 입은 주혁의 셔츠가 같은 하얀색이라 눈치채지 못한 모양이다.

"혹시 너……."

혜주의 음성이 조심스러워졌다.

"너, 진짜 문제 있니? 진수 말을 믿는 건 아니지만, 혹시 너 진짜 불감……."

"뭐래! 아니거든!"

무슨 얘기가 이렇게 흘러! 솔은 발끈했다. 이제 불감증에 '불' 자만 들어도 머리가 쭈뼛 서고 열불이 났다.

자신도 의심을 안 한 건 아니지만 그건 아니라는 것이 증명됐으니까. 어젯밤 자신은 세포 하나하나 반응했으니까!

"그러면 뭐야. 말이 안 되잖아. 안 할 거면 호텔은 왜 가?"

뭐라 해야 할지 난감한 솔은 질근질근 입술을 깨물며 빠르게 머리를 굴렸다.

내가 불감증으로 찍히는 건 더는 싫고……. 미안하지만, 주혁을 팔자.

"노력했는데……. 그, 그 녀석이 안 되더라고……."

진심으로 주혁에게 미안했다.

"어엉?"

"못 하더라고……."

"고자라고?"

솔은 펄쩍 뛰었다. 멀쩡한 남자를 고자로 만들 수는 없었다.

"얘가 클날 소리를! 그냥 안 되더란 말이지. 있어야 할 것이 없는 건 아니었어……."

"어머, 세상에."

혜주가 제 입을 틀어막았다.

"그 얼굴, 그 체격, 그 눈빛이었는데 안 돼? 진짜?"

"음……. 술이 과했나 봐."

"뭔 소리야. 술 마시면 남자는 더 날뛰게 돼 있어. 어머, 어째. 아까워서 어째."

혜주는 진심으로 안타까운 듯 발을 굴렀다.

"그 껍데기 그대로 벗겨서 우리 지훈 씨 몸에 뒤집어씌우면 안 될까? 너무 아깝잖아."

"그, 그냥 어제만 그랬겠지. 넌 뭘 또 그렇게까지……."

모르겠다. 진짜 몰라. 얼굴이 다 화끈거렸다.

"그래서 너는 괜찮아?"

혜주는 솔을 안쓰러운 눈으로 바라보았다.

호텔까지 가는 것만 해도 솔에게는 엄청난 용기가 필요했을 텐데. 불쌍한 것. 말은 하지 않아도 얼마나 설렜을까.

진수와도 그런 이유로 헤어지고 주혁마저 성공하지 못했다니. 저 가여운 것이 얼마나 자신을 책할까.

기가 죽었을 솔을 위해 혜주는 아무렇지도 않게 껄껄 웃었다.

"야야! 차라리 잘됐다. 잘됐어. 솔직히 걱정했거든."

"……?"

"여자란 게 그래. 몸을 주면 마음도 주거든. 재력과 외모와 능력까지 가진 녀석이잖아. 괜히 하룻밤 보냈다고 순진한 네가 정신 못 차리고 매달릴까 봐 좀 불안했었어."

백수가 무슨 재력을? 이해 못 할 말은 흘려보내고 솔은 집중했다.

"나이도 많은 누나가 술김에 한 실수로 질척거리면 꼴사납다고 할 거야. 잘됐어. 그 녀석이 불능이라 차라리 잘됐어."

"꼴사나워?"

"당연히 꼴사납지. 아! 잊어버려. 네 잘못 아니니까. 그런 경우는 100퍼센트 남자 쪽 문제야. 신경 쓰지 말고, 소개팅이나 한번 하자."

한 대 맞은 것처럼 솔의 머리가 멍해졌다.

그런 걸까. 내가 달라붙을까 봐 지금 주혁은 불안할까? 아침에 내가 사라진 걸 확인하고 안심했을까? 하지만 난 매달리지 않을 건데. 아니, 녀석이 매달려도 안 만날 건데!

갑자기 열이 오르기 시작했다.

지가 뭔데 나를 꼴사납다고 여겨! 그럴 순 없다.

치욕적으로 부탁해서 얻어 낸 하룻밤이었다. 더 이상의 추락은 용납하지 못했다. 그래야 했다.

"내 말 듣는 겨? 소개팅하자고. 지훈 씨 동료 중에 괜찮은 사람 하나 있어."

"없다며?"

"여자 친구랑 헤어진 지 얼마 안 된 남자 있어. 아주 쌈박해. 내가, 이 김혜주가 목숨 걸고 너 애인 만들어 줄 테니까 다 잊어버려. 알았지?"

솔은 고개만 끄덕였다.

혼란스러웠다. 확실한 건 꼴사납기 싫다는 거였다. 주혁에게 그런 사람이 되긴 싫다.

❀

술에 취한 혜주를 바래다주고 솔은 터덜터덜 집으로 향했다. 마음 같아서는 사무실 침낭 속으로 기어들어 가고 싶었지만, 거긴 송 대리가 차지했으니.

'아니지. 내가 왜 그 녀석을 피해야 해? 다 큰 성인들이 합의하에 한 관곈데! 어차피 한 번은 만나야 하는데!'

그리고 무엇보다 솔에게는 지금 잠이 절실했다. 한숨도 못 잔 간밤의 피곤함에 술까지 마시고 나니 몸 상태가 말이 아니었다.

몸살처럼 여기저기 쑤시고 아팠다. 낮부터 오르기 시작한 열도 떨어지지 않고 있었다.

사실은 몹시도 아파서 솔은 이것저것 생각할 여유도 없었다. 그냥 자신의 포근한 침대에 누워 자고 싶을 뿐이었다.

그 전에 해결해야 할 주혁과 만남이 남았지만. 뭐, 없었던 일로 하자. 한마디만 하면 되는걸.

누나는 쿨하고 화끈한 여자니 꼴사납게 집착하지 않을 거라고, 아무 의미 없는 밤이었다고, 너나 매달리지 말라고. 안심시켜 주면 그뿐이다.

그래, 할 수 있어! 솔은 비장하게 현관을 열었다.

"박솔!"

도끼눈을 한 찬이 번개보다 빠르게 그녀 앞에 섰다.

"너! 말도 없이 외박을 해? 돌았냐!"

"어?"

"전화는 왜 안 받아! 내가 지금 막 네 사무실로 쫓아가려던 참이었어!"

맞다. 찬이가 있었지. 이 집엔 주혁보다 먼저 마주칠 우리 찬이가 있었지.

솔은 물끄러미 동생을 바라보았다.

왜 이 녀석을 잊어버렸을까. 다른 사람은 몰라도 주혁만은 안 되었던 이유가 떡하니 버티고 서서 고약하지만 걱정스런 눈으로 자신을 쏘아보고 있다.

왠지 눈물이 나올 것만 같았다.

"너 각오해, 내가 얼마나 걱정을……. 어…… 어? 누나?"

스르륵 찬의 허리에 손을 두르며 솔은 동생의 품에 얼굴을 묻었다.

"……미안."

"미, 미안할 짓을 왜 해? 무섭게 왜 이래. 진짜 아파?"

황당한 듯 말하면서도 찬은 이내 솔의 어깨를 꼬옥 안아 주었다. 동생 같지 않게 그녀의 머리를 쓰다듬으며 걱정했다.

"많이 아파?"

"미안해. 미안, 찬아."

"뭐가? 왜? 외박한 거 뭐라는 거 아냐. 나이 찼으면 외박도 해야 뭔가 사건이 생기고, 시집도 가지. 다만 연락은 미리 해 줘. 별일 없이 왔으니까 괜찮아."

191

찬은 언제나 이랬다. 동생이지만 항상 오빠처럼 솔을 챙겼다.

어젯밤도 안절부절못하고 내내 기다렸을 찬. 내 동생.

미안해. 미안해.

내가 너의 친구랑 잤어. 내가 자자고 졸랐어. 비굴하게 부탁해서 밤새 요런, 저런 일을 같이했어. 녀석을 믿고, 나를 믿는 너에게 비밀을 만들었어. 미안해.

솔은 흐느꼈다.

"아, 뭐야. 누나 진짜 아파? 주혁이가 누나 아프다더니 정말이야?"

솔은 눈을 번쩍 떴다. 거칠게 찬의 가슴을 밀쳐 버린 솔은 겁에 질린 얼굴로 주변을 두리번거렸다.

"주, 주, 주혁이가? 주혁이 어디 있어?"

"일 때문에 며칠 못 들어온대. 누나 먹이라고 약 사 놓고 갔어. 둘이 통화했어?"

하아아. 긴장이 풀린 솔은 스르륵 주저앉았다.

주혁이가 집에 없다니. 며칠 동안 안 들어온다니. 하아, 다행이다.

그런 그녀의 이마에 손을 올린 찬이 자신의 이마에도 다른 쪽 손을 가져다 대었다.

"진짜 열 많이 난다. 뭔 회사가 돈도 안 주면서 토요일까지 부려 먹어. 씻고 누워 있어. 내가 간단하게 먹을 거……."

"이 자식이!"

안도감으로 맥이 풀렸던 솔이 눈을 번뜩이며 찬의 뒤통수를 냅다 후려쳤다.

"아악! 왜 이래!"

찬이 황당한지 소리를 질렀다.

"이 자식아! 없으면 없다고 말을 해야 할 거 아냐! 내가 진짜 밖에서 시간 때우……. 아, 알 거 없고! 비켜!"

"뭐라는 거야! 내가 뭘 말해야 했는데!"

솔은 벌떡 일어났다. 주혁이 없다는 소리에 없던 힘도 솟아났다. 어지간히 긴장했던지 다리까지 후들거렸다.

솔은 억울한 듯 자신을 바라보는 찬을 쏘아보았다.

미안은 개뿔. 다 이 자식 때문이다. 그 난잡한 짐승을 이 집에 끌어들인 이 녀석 때문이야!

원통함이 솟구친 솔은 가방을 치켜들고 찬을 마구잡이로 때리기 시작했다.

"죽어! 죽어! 나가 죽어!"

"악! 누나 성격 왜 이래, 진짜! 너무 이상해! 누난 여자치고 이상한 게 아니라 인간치고 너무 이상해, 알아?"

"시끄러! 나 잘 거야!"

솔은 찬을 밀치고 방문을 벌컥 열었다.

한 걸음 떼다 말고 그녀는 아직 분이 남은 눈을 휙 돌려 찬을 째려보았다. 찬은 자동으로 움찔했다.

"왜, 왜, 왜…… 왜 또! 뭘!"

"너 좀 전에 뭐라 그랬어? 주혁이가 뭘 사다 놔?"

"몰라. 종합진통제래. 꼭 먹여서 재우래! 됐냐!"

쾅! 대답 없이 문을 닫은 솔은 분해서 몸을 떨었다.

이제야 몸이 왜 이리 아픈지 깨달았다. 지독하게 시달린 몸이 버티지 못할 거란 걸 능숙한 주혁은 예상했던 것이다.

그걸 아는 놈이 밤새 쉬지도 않고 괴롭혀? 그리고 약을 사다

냐? 뭐 그런 변태 같은 성격이 다 있어! 이럴 때 쓰는 말이구나! 병 주고 약 준다는 것이!

정말 싫었다. 더는 어떤 이유로도 엮이기 싫었다. 여자에게 줄 약을 준비하면서까지 해야 하는 놈이라면 줘도 싫었다.

전화기를 꺼낸 솔이 미친 듯 버튼을 누르기 시작했다. 상대방이 입을 열기도 전에 그녀는 큰소리로 외쳤다.

"나 할 거야, 소개팅! 당장 내일로 약속 잡아!"

✽

"이름이 뭐라고? 강한빈. 한빈……. 어머, 어쩜 입에 짝짝 붙잖아. 한빈과 솔. 솔과 한빈. 오호호호!"

소파에 길게 누운 솔이 간드러지게 웃으며 다리를 버둥거렸다. 소개팅용 시폰 원피스가 살랑이며 허벅지까지 말려 올라갔다.

"촌스럽게 네가 왜 오니? 내가 어린애야? 알아서 할 테니까 장소나 문자로 보내 줘. 뭐?"

그러더니 이번에는 몸을 세워 전투적으로 전화기에 대고 소리치기 시작했다.

"걱정 말라고! 나 진짜 잘해 볼 거야. 이번 소개팅에 목숨 걸겠어. 눈, 코, 입 제자리에 달려 있고 성격만 삐뚤어지지 않으면 덮쳐서라도 사귈 테야!"

저 여자가 지금 뭐라는 건가.

뒤편에 서 있던 주혁이 눈을 가늘게 접었다.

소개팅을 한다고?

약봉지를 쥔 손등에 힘줄이 불거졌다. 검은색 불길한 기운이 퍼져 가는 그는 흡사 저승사자처럼 보였다.

　– 밤새 끙끙 앓았어. 헛소리까지 하고……. 난 약속이 있어서
나오긴 했는데 죽이나 먹었나 몰라.

　찬과의 통화에서 별일 아닌 듯 슬쩍 물었더니, 역시나 많이 아
프다고 했다. 밤새 열에 들떠 앓으면서도 주혁이 사 온 약은 내동
댕이쳤다고…….

　그게 뭐라고 나는 여기에 서 있는 건가? 주혁은 이해할 수 없는
자신의 행동을 곱씹어 보았다.

　마지막으로 품에 안았을 때 느꼈던 열기가 흥분에 의한 것이 아
닌 몸이 좋지 않기 때문임을 알았더라도. 그래서 고민하다가 약을
사다 놓은 것까지는 있을 수 있는 일이라고 해도.

　외국에서 찾아올 투자자에게 선보일 프레젠테이션이 당장 내일
이었다. 아직 사무실도 정비되지 않아 호텔 방에서 직원들과 밤을
새워 가며 일하던 중이었다.

　이런 촉박한 일정에 옷을 갈아입어야겠다는 얄은 핑계를 대고
대표란 자신이 자리를 비웠다.

　한 번도……. 창업한 이후로 단 한 번도 일어나지 않은 일이었
다.

　제일 먼저 출근해 가장 늦게 퇴근하는 사람이 자신이었다. 중요
일정이 있을 때면 일주일 내내 사무실을 떠난 적도 없었다.

　새로 합류한 직원이야 그러려니 했지만, 처음부터 그와 일해 왔
던 직원들은 의아해했다. 주혁을 믿고 캐나다에서 이곳까지 온 직
원 중에는 도착하자마자 샤워 한 번 못 하고 밤샘 작업에 뛰어든

사람도 있었다.

있을 수 없는 일이었다. 그래도, 새로 산 약봉지를 머쓱하게 들고, 웬일인지 열려 있는 현관 안으로 들어설 때까지만 해도 주혁은 기분이 꽤 괜찮았다.

자기가 생각해도 멋졌다. 아픈 여자를 위해 이 정도 친절을 베풀 줄 아는 남자라.

"으응? 아니. 뭐가 어색해? 너는 별걱정을 다 한다. 주혁이는 신경 쓸 거 없어. 그냥 엔조이였어. 연습이라고나 할까? 뭐 별거는 없었지만, 좋은 경험이었고. 다음번 실전에 조금 감 잡을 정도의 도움은 됐거든. 꼬맹이가 분위기 잡으려고 애를 쓰는 게 어찌나 안쓰럽던지. 아, 시끄러워! 한 번만 더 그 소리 해 봐. 죽여!"

빠직! 머릿속에서 힘줄 하나가 터지는 소리가 들렸다.

바보천치가 아닌 다음에야 자신과의 하룻밤 이야기라는 것은 알 수 있다.

소리를 내지 않기 위해 주혁은 온몸에 힘을 주어야만 했다. 하아아아 치 떨리는 신음이 악물어진 이 사이로 소리 없이 나왔다.

엔조이! 실전을 위한 도움! 애를 쓴 꼬맹이?

역시. 이 여자는 이런 여자였다. 마녀 같던 모습에서 바뀐 것은 하나도 없다.

온종일 머리에서 떠나지 않던 저릿했던 밤이었다. 열정적인 토의가 벌어지는 회의에서도 불쑥불쑥 떠올라 바보처럼 히죽거렸다. 도무지 입가의 미소를 지울 수가 없었다.

유치한 자신을 반성하고 진지하게 되돌아보게 할 만큼 아름다웠던 그들의 몸짓이, 그 밤이 저 여자에게는 고작 저런 의미였던 것이다.

여전히 그녀에게 자신은 작은 키에 바보처럼 당했던 꼬마일 뿐이었다.

심지어 둘만의 비밀스럽고 은밀한 기억을 아무렇지 않게 떠들어 댈 정도로 생각이 없는, 이런 개. 같. 은⋯⋯.

해 보지도 않은 각종 욕설이 머릿속에서 뒤엉키기 시작했다. 하지만, 그의 얼굴빛은 빠르게 원래 색으로 돌아왔다.

이제 그는 위험하고 고요하게 치켜뜬 눈으로 솔을 응시했다. 몸 주변으로 아낌없이 뿜어져 나오는 검고도 음습한 기운에 휩싸여 그는 거의 악마처럼 보이기 시작했다.

"응. 응. 이제 나갈 거야. 알았어. 잘되면 당연히 옷 한 벌 사 주지. 전화할게."

전화를 끊은 솔은 붉어진 뺨을 손으로 감쌌다.

– 주혁이랑 만났어? 어색하지 않아? 네가 잘해 줘. 걔도 자존심 많이 상했을 거야.

미안⋯⋯. 주혁아.

혜주의 걱정스러운 충고로 애써 지운 기억이 되살아나 버렸다. 깊숙한 곳부터 올라오는 부끄러움과 괜한 야릇함에 몸 둘 바를 모르겠다.

무슨 소리를 하는지도 모르고 지껄이긴 했는데.

그냥 잤다고 할 걸 그랬나? 주혁을 불능으로 만들어 버린 것이 못내 찝찝했다. 불능은커녕 날뛰는 에너자이저인 남자를⋯⋯.

몰라. 이 정도 세게 나가야 다신 말 꺼내지 못하지. 강한빈이랑 잘돼서 혜주 머리에 있는 주혁에 관한 관심을 끊어 놔야 해. 그러면 돼.

솔은 몸을 일으켰다. 아직도 뻐근하고 열이 나지만 약속 시간이 다가오고 있었다.

"엄마야!"

다음 순간 솔은 소파에 그대로 엉덩방아를 찧으며 다시 주저앉았다. 주혁이 무표정한 얼굴로 그녀를 내려다보고 있었다.

언제, 언제부터? 소리도 없이. 혹시 들은 거야?

솔의 얼굴이 사색이 되었다.

"주, 주혁아."

"……."

"언제, 언제 왔어?"

"방금요."

주혁은 부드럽게 웃었다. 그를 보는 것만으로 심장이 덜컹 내려앉고 온몸이 떨리는 그녀와 달리 주혁은 덤덤해 보였다.

천천히 걸어와 맞은편에 앉은 그는 기분이 좋아 보이기까지 했다.

"옷 좀 갈아입으려고요. 오늘도 집에 못 올 거 같으니까."

"아……. 그래? 그랬구나."

다행히 못 들었나 보다. 솔은 놀라서 벌벌 떨리는 손을 뒤로 감추며 어색하게 웃기 시작했다.

"아하하. 바쁜가 보네? 그래도 잠은 집에서 자야, 자야지. 힘들겠다. 하하하."

"먹고살려면 어쩔 수 없죠."

"그래. 음……. 그래. 난 나갈 거니까 편하게 씻고 옷 갈아입고 가."

198

그를 만나면 어떤 말을 해야 할까 어떻게 수습해야 어색하지 않을까 고민하고 준비했던 말들이 하나도 생각나지 않았다. 놀란 탓도 있지만, 현실로 마주한 그는 너무 낯설고도 어색했다.

심장이 떨려 눈조차 제대로 볼 수가 없는데 무슨 수습을 하겠다고……. 은근슬쩍 넘어가는 수밖에 없었다.

쭈뼛거리며 솔은 일어섰다.

"누나."

"응? 뭐, 뭐, 왜?"

목소리는 왜 깔아. 무섭게.

그의 와이셔츠 두 번째 단추에 눈을 고정하고 솔은 눈을 깜빡였다.

"우리 할 말 있잖아요."

"우리가?"

"네."

"난 없는데."

"나는 있어요."

아, 어쩌면 좋아. 솔은 눈을 질끈 감아 버렸다. 정말 미칠 것 같았다. 각오했지만 닥친 상황은 달랐다.

그를 보자 단번에 그 밤이 떠올랐다. 벗은 몸이 생각나고 야한 몸짓이 기억났다.

자신의 얼굴을 감싸고 응시하던 그의 뜨거운 눈빛, 힘차게 들어오던 몸짓. 그때마다 그에게서 토해지던 신음. 으스러지게 깍지 껴 주던 강한 손.

단 하나도 잊히지 않았다. 지금 담담한 그의 음성마저 그날 자신의 이름을 부르던 유혹적인 목소리로 들리는데 무슨 말을 해야

199

할까.

차마 마주 보지 못하고 눈을 내리깔자 무릎 위에 얹은 크고 단단한 손이 눈에 들어왔다. 그 손이 자신의 몸에 했던 외설스럽고 짜릿했던 행위가 떠올라 솔은 얼굴을 와락 붉혔다.

저도 모르게 나긋해지는 몸짓도 주체하기 힘들었다. 이 생각 없는 몸뚱어리는 왜 흐물거리는 건지. 정신이 하나도 없었다.

– 다 그런 건 아니지만, 여자는 몸 주면 마음마저 주게 되어 있어. 그러다 꼴사납게 매달리지.

혜주의 말이 떠올랐다.

아니지. 이건 아냐. 솔은 불끈 주먹을 쥐었다.

꼴사나워질 수 없다. 적어도 그날 밤이 자신에게 큰 의미였다는 걸 저 녀석이 알게 해서는 안 된다.

그녀는 도도하게 고개를 들었다. 까맣게 가라앉은 주혁의 눈을 똑바로 마주 보며 솔은 또박또박 말을 시작했다.

"그날 밤 얘기라면, 할 거 없어. 그 일은 술김에 벌어진 실수였어."

"……실수였다?"

"난 벌써 잊었어. 혹시나 아직 기억하고 있다면 너도 잊어 줘. 어차피 우리가 안 볼 사이도 아닌데 그런 일로 어색해지는 건 싫어."

"……."

"난 꼴사납게 그런 사소한 일에 의미 부여하는 그런 사람 아니야. 혹시 네가 그 일로 다른 생각을 한다면……."

솔은 슬쩍 주혁의 표정을 살폈다.

혹시 진짜 다른 생각이 있는 거 아닐까? 그 일로 내가 아닌 저 녀석이 나에게 매달릴 수도 있는 거 아닌가?

지도 좋았으니까 한 번도 아니고 여러 번 했을 텐데……. 혹시, 설마, 조금이라도 나에게 좋은 감정이 생겼다면 그땐 어쩌지?

어처구니없게도 두근두근 가슴이 뛰기 시작했다.

주혁은 웃었다. 싱그럽게 하얀 이를 드러내며 안심했다는 듯 그는 웃었다.

"다행이네요. 좀 걱정했는데."

"……."

"외국이라고 다 그런 건 아니지만, 제가 있던 곳에서도 그런 일은 제법 많아요. 친구로 지내다가 외로울 때 한 번씩 섹스하고. 아무 일 없는 것처럼 다시 친구로 지내고. 나는 누나와 그런 사이가 가능할 거라고 생각해요. 그래도 확실히 짚고 넘어가야겠단 생각은 했죠."

뭐 그런 배덕한 사이가 다 있단 말인가. 솔은 순식간에 멍해졌다.

"……친구?"

"누나가 고리타분한 스타일은 아니어서 마음이 놓이네요. 그럼, 우리 이제 그 얘기는 하지 말아요. 아무 일 없었던 겁니다. 좋죠?"

주혁은 웃으며 손을 내밀었다. 그녀의 온몸 구석구석을 다급하고 사납게 더듬던 손이 건전하고 사심 없이 그녀의 동의를 기다리고 있다.

이게 뭐야?

솔은 울컥 눈물이 나오려 하는 자신에게 당황했다.

이거 뭐지? 뭐, 뭐 이런 기분이 다 있지? 헤어지는 것보다, 차이는 것보다 더 비참하고 더러운 이 기분은 대체 뭐지?

싫다!

솔은 주혁의 손을 덥석 잡았다. 그리고 세차게 흔들었다. 핑 도는 눈물을 들키지 않기 위해 목소리도 높였다.

"그래! 고맙다!"

"내가 고마워요."

개자식. 넌 정말 개자식이구나.

모든 것이 해결되었는데도 솔의 머릿속엔 그저 이해 못 할 욕만 떠돌았다. 자꾸만 울컥거리는 마음이 이해되지도 않았지만 참기도 어려워 그녀는 허둥지둥 가방을 들었다.

"좋은 데 가나 봐요? 오늘 예쁜데요."

덩달아 몸을 일으킨 주혁이 상냥하게 물었다. 솔은 빠르게 현관으로 걸으며 대답했다.

"응……. 나 소개팅."

"그래서 이렇게 예쁘게 입었구나. 응원할게요, 누나."

솔은 그를 돌아보았다. 밝은 표정으로 주혁은 주먹을 불끈 쥐어 보였다.

"화이팅!"

탕. 문을 닫자마자 참았던 눈물이 한 방울 흘러내렸다.

'뭐야. 나 왜 이러니. 쟤를 좋아한 것도 아닌데. 왜 기분이 이따위로 더럽지?'

당황스럽게도 울음이 터질 것 같아 솔은 입을 틀어막았다. 그리고 도망치듯 엘리베이터로 사라졌다.

"예뻐요. 누나."

주혁이 중얼거렸다. 웃음기를 거둔 서늘한 눈빛으로 그는 솔이 나간 문을 한참이나 쏘아보았다.

빌어먹게도 예뻐.

발그레한 얼굴도, 안도한 듯 데굴데굴 굴리던 눈동자도, 사랑스러운 몸매를 아낌없이 드러내는 원피스도.

아직까지 자신이 물고 흔들었던 흔적이 남아 있을 젖가슴이 찰랑거리는 윤곽도. 다른 놈을 만나기 위해 서둘러 나가는 뒷모습마저도.

언젠가는.

그는 이를 갈았다.

그 옷도 내 앞에서 갈기갈기 찢어질 거야. 이번엔 네 손으로 직접 잡아 뜯으며 애원하게 될 거야.

한 번만 더 해 달라고 다리를 벌리게 만들 거다. 내 몸 아래서 짓눌려 울부짖으면서도 어디 애송이라고 비웃어 봐.

네가 기대하는 다음 실전? 그 상대도 내가 될 거다. 그다음도. 또 다음도. 기필코. 내가 온 힘을 다해 그렇게 만들겠다.

소개팅? 원한다면 한번 해 봐.

그의 눈이 어둡게 빛났다.

내가 완벽하게 망쳐 줄 테니.

❋

"이게 또 전화 안 받네. 진짜 주머니에 넣고 다니든지 해야지."

찬은 잔뜩 찌푸린 채 전화기를 내려놓았다.

"너 연애하냐?"

만화책을 뒤척이던 상철이 깜짝 놀라 물었다. 시큰둥한 어조로 대꾸한 사람은 그 옆의 재균이었다.

"행여나 그러겠다. 보나 마나 제 누나한테 하는 말일 거다."

"야, 누나한테 누가 그런 낯간지러운 표현을 쓰냐. 주머니에 넣고 다닌다니……."

"솔이 맞는데?"

찬은 아무렇지 않게 대답하며 다시 게임 조종기를 잡았다. 상철은 어이없다는 듯 그를 보았다.

한가한 주말, 애인 없는 훤칠한 남자 셋이 불타는 밤을 기대하며 재균의 집에서 시간을 보내는 중이었다. 찬의 대답에 '것 봐라' 하는 뜻으로 재균이 어깨를 으쓱했다.

"저 녀석 시스터보이인 거 하루 이틀이냐. 그때 걔 누구더라……. 아, 소영이! 그 예쁜 애랑 헤어진 것도 이 녀석의 누나 콤플렉스 때문이잖아. 어떤 여자가 밤낮 누나 걱정만 하는 남자랑 연애를 하겠냐."

"너 이쯤 되면 병 아냐? 아니면 혹시……."

상철은 심술궂게 눈을 빛냈다.

저러다 한 대 맞지. 재균은 소파 테이블에 놓여 있는 유리잔을 눈치껏 치웠지만, 상철은 기어이 가벼운 입을 놀렸다.

"너희 뭐 그딴 거 아냐? 알고 보니 친남매가 아니었다든가. 아니면, 금단의 달콤한 열매에…… 흐억!"

길고 잘빠진 다리가 곧장 상철의 배를 가격했다. 붕 소리를 내곤 테이블 위를 낮게 돌아 제자리로 안착한 찬의 다리를 보며 재균은 치웠던 잔을 다시 올려놓았다.

"명심보감 시전에 가로되, 아버지 나와 누날 만드시고, 어머니 나와 누날 낳으셨네."

"뭐라는 거야?"

"유전자 99% 혈족이란 소리다. 한 번만 더 불경한 소리 해라."

"무식하긴. 그게 그 뜻이냐? 오해받기 싫으면 작작 좀 하라고. 어리고 세상 물정 모르는 여동생이면 내가 이해한다. 서른도 넘긴 누나를 그렇게 끼고돌면 네 누나 연애도 못 해. 너 예전에 누나 애인 진수인지 뭔지 하는 놈 패 주다가 감방 갈 뻔한 거 솔이 누나 아직 모르지?"

진수의 이름을 듣자 찬의 얼굴이 험상궂게 변했다.

그 자식. 감히 누나 몰래 딴짓을 한 것도 모자라 몇 날 며칠 솔을 찾아와 울고불고 괴롭히던 놈.

녀석에게 잡혔던 솔의 팔목에 검게 변한 멍 자국을 발견한 날, 찬은 그를 찾아갔다. 그리고 다짜고짜 패기 시작했다.

— 네가 감히 우리 누나 몸에 상처를 내? 멍이 들도록 거칠게 다뤄?

그 시간 공포에 질렸을 솔을 생각하자 눈이 돌아갔다. 다시는, 그 누구도 그녀를 아프게 해서는 안 된다.

어린 시절 그는 힘이 없었다. 지킬 수가 없었다. 하지만 지금은 다르다. 내가 지켜 줄 거야. 이제는 내가 지켜 줄 거다.

오로지 그 생각만 했다.

하지만 한 움큼 핏물을 뱉어 내며 진수는 찬을 비웃었다.

– 개새끼. 이제 와서 꼴에 동생이라고 누나 생각한다 이거냐? 가식 떨지 마. 그 작은 여자 뒤에서 비겁하게 숨어 살아온 건 너야. 진짜 개새끼는 너란 말이다!

정곡을 찌른 말에 찬은 분이 덜 풀린 손을 멈출 수밖에 없었다.

그때를 생각하자 피가 싸늘히 식었다. 찬은 조종기를 집어 던졌다.

"재수 없게 그 새끼 얘기 꺼내지 마. 그때 죽여 놓지 못한 게 아직도 한이니까."

"와. 진짜 너."

"그리고 우리 솔이가 연애하는 건 네가 걱정하지 마. 신경 쓰지 마. 무조건 착하고 점잖은 남자로 내가 구해 줄 거야. 아무한테나 못 줘."

욱신거리는 배를 문지르며 상철이 고개를 절레절레 저었다.

찬은 유독 누나에게 예민했다. 친구인 자신들도 경계할 정도로 누나 일이라면 날을 세웠다. 여자와 데이트를 하다가도 솔의 전화 한 통이면 모든 걸 팽개치고 집으로 달려가기 일쑤였다.

솔이 연애라도 시작하면 그때는 더욱 가관이었다. 남몰래 상대 남자의 뒷조사를 하는 건 물론이고 가끔은 미행도 하는 것 같았다.

그래서 솔의 연애 기간은 찬의 친구라면 누구나 알 수 있을 정도였다. 그 기간 찬은 온 신경을 누나에게만 쏟으며 마치 무슨 일이 벌어질 것에 대비하는 것처럼 날카로운 상태가 되어 있었으니까.

솔직히 정상적인 동생의 반응이라기엔 도를 넘는 행동이었다.

하지만 말을 더 꺼내 봐야 좋은 소리 못 들을 게 뻔했기에 그는 쓴 입맛을 삼키며 화제를 돌렸다.

"아! 주혁이 놈은 왜 안 와!"

"급한 일이 생기셨단다. 어차피 왔어도 얼굴만 보고 갔을 거다. 워낙 바빠야지."

"썩을 놈. 아무리 잘나가도 한국 왔으면 형님들부터 알현하고 다녀야지."

"그러기엔 그 자식, 너무 커 버렸다. 우리랑 노는 급이 달라."

재균이 수긍의 의미로 고개를 끄덕이다 문득 물었다.

"그런데 그놈은 돈도 많은 놈이 왜 네 집에 얹혀살아?"

"혼자 있기 외롭나 보지."

찬은 생각 없이 대꾸하며 다시 전화기를 들었다. 깜짝 놀란 상철을 보지 못하고 찬은 초조하게 연결음에만 집중했다.

"주혁이가 찬이 집에 살아?"

"몰랐냐?"

"그럼…… 솔이 누나랑 만났겠네?"

"아! 맞다."

의미심장하게 눈빛을 교환하는 친구들을 의식 못 하고 드디어 전화를 받은 솔에게 찬이 소리를 질렀다.

"박솔! 아프다며 어딜 또 싸돌아다녀! 약은 먹고 나간 거야! 어디야? 언제 와!"

[이게 미쳤나. 얻다 대고 누나한테 소리를 질러! 시끄럿! 바쁘니까 끊어!]

쩌렁쩌렁 울리는 솔의 신경질적인 음성에 찬은 잠시 전화기를 귀에서 떼었다.

"그러지 말고 일찍 와. 내가 초밥 사 갈게. 늦지 마, 알았지?"

다정하게 말을 잇던 찬은 이미 전화가 끊어진 걸 알고는 머쓱하게 머리를 긁적였다.

"아, 저 자식. 클럽 가기로 해 놓고 또 저런다. 진짜 대책 없다, 너."

상철은 투덜거렸지만, 솔과의 통화에 성공한 후 한결 부드러워진 찬은 기분 좋게 말했다.

"초밥만 주고 나올 거야. 그나저나 세나 소식은 알아봤냐?"

"어. 수소문하고 있어. 그런데 이상하게 세나 소식을 아는 애들이 없던데? 그리고 너는 갑자기 세나는 왜 찾냐?"

"주혁이 선물."

찬은 양팔을 길게 뻗으며 나른하게 몸을 풀었다. 늘씬한 몸이 우아하게 더 길어졌다.

"주혁이가 죽어도 못 잊겠다는 첫사랑이잖아. 귀국 선물로 내가 중매쟁이 노릇 좀 하려고 그런다. 그 녀석 세나 못 잊어서 여태 제대로 여자 한번 못 만났잖아."

"야. 죽어도 못 잊는 건 세나가 아니라, 읍!!"

깃털보다 가벼운 상철의 입에 재균이 재빨리 남은 빵 조각을 쑤셔 넣었다. 그제야 눈치를 챈 상철은 뻔뻔한 얼굴로 우걱우걱 빵을 씹어 먹기 시작했다.

그들도 주혁이가 솔이 누나에게 가진 감정이 원한인지 집착인지 아리송했지만, 어쨌든 주혁이가 죽어도 잊지 못하는 사람이 세나가 아니란 것만은 알고 있었다.

그 긴 이민 시절 동안 주혁은 한시도 솔이 누나 근황을 알아내는 걸 멈추지 않았다. '결혼은 했어?' 통화의 마지막은 항상 솔이었다.

단순히 세나와의 사건으로 맺힌 원한이라기엔 깊고 이해 못 할 집요함이었다.

하지만 주혁의 비정상적인 감정을 찬이가 알아서는 안 된다는 것도 그들은 잘 알고 있었다.

주혁과 찬. 다른 듯 묘하게 닮은 두 놈이었다.

아무것도 모르는 찬은 스스로가 생각해도 자신의 계획이 마음에 드는지 흡족하게 웃고 있었다.

"주혁이 녀석, 세나 만나면 엄청 좋아할 거다."

찬이 휘적휘적 화장실로 사라진 후, 재균은 상철에게 주의를 시켰다.

"입조심해. 주혁이가 솔이 누나한테 관심 있다는 거 찬이가 아는 날엔 친구고 뭐고 가만 안 있을 거야."

"음……."

"우린 끼어들지 말자. 주혁이도 누나 만났으면 묵은 감정 풀었겠지."

"왜 나는 저들이 삼각관계로 보이지?"

"쓸데없는 소리 하지 마. 주혁이가 설마 누나를 여자로 보겠냐? 내가 보기엔 주혁이도 찬도 솔이 누나에 대해선 정상은 아냐. 괜히 우리 착한 솔이 누나만 죽어나게 만들지 말고 우린 조용히 입 다물고 있으면 돼."

혹시나 찬이 들을까 소곤대는 상철과 재균이었다.

✳

호텔 레스토랑의 분위기는 밝고 고급스러웠다.

햇살이 잘 들어오는 창가 자리에 준수한 남자와 다소곳이 앉아 있는 여인이 우아하게 칼질을 하고 있었다.

적당히 구워져 알맞은 육즙이 흐르는 스테이크 한 점을 입에 넣은 한빈은 앞에 있는 여자를 향해 잘생긴 미소를 날렸다.

어색한 맞선 자리에서 대부분 그러하듯 앞에 앉은 여자는 한 치의 오차도 없이 한빈이 예상했던 그 미소를 보내왔다. 가식적이고, 예쁜 척하고, 너무나 여성스러운 척하는.

그가 싫어하는 '척' 미소.

'지겹다.'

한빈은 속으로 중얼거렸다. 일주일 내내 과한 업무로 시달렸던 몸이 나른하기만 했다.

강한빈. 기소 성공률 90%의 잘나가는 34살 젊은 검사.

여자 친구와 헤어진 후 그는 반강제적으로 이런 자리에 매주, 많게는 두세 번씩 끌려 나오고 있었다. 그가 솔로의 몸이 되었다는 게 알려지자마자 부모님을 비롯한 주변의 선후배가 갑자기 열혈 중매쟁이로 빙의했다.

전 여친은 오래 만난 것도 아니고 결혼을 생각했던 심각한 사이도 아니었다. 그런데도 이별의 아픔은 다른 사랑으로 잊어야 한다는 유행가 가사 같은 충고를 곁들이며 그들은 경쟁적으로 이런 자리를 만들었다.

'이래서 아무 여자라도 일단 만나야 해. 연애하는 기간에는 이런 귀찮은 일은 없거든.'

과한 관심에 질려 버린 그는 연수원 동기인 지훈의 애걸복걸을 처음에는 단숨에 잘랐다.

― 제발. 제발 한 번만. 그냥 시간만 때우다가 와도 돼. 네가 도
와주지 않으면 난 죽는단 말이다! 우리 와이프님 성격 알잖아. 반
찬도 안 주고 밥만 먹이는 고문을 한다고! 제발 살려 줘.

끈질기게 지훈은 매달렸다. 일단 얼굴만 비치고 예의 있게 거절
을 해도 되니까 만나기만 해 달라고, 도와 달라고 멱살까지 잡으며
울먹였다.

끝내 거절하지 않은 것이 다행이라고 그는 생각했다. 적어도 다
시는 이런 만남을 갖지 않겠다는 결심을 하게 만드는 자리였으니
까.

사실 그동안 시달렸던 짜증으로 한빈은 이번 여자가 웬만하다
면 그냥 만나자, 대충 만나서 천직이 중매쟁이라고 착각한 인간들
을 물리치자, 그런 심정도 있었다.

하지만 콩알만 하게 조각낸 스테이크를 오물오물 열심히, 되새
김질하듯 곤죽이 되도록 오래도 씹고 있는 이 황소 같은 여자는 한
빈의 스타일이 결코 아니었다.

예쁘긴 했다. 다만 그동안 선봐 왔던 다른 여자들이 옷과 머리
모양만 바꾸고 앉아 있는 것처럼 똑같고 재미없었다.

다른 것이 있다면……. 이 여자, 울었는지 눈이 부었다.

귀염성 있는 얼굴은 어딘가 넋이 나간 듯 보였고, 스테이크 하
나를 종일 먹어야 할 속도로 한 조각, 한 조각 정성으로 씹는 표정
에는 뭔지 모를 설움이 가득했다.

그러면서도 한빈이 묻는 말이나, 성의 없는 대화에 열심히도 고
개를 끄덕이며 가식적인 미소를 지어낸다.

하지만 거기까지.

반짝였던 호기심은 시간이 지나자 심드렁하게 사라졌다. 울었든 말든 재미없고 평범한 이 여자를 두 번 만날 생각은 들지 않았다.

지훈을 봐서 예의 있게 시간 보내고 정중하게 바래다주면 끝.

와인으로 목을 축이는 그의 잘생긴 이마는 지루함으로 살짝 구겨졌다.

'나도 눈이란 게 달려 있다, 이 자식아.'

고무를 씹는 건지 나무를 씹는 건지 아무 맛도 느껴지지 않았지만, 솔은 열심히 고기 조각을 씹어 대며 속으로 중얼거렸다.

남자는 또다시 시계를 보고 있었다. 그는 지겨워하고 있다.

솔은 그가 눈치채지 못할 정도로만 인상을 썼다.

강한빈. 시원스러운 미소를 가진 그의 외모는 생각보다 준수했다.

비록 주혁보다는 못하지만.

센스 없는 그녀의 말에 큰 소리로 웃어 주며 분위기를 이끌어 가는 세련된 예의도 갖춘 남자였다.

버릇인지, 말하기 전 '음…….' 하며 길게 끄는 중저음의 목소리는 평소의 그녀라면 껌뻑 넘어갈 만큼 매력적이었다.

비록 주혁보다 못하지만.

아놔! 망할 주혁!

예쁘게 오물거리던 입을 구기며 솔은 난폭하게 포크를 내려놓았다. 시계를 훔쳐보던 남자가 제풀에 찔려 흠칫 놀랐다.

그녀는 다시 최고의 예쁜 미소를 지었다. 하도 웃었더니 턱 끝에 경련이 일어날 지경이었다.

"왜요? 맛이 없어요? 다른 거 시킬까요?"

"아뇨. 제가 원래 양이 적답니다. 벌써 배가 부른걸요. 호호호."

"아, 네."

예의로도 감추지 못한 남자의 따분함이 고스란히 느껴졌다.

이 남자의 잘못은 아니었다. 한빈의 노력에도 불구하고 솔은 집중할 수가 없었고, 대화는 겉돌았다.

하지만.

자존심 상해. 진짜!

하긴 저 정도면 잘난 남자다. 자신은 목숨 걸고 하는 소개팅이지만 저런 남자는 길을 걷다가도 맘에 드는 여자를 만나면 바로 사귈 수 있을 테지. 게다가 검사라잖아.

애초에 친분이 아니었다면 자신처럼 별 볼 일 없는 여자와 소개팅을 한다는 것 자체가 말이 안 되는 남자였다.

한빈이 몰래 쉬는 한숨 못지않게 솔도 수십 번 넘게 한숨을 토해 내고 있었다.

최선을 다해 관심을 끌어도 모자랄 판에 도대체 난, 이렇게 근사한 남자를 앞에 두고 왜 자꾸 주혁을 떠올리는 걸까. 왜 그 자식이랑 비교하는 걸까?

그 자식이 뭐라고. 날 개똥으로 생각하는 그 자식이 대체 뭐라고!

"아, 진짜!"

도무지 떠나지 않은 주혁의 생각에 솔은 저도 모르게 자리에서 벌떡 일어났다. 깜짝 놀란 남자가 덩달아 일어섰다.

"가, 가시게요?"

"아뇨. 그게……"

부끄러운 양 입을 가리며 솔은 최대한 다소곳하게 웃었다.

이대로는 안 된다. 차일 때 차이더라도 정신을 좀 차려야 한다. 지금부터라도 저 남자에게 집중해야 한다! 이건 소개팅에 대한 예의 문제다.

솔은 마음을 다잡았다.

"그게 아니고요…… 어?"

하지만 이제 상상력이 폭발했는지 아예 실물처럼 주혁이 눈에 보이기 시작했다.

솔은 인상을 구기며 눈을 깜빡였다.

레스토랑 입구에 서서 팔짱을 끼고 느긋하게 자신을 바라보고 있는 모습이라니. 정식으로 슈트를 갖춰 입은 모습이 상상이지만 더럽게도 잘생겼지.

으응? 솔은 입을 가리던 손을 내리고 눈을 동그랗게 떴다.

"어라?"

주혁이 진짜 그곳에 있었다. 눈이 마주친 그는 아주 여유롭게 턱을 치켰다.

"앉으시죠?"

한빈의 의아한 듯한 말에 퍼뜩 정신을 차린 솔이 엉거주춤 앉았다. 믿을 수가 없어서 힐긋 주혁을 한 번 더 확인했다.

진짜 주혁이었다. 솔을 보며 그는 희미하게 웃었다. 분명히 턱 짓으로 오라는 뜻을 전한 주혁은 솔의 멍한 얼굴을 보더니 손가락을 들어 올렸다.

'이리 와!'

라는 의미가 담긴 손가락이 까딱까딱…….

"아, 저, 저 잠깐 화장실 좀."

생각할 틈도 없이 작은 가방을 손에 쥐며 솔은 다시 일어섰다.

뭐지? 주혁이가 왜 여기 왔지?

허리에 꼿꼿이 힘을 주며, 혹시 한빈이 보는 건 아닐까 뒤도 확인해 가며 그녀는 급히 걷기 시작했다.

주혁이가 왜? 날 만나러? 설마…….

불치병 말기 같은 상상력이 또다시 날뛰기 시작했다. 터질 듯한 심장과 같은 속도로 빠르게 말이다.

7.

방금까지 주혁이 서 있던 레스토랑 입구에는 아무도 없었다.

허둥지둥 주변을 두리번거리자 복도 구석 기둥 자리에 서 있는 그가 보였다. 벽에 비스듬히 기댄 주혁은 골똘히 생각에 잠겨 있었다.

"무슨 일이야? 너도 여기서 약속 있어?"

종종걸음으로 다가간 그녀는 다급하게 물었다. 대답 없이 주혁은 손목에 찬 시계를 보았다. 매끈한 미간에 살짝 균열이 일었다.

"내가 좀 바빠요."

"응?"

주혁은 짧게 한숨을 쉬더니 그제야 솔을 쳐다보았다.

하얀색 와이셔츠와 어두운 청색 슈트가 너무도 잘 어울린다고 솔은 새삼스레 감탄했다. 폭이 좁은 세련된 타이까지 갖춘 그는 정말이지 완벽했다.

민지 파티에서의 댄디한 새미 정장 차림새도 멋졌지만, 정식으

217

로 갖춰 입은 지금과 비교할 바가 아니었다.

눈을 뗄 수 없을 만큼 맵시 있는 슈트 빨을 자랑하는 주혁을 보니 주제를 깨달은 솔의 몸이 절로 겸손해졌다. 다소곳이 양손을 모은 솔은 얌전한 자세로 그의 말을 기다렸다.

다만, 겸손해진 육체와 달리 눈치 없는 심장이 방정맞게 쿵쿵 소리를 내며 뛰기 시작한 것이 문제였다.

주혁에게도 그 소리가 들릴 것 같아 솔은 작게 인상을 썼다.

정신 차리라니까, 멍청아. 이 녀석은 동생 친구일 뿐이야. 나한테 감정이 없다잖아.

소개팅한다는 소리에 화이팅을 외칠 만큼 나를 개똥 취급한 녀석이라고. 그래 놓고는 왜 여기까지 와서 바쁘다고 생색을 내는 걸까?

솔은 숨을 깊이 삼키며 집중했다. 이윽고 흘러나온 주혁의 목소리는 무언가 불만족스럽게 들렸다.

"이런 건 별로인데 말이죠."

"뭐가?"

"시간이 없어서요. 미리 사과할게요."

"응?"

"여유만 있으면 직접 삼자대면해도 되겠지만……."

"뭔 대면?"

알 수 없는 그의 말에 솔은 눈을 동그랗게 떴다. 삼자대면??!! 지금 삼자대면이라고 그랬어?

심장이 덜컥 내려앉았다. 혹시 생각해 보니 이건 아니다 싶었을까? 불순하지만, 몸으로 시작되는 관계도 얼마든지 있다는데.

괜한 기대를 억누르려 솔은 애썼다.

분명 자기 입으로 아무 일도 없었던 거로 하자 했던 녀석이다. 그때 그의 표정이 얼마나 안도감에 젖어 있었는지 잊으면 안 된다.

앞서가면 안 돼. 그러다 또 나만 꼴사나워져. 혹시 잔금 남은 걸 받으러 왔는지도 모르잖아? 하지만 분명 내일 준다고 했는데.

솔이 조심스럽게 물으려 할 때.

"빨리 끝낼게."

주혁이 섬뜩하게 웃었다.

불길한 예감에 솔은 저도 모르게 한 걸음 뒤로 물러섰다. 한쪽만 삐딱하게 올라간 그의 입술이 묘하게도 색정적이라는 멍청한 생각을 하며.

"뭘? 어멋! 어머멋! 헉!"

등에 차가운 벽이 부딪혔다. 사람들의 시선이 닿지 않는 기둥 뒷벽으로 주혁은 솔의 몸을 밀어붙였다.

그의 얼굴은 여전히 건조했다. 곧 솔의 얼굴 옆으로 강한 팔이 뻗어와 벽을 단단히 짚었다.

"너…… 너 지금 뭐 해?"

솔은 어리둥절했다.

"뭐 하는 거야, 너! 왜 이래! 어멋!"

주혁의 입술이 난데없이 목덜미에 내려앉았다. 뜨거운 입술이 닿은 곳은 타는 듯이 끓어오르는가 싶더니 어느새 짜릿한 아픔으로 변했다.

본능적으로 그녀는 버둥대기 시작했다.

"이, 이, 이거 못 놔? 못 떼! 이 미친…… 이 미친놈! 놔!"

주혁의 머리카락을 잡아당기며 어떻게든 그의 머리를 떼어 내려 했지만, 그는 꿈쩍도 하지 않았다. 오히려 아픔만 강해졌다.

그는 솔의 목을 거의 집어삼킬 듯 빨기 시작했다.

"하흑. 아, 아파! 왜 이래!"

혹시 누구라도 볼까 싶어 솔도 필사적이었다. 녀석이 왜 이러는지 생각할 여유 따위는 없었다. 힘껏 머리카락을 잡아당기고 퍽퍽 소리가 나도록 정강이를 때려도 주혁은 아랑곳하지 않았다.

한 손으로 솔의 뒷머리를 움켜잡고 다른 손으로 허리를 단단히 끌어안은 그는 더욱 집요하게 그녀의 목을 빨았다.

"하아……."

거친 호흡을 뱉으며 드디어 그가 고개를 떼었을 때, 솔도 주혁도 가쁜 숨을 몰아쉬고 있었다. 짧지만 깊고 격렬한 행위였다.

놀란 가슴이 진정이 되지 않았다. 심장 소리가 밖으로 들릴 만큼 그녀의 가슴도 거세게 들썩이고 있었다.

이게…… 이게 무슨…….

정신이 든 솔이 주혁의 가슴을 세차게 밀쳤다.

"너…… 너 진짜 뭐야? 너 미쳤니!"

황당함과 당황함에 솔은 더듬거리며 숨을 헐떡였지만, 주혁은 심호흡 몇 번으로 평정을 찾았다. 그는 입술을 가볍게 닦아 내더니 아무 일 없는 듯 탁탁 옷매무새를 정리하기 시작했다.

사이코패스 같은 그의 행동에 솔은 멍하니 입만 벌렸다. 몸 전체가 붉게 달아오르기 시작했다.

"아쉽네. 진짜 시간이 더 있었으면 좋았을 걸 그랬지."

"너…… 너…….."

"오늘만 날이 아니니까."

"아앗!"

다짜고짜 솔의 턱을 거머쥔 그는 그녀의 얼굴을 한쪽으로 휙 꺾었다. 자신이 남긴 흔적을 점검하듯이 살펴보던 그의 입가가 만족스럽게 올라갔다.

"예뻐."

"……뭐? 알아듣게 말해. 너 뭐야. 뭐 한 거야 지금, 어!"

솔의 음성이 걷잡을 수 없을 만큼 떨렸다.

이해가 되지 않았다. 도대체가 종잡을 수도 없는 그였다. 모욕적인 그의 행위는 거칠었고 타당하지 않았다.

"내가 우습니? 한번 자고 나니까 내가 우스워서 이래? 너 이거 범죄야!"

"생각해 보니까 아까워서 말이지."

주혁이 긴 손가락으로 그녀의 가슴 위 점이 찍힌 곳을 거침없이 꾹 눌렀다. 놀랍도록 정확한 위치에 놀란 솔은 펄쩍 뛰듯이 뒤로 물러났다.

"다른 건 몰라도 이건 내 거야. 내가 가져야겠어. 적어도 질릴 때까지는. 그전에 다른 놈이……."

주혁은 턱을 치켜 한빈이 있는 레스토랑을 가리켰다. 찌를 듯이 솔에게 돌아온 눈에는 장난기라곤 없었다. 얼려 버릴 만큼 무서운 눈은 활활 타올랐다.

"보거나 만지면 너도, 남자도 죽어."

"……!"

"진짜 죽여 버린다."

넋을 잃은 그녀의 어깨를 잡고 날카로운 눈으로 응시하는 주혁에게서 익숙한 향이 느껴졌다. 옅은 바람을 닮은 머스크 향이었다.

체향과 섞인 그 향은 묘하도록 관능적이었다. 마치 그와의 하룻밤을 닮은 향기.

동물적이며 거칠지만 아름다운 섹시함. 바람처럼 날아갈 듯 손에 잡히지 않은 향.

지우려 애쓴 기억 속에는 그 향이 섞여 있었다. 그리고 지금 솔의 붉어진 목 가운데 강하게 각인되어 버렸다.

난, 이 체향을 잊을 수 없겠지. 아마 평생 지울 수 없을 거야. 난이 녀석 때문에 많이 아플 거야.

상황과 맞지 않게 왜 그런 생각이 들었는지 모른다. 솔은 머릿속에서 날아다니는 잡념들을 정리할 정신조차 없었다. 그저 어지러웠다. 머리뿐만 아니라 몸 전체가 울렁거렸다.

멀미와도 같은 그 느낌에 솔은 손으로 목을 감싸려 했지만, 주혁이 곧장 손을 뻗어 제지했다.

투둑. 단정하게 올려 묶은 머리가 그의 손짓 하나에 순식간에 풀어졌다. 상큼한 샴푸 향을 풍기며 윤기 나는 머리카락이 좌르르 흘러내렸다.

주혁은 풀어 버린 머리끈을 바닥에 아무렇게나 던져 버렸다. 그러고는 갑자기 싱긋 웃었다.

"좋아. 이래도 잘 보이네."

아주 흡족한 얼굴로 그가 솔의 귓가에 속삭였다. 뜨거운 숨결과 섞인 목소리는 다정했다.

"잘해 봐요. 소개팅."

뚜벅뚜벅 그는 사라졌다. 런웨이를 걷는 모델처럼 우아하고 당당하게 주혁은 걸어 나갔다.

하얀 목덜미에 누가 봐도 방금 생긴 키스 자국을 진하게 남긴채. 영혼까지 빠져나가 스르르 주저앉은 솔이만을 남긴 채로.

✳

밖으로 나온 주혁은 지끈거리는 관자놀이를 누르며 잠시 서 있었다.

실내에서 빠져나오니 그제야 숨이 쉬어졌지만, 꽉 막힌 가슴은 여전히 답답했고 기분은 더러웠다. 다른 남자를 보며 해사하게 웃는 솔을 봤을 때부터 그랬다.

"미친놈."

자신에게 화가 났다.

하지만 고작 이틀 전이었다. 달뜬 얼굴로 자신의 품에 낑낑대는 강아지처럼 파고들었던 밤이, 고작 이틀밖에 지나지 않았단 말이다.

그 예쁜 몸에 새겨진 내 흔적이 사라지기도 전에 다른 남자를 만나? 웃어? 그것도 내가 별로라서, 분위기만 잡다 만 꼬마여서? 그러니 이건 네 잘못이야.

애써 변명을 해 보아도 자괴감은 쉽게 가라앉지 않았다.

분을 참지 못한 대가는 씁쓸했다. 크고 예쁜 눈에 분노가 차오르고, 경멸로 어두워지는 것을 봐야 했으니까.

하지만 방법이 잘못됐다는 걸 깨달았음에도 멈출 수가 없었다. 통제하지 못한 자신의 행동이 그조차도 경멸스러웠다.

'저 여자가 대체 뭐라고…….'

그녀의 살결을 머금는 순간 믿기지 않게 달아올랐던 반응 또한 그랬다. 그는 또 이성을 잃었고 멈추지 못했다. 수많은 사람이 오가는 복도라는 사실을 망각할 정도로.

울 것 같은 솔을 깨닫지 못했다면 그 자리에서 데리고 나왔을지도 모를 만큼 그는 강하게 흥분했었다.

그녀의 소개팅 상대의 서글서글하고 남자다운 미소가 자꾸만 마음에 걸렸다. 자신을 가볍게 홀린 여자가 다른 남자라고 홀리지 않으란 법이 없다.

다시 들어가야겠다. 끌고라도 데리고 나와야겠어.

단호하게 발길을 돌렸을 때였다. 반갑지 않은 전화벨이 울렸다.

[제임스! 어디야? 자기가 지금 빠지면 어떡해. 언제 올 거야?]

엠마였다.

레스토랑이 있는 꼭대기 층에 시선을 고정한 채 주혁은 인상을 썼다. 이 정도 했으면 그 남자와는 헤어지겠지. 또렷해진 눈빛으로 전화기를 고쳐 잡으며 그는 방향을 틀었다.

"근처야. 금방 가."

❋

주혁이 차를 몰고 호텔 정문을 빠져나간 그 시간.

"신고할 거야."

솔은 부들부들 떨리는 손으로 머리카락을 내려 키스 마크를 숨겨 보려 애쓰고 있었다.

"죽여 버릴 거야!"

교묘한 위치에 새겨진 망측한 흔적은 머리카락을 보자기처럼 묶지 않는 한 숨겨지지 않았다. 화장실 거울에 비친 얼굴이 분노로 덜덜 떨렸다.

하지만 나는 그 자식을 절대 죽일 수 없겠지. 왜냐면, 왜냐면……

그 자식은 적당히 돈 게 아니거든. 제대로 미친놈이거든. 그런 프로 미친놈을 내가 어떻게 감당해.

찔끔찔끔 눈물마저 나왔다. 험악하게 닦자 곱게 칠한 마스카라가 번졌지만, 키스 마크에 열중한 솔은 알아채지 못했다.

신물처럼 올라오는 울음을 삼키고 솔은 가방에서 작은 손수건을 꺼냈다. 팔목에 묶고 다니는 작은 사이즈였다. 목을 죌 듯이 졸라매야만 아슬아슬하게 가려질 정도였다.

게다가 커다랗게 프린트된 유치한 도라에몽 손수건.

'그래도 보이잖아.'

울고만 싶었다. 그냥 미친년처럼 울면서 뛰쳐나갈까. 혜주고 지훈 씨고 다 잊어버리고 냅다 도망칠까.

숨이 막혀 캑캑거리며 그녀는 이를 갈았다.

'내가 집을 나가겠어. 더러워서 피하는 게 아니고 진짜 무서워서 같이 못 살겠어.'

피도 통하지 않을 만큼 손수건을 꽉 졸라매며 솔은 결심했다. 모아 둔 돈과 못 받은 월급을 받아 보태고 대출을 조금 낀다면 원룸 하나는 구할 수 있을 것이다.

다음 주! 다음 주 새롭게 오는 사장과 면접을 본다고 했다. 말이 면접이지 솔의 포트폴리오에 감탄한 젊은 사장이 다른 직원과의 형평성을 의식해 형식적으로 만든 자리라고. 잘만 되면 밀린 월급도 한 번에 받고 처우도 훨씬 좋아진다고 했다.

남자고 나발이고 솔은 일에 목숨을 걸기로 했다.

꽉 묶인 손수건 아래로 손가락 하나를 구겨 넣고 간신히 숨을 몰아쉬며 솔은 캑캑거렸다. 생각할수록 황당했다. 분하고 모욕적이어서 치가 떨렸다.

뭐 저런 성격파탄자가 다 있나! 제 입으로 없던 일로 하자고, 파이팅을 외쳐 사람 속을 뒤집어 놓더니 난데없이 이 무슨 행패이며 만행이란 말인가.

저건 어느 나라 나쁜 놈 스타일인 것인지. 듣도 보도 못 했다. 저 정도면 나쁜 남자가 아니라 범죄자 아닌가. 잠시나마 그놈 때문에 마음 아파한 것도 원통했다.

솔은 거칠게 가방을 낚아채며 화장실 문을 박차고 나왔다.

남자란 다 저런 것인가. 진수도, 주혁도 똑같다. 발에 구르는 쇠똥처럼 취급할 때는 언제고, 다른 남자가 끼어들면 반 미쳐 날뛴다.

거지 같은 것들! 본능에만 환장한 것들!

핏기가 올라온 눈에 한빈이 보였다. 그는 지루한 듯 팔짱을 끼고 다리를 까닥이고 있었다.

저 남자도 같은 부류야. 지겨워하던 눈빛. 늘어지던 한숨. 고작 스펙이나 외모로 여자를 판단하는 개떡 같은 인간.

그래, 남자란 다 저런 거야. 갖기는 싫고 남에게 넘어가는 꼴도 보기 싫다? 내가 겨우 그 정도 가치야?

다 싫다. 다 저주할 테다. 오늘부터 내 인생에 남자란 짐승은 없을 것이다.

분기탱천한 얼굴로 솔은 한빈에게 돌진하기 시작했다.

[어때? 괜찮지? 그 정도면 얼굴도 예쁘잖아. 솔이 씨가 푼수 같은 면이 있긴 해도 재미있고, 정말 좋은 여자야. 너 그런 스타일 좋아하잖아. 약간 사차원. 잘해 봐.]

지훈이 보낸 메시지를 훑어본 한빈이 험악하게 전화기를 내려놓았다.

재미는 다 얼어 죽었나 보다. 난 결혼 일찍 하지 말아야지. 무서운 마누라한테 눌려 살다 보면 저렇게 재미없고 평범한 여자도 괜찮아 보이는 거 같으니 말이다.

정말이지 한빈은 지루해 죽을 지경이었다. 내일부터 쏟아져 나올 업무를 생각하면 당장이라도 집에 가 눕고 싶었다. 남들 다 쉰다는 휴일에 이게 무슨. 어차피 기대도 안 했으면서.

뻐근한 목덜미를 주무르며 한빈은 시계를 보았다. 차도 마셨고, 식사도 했으니 마무리를 할 시간이다.

눈치껏 알아서 간다고 하면 참 좋을 텐데. 어쨌든 집까지 데려다주고 정중히 돌아서면 이 여자도 대충 눈치채겠지.

그런데 화장실에서 빠져 죽었나, 변빈가? 왜 안 와?

끝나지 않을 듯한 기다림 끝에 드디어 박솔의 모습이 보였다. 한빈은 느슨해졌던 자세를 바로잡았다. 그리고 깔끔한 마무리를 위해 다시 예의 있는 미소를 지어내기 시작했다.

그런데.

쿵쿵쿵쿵.

여자가 요란한 발소리를 내며 오고 있었다. 한빈을 똑바로 노려보는 눈이 이글이글했다. 뭔지는 몰라도, 아까와는 전혀 다른 분위기였다.

거의 뛰듯이 온 여자는 앉자마자 물을 벌컥벌컥 마셨다.

"솔이 씨?"

전혀 예쁘지 않게, 마치 한빈의 존재를 잊기라도 한 것처럼 거칠게 물 잔을 내려놓은 여자는 그의 목소리에 눈을 치켜떴다. 고약하게 변한 눈매였다.

뭐, 뭐지? 아까와 왜 이리 다르지?

단정하게 묶었던 머리가 풀어진 거 빼고, 이상한 그림이 있는 천 쪼가리를 목에 꽉 졸라맨 것을 빼고도 그녀는 뭔가 달라졌다.

좀 전만 해도 부처인지 인간인지 모를 정도의 영혼 빠진 미소를 품던 여자가 아닌 듯싶었다.

눈가에 판다처럼 번진 마스카라 때문인가 싶어 한빈은 좀 더 자세히 그녀를 살폈다.

보기에도 숨이 막힐 듯이 졸라매진 빨간 천 조각과 번진 화장은, 씩씩대며 콧바람을 내뿜는 얼굴과 함께 괴기스럽기까지 했다.

"한빈 씨!"

"네?"

어딘가 음습한 기운을 풍기는 목소리 또한 달라져 있었다. 가늘고 여성스럽던 음성은 역시 꾸며 낸 것이었던가.

입술을 삐죽이며 그녀가 씩씩거렸다.

"강한빈 씨! 강한빈 검사님!"

"네, 넵. 말씀하십시오."

시뻘겋게 달아오른 얼굴로 내뱉는 말투가 너무도 전투적이라 한빈은 저도 모르게 고쳐 앉으며 후임처럼 각 잡고 대답했다.

"솔직하게 말할게요. 기분 나쁘게 듣지 마세요. 우리 그냥 밥이나 먹자고 여기 온 거 아니잖아요."

"네?"

"저 별로죠? 애프터 할 생각 없죠? 이거 먹고 나랑 술 한잔하자 그러면 뭐 이런 주제도 모르는 상또라이가 있나 그럴 거죠! 난 검사고 잘생겼는데 직업도 나이도 외모도 별로인 여자가 돌았나 그럴 거죠!"

진심으로 그는 당황했다. 질문의 내용도 당황스럽지만, 생글거리며 얌전했던 여자가 공격하듯 덤비자 그는 할 말을 잃었다.

혹시 자신이 실수한 것이 있나 재빨리 기억을 스캔해 보아도 특별한 것이 없다. 다른 만남처럼 젠틀하게 잘 상대했다고 생각했는데……

그는 정말이지 당혹스러웠다.

한빈을 쏘아보면서도 솔은 목에 묶은 손수건이 불편한지 연신 그것을 만지고 있었다. 아닌 게 아니라 피가 몰린 그녀의 얼굴은 점점 벌겋게 달아오르고 있었다.

"뭐라는 게 아니에요. 꾸엑! 캑. 캑. 이, 이런 소개팅이 그런 거죠. 아까부터 시계 보는 거 봤어요. 내가 마음에 안 들 수도 있죠. 나도 뭐 한빈 씨가 썩 마음에 드는 거 아니고요. 캑. 캑. 그쪽도 나도 적은 나이도 아닌데 군이 시간 낭비할 필요 없다고 봐요. 캑. 아까운 휴일 더 뭉개지 말고 이쯤에서 헤어지고 각자 남은 시간 편하게 보내죠. 캑!"

중간중간 캑캑거리는 소리만 뺀다면 또박또박 내뱉는 말이 무섭도록 직설적이었다.

가식을 던져 버린 여자는 자세마저 삐딱하게 기울이며 그를 노려보았다. 얼굴이 붉다 못해 보라색으로 물들고 있었지만, 빨리 대답을 듣고 후딱 가야겠다는 의지가 강하게 풍겨 나왔다.

이건, 이건…… 뭐지? 생소하면서도 참신한 이 느낌. 새로운 컨셉인가?

한빈은 마른 입술을 한 번 축였다. 한 방 얻어맞은 듯한 얼빵한 얼굴도 얼른 수습했다.

그녀의 말이 맞다고 해도 이렇게 끝을 내면 지훈에게 미안한 일이고, 그러기엔 그는 너무 신사적인 사람이었다.

한빈은 후, 후, 심호흡하고 끝까지 예의를 지키기 위해 미소를 쥐어짰다.

"저, 솔이 씨, 갑자기 왜 이러는지 모르겠지만, 일단 그 손수건부터 느슨하게 하는 게 어때요? 숨이 막혀 보이는데요. 갑자기 왜 손수건은……."

"목이! 목이 아파서요!"

솔은 세상에서 가장 소중한 손수건을 한빈이 낚아채기라도 할 것처럼 펄쩍 뛰며 물러났다. 얼굴이 까맣도록 타오르고 있었다.

"그래도. 아닌 거 같은데. 그것 때문에 더 아파 보이는……."

"어머나! 어떻게 그런 말을!"

솔은 다시 펄쩍 뛰었다. 커다란 눈을 부릅뜨며 그녀는 한빈을 있는 힘껏 쏘아보았다. 그러다가 뭐가 찔리는지 작은 어깨를 움츠리더니 이내 다시 눈을 치켜뜨고는 빠른 속도로 쏘아 대기 시작했다.

"아니라니요. 아니라면 뭐죠? 내가 왜 이 날씨에 목에 이런 걸 둘렀겠어요. 아프니까요! 마치 내가 밖에서 이상한, 이상한……. 아니, 세상에 그런 여자가 어디 있어요? 증거 있어요? 캑. 캑! 기, 기가 막혀서. 소개팅하다 말고 어떤 미친 여자가 그, 그런 이, 이상한 짓을 하고 오겠어요! 뭘, 뭘 상상하는 거죠? 대체 뭘까요? 그 머릿속에 있는 음흉한 생각은!"

몹시 수상하게도 그녀는 숨을 헐떡이며 캑캑거렸고, 정신이 없기는 한빈도 마찬가지였다.

그 이상한 짓이, 자신의 머릿속에서 상상하고 있다는 그 이상하고 음흉한 짓이 뭔지 그는 짐작도 되지 않았다.

식은땀이 솟는 것을 느끼며 한빈이 더듬거리기 시작했다.

"나는…… 나는 아무 생각도."

"제가 범인도 아니고. 불쾌하군요!"

"……."

"검사님들은 다 이런가요? 막막 의심하고 그래도 되는 건가요? 허!"

"……죄송합니다."

"아까부터 절 취조하듯 바라보셨다고요!"

"죄송합니다……."

내가 왜 대체 사과를…….

솔은 한빈이 들고 있는 물컵마저 낚아채선 벌컥벌컥 마시기 시작했다. 황당하고도 이상한 감정에 휩싸인 한빈은 그저 그녀가 하는 모양새만 멍하니 바라볼 수밖에 없었다.

"아무튼, 만나서 반가웠네요. 혹시나 나중에 제가 법적인 문제에 연루되면 모른 척 말고 도와주세요. 좋은 분 만나서 결혼하시게 되면 저도 초, 초대장 정도는 디자인해 드릴 수 있어요."

허둥지둥 그녀는 일어났다. 얇은 시폰 원피스 자락이 바람을 일으키며 펄럭였다. 그의 넋이 나간 얼굴까지 날아온 바람에 묻어온 상큼한 그녀의 향기가 코끝에 내려앉았다.

한빈은 멍하니 생각했다.

느낌이 강하게 와.

가식과 예쁜 척을 벗어던진 이 여자에게 강하게 풍기는 비정상인의 향기가. 사차원의 느낌이.

횟집 탁한 물에 갇힌 광어가 뜰채에 건져 나오는 걸 거부하고 제 몸으로 튕겨 나오며 마지막으로 쏘아보는 듯한 생생하고도 팔딱이는 이 느낌!

"아!"

할 말이 생각났다는 듯 그녀가 몸을 다시 돌렸다. 혼돈에 빠진 것처럼 날뛰던 감정이 사라진 그녀의 얼굴에 다시 소심함과 얌전함이 자리 잡고 있었다.

비굴할 만큼 머리를 조아리며 그녀가 더듬었다.

"지, 지훈 씨에게는 내가, 내가 찬 거로……. 좀…… 부탁드려요."

꾸벅. 허리를 깊이 숙이며 인사를 하고 솔은 후다닥 나갔다. 도망치듯 종종걸음으로.

마치 한빈이 쫓아올까 무섭다는 듯 뒤를 흘긋흘긋 바라보는 얼굴엔 처음 봤을 때처럼 울음과 설움이 가득 차 있었다.

한빈은 그저 앉아 있었다.

지루함과 평범함이란 단어는 이미 그의 머릿속에 지워지고 없었다. 휘몰아치며 나간 그녀의 뒷모습을 바라보며 한빈은 그답지 않은 명한 표정만 짓고 있었다.

그러다 한 대 얻어맞은 것처럼 벌떡 일어섰다.

저 여자. 왠지 느낌 있다!

병맛 같은 B급 매력이 있다! 완전 내 스타일이다!

식상한 드라마 대사 같은 감탄이 저절로 나왔다.

"……저런 여자 처음이야!"

한빈의 입이 스르르 벌어졌다.

❀

그날 밤, 한빈과 통화를 하는 지훈의 표정은 묘했다. 매 같은 눈을 번득이는 혜주에게서 최대한 떨어지며 지훈이 속삭였다.

"다시 말해 봐. 뭐 같다고?"

[갓 잡은 광어 눈알처럼 반짝반짝한 느낌……? 모르겠다. 뭐라 표현할 수도 없어. 아무튼, 굉장히 신선한 여자였어.]

이런 미친 녀석. 표현력하고는……. 여자한테 생선 눈알이 뭔가. 그런데 이게 칭찬이야 욕이야?

아내의 닦달에 막무가내로 잡은 자리였지만 솔직히 지훈은 큰 기대는 하지 않았다.

박솔 씨가 결코 모자라서가 아니었다. 한빈이란 놈이 워낙 여자에 관해 시큰둥한 남자였기 때문이었다. 오죽하면 예쁘고, 똑똑하기로 소문난 동기 검사, 그것도 검사장의 막내딸을 대놓고 차 버렸을까.

그런 그가 솔을 마음에 들어 한다는 것 자체가 지훈에게는 사건이었다.

묻고 싶은 말은 산더미지만, 뜨거운 콧바람을 뿜으며 바짝 귀를 기울이고 있는 아내를 의식하지 않을 수 없었다.

"거봐! 내가 뭐랬어. 솔이 씨가 정말 괜찮은 여자라니까. 넌 인마, 나한테 크게 한턱내야 해. 하하하."

[그래. 잘되면 내가 당연히 보답하지. 그런데 경황이 없어서 솔이 씨 전화번호를 못 물어봤다.]

"걱정 마. 내가 물어보고 알려 줄게. 그래. 솔이 씨야 뭐 네가 좋다면 바로 넘어오지. 너 진짜 횡재한 거야. 하하핫."

전화를 끊은 남편에게 혜주가 바짝 들러붙었다.

"뭐래? 뭐래?"

좋았다는 건지 나빴다는 건지 잘 모르겠지만 전화번호를 요구하는 걸 보니 괜찮다는 뜻 아니겠나.

지훈은 해맑게 웃었다.

"좋대."

"아, 구체적으로 뭐라는데! 다시 만나고 싶대? 어?"

"신선하대."

"신선? 솔이 채소야? 웬 신선? 아니지. 어쨌든 마음에 들었다는 거잖아. 어머머, 웬일이야! 드디어 우리 솔이 매력을 알아봐 주는 남자가 나타났구나!"

손뼉까지 치고 좋아하던 혜주가 별안간 지훈을 흘겨보았다.

"근데, 여보야. 좀 전에 뭐라고 했어? 솔이가 뭐? 좋다고 하면 그냥 넘어와? 자기 죽고 싶어!"

"아니, 그냥 그렇다는 소리지. 자기도 알잖아. 한빈이가 좀 잘났냐. 검찰청 안에서도 인기가 제일 많은 놈이라고."

"음……. 뭐, 한빈 씨 정도면 인정. 알았어. 아, 신난다. 아우, 좋아! 솔이한테 전화해야지!"

기뻐하는 아내를 보자 지훈 역시 뿌듯해졌다. 설거지할 그릇을 챙겨 일어난 그가 가볍게 입을 놀린 건 순간의 방심 때문이었다.

"한빈이 놈도 이상하긴 이상해. 여자한테 광어? 동태라고 했나? 아무튼, 생선 눈알 같다는 게 뭐야. 눈알이……."

그는 큭큭 웃으며 싱크대로 그릇을 옮겼다. 능숙하게 고무장갑을 낄 때까지도 그는 바뀐 분위기를 감지하지 못했다.

"무슨 소리야, 자기?"

묘하게 상냥해진 목소리도 눈치채지 못했다. 지훈은 고개를 절레절레 저으며 설명했다.

"솔이 씨가 광어 눈처럼 싱싱해서 좋대."

"아, 한빈 씨가 그랬구나? 솔이 눈이 생선 눈깔 같다고."

"그 녀석이 멀쩡해 보이는데 가끔 말하는 거 보면 확 깰 때가 있어. 표현이 너무 직설적이야. 얼마 전에 새로 온 여자 사무장 머리에서 나는 알코올 냄새와 담배 향과 싸구려 향수 내음 때문에 토가 올라와서 같이 일 못 하겠다고 해서 난리, 난리가……."

이게 아닌데. 목덜미가 갑자기 뜨거운데…….

싱크대 가득 담은 물에 세제를 짜는 지훈의 손이 조금 떨렸다. 어느 틈인지 등 뒤에 바짝 붙은 혜주에게서 으스스한 목소리가 흘렀다.

"그러니까 여보야 친구 한빈 씨가, 내 친구 솔이 눈을 죽은 물고기 눈깔 같다고 했단 소리지? 자기는 그 소리를 듣고 웃었고."

"……요즘 내가 귀가 잘 안 들려. 보, 보청기를 하나 할까 봐. 생각해 보니까 눈알이 아니라 진주 같다고……. 왜 알지? 눈물주에 담긴 참치 눈알이 진주같이 예, 예쁘잖아. 아마도 그런 뜻 같은데……. 그 녀석이 눈물주를 얼마나 사랑하는지. 하하."

"이 자식들이……."

지훈은 입을 다물었다.

"감히 여자를 횟집 생선에 비교하며 웃어?"

망했다. 지훈은 목덜미까지 내려앉은 혜주의 분노를 애써 외면하며 묵묵히 설거지를 시작했다.

❈

찰랑찰랑. 온 영혼을 불살라 오랜 시간 힘을 준 머리가 예쁘게 웨이브 지며 어깨 위로 떨어졌다.

235

부모님이 운영 중인 작은 슈퍼에 3년 넘게 걸려 있던 '축 한국대학 시각디자인과 수석 입학' 현수막의 주인공이었던 모든 미적 감각은 솔의 백지 같은 얼굴에 마법을 부리고 있었다. 원래도 큰 눈이 두 배는 더 커지고 코는 오똑하게 세워졌으며, 도톰한 입술은 사랑스럽게 빛났다.

그녀의 손놀림은 더욱 신중해졌다.

이 모든 걸 마법처럼 바꿔 놓으면서도 한 듯 안 한 듯 청초하게 만드는 고도의 기술. 화룡점정으로 오렌지빛 틴트를 톡톡 찍어 바른 솔은 기대에 찬 눈꺼풀을 깜빡이며 거울을 보았다.

아무래도……. 솔의 눈은 게슴츠레 좁아졌다.

원판이 문제인 걸까? 메이크업 분야는 나랑 맞지 않는 걸까? 생각만큼 예쁘진 않지만, 솔은 만족하기로 했다. 이 정도도 김 부장과 송 대리는 뒤로 넘어갈 만큼의 변화였다.

옥에 티라면 좀처럼 가려지지 않는 이 흉측한 자국인데…….

솔은 머리를 앞으로 끌어와 화장으로도 감추지 못한 자국을 덮었다. 예리한 눈매의 소유자가 아니고서야 이제 이 망측한 키스 마크를 눈치챌 사람은 없을 것이다.

Rrrrr−

"아우, 깜짝이야!"

난데없이 울리는 전화기를 귀에 대며 솔은 자신의 목덜미를 요리조리 살폈다.

"왜!"

[요런, 요런 곰의 탈을 쓴 여우를 봤나. 굼벵이도 구르는 재주가 있다더니.]

혜주였다.

"아침부터 뭔 소리야."

[한빈 씨 말야. 아주 너한테 뻑 갔던데? 전화번호 알려 달라고 난리야. 어떻게 한 거야?]

"뭐?"

솔은 코웃음을 쳤다.

절대 그럴 리가 없다. 그 남자의 지겨워하던 눈을 다 봤는데.

한빈을 떠올리자 목덜미가 다시 따가워졌다. 그 남자를 만났던 시간에 당한, 잊고 싶은 봉변의 흔적을 지우려 새벽부터 이 고생이구만.

솔은 소리를 빽 질렀다.

"야! 나 바쁘거든. 장난하지 마."

[진짜라니까. 너, 너무 매력 있다고, 딱 자기 스타일이래. 표현이 좀 이상했지만.]

허! 매력 있고 자기 스타일인 여자를 앞에 두고 시계를 그렇게 봤다고? 시계 성애자든지, 아니면 그 남자도 정상은 아니란 소리지.

자세를 고쳐 앉으며 솔은 진지하게 말했다.

"혜주야. 잘 들어. 오늘부터 나한테 남자 얘기하지 말아 줘. 나 결심했거든. 적어도 정상이라는 의사 진단서 들고 다니는 남자 아니면 안 만날 거야. 그런 줄 알아!"

전화를 끊고 솔은 블라우스 버튼을 똑똑 잠갔다. 새삼 전의가 불타올랐다. 기필코. 새로운 사장에게 잘 보이겠다. 모든 매력과 프로페셔널 한 디자이너의 능력을 총동원해 임금 협상을 유리하게 이끌겠어! 그래서 반드시 이놈의 집구석을 나가 버릴 테다. 구박하는 동생과 미치광이 주혁에게 벗어날 길은 그것밖에 없다.

"아자, 아자, 아자!"

솔의 새로운 하루가 밝았다.

＊

"얘가 왜 이래?"

제 할 말만 하고 끊어 버린 솔 때문에 혜주는 고개를 갸웃거렸다. 지훈이 기대에 찬 얼굴로 재촉했다.

"솔이 씨가 뭐래? 좋아 죽지? 내가 처음부터 두 사람 잘 어울릴 거라고 생각했다니까. 한빈이가 허우대는 멀쩡해도 취향이 완전 이상하거든. 솔이 씨가 딱 맞지."

생각 없이 웃던 그의 목소리는 점점 낮아졌다. 눈을 반쯤 접고 서늘하게 바라보는 아내를 피해 지훈은 슬쩍 고개를 돌렸다. 내리깐 목소리가 으스스하게 귓가를 때렸다.

"한 번만 더 생선, 눈깔 이딴 소리 나오면 죽는다."

아내 혜주에게 솔은 특별한 친구였다. 다른 친구들 흉은 곧잘 하면서도 솔에게 하는 나쁜 소리는 용납하지 않았다. 가끔은 자신과 솔이 씨가 물에 빠지면 저 여자는 나를 디딤대로 삼아 솔이 씨만 구해 나가겠구나 싶을 정도로……. 서러웠지만, 한빈은 대충 아내의 비위를 맞추기로 했다.

"대단하단 소리야. 강한빈이 반했다잖아. 우리 솔이 씨 대단해. 최고예요!"

빈말인 걸 알지만, 엄지까지 치켜드는 지훈 덕에 혜주의 기분은 풀렸다. 우쭐해진 그녀는 지훈의 가방을 챙겨 주며 말했다.

"내 친구인데 당연하지. 그나저나 뭔 소리를 하는 건지 모르겠네."

"뭐라는데?"

"의사 진단서 없이는 안 만나겠대."

"뭐?"

구두를 신다 말고 지훈이 벙찐 얼굴을 했다. 황당하기는 마찬가지지만 혜주는 남편을 향해 쐐기를 박았다.

"우리 솔이가 그러겠다면 그런 거야. 한빈 씨에게 말해. 건강 진단서 끊어 오라고. 그 전에 연락처 멋대로 주면 자기는 내 손에 죽어. 알았지?"

디자이너 엠마, 한국 이름 강현주.

다소곳이 앉은 세 명의 새로운 동료를 바라보는 그녀의 눈이 찌푸려져 있었다. 그녀는 이력서와 대상을 번갈아 보았다.

몇 가닥 남지 않은 머리카락이 내려와 있는 이마가 벌건 이 남자의 이름은 김한길. 53세. 광고회사 영업부장 경력이 전부인 특별할 것이 없는 사람이었다.

그 옆에 앉은 남자는 더욱 평범했다. 어느 동네나 백 명쯤 살고 있을 것만 같은 흔한 외모와 선한 인상이었다. 이름이······. 송······ 송? 이름이 왜 이래?

이름과 생김새가 따로 노는 남자는 엠마와 눈이 마주치자 배시시 웃었다. 선한 눈가에 자글자글한 주름이 접혔다. 잘 웃는 사람이라는 뜻이다. 적어도 착해 보이긴 하네. 다음.

그녀의 눈살을 찌푸리게 한 인물은 바로 이 여자였다.

32세. 이름 박솔.

한국대 시각디자인 수석 입학. 열거하기도 힘들 만큼의 수많은 공모전 수상 기록. 수석 졸업과 동시에 국내 최고의 회사 디자인부 입사. 1년 만에 퇴사. 업계 서열 2위 회사에 입사. 반년 만에 퇴사.

단 세 명이 직원으로 있는, 전단 광고를 주력으로 하는 영세 사업체 디자이너라기엔 그녀의 이력은 화려했다.

오래전이긴 해도 그녀가 참여했던 굵직굵직한 프로젝트의 작업물만 해도 그랬다. 참신하고 감각적이었다. 몇몇 디자인은 엠마의 흥미를 끌 만큼 통통 튀었고, 유명한 디자인상을 수상한 제품들도 눈에 띄었다. 박솔은 평면적인 디자인보다는 제품 디자인에 능한 사람이었다.

당연히 의아했다. 지금도 괜찮은 회사가 충분히 욕심낼 만한 실력인데 왜 전공도 아닌 2D 전단디자인을 하고 있었던 것일까.

느낌이 안 좋아. 엠마는 고개를 갸웃거리며 그녀를 찬찬히 살폈다.

게다가 박솔, 이 여자는 지금 몹시 떨고 있다. 긴장될 수밖에 없는 자리라고 해도 지나칠 만큼.

불끈 쥔 주먹에 바짝 힘줄이 돋아 있었고 한쪽 다리를 정신 사납도록 덜덜 떨었다. 이마에 송골송골 맺힌 식은땀에도 불구하고 그녀는 엠마와 눈이 마주칠 때면 생긋 웃었다. 경직된 미소와 억지로 당당함을 어필하려는 자세가 어쩐지 안쓰러워 보였다.

엠마의 눈은 더욱 가늘어졌다. 사실 신경 쓰이는 건 그것 때문이 아니었다.

'분명 어디서 봤는데 말이지.'

기억날 듯 말 듯 떠오르지 않았지만 한 가지는 확실했다. 위기감. 박솔을 보며 엠마는 본능적으로 위기감을 느꼈다. 좋은 기분은 아니었다.

'에잇! 몰라.'

쿨한 성격의 엠마는 찝찝함을 털어내고 활짝 웃었다.

"같이 일하게 되어 기쁩니다. 잘해 봅시다."

"아!"

세 사람은 동시에 탄성을 흘렸다. 마치 미리 짜 놓은 것처럼 그들의 어깨가 떨어졌다. 긴장이 빠져나간 그들은 서로를 얼떨떨하게 바라보았다.

"저, 이걸로 끝인가요? 정말 우리가 고용된 건가요?"

동그란 얼굴의 남자가 조심스럽게 말을 꺼내자 양옆의 두 사람도 긴장된 눈으로 엠마를 보았다. 숨을 죽인 세 사람의 어깨가 또다시 맞춘 것처럼 동시에 쭈뼛 올라갔다. 심지어 꿀꺽 침을 삼키는 동작마저 똑같았다. 어쩐지 이들······.

바보 어벤져스 같다고 엠마는 생각했다.

물론 엠마도 의아한 채용이었다. 사업의 특성상 정규 직원보다는 프로젝트별로 계약되어 움직이는 전문 인력이 훨씬 많았고, 이미 탄탄한 라인업이 구축된 후였다. 업무적으로도 자리가 모호한 이들의 느닷없는 채용은 선뜻 이해되지 않았다.

하지만 주혁이 지시한 일인 만큼, 뭔가 이유가 있을 거라고. 아마도 이들에게는 드러나지 않은 특출난 능력이 있을 거라고 엠마는 생각하기로 했다. 주혁에 대한 믿음은 그만큼 강했다.

"아직 대표님과의 면담이 남아 있긴 하지만 별문제는 없을 것 같군요. 자세한 업무 분담은 대표님이 알려 주실 거예요. 축하드립니다."

"하."

김 부장은 기쁨에 찬 주먹을 불끈 쥐었고, 송 대리는 이마에 땀을 닦았으며, 솔은 고개를 푹 숙였다.

"후유."

박솔이 토해 내는 안도의 숨이 어찌나 애절하던지 그녀가 느끼고 있던 긴장의 크기를 엠마조차 알아챌 정도였다. 그 모습이 소심한 여동생을 보는 것처럼 안쓰러워 엠마는 다정히 그녀를 불렀다.

"박솔 씨."

"네? 네!"

솔은 즉각 꼿꼿하게 자세를 고치며 큰 소리로 대답했다.

"긴장하셨나 봐요. 땀이……."

옆에 있던 송 대리가 얼른 솔의 어깨를 토닥이며 이해를 구한다는 듯 엠마를 보았다.

"우리 솔이 씨가 공식적인 자리에서 긴장하는 편이라서요. 일대일로는 천하무적인 사람인데……. 죄송합니다."

어미 새가 새끼를 보호하는 듯한 모습이었다. 혹은 사랑하는 사람을 대신해 변명하는 자세 같기도. 혹시 연인인가? 하는 의혹마저 들 정도로 그들은 친밀해 보였다.

"긴장하실 거 없어요."

이력서와 포트폴리오를 챙겨 일어선 엠마가 매력적인 웃음을 날렸다.

"편하게 생각하세요. 우리 회사는 다른 곳과는 많이 다를 거예요. 격식이 없죠. 모든 건 능력으로 평가되지만, 그마저도 철저하게 비밀 보장이 돼요. 옷차림도, 출퇴근 시간도 각자 일정에 맞게 짜시면 됩니다. 최소한의 예의에서 벗어나지만 않게요. 지내다 보면 알겠지만, 이곳보다 더 편하고 좋은 직장은 드물 거예요. 물론 일에서 최선을 다하는 사람들에겐 말이죠."

170이 훌쩍 넘는 큰 키의 그녀가 솔에게 다가왔다.

"그래서 말인데요. 언니."

"……언니요?"

"한국에서는 저보다 나이 많은 여자에게 언니라고 하지 않나요? 제가 어리니까 언니라고 할게요. 우리 친하게 지내요."

엠마는 아름답게 웃었다.

아, 이 여자! 완전 천사 같아. 긴장이 빠져나가는 것을 느끼며 솔은 멍하게 엠마를 바라보았다.

첫인상이 무섭도록 아름답고 세련된 여자였다. 열심히 치장한 자신의 모습이 그녀 앞에서 한순간에 초라해졌다.

송 대리가 침까지 튀기며 예뻐! 예뻐! 불어넣어 주었던 자신감도 날아갔고, 혹시나 자신들을 얕잡아 볼까 긴장한 것도 사실이다.

하지만 강현주, 이 여자는 차가운 외모와 다르게 다정한 성격인 듯했다. 어리바리한 세 사람을 야무지게 다독이며 첫발을 들인 회사에 대한 애사심을 순식간에 끓어오르게 한 것을 봐서는 일에서도 프로였다.

너무 멋지다. 솔은 사랑에 빠진 순한 양처럼 금세 나긋나긋해졌다.

"감사합니다. 친하게 지내요."

"그런 의미에서 여자끼리 차 한잔할까요? 대표님 오실 때까지 30분쯤 여유 있어요. 면담 때 지금처럼 떨면 곤란하니까 몇 가지 팁 좀 줄게요."

"정말요?"

아, 나 애 사랑할지도 몰라. 친근하게 팔짱을 껴 오는 엠마가 고마워서 솔은 바보처럼 웃었다. 몹쓸 병처럼 재발한 긴장이 사라졌다.

"우리도 같이 들으면 안 될까요? 나도 떨리는데……."

김 부장의 말을 가볍게 무시하며 엠마는 솔을 이끌었다.

이런 건 참 오랜만이다. 회사에서 여자 동료와 팔짱을 끼고 수다를 떨러 가다니! 봤어요? 솔은 으스대는 눈빛을 김 부장과 송 대리에게 보냈다.

이제 대표라는 분만 만나면, 이 삐까번쩍한 회사의 디자이너가 되는 거다. 저녁에 당장 부동산에 가 봐야겠어!

솔의 발걸음이 날아갈 듯 가볍기만 했다.

"잠깐 앉아 봐요."

휴게실로 솔을 데려온 엠마는 한쪽에 있는 소파를 가리켰다. 돈 많은 회사는 달랐다. 카페처럼 꾸며진 휴게실은 넓고도 안락했다. 솔이 주변을 둘러보는 사이에 엠마는 문을 잠그고 다가왔다.

"공사가 진행 중이라 회사가 어수선하죠? 직원들도 별로 없고. 프레젠테이션 준비 때문에 며칠 밤새운 직원들이 많아서 그래요. 공사가 마무리되는 대로 정상 출근할 거라 당분간은 좀 한가할 거예요."

엠마는 들고 온 가방을 뒤적이며 설명했다.

"네. 근데 이건 다 뭐예요?"

엠마가 차곡차곡 테이블 위에 올려놓는 화장 도구의 종류와 양도 놀라웠지만, 그녀의 의도를 알지 못해 솔은 고개를 갸웃했다.

엠마는 싱긋 웃으며 솔의 목을 가리켰다.

"그거 키스 마크죠?"

훅 들어온 질문에 솔은 그만 당황했다. 가린다고 가렸는데 눈에 띈 모양이었다.

"여기 있다."

엠마는 조그맣게 포장된 뭔가를 찾아내 입으로 비닐을 뜯었다. 찡긋 윙크와 함께 날리는 목소리가 경쾌했다.

"괜찮아요. 다른 사람들은 눈치 못 챘어요. 나야 뭐 전문가라서. 가만있어 봐요."

밴드같이 생긴 얇은 끈적이를 작은 가위로 잘라낸 그녀는 솔의 머리카락을 치우고 솜씨 좋게 펴 바르기 시작했다. 신중하면서도 정성을 다하는 눈빛이 반짝였다.

"내가 취미로 특수 분장 일을 하거든요. 금방 끝나요."

이 여자 정말 예쁘구나. 민망함을 느끼면서도 솔은 감탄했다. 가까이서 바라본 엠마의 얼굴은 흔한 모공 하나 보이지 않을 만큼 깨끗했다.

몇 살이나 되었을까. 스물 중반? 후반?

자신보다 어린 나이에도 당당한 모습이 부러웠다. 조금은 창피하기도 했다. 좋은 인상을 줘도 모자랄 상황에 이런 민망한 흔적을 들키다니. 낭패감으로 솔은 더듬거렸다.

"그러니까 이건, 음. 키스 마크가 아니구요. 뭐가 물어서……."

"그러게요. 꽉 물고 피 빨았나 보네. 남자들이 다 그런다. 소중하게 다룰 줄 모르고 이딴 짓을 하죠. 적당한 곳에 하면 누가 뭐래. 꼭 이렇게 보이는 곳에 흔적을 남기고 좋아라 하는 덜떨어진 것들이 문제죠. 여자만 곤란하게. 아…… 미안해요. 언니 애인을 뭐라는 건 아녜요. 내 생각을 말하다 보니."

얇게 펴 바른 끈적이 위로 파우더를 톡톡 바르면서 엠마는 미소를 지었다.

"나는 상관없지만, 대표님 눈에 띄어서 좋을 건 없죠. 우리 대표님이 눈썰미가 장난 아닌 분이거든요. 바른 생활 사나이기도 하고. 직원들 사생활을 문제 삼은 적은 없긴 해도 혹시나 해서요. 잠시만요. 다 됐다!"

화려한 손거울을 솔에게 건네주며 엠마는 자랑스럽게 웃었다.

"어때요? 안 보이죠?"

"오!"

그녀 말대로 솔의 목덜미에는 흔적 하나 보이지 않았다.

"어머! 우아, 감쪽같아요. 어떻게 한 거예요? 나는 암만해도 안 되던데."

"전문적인 도구의 힘이죠. 별건 아네요. 그리고 말 편하게 해요, 언니. 저 스물여덟 살이에요."

"그래도 회산데……."

"여긴 그런 거 없다니까요. 암튼 편할 때 말 놓으세요."

엠마는 기분 좋게 도구들을 챙겨 넣으며 힐긋 솔을 보았다.

"이런 거 물어봐도 되나? 그 키스 마크 주인공 혹시 송중기 씨 맞아요?"

"누구요?"

"송 대리님이란 분이요. 언니를 보는 눈에 꿀이 떨어지던데요. 둘이 사귀는 사이?"

"네에?!"

솔은 펄쩍 뛰며 손사래를 쳤다.

잊고 있었다. 아니 인정할 수 없었다. 송 대리의 진짜 이름. 송

246

중기. 송 대리도 감추려 애쓰는 이름. 아무리 들어도 죄스럽고 안타까운 이름.

"아뇨. 무슨 그런 오해를! 우리 전혀 그런 사이 아니에요. 친한 동료일 뿐이에요."

"그렇구나. 흐음. 그럼 남자 친구가 있나 봐요?"

왠지 탐색하는 느낌이었다. 처음 보는 사이에 오가는 대화치고는 부담스럽기도 했다. 하지만 친근하게 구는 엠마에게 이미 푹 빠진 솔은 맥없이 웃었다.

"남자 친구는 아니고. 어쩌다 보니까. 그냥 아는……. 뭐 좀 이상한 녀석이 하나 있는데 갑자기 미쳐서는……. 그렇게 됐어요."

"어머! 언니, 보기보다 화끈하다."

엠마는 까르르 웃음을 터트렸다. 어찌나 화통하고 시원하게 웃어 대는지 솔의 얼굴이 화끈해질 정도였다.

"뭐야. 썸남이에요? 그린라이트? 그렇다고 해도 집어치워요. 내가 좋은 사람 소개해 줄게요. 자기 욕구도 못 이겨서 이런 거 막 남기는 남자, 난 별로야."

"나, 나도 그렇게 생각하긴 하는데. 이건 그냥 사고였어요. 갑자기……."

"설마 억지로 그랬어요?"

"……."

"뭐 그런 거지 같은 놈이 다 있어요? 신고는 했어요?"

"그게…… 아는 사이라."

그리고 잠자리를 한 남자기도 하고. 우물쭈물 대답하니 엠마가 어이없다는 듯 입을 삐죽였다.

"원래 아는 사이가 더 무서운 법이에요. 확 신고해 버려요. 같이

가 줘요? 그런 놈들은 혼쭐이 나야 하는데. 물렁하게 나가면 또 그럴지도 모르잖아요. 혹시 그 남자 좋아해요?"

"아니!"

솔은 정색했다.

내가 그 녀석을? 절대 아니지! 처음 보는 사이란 어색함이 사라졌다. 자기 일처럼 흥분하는 엠마는 사람 마음을 무장해제 시키는 재주가 있나 보다.

어느새 솔은 누구에게도 말하지 못한 설움을 토해 내며 하소연을 하기 시작했다.

"전혁! 생긴 건 멀쩡한데 완전 이상한 사람인걸요. 남들 앞에선 착한 척 굴다가 내 앞에서만 돌변하는. 이게 뭐냐고요, 이게. 이게 여자한테 할 짓이야? 나 진짜 너무 분해서……."

"어머 세상에. 개새끼네."

엠마는 솔보다 더 분개한 얼굴이 되었다.

"개자식이네요, 그 남자. 앞으로 절대 만나지 마요. 그런 이중적인 성격에 여자 배려할 줄도 모르는 놈들은 쓰레기야. 난 그렇게 생각해요."

솔은 입을 다물었다. 새삼 무안해졌다. 잘 알지도 못하는 사람과 주혁의 험담을 하는 게 맞는지. 그리고 다른 사람의 입에서 주혁이 개자식이니 쓰레기로 불리는 것을 듣는 기분도 그리 좋지는 않았다.

그런 솔의 마음을 눈치챈 것처럼 엠마도 슬쩍 자신의 이야기를 꺼냈다.

"그런 것도 모르고 난 사실 좀 부러웠어요. 애인이 그런 줄 알았거든요. 얼마나 열정적으로 사랑을 하면 그랬을까. 샘이 났어요.

내가 좋아하는 남자는 철옹성이거든요. 무슨 짓을 해도 넘어오질 않아. 내가 알몸으로 텀블링을 해도 손뼉 치고 끝낼 냉혈한이에요, 그 인간은."

"현주 씨가 좋아하는 사람이 있어요?"

"짝사랑이죠. 처음 보는 사이에 이런 얘기나 하고. 주책이다, 그죠? 암튼 그런 남자가 하나 있죠. 여자 보기를 돌처럼……. 내가 생전 그 인간이 여자에게 관심 주는 걸 못 봤어요. 한두 명 들이댄 것도 아닌데 아주 칼이라니까요. 정체성에 의심을 받을 정도로……. 뭐, 이런 건 나중에 술자리에서 얘기해요."

이렇게 예쁘고 성격 좋은 여자도 짝사랑을 하는구나. 얼마나 잘난 사람이길래 이런 여자를 돌처럼 보는 건지 신기했다. 짐승같이 달려드는 누구랑은 다른 대단한 자제심을 가진 남자라고 솔은 생각했다.

"그럼, 시간이 별로 없으니까 대표님 얘기 좀 할게요."

엠마는 싱긋 웃으며 능숙하게 화제를 바꿨다.

"이름은 제임스 한. 굉장히 똑똑한 사람이에요. 사업을 계획하고 추진하는 감각이 천재적이죠. 큰 성공을 거두기도 했고요. 아직 젊은 나이라 운이 좋았다는 평가를 받기도 하지만 그건 제임스가 얼마나 열정적으로 살아왔는지 모르는 사람들의 시샘 섞인 반응이에요. 그는 이 일에 청춘을 바치고 있어요. 개인적인 휴가 한번 쓰지 않을 정도로. 타고난 재능과 그 정도의 열정을 쏟아붓고 성공을 할 수 없다면 그거야말로 더 불공평한 거라고 생각해요."

"아."

"그런 사람이기 때문에 직원들에게도 똑같은 열정을 바라요. 그부분이 직원 입장에서는 까다로울 수 있어요. 일의 성패보다는 최선을 다하는 모습을 원하거든요. 하지만 한번 인정한 사람은 끝까지 자신이 책임지고 절대적인 신뢰를 보여 줘요. 그러니까 면담 때 그런 점을 어필하세요. 무엇보다 자기주장 제대로 말하지 못하는 사람을 싫어하니까 절대 긴장하지 말고요. 나름 유명 인사라 인터넷 검색해도 웬만한 정보는 나올 거예요. 시간 나는 대로 참고하세요."

"알았어요. 고마워요."

엠마는 잠시 뜸을 들였다. 어쩐지 본격적인 이야기는 지금부터라는 느낌이 들었다.

"이제부터는 개인적인 충고예요. 직접 보면 알겠지만, 대표님은 굉장히 잘생긴 남자예요. 그래서 생기는 고충이 좀 있었어요. 이 회사에 여직원이 별로 없는 까닭이 그 때문이에요. 좀 많이 데었거든요, 우리 대표가."

솔은 집중했다.

"하긴 젊고 잘생긴 데다가 능력, 재력, 성격까지 완벽한데 누군들 욕심나지 않겠어요. 하지만 말했다시피 답답할 정도로 바른 생활 하는 남자예요. 그래서 다른 건 몰라도 그런 일엔 가차 없어요. 언니도 괜히 마음 주지 말아요."

분명하게 솔은 알아들었다. 이것은 정말 개인적인 충고이자 경고라는 걸. 그리고 씁쓸해지는 엠마의 눈빛에 솔은 확신했다.

"혹시 현주 씨가 좋아한다는 남자가……?"

"어맛! 까하하하하!"

엠만 기가 막힌다는 듯 눈을 크게 뜨더니 몸을 비틀며 웃기 시작했다. 세련된 외모와 어울리지 않도록 자지러지게 웃어 대며 손뼉까지 짝짝 쳤다.

잘못 짚었나. 솔이 머쓱해질 때였다. 엠마가 한순간에 정색했다.

"티 나요?"

"……."

"뭐, 이건 회사 사람 모두가 아는 거니까 상관없어요."

정신없다. 강현주 이 여자.

"기분 나빠하진 마세요. 어차피 같이 일하게 됐는데 같은 사람을 좋아하는 불상사는 없어야 하잖아요."

김 부장과 송 대리를 따돌리면서까지 그녀가 솔에게 하고 싶던 말은 이것이었던 모양이다.

기분이 묘했지만 나쁘지도 않았다. 오히려 확실하게 얘기해 주는 모습이 당당해서 솔은 그녀가 더 마음에 들었다. 고개를 끄덕이는 솔을 보며 엠마가 미소를 지었다.

"아무튼, 나는 언니가 마음에 들어요. 우리 잘해 봐요."

그녀는 화려한 손을 내밀었다. 솔 역시 환하게 웃으며 손을 마주 잡았다.

"그래요. 열심히 할게. 잘 지내요, 현주 씨."

"이제 가죠. 대표님 오셨을 거예요."

엠마는 일어서려다 문득 동작을 멈췄다.

"아, 그리고 내 이름. 현주라고 부르지 말아 줘요. 오래 사용하지 않아서 그런지 현주라고 부르면 낯설어서요."

"그래요. 그럼 뭐라고 부를까요?"

"엠마."

시원하고 아름다운 미소가 엠마의 얼굴에 번졌다.

기다란 속눈썹을 파닥이며 그녀가 다시 말했다.

"엠마라고 불러 줘요."

✻

특수 분장을 제2의 직업으로 가진 28세, 엠마.

솔의 발걸음이 느려졌다. 김 부장은 도끼눈을 뜨며 빨리 오라고 눈치를 주었지만, 그녀는 머뭇거렸다. 심장이 벌렁거렸고 불길한 느낌에 오한마저 일었다.

엠마란 이름이 흔한가? 당연히……. 흔하지 않지! 한국에서 특수 분장을 하는 엠마가 몇 명이나 되겠는가. 찬과 동갑인 엠마가!

그때 주혁과 찬의 대화가 섬광처럼 떠올랐다.

― 혹시 엠마도 왔어?
― 어. 실력은 최고잖아. 이번에도 같이 일해 볼까 해.

그때 그녀!

쭈글쭈글, 자글자글 주름이 선명하던 여자! 주혁과 열정적으로 입을 맞추던 여사님의 옆모습과 닮은 것도 같았다. 혹시 그러면……. 말도 안 되지만 그렇다면, 어쩌면?

제임스 한. 그리고 한주혁!

솔은 우뚝 멈춰 섰다.

이거 아냐. 이거 이상해. 이거 너무 이상하거든. 본능이 도망치라 했다. 이건 덫이라고 그녀에게 소리치고 있었다. 저도 모르게 한두 걸음 뒤로 물러나는 솔을 송 대리가 상냥하게 다독였다.

"긴장하지 마. 대답은 우리가 다할게. 솔이 씨는 그냥 인사만 해."

"아니, 아니 그게 아니고. 저, 저는……."

"또 이런다! 어린애도 아니고! 송 대리, 박솔 꽉 붙들어."

기운차게 노크를 한 후 먼저 들어간 엠마 뒤로 김 부장이 솔의 몸을 힘차게 밀었다. 송 대리의 손에 잡힌 채 들어온 솔의 얼굴에서 한순간에 핏기가 사라졌다.

왜 불길한 예감은 틀리지 않을까.

제임스 한. 여전히 무섭도록 잘생긴 얼굴이 그녀를 비웃듯이 바라보고 있었다. 그리고. 천천히 그녀의 팔을 잡은 송 대리에게 옮겨 간 이지적인 눈에서 그 비웃음마저 빠져나가고 있었다.

8.

주혁은 차갑게 눈을 치켜떴다. 저건 또 뭔가.

느긋하게 솔을 기다리던 주혁의 여유는 그녀의 등장과 함께 사라졌다. 정확하게 그녀의 가느다란 팔을 잡은 투박한 손을 보는 순간 단숨에 날아갔다.

놀라서 벌어진 입, 하얗게 질린 얼굴. 솔은 주혁이 기대했던 반응 그대로를 보였다.

당연히 만족스러워야 하는데 자신을 바라보는 솔의 표정에 오히려 기분이 사나워졌다. 제 소유라고 주장하는 것처럼 솔을 잡은 남자 또한 그의 심기를 건드렸다.

게다가 어디에 있는가. 안 보이잖아. 그의 눈이 자신의 흔적을 찾아 헤맸다.

정당하지 못했지만 분명 빼도 박도 못 할 위치에 단단히 도장을 찍어 두었다. 그것만으로 다른 남자가 그녀에게 접근하지 못할 거라 생각했다. 하지만 하얗게 드러난 목 어디에도 흔적은 보이지 않앉다.

솔의 어깨까지 잡은 남자는 그녀를 가볍게 밀며 안으로 들어왔다. 주혁은 불끈 화마저 치밀어 올랐다.

"안녕하십니까. 저희는…… 그, 행복 광고기획사에서 이번에…… 고용 승계가…… 그러니까, 우리는."

송 대리의 호기로운 첫인사는 심하게 꼬여 가고 있었다. 착각이 아니라면 젊은 대표는 자신을 노려보고 있었다. 숨길 생각도 없는 적의를 담은 채. 난생처음 강렬한 시선을 받은 송 대리는 그만 입을 다물었다.

당황스럽기는 김 부장도 마찬가지였다. 그도 도무지 이 젊고 매력적인 대표가 착한 송 대리를 왜 이런 식으로 바라보는지 알 수가 없었다.

아는 사인가? 원한 관계가 있나?

송 대리와 젊은 대표를 번갈아 보며 김 부장은 안절부절못했다. 하지만 그것도 잠시. 대표에게서 뿜어나오던 적의가 사라졌다. 너무도 짧은 순간이었기에 잘못 본 것이 아닌가 싶을 정도였다.

"말씀 많이 들었습니다."

그의 입에서 부드러운 목소리가 나오자 김 부장은 안도했다. 예의 있게 뻗은 손을 맞잡아 악수하면서 그는 젊은 대표를 흘깃거렸다.

표정에서 속을 쉽게 읽어 낼 수는 없지만. 살아온 경험으로 김 부장은 주혁이 만만한 상대가 아님을 알아챘다. 하긴 저 나이에 이 정도 규모의 회사를 세운 남자니 당연하겠지.

주혁은 사무실 중앙에 놓인 테이블로 그들을 안내했다.

"앉으시죠."

하지만 대표는 또다시 차가워졌다. 송 대리가 뻣뻣하게 굳은 채 미동 없는 솔의 어깨를 감싼 순간이었다.

"박솔 씨는 몸이 좋지 않습니까?"

"네?"

"혼자 걷는 것도 힘들어 보이니 말입니다."

다분히 비웃음이 들어간 뻐딱한 말투를 눈치채지 못한 사람은 송 대리뿐이었다. 그는 말갛게 웃었다.

"아닙니다. 우리 솔이 씨가 긴장을 좀 한 모양입니다."

우리 솔이?

미묘하게 주혁은 눈썹을 들어 올렸다. 그의 시선 끝에 여전히 솔의 어깨를 감싼 송 대리의 손이 있었다. 친밀한 사이가 아니고는 할 수 없는 자세였다.

솔의 얇은 블라우스를 통해 비치는 브래지어 끈 위로 다른 남자의 손이 있다는 건 불쾌했다. 주혁은 곧장 거침없는 목소리로 지시했다.

"놓으세요."

정중하지만 경고같이 섬뜩한 음성이었다. 눈치 없는 송 대리도 이번에는 놀라 저도 모르게 팔을 거뒀다. 그 바람에 기대 있던 솔이 휘청거렸다.

"어?"

곁에 있는 송 대리보다도 주혁이 빨랐다. 어느 틈인지 다가온 주혁이 간단히 솔을 잡았다. 어색하고도 요상한 침묵이 사무실을 채운 건 그때부터였다. 예의 주시하던 엠마는 눈썹을 올렸다.

"박솔 씨."

솔을 부르면서도 주혁은 여전히 송 대리를 응시했다. 당황한 송 대리는 눈만 껌뻑였다.

"몸이 안 좋으면 박솔 씨는 나중에 따로 보죠."

솔은 퍼뜩 정신을 차렸다.

진짜 한주혁이다. 나갔던 전기가 한 번에 들어오는 듯했다. 솔은 몸을 틀며 주혁에게서 재빠르게 벗어났다. 이건 꿈이 아니다. 현실이다. 제임스 한 뭐시기가 한주혁이었어!

놀란 솔과는 달리 주혁의 얼굴은 평온했고 그것이 의미하는 바는 하나였다.

내가 올 줄 알고 있었던 거야. 기다리고 있었어! 나를 가지고 놀았어!

조금씩 화가 난 솔의 목소리도 전에 없이 냉기를 뿜었다.

"아닙니다. 이제 괜찮아요. 죄송합니다."

너……. 이 자식! 주혁을 똑바로 보며 솔은 입술을 깨물었다. 아리송한 분위기 속에 그들은 잠시 그대로 서 있었다.

"제가 드릴 말씀은 여기까지입니다. 김한길 씨와 송중기 씨는 마케팅부에서 교육을 받으시면 됩니다. 전에 하시던 업무와 다른 분야이다 보니 적응 기간이 필요할 겁니다. 아시다시피 파격적인 고용입니다. 기존 직원들의 견제를 받을 수도 있어요. 제 판단이 틀리지 않았다는 것을 여러분께서 증명해 주실 거라 믿습니다. 3개월 후 평가를 통해 정직원의 기회를 드리겠습니다."

업무 분담과 간단한 회사 소개는 짧았지만 강렬했다. 주혁의 말이 끝날 무렵 그들은 이미 이 매력적인 젊은 대표의 추종자가 된 듯했다. 한 마디 한 마디 경청하는 표정에는 경건함마저 흐르고 있었다. 능력별 차등 지급이라고 해도 기본 월급만 전 회사의 두

배에 가까웠기에 김 부장과 송 대리는 벅찬 기쁨을 숨기지 못했다.

금사빠들.

솔은 비웃었다. 그녀도 주혁의 말을 신중히 듣고 있었지만, 목적은 달랐다. 그의 의도를 조금이나마 파악하기 위해서였다.

회사의 규모나 사업 내용은 들을수록 놀라웠기에 주혁의 의중을 더 이해하기 힘들었다. 절대로 김 부장과 송 대리, 그리고 자신이 쉽게 들어올 만한 곳이 아니라는 것만 알 수 있었다. 솔은 지그시 입술을 깨물었다. 도대체 왜…….

"지금부터는 솔직하게 말하겠습니다."

주혁은 부드럽게 그들을 집중시켰다.

"회사의 사업이나, 업무가 기존에 하던 일과 전혀 연관이 없다는 것을 아셨을 겁니다. 당연히 그 점에 의문을 제기하실 거라 생각합니다. 돌려 말하지 않겠습니다. 여러분을 다 같이 고용하는 이유는 박솔 씨 때문입니다. 박솔 씨의 포트폴리오가 그만큼 인상적이었어요. 가족처럼 지내온 여러분들이 같이 있을 때, 그런 시너지를 발휘할 수 있다고 판단했습니다. 물론 다른 분들의 능력을 과소평가하는 건 아닙니다. 훌륭한 추천서가 있는 만큼 여러분들도 믿습니다."

그는 세심하게 말을 끊었다. 한마디라도 놓칠세라 또렷해진 눈들을 바라보며 주혁은 미소 지었다.

"다만, 3개월 후의 평가 시에 박솔 씨의 업무 능력을 우선으로 보겠습니다. 불합리한 일인 건 알지만 고용 자체가 불합리했으니 이 정도는 양해 바랍니다."

솔은 눈을 질끈 감았다. 고개를 끄덕이며 수긍하는 김 부장과 송 대리가 웬수 같았다. 그들과는 달리 그녀는 주혁의 말뜻을 정확하게 알 것만 같았다.

"박솔 씨."

끈질기게 주혁을 외면했던 솔은 어쩔 수 없이 그를 바라보았다. 주혁의 마지막 말을 곱씹으며 그녀는 입술 안 연약한 살을 씹어 댔다.

"박솔 씨는 저와 따로 이야기하죠. 다른 분들은 나가도 좋습니다."

"하지만 제임스."

엠마가 부드럽게 상기시켰다.

"이제 출발하셔야 해요."

예상보다도 호응이 폭발적인 프레젠테이션이었다. 투자를 검토하기 위해 먼 해외에서 발걸음한 거물급 인사들이 주혁을 다시 만나길 요청했고 기다리고 있었다.

"30분 뒤로 연기해요."

"네?"

주혁은 대수롭지 않은 듯 지시했지만, 엠마는 숨을 들이켤 만큼 당황했다. 한 명 한 명 따로 약속을 잡으려면 엄청난 노력을 들여야 하는 거물들이 한자리에 모여 있다. 그것도 그들이 먼저 주혁을 만나길 청하면서 말이다.

슬쩍 기사를 흘린다면 만남 자체만으로도 굉장한 효과를 얻을 기회이기도 하다. 게다가 투자를 받아야 하는 입장에서 그들을 기다리게 한다는 건 대단히 도전적인 일이었다. 몇몇 인사들의 비행 시간을 조정해야 할 수도 있었다.

이건 자신감인가? 애간장을 태우겠다는 빅픽처? 아니면 드디어

260

자만심에 빠져 미친 건가?

혼란에 빠진 엠마가 머뭇거리자 주혁은 못마땅한지 인상을 찌푸렸다. 지시를 내린 이상 반론은 허락하지 않겠다는 단호함이 기가 차도록 오만했다.

"나가 봐요."

주혁은 이미 엠마를 바라보지 않고 있었다. 짓궂게 변한 눈은 솔에게 고정되어 있었다.

아무것도 모르는 김 부장과 송 대리는 들뜬 얼굴로 일어나 주혁을 향해 크게 허리를 굽히고는 솔에게 간절한 텔레파시를 보내기 시작했다.

'부탁해. 밥솥.'

'할 수 있어! 솔이 씨.'

솔은 피가 나도록 입술을 깨물었다. 그녀 역시 온 신경을 집중시켜 텔레파시에 답했다.

'닥치세요!'

춤이라도 출 것처럼 흐느적거리며 그들은 사라졌다.

솔은 끝끝내 주혁을 바라보지 않았다. 그녀의 전투적인 두 눈은 눈이 부시도록 하얀 벽에 반드시 구멍을 뚫어 버리겠다는 것처럼 열기를 뿜어냈다. 하지만 뒤죽박죽인 머릿속까지 침입한 그를 외면하지는 못했다.

대표 제임스 한. 경영의 천재이자, 바른 생활을 한다는 그 남자가 주혁이라고?

우리 집에 빌붙어 살며 알바비를 흥정했던 저 녀석이 사장이라고? 여자 보기를 돌처럼 한다는 냉혈남이 자신과 불타는 밤을 보내며 날뛰던 남자라고?

믿기 싫었지만, 주혁이 이 자리에 어울린다는 것만은 인정했다. 성공한 사람 중에 은근히 소시오패스가 많다더니 사실인가 보다. 다른 시각으로 본 주혁은 솔이 알던 동생 친구가 아니었다.

대표로서 그에겐 카리스마가 있었다. 통통 튀며 격식을 차리지 않는다던 엠마저 군말 없이 그의 지시를 받아들이지 않았는가. 나이가 많은 김 부장에게는 예의를 갖췄고 우유부단한 송 대리는 강하게 휘어잡았다.

그리고 나를……. 나를 장난감처럼 가지고 논 거지.

이 말도 안 되는 고용은 결코 우연일 리가 없다. 그는 촘촘하고 치밀한 거미줄을 준비했다. 눈에 보이지 않는 투명한 거미줄로 그녀를 칭칭 감고 있다. 상관없었다. 지금 솔이 알고 싶은 건 오직 하나였다.

왜?

그가 이러는 이유를 도무지 알 수가 없었다. 의도가 좋았다면 미리 귀띔을 해 줬어야 했다. 솔이 혼란에 빠져 있는 사이, 주혁은 천천히 일어나 창가로 갔다.

그제야 몰래 둘러본 사무실은 놀라울 정도로 단순했다. 커다란 창가에 놓인 검은색 책상과 의자를 비롯한 모든 것은 회색과 검은색, 그리고 흰색의 깔끔한 모노톤으로 꾸며져 있었다.

그와 어울리지 않는 색감이었다. 적어도 그의 정신 상태는 벽에 걸린 강렬하고도 이해 못 할 원색의 그림과 가깝다고 솔은 속으로 이죽거렸다.

"커피?"

그는 등을 돌린 채 물었다. 어쩐지 웃고 있는 것만 같아서 솔의 기분은 점점 더 엉망진창이 되어 갔다.

"한주혁!"

낮게 그의 이름을 부르며 솔이 벌떡 일어섰다.

"너……. 너! 나한테 왜 이래!"

토해 내듯 내뱉고 나서야 온몸이 떨려 오기 시작했다.

✳

"완전 대박. 김 부장님, 이거 꿈 아니죠? 어떻게 이런 일이 있지? 알아봤더니 여기 생각보다 훨씬 더 어마어마한 회사더라고요. 나 좀 꼬집어 주세요."

"옜다!"

넓적한 뺨을 세게 꼬집히고도 송 대리는 황홀한 표정을 했다. 춤이라도 덩실덩실 출 것 같던 김 부장의 어깨는 오히려 축 처졌다. 애써 고개를 돌리는 그의 얼굴에서 눈물을 발견한 송 대리가 깜짝 놀랐다.

"갑자기 왜 이러세요. 솔이 씨가 실수할까 봐 그래요? 걱정하지 마세요."

"그게 아니고……."

슬쩍 눈물을 닦으며 김 부장은 훌쩍였다.

"우리 첫째가 이제 대학에 가야 하잖아. 생활비며 학비며 내가…… 얼마나 무서웠는지."

삶의 무게로 짓눌린 53세 가장의 어깨가 떨렸다. 송 대리도 덩달아 글썽거렸다.

"그렇게 힘드셨으면 진즉 말씀을 하시지. 죄송해요. 항상 웃고 계셔서 몰랐어요."

"아냐. 못난 상사 만나서 자네들이 고생 많았어. 마음은 그렇지 않은데 못된 말만 골라 하고…… 미안했어."

"김 부장님……"

가끔 콧물을 들이켜는 소리를 빼면 엄숙하기까지 한 분위기 속에서 그들은 잠시 말이 없었다.

'이것이 말로만 듣던 한국의 가족 같다는 회사 문화인가? 아, 뭔가 감동적이야. 캐나다에서 볼 수 없었던 이 끈끈함. 좀 애잔하다.'

그들을 바라보던 엠마마저 괜스레 코끝이 시큰거렸다.

"자, 자. 진정하시고 마케팅 부서로 가시죠. 동료들 소개해 줄게요. 뭐 해요? 가요."

감동스러움을 감추고 엠마는 기운차게 그들 사이로 끼어들었다. 주혁이 받아들였으면 이제는 이들은 자신의 동료이기도 하다. 쓸데없는 동료애가 폭발한 그녀는 그들의 어깨를 덥석 감싸 안았다. 흠칫 놀라는 김 부장과 송 대리를 끌며 기운차게 걷기 시작했다.

하지만 엠마는 몇 걸음 떼지 못하고 또다시 주혁의 사무실 닫힌 문을 뒤돌아봐야 했다.

뭐지. 이 찜찜함은?

이유를 알 수 없다는 것이 더 꺼림칙했다. 박솔이라는 여자를 처음 보는 순간 느꼈던 것과 흡사한 위기감이었다. 그 느낌은 정말이지 낯설고 이상했다.

그때, 엠마는 같은 곳을 보던 송중기 대리와 눈이 마주쳤다. 항상 웃기만 할 것 같던 동그란 얼굴이 미묘하게 구겨져 있었다. 마치 거울 속 엠마처럼. 동시에 그들은 생각했다.

뭘까. 느낌이 좋지 않아.

✳

"앉아요."

얄미울 정도의 단정한 목소리였다.

주혁은 갓 내린 커피 두 잔을 가져와 솔의 맞은편 의자에 앉았다. 그때까지도 솔이 고집스레 서 있자 그는 좀 더 단호하게 말했다.

"앉으세요."

솔은 크게 심호흡을 했다. 어차피 대화는 해야 했기에 그녀는 일단 앉았다. 묻고 싶은 것이 산더미였지만 동시에 아무것도 듣고 싶지 않기도 했다. 상반된 두 감정이 치열하게 싸우는 머릿속만 시끄럽다.

침착하게 대응하자는 결심이 무색하게 손은 여전히 떨렸다. 달그락거리며 다소 품위 없이 커피를 마시는 그녀를 보며 주혁은 미소 지었다.

"할 말이 있을 텐데. 빨리하죠. 시간이 많지 않으니까."

"알아. 바쁘신 몸이란 거. 어련하시겠어. 이렇게 대단하고 높으신 분인데."

"비꼬진 말아요."

꾸짖는 선생님 앞에 어린애가 된 기분이다. 솔은 자세를 바로 하고 단도직입적으로 물었다.

"이유가 뭐야."

"이유?"

주혁은 속이 터질 만큼 느긋하게 커피를 음미하더니 한참 후에 되물었다.

"한심한 회사의 능력 없는 사람들을 취직시켜 준 이유?"

헉! 어쩜 저렇게 못된 말을 면전에 대고!

솔은 확 얼굴이 달아올랐다. 당황한 그녀는 황급히 커피를 들이켰다. 아뜨뜨! 혓바닥이 오그라들 정도로 뜨거웠지만 상처받은 자존심에 비할 바는 아니었다.

"아니면 형편도 어렵지 않은데 굳이 누나 집에 얹혀사는 이유가 궁금한 건가?"

솔은 무섭게 그를 노려보며 쏘아붙였다.

"그래. 그거 둘 다! 너, 알고 있었지? 내가 네 회사에 들어온다는 거. 절대 좋은 마음으로 결정한 건 아닐 테지. 그랬다면 나에게 미리 말해 줬을 테니까. 아니야? 넌 내가 당황하길 바랐고 김 부장님과 송 대리님까지 엮어서 거절할 수도 없게 만들었어, 일부러. 내 말이 틀려?"

주혁은 어깨를 으쓱 올리며 인정했다. 죄책감도 없는 뻔뻔함에 기가 막힐 뿐이었다.

"왜? 대체 왜?"

"……."

"내 포트폴리오가 그만큼 가치 있는 건 아닐 거고. 조건도 좋은 이곳에 네 말마따나 능력 없고 한심한 사람들을 굳이 받아 준 이유가 뭐야?"

"글쎄요. 왜인 거 같아요?"

질문을 질문으로 답하는 건 정말 분노를 불러일으키는 대화 테크닉이다. 솔은 머리 쓰는 것도 싫었고 빙빙 돌리는 말장난을 상대할 기분도 아니었다. 그녀는 뾰족하게 날을 세웠다.

"몰라! 모르니까 묻잖아. 너 정도면 집 하나, 아니 빌딩도 살 능력일 텐데, 왜 좁고 불편한 우리 집에 사는 거냐고!"

"음⋯⋯."

"정말 이럴 거야!"

솔은 참지 못하고 또다시 일어섰다. 주혁은 웃음기를 지웠다.

"여기 회삽니다. 큰 소리 내지 말고 앉아요."

솔은 입술을 깨물고는 자리에 앉았다. 그의 말에 즉각 반응하는 무릎이 부끄러워 죽을 지경이다. 그녀는 분해서 떨리는 턱을 고집스럽게 내밀고는 주혁을 응시했다.

주혁 역시 찬찬히 그녀를 보았다.

글쎄, 왜일까⋯⋯. 그건 내가 알고 싶은데.

이 정도면 어지간히 망신도 줬고, 내가 예전의 꼬마가 아니란 것도 온몸으로 증명했으니 이쯤에서 손 떼면 그만일 텐데, 귀찮게 왜 너와 자꾸 엮이려 하는 걸까.

이유는 하나겠지. 주혁은 씁쓸하게 인정했다.

그는 그녀에게 끌렸다. 뜨거운 밤을 보내 놓고도 자신을 남자로 보지 않는 그녀에게 화가 나는 것도, 다른 남자가 그녀에게 관심을 주는 것을 못 견뎌 하는 것도 그 이유일 것이다.

하지만 너는 아니지. 여전히 너에겐 나란 존재는 키 작은 꼬맹이일 뿐이겠지. 하룻밤 이용하고 친구와의 대화에서조차 웃음거리가 될 뿐인 가벼운 존재.

입안에 남은 커피 맛이 쓰다.

"남자가 이렇게까지 하는 이유가 뭐가 있겠어요. 누나를 옆에 두고 싶어서죠."

"뭐?"

간단명료한 대답에 솔은 오히려 화가 났다.

"왜 날 옆에 두고 싶은데? 왜 나 때문에 이런 수고까지 하는 거냐고. 친구 누나에게 베푸는 호의라기엔 과하고, 역시 친구 누나에게 하는 행동이라기엔 선을 넘었어, 너."

"몰랐나? 우린 이미 선을 넘었어요."

솔의 얼굴은 즉각 달아올랐다. 아슬아슬했던 금단의 주제를 훅 꺼내는 그의 무심함에 화가 날 지경인데도, 주혁은 서두르지 않고 말을 이었다.

"친구 누나? 그 밤 이후 우선순위가 바뀌었단 말입니다. 이제 나에게는 당신이 친구 찬의 누나가 아니라, 찬이 당신의 동생인 거죠."

도대체 무슨 말인지 못 알아듣겠다. 이건 고백인가? 그렇다고 하기엔 주혁의 얼굴은 살벌했다. 차마 입으로 꺼내지 못한 질문들로 솔은 멀미가 날 지경이었다.

우선순위가 바뀐 거라면 나는 너에게 무슨 존재인 거니?

왜 분명하게 말을 하지 않고 어렵게 돌리는 건데?

어제 그건 무슨 짓이었니?

왜 네가 질릴 때까지 딴 남자를 만나지 말라는 건데?

왜 그랬니, 너. 없던 일로 하자 해 놓고 왜 이러는 건데, 너.

그녀가 내뱉지 못하는 질문들을 알아들은 것처럼 주혁은 소리 없이 웃었다.

"그건 남자로서 당연한 거 아니에요?"

"뭐? 뭐가?"

"그 예쁜 얼굴로 내 밑에 깔려서 앙앙거렸던 게 며칠이나 됐지?"

쿠쿵. 솔의 심장이 떨어지는 소리가 들렸다.

그의 눈은 더욱 짙어졌다. 음미하듯 흘러나오는 음성은 처음엔 가벼웠다.

"내가 만족시켜 주지 못했나? 내 좆을 박아 넣을 때 네 표정은 그게 아니었는데. 그런데도 감히 다른 남자를 만난다? 당신이 말해 봐. 오직 나만 받아들인 그 몸에 다른 새끼가 들어올 수도 있다는 건데, 내가 왜 참아야 하는거지?"

마지막 한 마디 한 마디는 거의 씹어 뱉는 것처럼 그는 말했다.

뭐, 뭘 박아?

솔의 사고는 일순간에 멈췄다. 반듯한 얼굴로 저질스런 단어를 뱉어 내는 그의 표정 또한 사나워졌다. 살기마저 느껴지는 눈은 그녀를 한순간 불타 버리게 할 만큼 이글거렸다.

그의 말이 불러온 파장은 그녀를 거세게 흔들었다. 적나라한 언사에 얼굴은 달아오르고 심장이 요동쳤다. 불현듯 떠오른 그날 밤. 열정으로 숨을 몰아쉬던 그의 뜨거운 눈, 거침없고 격렬하게 그녀의 몸을 파고들었던 몸짓이 쿵쿵 스피커의 울림처럼 머릿속을 가득 메웠다.

하지만 고작 하룻밤이었다. 서로 잊기로 한 일이었다. 그 밤이 그의 이런 제멋대로의 행동에 정당성을 줄 수는 없었다. 달달 떨리는 입술로 그녀는 속삭였다.

"그날 일은……. 서로 잊자고……."

"꿈도 꾸지 마. 시작은 누나가 했어도, 끝은 내가 내요. 적어도 당신이 불러일으킨 이 빌어먹을 욕구가 가라앉을 때까지는 멈출 생각 없어요. 누나는 내게 그 정도 책임이 있으니까."

"……."

"뭘 들은 거야? 그 전에 다른 놈이 손대면 죽인다고 했지. 농담인 줄 알았어요?"

그는 알아들을 수 없을 만큼 낮고도 뜨겁게 말을 이었다.

"궁금하면 또 아무 새끼나 만나 봐. 이번엔 가볍게 넘어가지 않을 테니까."

소름이 끼친다는 것이 이런 거구나. 솔은 멍해졌다. 거짓 없고 겁이 날 만큼 진지한 그의 눈에 정신이 혼미해졌다.

"네 첫사랑이 나야?"

아차 싶은 찰나를 참지 못하고 솔은 멍청하게 반응했다. 부끄러움에 얼굴을 붉히면서도 그녀는 턱을 세웠다.

그렇지 않고서야 그의 집요함을 설명할 수가 없다. 나로 인해 자존심이 다칠 정도라면 내가 혹시 그의 첫사랑이 아닐까 하는.

"너, 나 좋아하지!"

솔은 눈을 질끈 감고 외쳤다. 차라리 그러길 바랐다. 어쩌면 간절하게 바랐다. 그런 거라면 어제 일도, 이런 무례한 태도도 모두 용서해 줄 수 있을 것도 같았다. 숨을 죽여 대답을 기다리는 일분일초가 길었다. 그녀의 심장은 이미 미칠 듯 날뛰고 있었다.

"설마……."

주혁은 난감한 듯 고개를 기울였다. 슬쩍 올라간 그의 미소는 싱그럽기까지 했다.

"그런 앙큼하고 발랄한 생각은 어디에서 나오지?"

"아, 아니면! 아니면 뭐야. 말이 안 되잖아. 고작 하룻밤이었어. 왜 내가 너에게 책임이 있는데?!"

"글쎄. 이런 이유라면 그 조그만 머리를 이해시킬 답이 될까?"

주혁은 손목에 찬 시계를 흘긋 내려다보며 몸을 일으켰다. 멍해진 솔 앞에서 그는 우아한 동작으로 허리를 세웠다.

"누나가 내 첫 여자거든요."

비웃음과 알 수 없는 어둠으로 그의 입이 비틀어졌다.

"그러니, 너는 날 책임져야 해."

첫 여자가 뭐야?

뇌의 주름이 일시에 펴졌나 보다. 듣고도 알아들을 수가 없어 솔은 눈만 껌뻑였다.

꺾이도록 목을 젖히며 그를 올려다보는 그녀를 위해 주혁이 친절하게도 몸을 기울였다. 그녀의 머리 옆, 의자 등받이에 팔을 짚어 품 안에 가두고는 천천히 얼굴을 내렸다.

아주 조그만 소리로 솔은 되물었다.

"……내가, 너의 뭐라고?"

"다시 말해 줘요?"

주혁도 속삭였다. 귓가가 간지러웠다. 위험할 정도로 가까워진 거리에서 쏟아지는 그의 숨결을 막을 수가 없었고, 심장은 아직도 일시 정지 상태였다.

"내가…… 처음으로 안은 여자가 너란 말이야."

솔은 주혁을 바라보았다. 여전히 상황 판단이 되지 않았다. 흉하게 벌어진 입에서 침이 고였다.

첫 여자? 도대체 이게 무슨. 처음으로 안은 여자가…….

처음? 처음!

다음 순간 솔은 온 힘을 다해 그의 가슴을 밀쳤다. 발끝으로 바닥을 '탁' 치며 일어난 그녀가 안전거리를 확보했다. 그녀는 그가 말한 의미를 이제야 이해했다. 거짓말이 아니라는 것도.

이런 사기꾼! 도둑놈! 뭐라고? 내가 너의 뭐라고!

분개하면서도 그녀는 부정했다.

"거짓말!"

그럴 리가 없다. 솔은 고개를 세차게 저었다.

그가 자신과 똑같이 백지처럼 하얀 상태였다는 말을 믿을 수 없다. 아무리 경험이 없다 해도 솔은 여자였다. 여자의 본능으로 당연히 느낄 수 있었다.

부드럽고도 강렬하게 조절하던 전문적인 리듬감. 첫 관계의 아픔 끝에 그가 선사했던 찌릿한 쾌감. 자신감에 차 있던 열띤 몸짓. 능숙하다 못해 프로페셔널 한 키스 테크닉!

꿈에서도 몇 번이나 재탕되었던 열락의 그 밤은 결코 초보자의 실력일 수 없었다. 과감하면서도 거침없던 그 행위를 되새김질하며 혼자 멍해지고, 혼자 구르고, 혼자 괴로워하고, 혼자 설레기도 했다.

그 느낌과 몸짓과 눈빛이 초보였다고? 입문 과정이었다고! 왕왕 초급이었다고! 그렇다면 이 녀석은 경영의 천재가 아니라 섹스의 천재임이 틀림없다.

솔은 분연히 손가락을 들어 주혁에게 삿대질을 시작했다.

"난 알아! 넌 처음일 리가 없어. 그러기엔 넌 너무 완벽했어!"

내가 완벽했구나.

비스듬히 팔짱을 끼고 서 있던 주혁이 후 입김을 불어 흘러내린 앞머리를 날렸다.

그래서 친구한테 별로라고 떠벌렸구나.

솔의 어깨를 움켜잡고 이가 딱딱 부딪히도록 흔들지 않기 위해선 많은 자제심이 필요했다. 다시 치미는 모욕감에 치가 떨렸지만, 그는 아무렇지 않게 말했다.

"네가 뭔데 내 처음을 부정해. 남녀 처지 바뀌었다면 넌 지금 사형감이야. 뭔데 내 동정을 의심해."

그의 말을 듣는 둥 마는 둥 솔은 기억을 짜내고 있었다.

– 나 잘해요.

그래, 모든 일의 시작은 그 말 때문이었다. 백옥처럼 순수했던 자신을 한 마리 짐승으로 만들어 애걸하게 만든 마법의 그 말!

그녀는 맹렬하게 상기시켰다.

"잘한다며! 잘한다 그랬잖아! 그, 그건! 수많은 시행착오와 경험이 있어야만 할 수 있는 소리야. 네가 그랬어! 잘한다고!"

"……그래서 못했나? 내가?"

주혁은 이를 악물고 고개를 돌렸다. 면전에 대고 저 여자가 별로였다는 말을 꺼낸다면 그도 더는 참을 수 없을 것 같았다.

그가 아는 어떠한 사람도 남자와의 하룻밤을 그따위로 친구에게 말하지는 않는다. 심지어 그를 유혹하려다 고개를 떨구고 떠나간 여자들조차 그런 만행은 저지르지 않았다.

아무리 별로였다 해도 그건 다 너 때문인데. 내가 왜! 다른 여자를 품을 수 없었는데!

주혁은 매섭게 쏘아붙였다.

"관계를 맺지 않았다고 해서 경험이 없다는 건 아니지. 세상이 비정상이라고 규정한 방법들도 은밀한 침실에서는 정상일 수 있거든. 내가 그런 쪽으로 재능이 있다는 것쯤은 섹스를 하지 않았어도 여러 가지 방법으로 알 수 있어."

솔의 얼굴에서 핏기가 가셨다. 도대체 이 무슨 궤변이란 말인

가. 그녀는 한발 물러섰지만, 주혁의 말은 이어졌다.

"그것도 나쁘진 않았지만, 인정하지. 끝까지 가 보니 감히 비교할 가치가 없는 경험이었다는 걸. 그런데도 너는 만족하지 못했나봐. 좋아. 내가 한 말에 책임을 질게. 네가 만족할 때까지, 내가 잘할 때까지 최선을 다해 보지."

"그, 그게 무슨 더러운 소리야!"

솔은 질겁했다.

그녀를 무시한 채 몸을 돌린 주혁은 책상 쪽으로 걸어갔다. 오후 미팅을 위한 자료를 챙기며 그는 차분히 말했다.

"너무 앞서서 걱정하지는 마요. 당장 어쩌겠다는 건 아니니까."

"……."

"감히 날 한번 따먹고 피하겠다는 생각도 하지 말고."

솔은 입술을 깨물었다. 이 대화의 끝이 뭔지, 주제가 뭔지 그녀는 아직도 종잡을 수가 없었다. 지도 처음, 나도 처음이었는데 왜 자신에게만 책임지라는 건지 억울했다.

"……공짜라고 했잖아."

목소리는 기어들어 가는 것처럼 작게 나왔다. 공짜라고 해 놓고 무슨 책임을 지란 말이야. 솔의 말에 동작을 멈춘 주혁이 쓴웃음을 지었다.

"그건 첫 경험에 해당하는 거고. 그날, 우리가 한 번 한 건 아니잖아요."

솔은 지끈거리는 머리를 짚었다. 두 번째부터는 값을 매겼다는 소린가. 지가 좋아서 덤벼 놓고? 눈 뜨고 사기당한 심정이었다.

"적어도 내 호기심을 잔뜩 깨워 놨으니 양심이 있다면 그 정도 책임은 져야 한다는 뜻이에요."

주혁은 무심하게 슈트의 버튼을 채웠다.

"당장 자자는 것도 아니고, 강제로 어떻게 할 생각도 없어요. 누나가 원할 때만 할 겁니다. 그건 걱정 마요."

자신감이 넘치다 못해 오만방자함이 하늘을 찔렀다. 응당 그녀가 원할 거라는 걸 추호도 의심하지 않는 눈빛에 말문마저 막힌 솔에게 주혁은 미소 지었다.

"솔직히 말하죠. 누나는 날 흥분시켜요. 난, 이 감정이 단순한 호기심인지, 늦게 알아 버린 쾌락을 더 느껴 보고 싶은 것인지 아직 모르겠거든."

"……."

"그걸 알아낼 때까지만 내 옆에 있어요."

솔은 귀를 의심했다. 들을수록 그의 말은 기가 찼다. 그때까지만 옆에 있으라니. 호기심을 풀어줄 도구로 이용하겠다는 말이잖는가. 연습용으로 쓰겠다는 말.

돌려 말했지만, 주혁의 의도는 뻔했다. 감정 없이 몸만 섞자는 의미, 섹스 파트너에 불과한 관계를 이어 나가겠다는 소리다.

모욕감에 기가 막히고 코가 막혀 솔은 몸을 부르르 떨었다.

"그만 나가 보세요. 그리고 앞으로 회사에선 경어를 써요. 나야 박솔 씨와의 관계가 알려져도 상관없지만, 당신 성격상 그건 싫을 테지."

그의 눈에 철컥 빗장이 쳐졌다. 대화를 종료하겠다는 신호를 대놓고 보낸 그는 넓은 책상에 걸터앉은 채 사무적으로 말했다.

"앞으로 기대할게요. 그 실력으로 왜 그런 일만 했는지 몰라도, 지금부터는 마음껏 재능을 발휘해 봐요. 당신이 어떻게 하느냐에 따라 김한길 씨와 송중기 씨의 미래가 달라진다는 것도 잊지 말고."

치사하기 짝이 없는 협박을 날리는 것도 잊지 않았다.

솔은 모욕감으로 떨리는 주먹을 불끈 쥐며 숨을 가다듬었다. 자기 할 말만 다 하고 감히 나를 밀어내려 해?

도대체 이 말도 안 되는 상황을 자신이 받아들일 거라고 생각하는 자체가 불쾌하다. 알지도 못했던 그의 동정에 대한 책임을 섹스로 갚으라는 얘기를 참 어렵게도 말하면서.

그런 쿨한 관계를 요구하는 주제에 다른 남자와 만나서도 안 된다는 건 또 뭐고. 말을 듣지 않으면 김 부장과 송 대리도 쫓아낸다는 협박까지……. 욕이 튀어나오려 했다. 뭐 이런 자기중심적 사고가 다 있는지. 엠마의 말이 맞았다. 이 녀석은 개자식이다.

이미 주혁은 그녀가 있다는 것도 잊은 듯 컴퓨터 화면에 집중하고 있었다. 솔은 숨을 몰아쉬며 찬찬히 생각했다. 흥분해선 안 된다. 지금까지 이 녀석에게 밀린 건 너무 쉽게 흥분했기 때문이다. 최대한 냉정한 목소리를 내려 그녀는 노력했다.

"네 감정이 뭔지 궁금해서 이러는 거라고? 그걸 왜 그렇게 어렵게 풀려 그래. 그게 뭔지 나는 알 거 같은데."

달라진 그녀의 말투에 흥미를 느낀 듯 주혁이 고개를 들었다.

"내가 쉽게 정리해 줄게."

솔은 그에게 다가가며 말했다.

"그날 넌 분위기에 들떠서 관, 관계를 하긴 했는데 정신을 차리고 보니 상대가 빌어먹게도 나였던 거지. 갑자기 원통해진 거야. 좀 더 경험 많은 여자와 잠, 잠자리를 갖고 리뷰를 받고 싶었는데 틀어진 게 짜증이 난 거야."

주혁은 몸을 젖혀 의자에 기댔다. 흥미롭다는 듯 그의 눈이 빛났다.

"너도 처음이었으니까 도무지 우리 관, 관계한 게 좋았던 건지, 별로였던 건지, 네가 잘한 건지 못한 건지 확신할 수가 없었겠지. 나 같은 생짜 초보랑 하려고 아꼈던 동정이 아니었을 테니. 게다가 네 동정까지 털어 간 내가 소개팅을 한다니까 자존심마저 다친 거야. 유치한 협박까지 하면서 네가 날 옆에 두려는 이유가 그거야? 네 몹쓸 자존심을 세우기 위해서?"

"……."

"너랑 잔 내가 딴 놈이랑 만난다니까 열 받았니? 제법 잘했다고 으스댔는데 그게 아닌가 싶어 창피했어? 생각지도 않은 여자에게 동정을 바친 대가가 이건가 뒤늦게 억울했어? 내 처음이 왜 하필 이런 하찮은 여자인가 분했어?"

"와."

주혁은 웃었다.

"누나는 자신을 그렇게 생각해요? 하찮은 여자?"

"뭐?"

"이 정도면 자기애가 너무 없는 거 아니에요? 날 깎아내리려는 건 알겠는데 자신까지 너무 낮추는 거 아니냐고. 아니면 원래 그렇게 스스로에게 자신이 없나?"

솔은 움찔했다. 그가 한 말은 정곡을 찔렀기에 당황한 그녀는 쏘아붙였다.

"말장난하지 마. 제대로 들어."

"시간 없다니까."

그가 인상을 찌푸렸다.

"할 말 있으면 정리해서 메일로 보내요. 찬찬히 읽어 볼 테니."

이런. 씨. 솔은 느릿하던 말투를 버리고 허둥지둥 말을 쏟아 내기 시작했다.

"금방 끝나. 잘 들어. 내 생각을 말해 볼게. 넌 그날 사실 너무 좋았던 거야. 늦바람이 무섭다고 한번 해, 해 보니까 또 하고는 싶거든. 근데, 그걸 인정하면 내가 질척거릴까 봐 겁이 난 거야. 내 말이 틀려?"

왜 이렇게 귀여울까.

주혁은 의자에 깊게 몸을 묻으며 터지려는 웃음을 삼켰다. 어쩐지 그는 그녀의 이런 반응이 좋았다.

"좋아요. 그렇다고 치죠. 난 누나와 할 때 미칠 정도로 좋았어요. 그래서 또 하고 싶어요. 진지한 건 싫고. 그래서 이렇게 비겁한 술수까지 쓰는 거죠. 됐어요?"

걸렸어! 솔은 눈을 빛냈다.

"아니, 안 됐어. 그렇게 쉽게 되는 게 아니란 걸 네가 더 잘 알잖아."

나긋나긋하게 말하며 솔은 살포시 그의 책상에 엉덩이를 내려놓고 주혁에게로 몸을 기울였다. 그리고 가늘게 떨리는 손으로 용기를 내 깎아 놓은 듯한 그의 얼굴을 쓸어내렸다. 주혁이 아닌 자신의 얼굴이 붉어졌지만, 흠칫 놀라는 주혁을 보자 묘한 쾌감마저 느껴졌다.

"원하는 게 있으면 부탁을 해야 하잖아. 간절하게 말이야."

그가 했던 말을 고스란히 되돌리며 그녀는 주혁의 넥타이를 만지작거렸다. 주혁의 한쪽 눈썹이 위험하게 올라갔다.

"혹시 알아? 너도 간절하게 부탁을 한다면…… 이 자리에서라도 들어줄지."

짜릿한 흥분마저 느껴지는 도발이었다. 어느덧 주혁의 음성은

탁해져 있었다.

"후회하지 않겠어?"

"응! 후회할 일 따윈 안 할 거니까!"

솔은 버럭 소리를 지르고는 벌떡 일어났다.

"네가 무릎을 꿇고 애원을 해도 난 너랑 그런 짓을 다시는 안 할 테니까!"

새삼 분노가 올라왔다. 그녀는 눈을 질끈 감고는 손가락으로 자신의 가슴 위 점 부근을 꾹 눌렀다.

"왜 탐내는지 모르겠지만, 이 점! 갖고 싶으면 가져. 이거 네 거야. 혼자 그렇게 생각하고 살아. 빼 갈 거야, 어쩔 거야. 어쨌든 너의 빌어먹을 동정을 앗아 간 책임으로 나도 그렇게 생각하고 살게. 이 점은 주혁이 거! 혹시 내가 다른 남자랑 자게 되더라고 이건 임자 있으니까 만지지 말라고 할게. 됐지?"

"……뭐?"

"내 책임은 딱 거기까지란 거야!"

"다시 말해. 지금 뭐라 했어."

주혁은 눈을 가늘게 뜨며 솔을 노려보기 시작했다. 즐거웠던 기분이 싹 사라진 후였다.

"다른 남자랑 잔다고 했다! 누구랑 잘지는 내가 결정해. 내 몸이고 내 의지야. 너도 나랑 자고 싶다면 이리저리 머리 쓰지 말고 당당하게 매력을 어필해! 최소한 꼬시려는 노력 정도는 해 보라고. 그게 이따위 구차한 협박질보다는 먹힐 테니까!"

"……."

"자신 없지? 내가 널 진심으로 원하게 만들 자신 말이야. 아니라면 술김이 아니라 맨정신에도 널 원하게 만들어 봐. 그전까지는 이 점을 제외한 나머지 내 몸뚱이는 내가 멋대로 굴릴 거야. 누구한테 보여 주든지 만지게 하든지 내 맘이란 소리야!"

"경고했을 텐데."

"죽인다고? 죽여라, 죽여! 죽더라도 나는 내가 자고 싶은 남자 골라서 맘껏 잘 거니까. 너는 절대 아냐. 한번 자 보니까 알겠던데? 내 파트너로 삼기엔 넌 정말 별로야!"

탕! 솔은 주혁이 앉아 있는 데스크를 큰소리를 내며 짚었다. 눈 깜짝할 사이에 그에게 얼굴을 들이밀며 이를 갈았다.

"그래, 별로! 제일 중요한 이유는 그거야. 너 별로였어. 너, 네가 한 말도 제대로 못 지켰어. 뭐? 한 번 하면 1시간? 내가 시간 쟀거든. 기대한 내가 바보였지. 결국, 너도 처음이었는데. 아무것도 몰랐는데. 나랑 똑같은 왕 초급반이었는데! 이 사기꾼아!"

눈을 살벌하게 빛내며 그녀는 한층 더 얼굴을 밀었다. 입술이 거의 맞닿을 정도의 거리였다. 예기치 못한 그녀의 행동에 놀랐는지 주혁은 당황한 빛이 역력했다. 통쾌했다.

"네가 잘할 때까지 하겠다고? 장난하니? 넌 나에게 이제 쓸모없어. 난 이미 바라는 걸 얻었거든. 첫 경험! 그게 무슨 뜻인지 알아? 고맙게도 비교할 거리가 생겼다는 뜻이야. 네가 잘했는지 못했는지는 다른 남자랑 해 보고…… 엄마얏!"

때린다! 맞는다!

벌떡 일어난 주혁의 사나운 기세에 솔은 습관적으로 머리를 감싸 보호했다. 황당해하는 주혁을 보니 그럴 의도가 없는 듯 보여 얼른 자세를 바로 하긴 했지만 놀란 심장이 크게 쿵쾅거렸다.

"때리는 줄 알았네. 놀랐잖아!"

"……때려? 내가 널?"

또 그 소리. 그날 밤에도 들었던 소리다.

주혁은 황당함에 인상을 썼지만 다행히도 그사이 마음을 가라앉힌 솔은 냉랭하게 말했다.

"아무튼. 결론은 같아. 나랑 또 자고 싶으면 날 꼬셔야 할 거야. 최선을 다해서. 절대 쉽지는 않겠지. 나도 취향이란 게 있으니까."

손이 떨리는 걸 들키기 싫어 솔은 몸을 돌렸다.

"그리고 더는 함부로 굴지 마. 바뀐 건 없어. 그 일은 실수였고, 넌 여전히 나에겐 동생 친구고 꼬마야. 그것도 여자에 대한 존중을 배우지 못한 막돼먹은 꼬마."

등을 보인 채 그녀는 덧붙였다.

"3개월 동안 업무 평가로 정직원 기회 주겠다는……. 그 약속은 지켜 주길 바라. 김 부장님과 송 대리님까지 엮지 마. 순수하게 업무로만 평가해 줘. 난 최선을 다할 거야. 넌 불순했지만, 우리에겐 그런 여유는 없으니까 죽기 살기로 해서 제대로 평가받을 거라고. 그런 다음에 난 관둘 거야. 그러니 넌 그 몹쓸 호기심을 채우고 싶다면 그 전에 날 유혹해야 할 거야."

솔은 고개를 반쯤 돌렸다. 의도적으로 그녀는 눈썹을 깜빡였다.

"네가 과연 할 수나 있을까."

유혹적으로 가다듬은 목소리가 자신의 귀에도 만족스럽게 들렸다.

"잘해 봐. 꼬맹아."

＊

……라고 했지만.

내가 미쳤니? 흉악한 네 의도를 알았는데 하루도 네가 주는 월급 받고 있을 순 없어!

주혁의 사무실에서 나온 솔은 빛의 속도로 뛰었다.

잽싸게 튀는 거다! 자리에 앉아 다급하게 물건을 챙기면서도 솔은 이리저리 주변을 두리번거렸다. 심장이 미칠 듯이 뛰었다.

– 당신이 어떻게 하느냐에 따라 김한길 씨와 송중기 씨의 미래가 달라진다는 것도 잊지 말고.

당신? 나이도 어린 게 누나한테 당신? 감히 에로틱하고 야릇한 그 단어로 나를 칭해?

솔의 입가에 사악한 미소가 번졌다.

날 너무 띄엄띄엄 봤어, 한주혁. 내가 고작 몇 년 동안 동고동락했던 직장 동료 생계를 담보로 한 협박 때문에 너한테 놀아날 거라고 생각한 거야?

내가 그렇게 착해 보여? 내가 그렇게 의리파인 줄 알았어? 왜 이래. 난 그런 거 신경 쓰지 않는 못된 여자야.

솔의 손길이 더욱 바빠졌다. 짐은 별로 없지만 자꾸만 허둥댄 탓에 시간이 지체되고 있었다.

김 부장님이야 여기서 잘리면 아파트 팔면 되지. 대출금으로 산 아파트가 은행 품으로 돌아가는 거지. 원래 주인한테 돌려주는 건데 나쁜 건 아니잖아?

형편에 맞지 않게 외국에서 공부하는 불효막심한 것들이 펑펑 울면서 귀국할 테고, 그래서 아이들은 발끈할 거고, 아빠가 해 준게 뭐 있냐 대들다가 홧김에 가출할지도 모르지. 덕분에 비싼 해외

체류비, 대학등록금도 굳는 거지. 내 덕이지 암.

놀고먹던 사모님도 이제부터 가혹한 생활 전선에 뛰어들어야지. 뭔데 부장님만 놔두고 외국에서 편하게 살아!

친한 거래처에 울고불고 매달려서 자리 하나 받아 온갖 구박을 받더라도 굶어 죽지는 않을 테니까, 괜찮아.

바보스러운 손이 자꾸만 멈칫거렸다.

신경 쓰지 않아도 돼!

이것저것 쑤셔 넣은 작은 상자를 테이프로 야무지게 밀봉하며 솔은 이를 악물었다.

송 대리님은 찜질방에서 살겠지. 그동안 말은 안 했지만, 너무 꾀죄죄했어. 미역국이랑 맥반석 달걀 챙겨 먹고 아침저녁으로 씻는다면 오히려 더 말끔해질 거야.

노동부에 신고하면 밀린 월급이 최소 6개월 이후에 나온다고 했으니까 그때까지만 송 대리가 거지같이 살면 돼. 그동안 빌려 쓴 생활비로 월급이 나와도 뚝딱 사라질 테지만 어디 조그만 자리 하나 못 구하겠어?

워낙 착해 빠져서 딱 괴롭히고 부려 먹기 좋잖아. 저런 사람 괴롭히는 즐거움으로 사는 사람쯤은 널리고 깔렸다고.

상관없어. 상관하지 않을 테야.

가방을 둘러메고 상자를 들며 그녀는 눈을 부릅떴다. 불안한 눈을 굴리며 자리에서 일어섰을 때.

"솔이 씨, 이거 마셔. 엠마 씨가 솔이 씨 것까지 사 줬어."

송 대리가 해맑게 웃으며 얼음이 동동 떠 있는 예쁜 빛깔 주스를 내밀고 있었다. 그 옆에 김 부장이 빨대로 커피를 쭉쭉 마시며 솔을 멀뚱히 바라보았다. 솔은 엉거주춤 주저앉았다.

"송 대리님……."

"솔이 씨 자리 바꿔? 어디로? 우리 부서랑 가까웠으면 좋겠다. 딴 건 다 좋은데 솔이 씨랑 멀어져서 난 좀 슬퍼."

"그게, 그게 저……."

"자리가 무슨 상관이야. 우리 밥솥이 같은 공간에 있는 것만으로도 영광이지. 아무리 바빠도 이제 우리가 매일 솔이 씨 주전부리는 책임질게. 고마워 밥솥."

김 부장이 머쓱하게 몸을 꼬며 말했다. 어지간히 쑥스러운지 훤한 이마가 민망함으로 번쩍거렸다. 솔을 향한 김 부장의 눈빛은 세상에서 가장 사랑스러운 것을 쳐다보는 듯 수줍기까지 했다.

"아니. 제가 드릴 말, 말이 있는데요."

솔은 더듬거렸다. 애처로운 두 손이 할 말이 있다는 걸 알리며 힘없이 덜렁거렸다.

"죄송하지만, 제가……."

"죄송은 무슨. 우리가 미안하지. 우리 밥솥 실력이야 짱짱하니까 우리 다 정직원 되는 거야 확실하잖아. 얹혀 가는 거 같아서 좀 그렇지만 내 맘 알지? 우린 한 식구야. 이제 밥솥이 우리 가장이나 다름없어. 잘 부탁해."

가장이라니……. 서른둘에 난데없는 처녀 가장이라니. 피 하나 안 섞인 36살과 53살을 책임져야 하는 비운의 처녀 가장!

솔은 고개를 미친 듯 저었다. 싫다! 이렇게 어영부영 눌러앉을 수는 없다. 이곳에 사는 막 자신의 재능을 발견한 천재적인 섹스의 신동이 그녀의 몸을 노리고 있다. 이대로 잡아먹힐 수는 없다.

미안한 건 잠깐이야. 안 보고 살면 그만이야! 매섭게 표정을 바꾼 솔이 험악하게 입을 열었다.

"아니, 제 말도 좀 들어 보세요!"

"아, 맞다! 통장 확인했어? 이 회사 진짜 돈 많나 봐. 우리 밀린 월급 들어왔어!"

"네?"

"끝나고 축하주라도 하고 싶은데. 나, 흐흐. 오늘 그거 찾아서 조그만 지하 방이라도 들어가려고."

송 대리의 둥근 얼굴이 설렘으로 환했다.

"나는 우리 새끼들 먹일 한우 한 짝 사서 보낼 거야. 우리 마누라 옷도 한 벌 사 주고."

"완전 신나요. 그죠? 부장님."

"이게 다, 솔이 씨 덕분이야. 우리 복덩이 박솔!"

"하하하."

"하하하."

솔은 의자에 몸을 깊이깊이 묻었다. 돈 많은 회사라 그런지 푹신푹신한 것이 아픈 심장까지 감싸주는 느낌이었다. 모든 걸 놔 버린 솔도 웃기 시작했다.

"호호호, 호호. 신난다……. 신나 죽겠다, 호호. 가장 됐다. 호호호."

"으이구, 울지 마. 그렇게 좋아? 정직원 되면 이거보다 더 좋을 텐데, 뭐."

상냥하게 티슈를 꺼내 주는 송 대리를 바라보며 솔은 영혼 빠진 얼굴에서 눈물을 콕콕 찍어냈다.

"……믿을 수가 없어서 그래요. 어흑. 자고 나면 없던 일이 되지 않을까요? 그럴 리 없겠죠……. 자꾸 눈물만 나요."

"하하하. 밥솥, 저 귀염둥이. 울다 웃으면 어디에 뭐가 날 텐데.

뚝! 하하하."

　"하하하."

　"호호호……. 호호호. 다 죽어 버려라. 호호호."

　맑고도 구슬프게 그들의 웃음소리가 계속되었다.

9.

새로운 업무로 시간은 빠르게 지나갔다.

솔은 블루라이트 차단용 안경 안의 눈을 번득이며 아무도 없는 집을 두리번거렸다. 그러고 나서야 노트북에서 틈틈이 스크랩해 놓았던 폴더를 클릭했다.

"세상이 좋아지긴 했구나."

대부분 영어로 된 주혁의 기사를 번역기로 돌리며 솔은 감탄했다. 그래도 진즉 영어 공부를 해 놓을걸. 딱딱하고 문법에 맞지 않는 번역체를 이해하느라 머리도 아프고 눈이 빠질 지경이다.

보자……. 번뜩이는 아이디어를 높이 평가한 세계적인 기업의 후원을 받아 첫 회사를 창업한 것이 고작 18살 때였군.

그 회사의 매출 규모가?

이미 봤던 기사였지만 그녀의 입이 다시 벌어졌다. 손가락으로 얼추 계산해 봐도 이게 얼마야? 돈의 단위가 잘못된 건 아닌지 의심스러울 정도였다.

억 하는 신음과 함께 읽어 내려간 기사에는 전혀 다른 세상에 살고 있던 주혁의 모습이 있었다.

스마트한 청년 사업가의 매력적인 웃음. 미혼 여자들의 밤잠을 설치게 만드는 외모라는 둥, 번역기가 직역한 기사엔 낯간지러운 묘사가 가득했다.

보타이 차림으로 화려한 파티에 참석한 주혁. 수백 명의 관중 앞에서 열정적으로 강연하는 주혁. 짬짬이 시간을 내어 보육원에서 봉사하는 주혁.

그 모습은 솔이 봐도 매력적이었다. 상상을 초월하는 금액으로 회사를 매각한다는 기자회견 동영상의 냉철한 모습에 조금 설레기도 했다.

확실한 건 주혁은 생각보다 많은 관심과 기대를 받는 인물이라는 거였다. 얼마 전 한 방송사에서 방영한 '해외에서 주목받는 젊은 사업가들'이란 다큐멘터리에도 그의 모습이 있었다. 방송 직후 그는 국내에서도 서서히 유명세를 타는 모양이었다.

"이럴 수가."

솔은 새삼스럽게 입을 벌렸다. 기사 속 주혁과 그녀가 아는 주혁이 같은 인물이란 사실이 여전히 믿기 힘들었다. 마치 주혁이 모르는 사람이 된 것같이 낯설기만 했다.

이런 남자의 옷도 빨아 주고, 밥도 해 주고, 키스도 하고 싯구금도 찍은 여자가 정녕 내가 맞단 말인가. 대체 난 뭘 한 거지? 게다가 이 남자의 첫 여자가 나라니…….

아닌 게 아니라 주혁은 유명세에 비해 여자와 관련된 스캔들은 하나도 없었다. 파티에서 여자들에게 둘러싸인 사진은 제법 있었지만, 정식 파트너는 언제나 엠마였다. 그것도 어찌나 대표와 직원으로 깔끔하게 선을 그었는지 엠마와 연인 관계라는 추측성 기사도 없었다.

이게 현실이냐고!

솔은 주방을 정신 사납게 돌아다니기 시작했다.

"도대체 왜!"

이해되지 않는 일이 한두 개가 아니었다. 여태껏 동정이었다는 건 바빠서 그랬을 수도 있다 치고.

첫 번째 의아한 점은, 그는 왜 그 탄탄한 회사를 팔았을까.

둘째는, 도대체 왜 그 아까운 회사를 팔았을까.

셋째는, 그 회사를 대체 왜 팔았냐고.

아무리 많은 사람의 기대와 자본이 받쳐 준다 해도 바닥부터 다시 시작하려는 그가 쉽게 이해되지 않았다.

"아니, 그랬으면 처음부터 나는 이런 사람이다. 말을 해 줬어야지. 그럼 확실하게 꼬셔 보는 건데. 적어도 외국에 취직이라도 시켜 달라고 해 볼 수 있었을 텐데."

기업의 매각이니, 인수 합병이니. 그런 어려운 내용은 관심도 없고, 알고 싶지도 않았다. 어쨌든 주혁도 사업가이니 손해 보는 장사는 아니었을 거고 나름대로 계획이 있었을 테지만 솔은 그가 팔아먹은 인생이 아까워서 침이 마를 지경이었다.

후후후. 솔은 난데없이 음흉하게 웃기 시작했다. 한번 터진 웃음은 좀처럼 가라앉지 않았다. 저도 모르게 우쭐해진 감정 때문이었다. 어쨌든 첫 경험의 상대가 이런 대단한 사람이라는 것은 기분 좋은 일이었다.

'그래도 이 누나와의 밤이 겁나 좋았나 봐. 또 하고 싶다잖아. 은근슬쩍 넘어가는 척하며 이번에 제대로 꼬셔 볼까?'

솔은 한쪽에 세워 있는 전신 거울 앞으로 잽싸게 달려갔다. 평범하고 키 작은 여자의 모습이 거울 안에 있었다. 기사에서 보았던 그의 주변에 있던 여자들과는 비교도 되지 않을 만큼 그저 그런 여자. 자신감은 한순간에 사라졌다.

"말해 봐. 그 녀석이 왜 그랬을까?"

솔은 거울 속 자신에게 조용해 물었다. 거울 속 자신과의 대화는 그녀가 극도의 혼란에 빠졌을 때 나오는 습관이었다.

"내가 어떻게 알아. 그 시커먼 속을 누가 알겠어."

"저 정도면, 아니 사실 저렇게 대단한 배경이 아니더라도 외모만으로 훅 넘어갈 여자가 넘쳤을 텐데 왜 여태 동정이었을까?"

"맞아. 너무 이상해. 그리고 그게 왜 나야? 객관적으로 봐도 너무 수준 차이가 나잖아."

"뭔가 수상하지? 그날 술에 취한 건 나였지, 저놈은 안 취했었잖아. 그런데도 왜 나랑 잔 걸까? 혹시 나에게 뭔가가 있나? 나도 모르는 사이에 내 몸에서 페로몬이 마구 분출되었는지도?"

"그건 아니야!"

"그래. 그건 아니지. 그렇담 말이야. 혹시……."

자문자답하던 솔은 손톱을 잘근잘근 깨물었다.

"그 녀석은 아니라고 했지만. 첫사랑, 그 첫사랑이 아무래도 나인 거 같아."

아무리 머리를 굴리고 생각해 봐도 그것만큼 타당한 이유를 찾기 힘들었다. 늦게 배운 도둑질이 밤새는 줄 모른다고, 섹스라는 세계로 첫발을 들여 그 맛에 정신줄을 놓아서 그런 거라면 굳이 자신이 아니어도 상대야 얼마든지 있을 텐데.

차라리 그런 거라면 정말 좋겠다. 솔은 눈을 데굴데굴 굴리며 상상에 빠졌다. 그의 첫사랑이 나라니. 그럼 완전히 신날 텐데. 배 시시 웃음마저 새어 나왔다.

어쩌면 주혁은 쑥스러워서 인정 못 한 것일 수도 있다. 그런 이 유라면 조급했던 그의 행동도 이해할 수 있었다. 그리고 은근슬쩍 만나다 보면 다시 나에게 빠져 허우적댈지도? 이러다가 조만간 나 몇 백억의 안주인이 되는 거 아냐?

─ 설마. 그런 앙큼하고 발랄한 생각은 어디에서 나오지?

하지만 주혁은 분명히 못 박았다. 좋아하지 않는다고.

솔은 슬프게 고개를 흔들었다. 맞아. 그건 확실히 아닐 것이다. 모든 걸 정리하고 한국에 올 정도로 애틋한 첫사랑이 자신이었다 면 그따위로 예의 없이 행동하지 않았을 테니까.

인정하고 나니 거울 속 모습이 더욱 초라하게 보였다. 이런 내 가 어디가 좋겠어. 정말 어쩌다 재수 없게 맺은 첫 관계가 나였던 거지. 그래 놓고는 소개팅까지 갔으니 자존심이 상해서 저러나 봐.

차라리 그게 나을지도 몰랐다. 혹시나 진짜 자신을 좋아한다고 해도 저런 대단한 남자와 그녀는 어울리지 않았다. 날 제대로 알게 된다면 그도 도망칠 텐데. 날 불쌍하게 보거나 경멸할지도 모르는 데.

"괜찮아."

솔은 가만히 거울 속 자신의 볼을 쓰다듬었다. 가라앉는 기분을 끌어올리려 애써 미소 지었다.

"내가 어때서. 객관적으로 나는 썩 괜찮은 사람이야. 눈도 예쁘고 코도 예쁘고 마음은 또 얼마나 예뻐. 그니까 이 모양 이 꼴로 살지만. 난 정말 사랑스러운 여자야, 박솔."

솔은 울컥했다. 그래서 괜스레 불쌍해 보이는 거울 속 자신을 향해 지그시 입술을 눌러 줬다. 서늘한 거울의 감촉이 울컥 올라온 설움을 식혀 주었다.

"아무도 몰라. 그러니까 괜찮아. 누가 뭐래도 난 내가 너무 좋은 걸."

내가 날 사랑해야 해. 한심하고 볼품없다 해도 아껴 주고 상처 받지 않게 지켜 줄 사람은 누구도 아닌 자기 자신임을 솔은 알고 있다. 자신감을 가질 필요가 있다. 솔은 거울에 입술을 마구잡이로 짓눌러 댔다.

"예뻐! 예뻐! 박솔, 너는 너무 예쁘고 사랑스러운 존재야! 완전 요정이야! 이 요물스러운 매력의 소유자 같으니라고!"

"……이런 건 혼자 보기 아깝다고 해야 하지만."

"흐어!"

그때, 불쑥 끼어든 남자의 음성에 솔은 거울에서 후다닥 떨어졌다.

목까지 벌게진 찬이 슬픈 얼굴로 서 있었다. 옆에 선 주혁은 무표정한 얼굴로 그녀를 바라보고 있었다. 아주아주 슬픈 어조로 찬은 말을 이었다.

"남이랑 같이 보니까 너무 부끄러워."

부끄러움에 손으로 얼굴을 가린 찬과 붉으락푸르락 당황해 어쩔 줄 모르는 솔을 바라보며 주혁이 웃기 시작했다.

"……언제 왔어?"

민망함을 숨기며 솔은 도도하게 눈을 내리깔았다.

"인기척을 내지 그랬니."

"누나 외롭냐? 왜 거기다가 뽀뽀를 해. 드럽게. 그거 나도 맨날 보는 거울인데. 싹싹 닦아 놔! 집에 맥주 있지? 갑자기 술이 땡긴 다. 씻고 한 잔씩 하자."

고개를 절레절레 저으며 찬은 방으로 들어갔고, 주혁은 웃음을 멈추려 입에 주먹을 대고 헛기침을 몇 번 하고 있었다.

그날 이후 제대로 그를 본 건 오랜만이었다. 같은 회사에 있으면 자주 볼 거라고 생각했는데 회사에서 그는 너무도 바쁘고 좀처럼 보기 힘든 존재였다.

"……그렇게 외로웠으면."

그가 어깨를 으쓱했다. 웃음기를 감추지 못한 눈빛이 짓궂어 보였다.

"말을 하지. 기쁘게 도와줄 수 있는데."

신사처럼 모른 척할 수는 없겠니?

솔은 차마 그의 얼굴을 마주 볼 수가 없어 등을 돌렸다. 간신히 웃음을 진정한 주혁이 부드럽게 말을 걸어올 때까지도 그녀의 볼은 화끈거렸다.

"내일 영화 같이 볼래요? 티켓이 생겼는데."

미쳤냐. 너랑 있으면 영화가 눈에 들어오겠니? 무서워서 심장이 터질 것 같은데. 솔은 단칼에 거절했다.

"미안. 벌써 봤어."

주혁이 눈썹을 쓱 올렸다.

"무슨 영화인지 듣지도 않고?"

눈도 깜빡하지 않고 솔은 뻔뻔하게 우겼다.

"몰랐구나? 나 영화광이야. 개봉한 거 다 봤어."

"그거 참 신기하네요."

그는 차분하게 대꾸했다.

"내일 처음 공개하는 시사회 티켓인데 말이죠."

"……."

"영화가 싫으면 저녁이나 같이할까?"

"먹었어."

"내일 저녁을?"

주혁은 눈을 가느다랗게 접었다. 이쯤 했으면 싫다는 표현으로 알아듣고 사라졌으면 좋겠는데 그는 본격적으로 해보겠다는 듯 팔짱까지 꼈다.

솔은 노트북을 끄고 식탁 위를 정리하기 시작했다. 무조건 무시하고 거절하겠다는 의지를 온몸으로 내뿜으며.

"좋아. 그럼 드라이브나 해요."

"멀미해."

"밤바다는 어때요."

"감기 걸려."

"비행기 타고 일본 가서 회나 먹을까요?"

"날것 싫어해."

"키스나 할까?"

"질렸어."

"그러면 다 뛰어넘고 같이 자면 되겠군."

"뭐…… 뭣!"

솔이 질겁하며 주혁을 돌아보았다. 그는 눈을 반쯤 접고 그녀를 노려보고 있었다.

"나와 하는 건 다 싫다?"

짧은 한숨을 쉬더니 주혁은 머리를 쓸어 넘겼다. 그 몸짓이 얼마나 섹시해 보이던지 또다시 정신이 아찔하려 했다. 솔은 그저 열심히 눈을 껌뻑였다.

"진짜 순진한 건지, 너무 많이 아는 건지……."

"무슨 소리야?"

"남자를 돌게 하는 법을 제대로 아는 거 같아서. 이런 식이면 내가 더 불타오를 거라는 걸 몰라? 그래도 나는 네가 원하는 정상적인 방법으로 유혹하려고 노력하는데 말이야."

"그런 노력 하지 마. 그럼 되잖아."

주혁은 그녀에게 몸을 기울이며 낮게 웃었다.

"그건 안 되지. 네가 먼저 도발했잖아. 난 그런 거 정말 좋아하거든. 도전, 게임. 제일 좋은 건 항상 승자는 나라는 사실이야."

"어머……. 너 정말 재수 없구나!"

"예쁜 입으로 험한 말 하지 마. 확 키스해 버리는 수가 있어."

솔은 손을 들어 얼른 입을 막았다. 주혁이 충분히 그러고도 남을 위인이라는 건 그녀도 이미 잘 알고 있었다. 그녀는 손가락 사이로 웅얼거렸다.

"아주, 아주 왕자병 중증 변태구나, 너!"

"어쨌든 내일 데이트해요. 넘어가지 않을 자신 있다면 피할 이유 없잖아. 안 그래요?"

주혁은 싱긋 웃으며 덧붙였다.

"내가 말한 것 중에서 마음에 드는 거로 골라 놔요. 내일 시간 비워 둘 테니까."

"……."

"참고로 나는 마지막으로 말한 게 좋아. 기회 줄 때 누나가 정해요."

비웃는 건지, 그냥 습관인지 찜찜한 미소를 뿌리고는 주혁은 방으로 사라졌다.

휴우. 솔은 어느새 달아오른 뺨을 지그시 눌렀다. 정말이지 심장 쫄깃하게 만드는 재주가 있는 놈이다.

근데 가만. 데이트? 지금 그게 데이트 신청이었어?

솔은 뒤늦게 눈을 깜빡이며 주혁의 방문을 바라보았다.

주혁이 샤워를 마치고 거실로 나왔을 때 남매는 이미 맥주 한 캔씩을 마신 후였다. 먼저 주혁을 발견한 솔은 어정쩡하게 일어났다.

"난 그만 자야겠다."

"그래. 푹 자라. 잠이 부족하면 멀쩡한 사람도 이상해지는 법이야. 너야 원래 이상했지만."

"박찬! 너 자꾸 누나한테 너, 너 할래?"

"쳇."

주혁을 못 본 체하며 솔은 방으로 향했다.

"적당히 마시고 치워 놓고 자. 아침에 너저분하면 둘 다 혼내 줄 거야. 누. 나. 로서."

"……누나."

그때 찬이 고개를 들지 않고 솔을 불렀다. 어쩐지 머뭇거리는 모양새였다.

"토요일에……. 다른 일 없지?"

"토요일? 왜? 뭐 있어? 우리 고기 먹어? 월급 탔니?"

문을 잡고 되묻는 그녀의 얼굴이 확 밝아졌다.

"아빠가 오실 거야."

찬은 조금 남은 맥주 캔을 빙빙 돌렸고 솔은 여전히 웃고 있었다. 하지만 이상한 일이었다. 남매의 자세나 표정엔 조금의 변화가 없는데도 분위기는 미묘하게 달라졌다. 마치 칼라에서 흑백으로 장면이 전환된 영화 속 한 장면 같이 탁하고 어두워졌다.

특히 솔의 분위기가 그랬다. 입가에 미소도 조금의 틀어짐 없이 똑같았지만, 그녀는 초점이 맞지 않아 흔들린 사진처럼 보였다.

착각인가?

주혁은 의아했다. 통통 튀는 그녀에겐 어울리지 않은 어두움에 조금 놀란 것인지도 몰랐다. 그녀에게서 흘러나온 목소리도 같은 듯 달라져 있었다.

"그렇구나. 알았어."

"친구분 딸 결혼식에 오신대. 잠깐 들르셨다가 가실 거야. 누나는…… 나가 있어. 아빠한테 내가 잘 말해 놓을게."

솔은 입술을 달싹였다. 흘깃 주혁에게로 시선을 준 그녀는 아주 잠깐 얼굴을 붉히는가 싶더니 평상시와 다름없는 밝은 목소리로 말했다.

"아냐. 나 약속 없어. 오랜만인데 아빠 봐야지. 미리 장 좀 봐 놔야겠네."

그대로 들어가려던 솔의 눈과 주혁의 눈이 짧게 마주쳤다.

뭐지? 주혁은 저도 모르게 한쪽 눈썹을 올렸다.

저 눈에 담긴 표정은 뭐지? 혼란스러움, 당혹감……. 부끄러움?

제대로 판단한 건지 확신할 수는 없었다. 그것은 찰나였고, 그걸로 끝이었다. 곧이어 문이 닫히고 다른 날에는 들리지 않던 잠금 버튼 소리가 울렸다.

"아니다. 그냥 내가 밖에서 식사하고 모셔다 드릴게. 누나는 신경 쓰지 마."

이미 들어가고 없는 솔을 향해 급히 말하는 찬의 목소리에 담긴 당황함이 아니었더라면 주혁도 착각이라 여기고 넘어갔을 만큼 아주 미묘한 변화였다.

"알았지?"

찬은 차분하게 말했지만, 솔의 문을 향해 귀를 기울이는 표정만은 이상할 만큼 절박했다. 솔과 닮은 표정. 정체를 쉽게 드러내지 않은 그들의 동일한 당황함은 분명 평소에는 밝은 남매에게서 느낄 수 없는 것들이기도 했다.

"저거…… 또 울겠네."

쓸쓸하게 찬은 중얼거렸다. 털썩 자리에 앉아 새 맥주 캔을 따는 그의 얼굴도 크게 다르지 않았다. 금방이라도 일그러져 울 것 같았다. 천천히 주혁이 다가가자 그제야 그를 발견한 찬은 눈에 띄게 놀랐다.

"어? 너 언제 나왔냐?"

"방금."

"뭘 이렇게 빨리 씻냐? 물만 뿌렸냐?"

구시렁거리는 찬에게 주혁은 망설이지 않고 물었다.

"누나가 왜 울어?"

갑자기 변했던 분위기는 분명 심상치 않았는데, 찬은 평소의 얼굴로 돌아와 아무렇지도 않게 대꾸했다.

"들었냐? 별거 아냐. 저거 울보잖아. 부모님 본 지 오래돼서 반가워서 울까 봐 그랬지. 너도 토요일에 일 없으면 와서 인사나 하든지.”

경쾌한 어조로 대꾸한 찬은 주혁에게 맥주 한 캔을 건네고는 벌컥벌컥 들이마셨다. 그러고는 자연스럽게 화제를 돌렸다.

“우리 솔이, 일은 잘하냐? 어때? 실력 굉장하지?”

“글쎄, 아직은 모르지.”

“깜짝 놀랄 거다. 어릴 적부터 미술상이란 상은 다 휩쓸고 대학도 수석으로 들어가서 수석으로 나왔어. 공모전에 출품했다 하면 죄다 수상해서 상금도 제법 받아 내고 말이야.”

찬은 신이 나서 손짓, 발짓까지 하며 떠들기 시작했다. 솔의 입상 기록을 열거하는 그의 얼굴은 자랑스러움으로 빛났다.

“너도 그림은 꽤 그렸잖아. 유전인가?”

“내가? 에이, 아니야. 난 누나에 비하면 아무것도 아니었지. 그림에 취미도 없었고.”

찬은 손사래를 치며 대수롭지 않게 웃었다.

“우리 누나가 진짜 재능이 있긴 있어. 학생 때는 얼마나 유명했다고. 그중 교수님 한 분은 프랑스까지 누나를 데려가려고 했다니까. 좋은 기회였는데……. 어쨌든 졸업도 하기 전에 우리나라에서 제일 좋다는 회사에 들어간 사람이야, 우리 누나.”

잠자코 듣고는 있었지만, 주혁의 온 신경은 솔의 방으로 가 있었다.

너무도 조용했다. 유난할 것 없는 정적인데도 왠지 신경이 쓰였다. 분명 그가 알지 못하는 뭔가가 있다고 주혁은 확신했다.

평소보다 빠르게 떠드는 찬도 이상하긴 매한가지였다. 원래도 누나라면 끔찍하게 생각하는 건 알고 있었지만, 솔의 자랑을 늘어놓는 그에게선 정체 모를 비장함마저 보였다.

모든 남매는 다 이런 건가. 서로 잡아먹지 못해서 안달인 것처럼 보여도 끈끈함, 애틋함, 미안함 같은 것들이 있는 건가.

외아들로 자란 주혁이 알지 못하는 감정일 수도 있었다. 하지만 주혁은 불편했다. 입안의 남은 맥주의 맛을 음미하며 주혁은 찬에게 집중하기 시작했다.

"어쨌든 네 회사에 들어갔으니 말인데, 부탁 좀 하자."

한참 솔의 자랑을 늘어놓던 찬이 말을 흐렸다.

"웬만하면 회사에서는 우리 누나 모른 척해라. 대표와 아는 사이라는 게 알려지면 아무래도 주목받게 되잖아. 그런 거…… 싫어해. 많이 긴장하거든. 착해 빠져서 남의 시선을 너무 많이 신경 써. 발표 같은 것도 힘들어하고. 병원에서도……."

병원?

주혁은 곧장 고개를 들었고 아차 싶었는지 찬은 입을 닫았다. 주혁은 빈 맥주 캔을 내려놓으며 분명한 어조로 말했다.

"디자이너에게 자신의 작품을 설명하고, 이해시켜야 하는 자리는 필수야. 긴장 좀 한다고 배제할 수는 없어. 혹시 건강이나, 다른 문제가 있다면 확실하게 알려 줘. 이제는 우리 회사 직원이니 나도 알 건 알아야지."

찬이 머리를 긁적였다. 곰곰이 생각에 잠긴 그는 좀처럼 입을 떼지 않았고 무작정 기다려야 하는 것이 못마땅한 주혁은 떨떠름하게 찬을 바라보았다. 인내심의 한계를 느낄 때쯤에야 찬은 어렵게 입을 열었다.

"……일종의 트라우마가 있어."

"트라우마?"

"그런 게 있어. 어쨌든 그래서 저게 큰 회사에서 못 버텨. 한번은 등 떠밀려서 프레젠테이션 자리에 대표로 섰다가 쓰러진 적이 있거든. 몇 주 동안 피나게 연습했는데도 잘되지 않았어. 그다음부턴 사람들 앞에서 긴장하는 게 좀 심해졌어. 아마 네 회사가 이렇게 주목받고 있다는 걸 알았다면 들어가지도 않았을 거야. 뭐, 누나가 처음부터 큰 프로젝트를 맡지는 않겠지만 혹시나 해서 하는 소리다."

"……혹시 가족과 관련된 얘기야?"

분명 달라진 분위기는 '아버지'라는 단어에서부터 시작했다. 선을 넘는 질문일 수도 있었지만, 주혁은 주저 없이 질문했다.

"우리 가족은 아무 문제가 없어."

찬 역시 망설임 없이 대답하며 피식 웃었다.

"거기까지 하자. 누나 인성이나 능력에 문제가 있는 건 아니니까. 어쩌면 내가 설레발을 치는 걸 수도 있고."

"나도 이유를 알아야 누나를 도와줄 수 있지."

"야. 따지고 보면 문제없는 사람이 어딨냐? 도와주고 자시고 할 문제까지는 아니야. 별거 아니라니까 그러네. 내가 오지랖 좀 부렸다고 생각해."

"……"

"직원이라고 해도 대표가 모든 걸 다 알 필요는 없지 않나? 과도한 관심도 일종의 특권이야. 다른 직원과 똑같이 대해 줘. 그리고……"

찬은 맥주 캔을 테이블에 내려놓았다. 탕— 빈 맥주 캔이 나무 테이블에 부딪혀 내는 소리가 신호라도 된 듯 그는 서늘한 어조로 바뀌었다.

"친구 누나에 대해 네가 더 깊이 알 필요는 없는 거 같은데?"

분명한 경고를 담아 찬은 주혁을 똑바로 마주 보았다. 찬의 이런 표정이 무엇을 의미하는지 주혁도 선명하게 기억하고 있었다. 어릴 적부터 솔에게 관심을 보이던 남자들에게 보이던 날 선 눈동자.

접근 금지.

각자의 이유로 복잡한 두 남자의 시선이 뒤엉켰다. 먼저 눈을 피한 건 주혁이었다. 당당하지 못한 그로서는 할 말이 없었으니까.

씁쓸하게 주혁은 남은 술을 들었다.

이런 기분……. 불쾌하다.

어느새 찬은 연예인 이야기로 화제를 돌리며 낄낄거리기 시작했다.

창고로 쓰는 좁은 방은 언제나 메케한 냄새와 습기로 축축했다.

자신의 키보다 한참 위에 걸린 거울을 보기 위해서 그녀는 조그만 손으로 차곡차곡 물건들을 쌓아야만 했다.

어렵게 보게 된 얼굴은 다른 날처럼 엉망이었다. 빨갛게 부어오른 뺨 위에 눈물 자국이 얼룩덜룩했다. 그 자국 안에 말라붙어 버린 머리카락을 야무지게 떼어 내며 어린 솔은 생긋 웃었다.

"아냐. 넌 재수 없지 않아. 아빠가 너무 화가 나서 그런 거야."

"하지만 아빠는 항상 나한테만 화를 내는걸."

10살쯤 돼 보이는 조그만 아이가 거울 속에서 슬프게 말했다.

빨개진 볼이 흉하게 부풀어 오르는 얼굴을 가진 아이. 터질 것 같은 온몸의 통증을 참으며 어색하게 웃는 아이.

솔은 기운차게 고개를 저었다.

"아빠는 슬퍼서 그래. 아빠는 날 사랑해. 내일이면 맛있는 것도 사 주고 새 옷도 사 주실걸."

술에 취한 아빠가 무언가를 던지는 소리, 깨지고 부서지는 소리, 뒤늦게 뛰어 들어온 어머니가 말리며 숨죽여 우는 소리가 어지럽게 울렸다. 듣고 싶지 않아 그녀는 귀를 꼭 틀어막았다.

동생이 이모 집에 가 있는 것이 다행이라고 솔은 어린 나이에도 안도했다. 그녀는 한 번 더 쌩긋 웃었다. 아무 소리도 들리지 않는 것처럼 환하게 웃었는데도 거울 속에 아이는 슬퍼 보여 그녀도 덩달아 슬퍼졌다.

"오늘은 그래도 별로 안 아팠어. 그지?"

작은 창으로 들어오는 달빛이 흐려진 눈가에 흩어졌다. 고여 있던 눈물이 자꾸만 찔끔찔끔 흘렀다. 작은 솔은 멍하게 생각했다.

울면 안 되는데……. 난 울면 흉하댔는데. 울면 못생겨진다고 누가 그랬는데……. 누가 그랬더라.

도무지 기억이 나지 않아 가슴이 답답했다. 소리 없는 눈물이 뚝뚝 떨어질 때야 솔은 눈을 떴다.

이런 날에 어김없이 찾아오는 꿈이었다. 다른 건 과거와 현재가 뒤섞여 더 뒤죽박죽이라는 것뿐. 베개는 이미 축축했다.

못났다, 박솔. 찬이가 걱정할 거 뻔히 알면서.

솔은 혀를 차며 몸을 일으켰다.

울면 흉해진다고 한 건 주혁이었는데……. 꿈에서까지 생각난 걸 보면 충격적인 말이긴 했나 보군. 내일도 얼굴이 붓겠네. 못생겨지겠어. 젠장!

물이라도 마실까 거실로 나가려던 그녀의 귀에 반갑지 않은 인기척이 들려왔다. 시계를 보니 새벽 3시가 넘어가고 있었다.

20대라 좋겠다. 저것들은 잠도 없구나. 한숨을 쉬며 솔은 문에 기대 스르르 주저앉았다.

아마도 찬일 것이다. 티 내지 않으려 애썼지만 움츠러든 자신의 반응을 눈치챘을 테니. 나보다 속상해하며 잠 못 드는 거겠지. 찬은 아버지 얘기를 할 때마다 죄지은 것처럼 솔의 눈치를 본다. 그런 동생에게 솔은 오히려 미안하기만 했다. 누나란 게 이 나이까지 동생 걱정이나 시키고……. 한심해 죽겠다.

사랑하는 가족에게 자신이 아픈 손가락 같은 존재라는 건 참 거지 같은 일이다.

지금은 찬을 만나고 싶지 않았다. 부은 얼굴을 들키면 찬의 너덜너덜한 가슴은 썩어 들어갈 테니까.

내일은 찬보다 일찍 나가야겠다고 생각하며 솔은 다시 이불 속으로 기어들어 갔다.

이른 아침.

터덜터덜 걷고 있는 솔의 걸음 속도에 맞춰 차 한 대가 뒤따르고 있었다.

최대한 천천히 차를 몰며 주혁은 솔의 뒷모습을 바라보았다.

– 저거 또 울겠네.

찬이 중얼거렸던 말은 주혁을 심란하게 만들었다. 볼일도 없는 거실을 몇 번이나 들락이다 결국 솔의 방문 앞에 기대앉은 그는 문틈으로 흘러나오는 불빛을 확인했다.

3시가 넘어서야 불이 꺼진 방 안의 침묵은 이상하게도 여운으로 남아 그의 머리를 밤새 시끄럽게 했다. 결국, 그는 잠들지 못했다.

문득 주혁은 짜증이 났다. 내가 지금 뭐 하는 짓인지. 궁금하면 물어보면 되는 거 아닌가.

속도를 바짝 높인 차는 그녀의 앞에서 멈췄다.

"타요."

창문을 내려 최대한 부드럽게 말하다가 솔의 얼굴을 확인한 주혁도 놀랐다.

퉁퉁 부은 얼굴. 눈물이 남아 있는 눈동자. 빨개진 코. 어쩔 줄 모르고 서 있는 작은 몸.

뭐야, 진짜 울었어? 왜? 그가 모르는 이유로 울었을 그녀에게 이유 없이 화가 나서 주혁은 좀 더 강하게 말했다.

"타."

솔은 재빨리 고개를 돌렸다.

"싫어. 사장하고 같이 산다고 광고 낼 일 있니."

찬바람을 일으키며 그녀는 빠르게 걷기 시작했다. 정말로 주혁은 화가 났다. 모든 게 마음에 들지 않는다. 과하게 끼고도는 찬도, 자신을 거부하는 솔도, 왜 울었는지 이유도 묻지 못하는 자신의 위치도.

어느새 한참 멀어진 그녀를 향해 속력을 낸 그가 그녀 앞에서 급브레이크를 밟았다.

"타라고 했다."

거의 으르렁대듯 그가 말했다. 기가 막힌 듯 바라보는 솔은 입을 삐죽거렸다.

"난, 안 탄다고 했지! 지하철 타고 갈 거야."

똑같이 으르렁거리며 솔은 무섭게 그를 노려보았다. 그녀도 역시 화가 난 상태였다.

남자들은 정말 바보 멍청이야!

울고 나면 퉁퉁 붓는 찐빵 같은 얼굴이 싫었다. 평소에는 먹지 말라고 해도 바르는 즉시 쏙쏙 먹어 대던 화장품마저 피곤한 피부는 거부했다.

어떤 여자가 얼룩덜룩 들뜬 화장과 퉁퉁 부은 얼굴을 보여 주고 싶어 한단 말인가. 어차피 얼굴을 봤으면 울었다는 것쯤은 알 텐데, 이럴 때는 알아서 피해 줘야지.

후— 주혁은 길게 심호흡을 했다. 이제 제법 눈치가 빨라진 솔은 얼른 뒤로 물러섰다. 이 녀석이라면 당장이라도 내려 그녀를 끌고 탈 게 뻔했다.

"너, 내가 경고하는데 억지로 태울 생각 마. 제발 그러지 마. 나 오늘 진짜 기분 안 좋거든. 좀 봐줘라. 응?"

"셋 셀 거야. 하나."

허. 진짜 뭐 이런······.

주혁은 여전히 멋대로였고, 얼굴은 험상궂었다.

왜 자기가 화를 내는데. 왜 화가 난 건데. 솔은 자포자기한 한숨을 내쉬었다. 그녀의 체념을 읽은 주혁이 승리의 미소를 지었다.

"둘."

"나······ 진짜 너 미워지려 그래."

"셋!"

그는 다 이긴 듯 여유 있게 셋을 셌고, 그 말을 출발 신호로 솔은 총알처럼 뛰기 시작했다.

"나 정말 너 싫어! 완전 싫어!"

아직 셋이라는 입 모양을 유지하고 있는 주혁이 황당한 표정으로 변하는 걸 골목을 돌기 전 솔은 분명히 보았다.

"까불고 있어, 누나한테."

헉헉거리며 지하철 계단으로 뛰어가는 솔은 오랜만에 승리의 웃음을 활짝 지었다. 놀랍게도 기분마저 좋아졌다.

"아이고, 힘들어."

씹다 툭 뱉어 버린 껌처럼 지옥 같은 지하철에서 튕겨 나온 솔은 숨을 헐떡였다. 다른 날보다 이른 시간이라 여유 있을 줄 알았는데 연착까지 된 지하철은 인산인해였다.

'그냥 편하게 타고 올 걸 그랬나 봐. 회사 근처에서 내려도 됐을 텐데.'

그래도 좋았어! 황당해하던 주혁을 떠올리며 솔은 키득거렸다. 간밤에 잠 못 자고 훌쩍이던 이유도 잊을 만큼 통쾌했다.

그래, 어디 한번 해보자. 꼬시려면 둘이 있을 시간이 필요할 텐데 내가 호락호락 기회를 줄 거 같냐.

회사 엘리베이터 앞에 선 솔은 눈을 빛냈다.

집에서는 찬과 함께, 회사에서는 동료들과. 아무리 네가 강력한 페로몬을 살포한다 해도 나는 자신 있거든. 흐흐흐- 웃음을 흘리며 솔은 무의식적으로 로비를 돌아보았다.

느긋했던 솔의 손가락이 다다닥 엘리베이터 버튼을 눌러 대기 시작했다. 주혁이 자동문을 통과하고 있었다. 먹구름을 동반한 사신처럼 음습한 분위기를 풍기며.

열이 바짝 올랐나 보다. 적어도 부기나 가라앉은 다음에 봐야

한다. 빨리 와라, 얼른 와라, 엘리베이터야.

발까지 구르며 초조하게 엘리베이터를 기다리던 솔은 다음 순간 소스라치게 놀랐다.

"솔이 씨!"

우렁찬 목소리가 뒤편에서 들려왔기 때문이었다. 재빨리 고개를 돌려보니 전혀 예상치 못했던 인물이 보였다. 서글서글한 얼굴에 미소를 품고 걸어오는 남자는 분명 강한빈이었다.

이 남자가 왜 여기서 나오나? 볼일이 있나? 라는 어리둥절도 잠시, 그의 손에 쥐인 한 송이 빨간 장미꽃이 눈에 들어왔다.

– 너한테 뻑 갔어.

혜주의 말이 떠오름과 동시에 한빈이 성큼 다가왔다.

"솔이 씨 만나기가 왜 이리 어려워요. 지훈이 녀석에게 밥 사 주고 술 사 주고 겨우 회사 위치만 알아냈습니다. 놓칠까 봐 서둘렀는데 일찍 온 보람이 있네요."

미소를 짓는 그의 얼굴에 매력적인 볼우물이 생겼다. 소개팅 자리에서는 앉아 있는 모습만 봐서 몰랐는데 한빈은 키까지 훤칠했다. 깔끔한 정장 차림의 그는 누가 봐도 호감형이었고 멋져 보였다.

그건 그거고.

솔은 황급히 로비를 보았다. 전화기를 귀에 대고 있는 주혁은 아직 솔을 발견하지 못한 눈치였다. 무슨 통화인지 몰라도 그의 얼굴은 아까보다 까칠해져 있었다.

- 궁금하면 또 아무 새끼나 만나 봐. 죽일 거야. 죽일 거야. 죽일 거야.

이해할 수는 없지만 이건 확실했다. 주혁은 솔의 남자 문제에 지나치게 예민하다는 것.

솔은 서서히 가까워지는 주혁과 자신의 옆에서 미소를 날리는 한빈을 번갈아 보았다. 이 둘을 마주치게 해서는 안 된다는 느낌은 거의 본능적이었다. 하지만 불행하게도 한빈의 눈치 없는 손이 올라오고 있었다.

이것은 저 꽃을 나에게 바치려는 몸짓? 솔은 재빨리 판단했다.

"한빈 씨! 잠깐 우리 저리 가서……."

"솔이 씨. 이거…… 어. 어?"

"잠깐만요!"

한빈의 손을 조그맣고 야들야들한 손이 사납게 낚아챘다. 거울을 보며 준비했던 완벽한 미소와 포즈가 무너진 한빈은 당황했다. 야심차게 준비한 장미꽃이 힘없이 떨어질 때 그의 얼굴이 확 붉어졌다.

두 번째 만남에 손을? 이 여자 화끈하기까지 하다.

"우리 조용한 곳에서 얘기해요!"

속살거리는 목소리와 다르게 여자의 힘이라고 믿기지 않는 강한 힘으로 솔은 그를 끌어당겼다. 엘리베이터를 돌아 옆 복도에 설 때까지 한빈은 아무 말도 하지 못했다.

쿵쿵. 쿵쿵.

다시 만나면 어떨까.

첫 만남과 똑같이 설렐까? 단순한 착각이 아니었을까?

의심받았던 그의 심장이 세차게 뛰기 시작했다.

"정말 죄송한데요⋯⋯. 잠시만, 조용히⋯⋯. 사정이 있어서 그래요."

그녀가 속삭일 때 내려앉은 부드러운 숨결이 한빈의 귓불을 빨갛게 만들었다. 비록 그녀의 시선이 다른 곳을 향했다는 걸 알았지만, 한빈은 속수무책으로 굳어 버렸다.

두근두근. 심장이 너무 빠르게 뛰었다. 거칠어진 호흡을 들키지 않기 위해 한빈은 소리 없이 심호흡해야만 했다.

'이, 이건 위험한데. 너무 가깝잖아. 심장 소리가 들리겠어. 아니, 그것보다 내 숨소리가 왜 이래? 왜 이렇게 변태스러워. 좀 떨어져야겠어.'

하지만 그러려면 그의 손을 움켜쥐고 있는 부드러운 손을 놓아야 한다. 그건 싫다. 잠시 고민하던 그는 벽에 붙은 나방 같은 자세를 조금만 더 유지하기로 했다.

그때, 화장실로 통하는 그곳으로 들어오던 한 남자가 흠칫 놀랐다. 남자는 벽에 나란히 붙어 손을 잡은 그들을 수상쩍은 눈으로 보기 시작했다.

뭘 봐! 아침에 화장실 벽에 붙은 남녀 처음 봐? 신경 끄고, 꺼져!

한빈은 험상궂게 눈을 부라렸다. 고깝게 쳐다보던 남자와의 눈싸움에서 이겨 기어이 쫓아내고서야 그는 만족스럽게 웃었다. 한빈은 벽에 머리를 기대고 눈을 감았다.

이 여자에게는 좋은 향기가 난다. 어떻게 사람에게 이토록 좋은 향이 날 수 있을까. 거품 가득 낸 따뜻한 물에 푹 담갔다 꺼낸 곰인형처럼 포근한 향기, 처음 만난 그날 그의 코끝에 남겨 놓았던 신데렐라 구두 한 짝 같던 그 향기.

저도 모르게 올라간 입꼬리 때문에 그의 얼굴은 따뜻하게 풀어졌다. 그의 사무장이 본다면 입을 쩍 벌릴 만큼 온순하고 수줍게.

이 상황이 어떤 이유에서 만들어졌건 무슨 상관인가. 그는 설렜고, 가슴이 뛰었다. 우스꽝스러운 자세지만 기묘한 두근거림을 주는 이 시간이 조금이라도 더 지속되길 바랐다.

그거면 된 거 아닌가. 언제나 그랬듯 그는 자신의 감을 믿었다. 거칠게 뛰는 심장 소리가 명확한 증거였다.

나는 이 여자한테 반했다.

동그란 이마와 귀여운 콧날이 오밀조밀한 옆얼굴만 봐도 자꾸 웃음이 나왔다. 적의 동태를 살피는 것처럼 눈을 번득이는 이 여자의 머릿속엔 지금 그들의 이상한 자세 따위는 없다는 걸 한빈은 알고 있었다. 역시 아무 상관없었다.

"아…… 엘리베이터 왔잖니. 타라. 타! 아, 왜 안 타냐고! 가! 올라가! 히익!"

투덜대던 그녀가 뭔가에 놀랐는지 움찔하며 한빈에게 몸을 바짝 붙였다. 그의 손을 잡은 작은 손에도 힘이 강하게 들어갔다. 한빈은 호흡이 가빠지는 걸 느꼈다.

뭐야. 나 진짜 변태가? 뭔지도 모를 이 상황이 왜 이렇게 좋지? 왜 불끈불끈하는 거냐? 너무 심하게 건강하다는 증거인가?

하지만 한빈의 몽환적인 설렘은 거기까지였다. 다음 순간 그는 눈살을 찌푸렸다. 그녀의 눈가가 부어 있는 것을 알아챘기 때문이었다. 그들이 처음 만난 그날처럼. 아니, 훨씬 심하게.

그제야 객관적으로 훑어본 그녀는 눈뿐만 아니라 코도 빨갛고 얼굴도 퉁퉁 부어 있었다. 누가 봐도 밤새 울고 온 얼굴이었다.

"쟤는 회사 안 들어가고 어딜 가니. 가려면 진작 가지."

구시렁거리던 그녀가 문득 한빈이 생각났는지 고개를 휙 돌렸다.

이런, 이런.

한빈은 하마터면 혀를 찰 뻔했다. 정면으로 본 그녀의 얼굴은 안쓰러울 만큼 부어 있었다. 왜 이 여자는 만날 때마다 울고 난 후의 모습을 보여 주는 걸까. 한빈은 그 이유가 궁금해졌다.

그녀는 여기가 어딘지, 무슨 상황인지 잊어버린 것처럼 눈만 깜빡였다. 천천히 그녀의 시선이 한빈의 손을 움켜잡은 자신의 손으로 내려갔다.

"어머머!"

그녀는 기겁하며 손을 뿌리쳤다.

"어머, 어멋, 웬일이니! 이것 놓으세요! 왜 멋대로 손을 잡고!"

또다시 그에게 뒤집어씌우는 앙큼함보다 보드라운 손이 사라진 허전함에 한빈은 잠시 말을 잊었다.

"앗. 혹시 제, 제가 먼저 덮쳐…… 아니, 그쪽 손을 잡았나요? 아, 제가 잡았군요……. 죄송합니다."

발끈하던 그녀는 자신의 행동을 떠올렸는지 즉각 사과했다. 무안한 표정으로 민망한 듯 눈을 데굴데굴 굴리며 시선을 피하는 모습이…….

예쁘다!!

한빈은 터지는 웃음을 참을 수 없었다.

이렇게 귀엽고 예쁜 여자를 그때는 왜 평범하다고 생각한 것인지. 궁금했지만 엉망이 된 얼굴에 대한 물음은 나중으로 미루기로 결정했다. 그래야만 할 거 같았다. 그녀가 더 민망할 상황은 만들고 싶지 않으니.

　나는 이 여자한테 반했어!

　각성한 그는 모처럼 마음에서 우러나오는 큰 웃음을 지었다.

10.

'재밌냐?'

말도 없이 웃고만 있는 한빈을 향해 솔은 삐죽거렸다.

'거참, 민망하게 계속 웃네.'

솔은 이 상황이 부끄럽고 불편하기 짝이 없었다. 한빈을 다시 보니 그날 지루해하던 모습이 떠올라 마냥 반갑지만도 않았다. 싸늘하다 싶을 정도로 냉랭하게 그녀가 입을 열었다.

"뭐, 사정이 있어서요. 오해는 하지 마세요."

"음……. 그 사정이란 게 혹시 남잡니까?"

한빈은 장난스럽게 눈을 빛냈다. 고개를 내밀어 엘리베이터 쪽을 확인한 그가 다시 시원한 미소를 지었다. 매력적인 볼우물이 패었다.

"피곤하게 구는 남자 있어요?"

"네? 아뇨. 남자는 무슨……. 어쨌든 죄송해요."

비꼬는 건가 싶어 심드렁하게 대꾸하고 있을 때 바닥에 떨어진 꽃이 눈에 들어왔다.

맞다. 꽃!!!

솔의 머리가 바쁘게 돌아갔다.

이건 뭐지? 무슨 상황이지? 꽃과 훤칠한 남자라. 그것도 나에게 호감 있다는 남자가 꽃을 들고 왔다는 건? 소개팅 때 그런 추태를 보였는데도 호감이 생길 수가 있나?

떨어진 꽃을 주워 들며 한빈은 어깨를 으쓱했다.

"귀찮은 놈 있으면 언제든 말해요. 내가 혼내 줄게요."

"아니, 뭐. 그런데 무슨 일로……."

솔은 의심스럽게 그를 살폈다. 소개팅 자리에서는 빨리 가지 못해서 안달이 났던 남자가 이렇게 나오니 영 꺼림칙하고 수상하기만 했다. 그러다 문득 자신의 몰골을 떠올린 솔은 얼른 손을 들어 뺨을 감쌌다.

"미리 연락을 주고 오시죠. 어제 음……. 라면을 먹고 잤더니 좀 부었는데."

"아, 몰랐어요. 그게 부은 거예요? 예쁜데?"

연락도 없이 불쑥 찾아온 것에 대한 은근한 비난에 되돌아온 대답에 솔은 어안이 벙벙했다. 이 얼굴이 예쁘다고? 진짜 나한테 반한 거야, 뭐야. 눈을 깜빡이던 그녀는 이내 인상을 구겼다.

이런, 씨. 왜 이런 로또 같은 기회가 하필이면 이따위 타이밍에 훅 들어와! 아까워서 어쩐단 말인가.

기억보다 훤칠한 한빈의 모습에 솔은 가슴마저 쓰렸다. 도무지 주혁과 만난 날부터는 되는 일이 없는 듯했다. 이렇게 괜찮은 남자가 나타날 줄 알았더라면 무슨 일이 있어도 주혁과 엮이지 않았을 텐데. 일주일만 더 일찍 한빈이 나타났더라도.

솔은 흔들리는 마음을 애써 다독였다. 눈물이 날 만큼 아깝다고 해도 안 되는 일은 안 되는 일이다. 얼마 전에 주혁과 뜨거운 밤도 보냈고, 지금도 설명하기 힘든 묘한 사이가 돼 버린 상태에서 한빈에게 제대로 거절을 하지 않는다면 어장 관리를 하는 거나 마찬가지다.

도덕적으로 안 되는 일이다. 애초에 홧김으로 소개팅을 한 자체가 잘못된 일이었다. 차분하게 상황을 정리하는 것을 선택한 솔은 냉랭하게 들리도록 목소리를 조절했다.

"저에게 무슨 볼일이라도. 전화하셔도 됐는데요."

"지훈이가 전화번호를 알려 주지 않던데요. 이건……. 음. 버리겠습니다. 다음에 더 예쁜 것으로 사 드릴게요. 떨어진 걸 주기는 싫습니다."

"아뇨! 아뇨. 주세요!"

쓰레기통으로 날아가는 꽃을 솔은 번개처럼 낚아챘다. 안 되는 건 안 되는 거지만 꽃을 받아 본 게 백만 년 전인데 버릴 수는 없다. 사진이라도 찍어 놔야지. 그래도 방정맞긴 했나 보다. 한빈이 눈을 크게 뜨고 그녀를 내려다보고 있었다. 민망해진 솔이 다소곳하게 눈을 내리깔았다.

"기왕 가져오셨으니 받을게요. 고맙습니다."

저도 모르게 몸이 꼬이고 새침한 목소리가 나오는 것은 여자로서의 본능이니 어쩔 수 없는 거다.

"그런데 왜 저에게 꽃을?"

아! 난 진짜 여우 같아. 다 알면서. 솔은 정말이지 궁금한 사람처럼 눈을 동그랗게 뜨며 귀엽게 깜빡거렸다. 다분히 계획적인 몸짓이었다.

"흠흠……."

한참이나 그녀를 바라보던 한빈이 헛기침을 하며 고개를 돌렸다. 그의 귓가가 살짝 벌게진 것을 확인한 솔이 음흉하게 미소 지었다.

"사실은 꽃보다 꼭 드릴 것이 있어서 왔습니다. 직접 얼굴 보고 드리는 게 맞는 거 같아서."

"뭘 또?"

솔은 눈을 반짝 빛냈다. 이 남자 정말 자신에게 반한 게 맞는 모양이다. 도덕은 개뿔! 따지고 보면 주혁과 사귀는 것도 아니고 결혼한 것도 아닌데 무슨 도덕을 따진단 말인가. 어쩌면 검사 부인이 될 수도 있는 건데 왜 거절을 해야 해!

한빈은 몹시 쑥스러워하며 슈트 안주머니로 손을 집어넣었다. 잘생긴 줄만 알았더니 제법 귀엽기까지 하다. 그가 뭔가를 꺼내 내밀 때까지 솔은 열심히 눈썹을 펄럭였다.

뭐야. 뭐야. 목걸이? 귀걸이? 지갑? 이 남자, 도대체 나를 어떻게 보고 이런 선물 공세를. 내가 후딱 넘어갈 여자인 걸 어떻게 알고. 어차피 돌려줘야 마땅하겠지만 잠깐 기분이라도 맛보는 게 어디냐.

하지만 기대감에 들떠 있던 솔의 인상이 조금씩 찌푸려졌다.

"……뭐죠, 이게?"

예쁜 척 가장했던 목소리도 원래대로 돌아왔다. 한빈이 그녀의 손에 쥐어 준 건 하얀 봉투였다. 그것도 제법 두툼한.

떨떠름하게 그것을 바라보는 솔과는 달리 한빈은 진지하게 말했다.

"별거 아니지만, 제 성의입니다. 여자에게 이런 걸 주는 건 처음

318

이라, 준비하면서 쑥스럽기도 했고, 또 받으면 얼마나 좋아하실까 생각하니 설레기도 했고……. 하하하."

"성. 의. 라고요?"

솔의 눈썹이 자동으로 꿈틀거렸다. 손에 쥔 봉투가 서늘하도록 부담스럽게 느껴지기 시작했다.

단단히 밀봉한 봉투 안에 느껴지는 종이뭉치들. 성의로 준비했다는 이것.

떠오르는 것은 하나였다. 당연히 편지는 아닐 테고. 뭐냐. 이 익숙한 감촉은? 설마 돈이야? 누굴 거지로 아나!

봉투와 한빈의 얼굴을 번갈아 쳐다보는 솔의 표정이 차츰 아니꼽게 변했다. 꺼림칙해서 내용을 확인하고 싶지도 않은 데다가 자존심마저 구겨졌다.

"받지 않겠습니다."

솔은 강하게 거부했다. 대놓고 불쾌한 표정을 드러내며 재차 거절했다.

"강한빈 씨! 왜, 왜 제가 이런 걸 주는지 모르겠지만, 받을 수 없어요."

한빈은 한 걸음 뒤로 물러서며 머쓱하게 웃었다. 순진해 보이는 그 표정에 솔은 더더욱 기가 찼다. 소개팅한 여자에게 다짜고짜 돈 봉투를 안겨 주는 남자가 순진할 리가. 대한민국 미래까지 걱정되는 일 아닌가. 검사라는 작자가 이런 일을 하다니 믿을 수도 없었다.

잘빠진 슈트와 어울리지 않게 한빈은 얼굴까지 살짝 붉히고 있었다.

"흠. 흠. 부담 갖지 마세요. 필요하신 분에게 드리는 건 당연하죠. 그리고 제가 이런 미션 참 좋아라 합니다. 부족하면 언제든 말만 해요. 저의 가치를 증명할 수 있다면 뭐 얼마든지! 보시고 흡족하다 싶으시면 나중에 솔이 씨도 저에게 성의를 보여 주십시오. 하하하."

"에? 제가 왜요? 돈이 어딨다고. 아, 아무튼 이거 다시 가져가세요. 그리고 저도 드릴 말씀이 있어요."

그녀의 말에 한빈은 얼른 손목에 찬 시계를 확인하더니, 굉장히 미안하다는 듯 웃었다.

"차라도 한 잔 하고 싶은데 지금은 가 봐야 해요. 여기서 직장까지 제법 거리가 있어서……. 장담하지만 보고 나면 정말 만족하실 겁니다."

"아뇨! 백억이 들어 있다 해도 만족할 거 같지 않네요! 한빈 씨, 제가 그날 이상하게 행동한 건 맞지만요. 돈을 바라고……."

"거기 제 명함과 영화표도 같이 넣어 놨습니다. 연락 주세요. 마음에 들면 오늘 저와 데이트하는 겁니다!"

시원시원하게 말해 놓고는 정작 쑥스러운지 시선 한 번 못 맞추다가 한빈은 갑자기 몸을 돌려 버렸다. 그는 한 손을 들어 휙휙 저으며 제 말만 하고 빠르게 걸어 나가기 시작했다.

"기다리겠습니다!"

"이봐요. 한빈 씨! 이봐요! 강한빈 검사! 아니 말을 끝내고 가! 돈 가져가! 아놔, 뭐야……. 뭐냐, 저 남자?"

이미 사라져 버린 한빈의 흔적에 대고 솔은 씩씩거렸다. 왜 6년 넘게 들어오지 않던 데이트 신청이 하루아침에 쏟아지는 건지, 게다가 왜 하나같이 이상한 놈들인지, 못마땅하고 짜증이 났다.

솔은 씩씩거리며 단단히 밀봉된 봉투를 뜯기 시작했다. 이건 정말 돈이야? 기왕 준 거 액수가 적기만 해봐라!

"아, 진짜……."

그녀의 눈이 반쯤 접히며 가느다랗게 변했다. 못마땅한 기운이 배꼽부터 올라와 이마의 핏줄로 툭 불거지며 꿈틀거렸다.

어쩐지 이상하다 했다. 웬일로 잘생기고 직업 좋은 남자가 먼저 나를 좋다고 하나 그랬다.

봉투 안에 들어 있는 건 돈보다도 더 꺼림칙하고 이상한 거였다. 도무지 의도를 파악할 수 없는 내용물을 보며 솔은 절레절레 고개를 저었다.

『강한빈의 종합 건강검진표』

……미친놈.

살포시 그것을 구기는 솔의 인상도 만만찮게 구겨지고 있었다.

＊

[박솔! 야, 큰일 났어.]

엘리베이터에서 내리며 솔은 혜주의 전화를 받았다. 부글부글 울화가 치밀고 있는 차라 험악한 목소리가 나왔다.

"너 전화 잘했다. 강한빈한테 나 뭐라고 소개했어?"

[한빈 씨? 왜? 연락 왔어? 오오. 그 남자 추진력 좋은데!]

"됐고. 소개팅한 남자가 여자한테 건강검진표를 왜 주는 건데?"

[한빈 씨 만났어?]

"아니, 지가 소야? 돼지야? 최상품이라고 자랑하는 거야? 도대체 이건 무슨 의미니? 보고 마음에 들면 내 것도 달랜다! 아니, 무슨 등급 심사도 아니고……."

[네가 진단서 필요하다고 했잖아. 내가 알려 줬지.]

"내가? 언제?"

[뭐래. 그 나이에 벌써 오락가락하냐? 야, 야! 그것보다 더 큰 일…….]

"더 큰일이 어디 있어!"

저도 모르게 버럭댄 솔은 주변을 살폈다. 다행히 아직 이른 시간이라 회사 복도는 한산했지만, 최대한 목소리를 낮추며 하소연을 시작했다.

"혜주야. 나 좀 이상해. 요즘 나한테서 페로몬이 분비되나 봐. 남자가 막 꼬여. 근데 어디서 저런 것들만. 내 페로몬이 너무 안써서 썩었나 봐. 정상인 인간도 많을 텐데……."

[야! 헛소리 닥치지 못해! 큰일 났다고, 이것아. 민지랑 진수!]

"응? 그것들이 왜? 결혼식 미뤘다며?"

[완전히 쫑 났대. 그것도 진수가 민지를 찼단다.]

"오……. 근데 그게 나랑 뭔 상관인데?"

[진수가 너한테 돌아가겠다고 선전포고했대. 민지 쓰러져서 입원했어, 이것아.]

쿵. 솔은 머리를 짚었다. 한 가지씩 하자. 하나씩만. 뭔 일이 이렇게 무더기로 닥치는지. 솔은 힘없이 대꾸했다.

"거봐. 내 페로몬이 썩은 게 맞지. 별 게 다 꼬이잖아. 진수까지……. 나 욕해도 되냐?"

[안 돼! 너 정신 바짝 차려야 해. 진수가 너 찾아갈지도 몰라. 만나지도 말고 상대 자체를 하지 마. 알았지? 이럴 때 잘못 처신하면 네가 다 뒤집어쓴다고.]

지끈거리는 머리를 벽에 기댄 솔의 곁으로 언제 왔는지 송 대리가 헤헤 웃고 있었다.

'통화 중. 저리 가요–'

입 모양으로 말하자 송 대리는 고개를 끄덕이더니 그녀의 손에 뭔가를 쥐여 주고는 후다닥 뛰어갔다. 그녀가 즐겨 마시는 당근 주스였다. 주스를 벌컥벌컥 마시며 솔은 넋두리를 뱉어 내기 시작했다.

"혜주야. 나, 진짜 이번 생에는 혼자 살아야 할까 봐. 나는 대단한 걸 바라는 게 아닌데. 어디 용한 점집 없니? 나 좀 데려가 주라."

가방에 꽂아 둔 장미꽃이 그녀의 움직임에 따라 같이 흔들렸다.

"나만 순수하게 좋아해 주는 평범한 남자 하나만 있어도 이런 꼴은 당하지 않았을 텐데. 그런 놈 있으면 묻지도 따지지도 않고 시집간다, 내가."

※

회사로 다시 향하는 주혁의 손에는 작은 종이백이 들려 있었다. 아침을 거른 솔을 위한 샌드위치와 그녀가 유독 좋아한다는 당근 주스였다.

횡단보도 신호등이 바뀌길 기다리면서 주혁은 씁쓸하게 웃었다. 아침에 보인 태도로 봐서는 자신이 준 거라면 먹지도 않을 텐데. 찬의 말대로 주목받는 걸 힘들어한다면 대표인 자신이 신경 쓰는 것 자체를 질색할 수도 있다.

결국, 주혁은 종이백에 적힌 번호로 전화를 걸어 대략 직원 수에 맞게 샌드위치 세트를 추가시켰다. 그제야 기분이 조금 편해졌다. 이렇게 하면 부담스럽지 않겠지.

우습네. 주혁은 피식 웃었다. 자신이 이렇게 작은 부분까지 신경 쓸 수 있는 인간이란 게 신기했다. 다른 사람도 아니고 박솔, 그녀에게.

요즘은 자신이 뭘 원하는지도 모르겠다. 생전 처음으로 풀지 못하는 문제를 만난 것처럼 어렵고 답답했다.

그러나 그의 심란함은 오래가지는 않았다. 회사 건물 로비에서 걸어 나오는 한 남자를 발견한 순간 그는 인상을 와락 구겼다. 얼굴 가득 띤 시원한 웃음이 익숙했기 때문이었다.

그 남자가 아닌가. 솔의 소개팅 상대. 해사한 그녀의 앞에서 서글서글 웃던 남자.

남자의 정체를 알아챔과 동시에 주혁의 머릿속에 떠오른 건 장미꽃이었다. 조금 전 엘리베이터 앞에 뜬금없이 떨어져 있던 꽃 한 송이. 우연일 수도 있지만, 그의 감은 다르게 판단했다.

자신과의 동행을 강력히 거부하던 솔과 그녀의 소개팅 남자, 그리고 떨어진 꽃.

모두 연관이 있음을 눈치챈 그의 표정이 서늘해졌다. 이건 예상하지 못한 일이었다. 그날, 주혁의 생각대로 되었다면 저 남자가 이 시간에 이곳에 있을 이유가 없었다.

주혁은 거기를 좁혀 오는 남자를 찬찬히 뜯어 살폈다. 흠잡을 데가 없이 말끔한 외모와 자신감 넘치는 태도. 영역에 침범한 또다른 수컷을 만난 것처럼 주혁의 신경이 곧장 팽팽하게 날을 세웠다.

기운차게 걸어오던 남자도 주혁의 흉흉한 시선을 알아챈 것이 분명했다. 처음에 의아하게 힐긋 주혁을 보던 남자는 곧 '저건 뭐야' 하는 눈빛으로 바뀌었다.

웃음기가 사라지며 남자도 슬쩍 인상을 구겼다. 처음 보는 사내가 무례하게 노려보고 있으니 당연한 반응이었다. 남자는 주혁 못지않게 싸늘한 시선으로 그를 한번 노려보더니 이내 무시하려는 듯 고개를 돌렸다.

주혁은 주저없이 남자에게로 걷기 시작했다. 기척을 느낀 남자가 또다시 주혁을 바라보며 눈썹을 올렸다. 분명히 자신을 향한 걸음이라고 판단했는지 그도 곧장 주혁에게로 다가왔다.

이윽고 마주 선 두 남자는 잠시 말이 없었다. 날 선 탐색이 소리없이 오가고 있을 때였다.

"혹시."

정적을 깨트린 것은 그 남자였다.

"지엔씨소프트 한주혁 대표님 아닙니까?"

남자의 얼굴이 확 밝아지며 자신의 이름을 부를 거라는 건 예상치 못했기에 주혁은 당황했다.

"맞습니까? 아, 이거 정말 반갑습니다."

그는 크게 웃으며 손을 척 내밀었다. 떨떠름하게 바라보고 있는 주혁을 향해 한빈이 시원하게 설명했다.

"아, 초면입니다만, 저는 한 대표를 잘 압니다. 저는 현주, 그러니까 엠마의 사촌 오빠입니다."

배가 아프다고?

코가 아파야지, 피노키오야. 분명 나를 피하려는 거짓말일 테니.

입맛을 잃은 주혁은 일찌감치 식사를 마치고 물 잔을 들었다.

"……진짜 아픈가."

"응?"

그의 옆에서 오물오물 초밥을 먹던 엠마가 고개를 들었다. 저도 모르게 소리 내어 말한 모양이었다.

"누가?"

"박솔 씨 말이야. 어디가 아프길래 점심까지 거른다는 거야."

기왕 말이 나왔으니 주혁은 엠마에게 대놓고 묻기 시작했다. 솔의 책상에 올려놓은 샌드위치가 점심시간이 다 되도록 그대로인 것을 확인한 주혁은 근처 일식집을 통째로 예약했다. 예정에 없던 점심 회식에 직원들은 신이 났고, 지금 이곳에서 왕성한 식욕을 자랑하고 있었지만 정작 솔은 배가 아프다는 핑계로 빠졌다.

"모르지. 진짜 아픈 건지."

"무슨 소리야?"

"봤잖아, 얼굴. 퉁퉁!"

엠마는 볼에 바람을 빵빵하게 넣으며 솔의 얼굴을 흉내 냈다.

"눈은 또 어떻구. 엄청 부었잖아. '나 밤새 울었어요' 얼굴에 쓰여 있더구만. 그러니 몸이 아픈 게 아니고 마음이 아픈 거겠지."

"마음이?"

"내가 짐작 가는 게 있어."

입에 꽉 찬 초밥을 꿀꺽 씹어 넘긴 엠마는 물로 목을 축이며 웅얼거렸다.

"아마 그 남자 때문일 거야. 요즘 고민이 많아 보였거든."

"남자?"

주혁은 저도 모르게 큰 소리를 냈다. 깜짝 놀란 엠마가 젓가락을 입에 문 채로 눈을 껌뻑였다.

"어떤 남자!"

"……아니 뭐. 스토커 비슷한 개 같은 남자……. 아, 있어! 제임스는 몰라도 돼. 여자끼리만 공유한 비밀이야."

스토커. 개 같은 남자. 그리고 장미꽃.

주혁의 머리가 바쁘게 돌아갔다. 일단 엠마가 말한 남자가 강한빈이 아니란 건 확실했다. 그의 짐작대로 솔의 책상 위엔 부러진 장미꽃이 있었다. 한빈이 개 같은 스토커였다면 굳이 떨어진 꽃을 주워 소중하게 물컵에 꽂아 두지는 않았을 테니 제외하고. 그럼 또 다른 남자가 있다는 소리인가?

마음에 들지 않았다. 모든 것이 마음에 들지 않아 짜증마저 났다.

생각해 보니 오늘 솔의 복장 또한 지나치게 화사했다. 혹시 강한빈과 미리 약속하고 예쁘게 입은 걸까. 그래서 태워 준다는 것도 거절하고 자신을 따돌렸나. 생각할수록 주혁은 입이 썼다.

날도 추운데 얼어 죽을 그 차림새라니. 웃기지도 않는군. 주혁은 물 잔을 내려놓고 낮게 이죽거렸다.

"치마는 또 왜 그렇게 짧아. 그게 어울린다고 생각해?"

"나? 나 원래 이렇게 입는데?"

깜짝 놀란 엠마는 자신의 의상을 살피다가는 야릇하게 미소를 지었다.

"왜에? 신경 쓰여? 다른 남자가 날 예쁘게 볼까 봐 싫구나! 그지?"

"아니. 너는 그냥 마음대로 입어."

"치이. 신경 쓰이면서. 완전 질투쟁이. 까하하핫."

"……."

"그런 게 신경 쓰인다면 게임 종료야. 드디어 내가 눈에 들어오시나? 우리 대표님이? 꺄하하핫! 몰라!"

주혁의 등을 치며 웃어 대는 엠마를 무시하고 그는 솔을 떠올렸다.

신경…… 맞다. 그는 지나치게 신경을 쓰고 있다.

얼굴이 부을 정도로 밤새 울었던 이유도, 아침을 거른 것도, 그녀를 찾아온 강한빈과 정체 모를 개 같은 스토커. 심지어 예쁘게 차려입은 의상까지 어느 것 하나 신경 쓰이지 않은 것이 없다.

유난히 곧고 예쁜 솔의 다리는 충분히 시선을 끌 만큼 아름다웠다. 짧은 치마 밑으로 드러난 하얀 다리를 다른 남자들이 이상한 시선으로 보는 건 상상만 해도 싫었다.

하긴, 예쁜 건 다리뿐만이 아니지. 커다란 눈도 예쁘고, 도톰하고 붉은 입술도 예쁘고 놀랄 만큼 아름다운 가슴도 가졌지. 믿을 수 없을 만큼 말캉하고 부드러운. 자신의 큰 손을 비집고 나올 만큼 풍만하고 탐스런 가슴 밑 나긋한 허리선도 예쁘고…….

여기까지 생각했을 때 주혁은 급히 물 잔을 들어 들이켰다. 난데없이 불끈해지며 바지가 답답해지는 느낌에 그는 적잖이 당황했다. 연달아 물을 마시는 수상쩍게 바라보는 엠마의 시선을 피하려 그는 어색하게 몸을 틀어야 했다.

젠장. 이게 무슨……. 왜 그녀만 생각하면 시도 때도 없이.

"……뭐 해?"

엠마는 의아한 듯이 눈썹을 올렸다. 주혁은 자연스럽게 화제를 돌리기로 했다.

"강한빈 씨 말이야. 진짜 네 사촌이 맞아?"

"맞다니까 왜 자꾸 물어? 내 페이스북 보고 제임스 얼굴 알아본 거라니까."

"그런데 동생 회사가 어딘지도 몰라? 여기가 네 회사라고 하니까 놀라던데."

"나도 한빈 오빠 회사가 어딨는지 몰라. 그걸 꼭 알아야 해? 우린 서로 뭐 하고 사는지 별로 관심 없어. 친오빠도 아니고 사촌인데, 뭐."

"그러니까 널 만나러 온 건 아니라는 거지?"

"아니야. 근처에 볼일이 있었나 보지."

한빈이 내민 손을 기꺼이 잡아 악수한 것은 그가 엠마의 사촌 오빠라는 소리에 안심한 까닭이었다. 동생을 만나러 왔구나 싶어 잠깐 대화를 나누기까지 했다.

탐탁지 않은 인연인 건 사실이지만 앞서 나간 오해가 무안하기도 했었다. 하지만 강한빈은 엠마의 회사가 이 건물에 있다는 말을 듣고 놀라면서도 동시에 굉장히 즐거운 표정을 지었다.

– 이거 제가 정말 운이 좋은가 봅니다. 앞으로 한 대표님 자주 볼 수도 있겠는데요. 아무래도 제가 이곳에 자주 올 거 같거든요.

– 이 건물에 아시는 분이라도.

– 하하. 글쎄요. 어쨌든 다음에 엠마와 함께 식사 한번 하시죠. 그럼.

세련되게 주혁의 질문을 넘긴 한빈은 사라졌다. 손에 쥔 한빈의 명함을 그대로 구긴 주혁은 곧장 솔의 자리로 찾아갔고 그녀의 책상에서 부러진 장미꽃을 확인했다.

정체를 알 수 없던 불쾌감은 단번에 위기감으로 바뀌었다. 강한빈은 분명 우연이 아니라 솔을 만나러 이곳에 왔다. 그리고 남자가 여자에게 꽃을 준 이유는 주혁이 알기엔 단 하나뿐이었다.

자리를 비운 솔의 책상에 있던 꽃은 그대로 쓰레기통으로 직행했지만, 그는 여전히 신경이 날카로운 상태였다. 초밥을 열심히도 먹고 있는 엠마에게 냉랭하게 말한 것도 그 때문이었다.

"그만 먹고 일어나지. 포장 부탁했으니까 박솔 씨 가져다주고."

"……알았어. 가자."

눈을 가늘게 뜨며 엠마가 엉덩이를 살짝 들자 오히려 주혁이 당황했다. 민망스럽게도 지금은 일어설 처지가 아니었다. 솔을 생각하며 반응한 페니스가 여전히 불룩하게 존재감을 자랑하고 있었으니까.

"일단, 다시 앉아 봐."

"진짜 왜 그래?"

엠마는 찡그리며 말했다.

"제임스, 자기 요즘 이상한 거 알아?"

"내가 뭐?"

"많이 이상해. 회의 중에 딴생각하지 않나, 히죽히죽 웃지를 않나. 생전 안 그러더니 중간중간 나와서 일 잘하는 직원들 노려보고……. 내가 모르는 사람이 된 거 같아. 자기, 원래 이러지 않았잖아."

밝았던 엠마의 얼굴에 음영이 드리워졌다. 그녀는 쓸쓸하게 미소를 지으며 말을 흐렸다.

"꼭 다른 곳에 정신이 팔린 사람처럼."

아니길 바라지만.

주혁은 그녀의 말을 무시하고 다른 질문을 했다.

"박솔 씨는 어때? 일은 잘해?"

내 말은 들리지도 않아. 엠마는 슬프게 인지했다.

그가 정신이 팔린 곳, 그의 관심이 집중되는 사람. 아파트 벽에 숨어 사진을 찍던 여자를 보며 눈을 빛내던 주혁. 박솔과 그 여자가 동일인이라는 걸 갑작스레 깨달은 밤. 그리고 주혁의 복잡한 시선 끝에 걸려 있는 것이 박솔이라는 걸 알아챈 빌어먹게도 빠른 자신의 눈치.

"글쎄."

엠마는 아무렇지 않게 어깨를 으쓱했다.

"감각은 확실히 뛰어나. 놀랄 정도로. 그런데 자신감이 부족하달까. 전단 광고에 익숙해서인지, 홈페이지 시안 내는 것마다 좀 겉도는 것도 있고. 어쨌든 주시하는 중이야. 그 정도 기다릴 가치가 있으니까 제임스가 데려왔겠지."

"그래?"

"성격도 좋은 편이야. 벌써 회사 사람 절반하고는 친해졌을걸. 적응하는 문제는 걱정하지 않아도 될 거야."

"그래도 네가 잘 챙겨 줘. 환경이 갑자기 바뀌었으니 힘들 수도 있어."

"……이런, 이런."

엠마는 혀를 찼다.

"내가 제임스 좋아하는 거 알지? 아무리 내가 여자로 보이지 않는다고 해도 다른 여자 챙겨 달라는 부탁은 하지 마. 그건 예의야. 챙기고 말고는 내가 알아서 해."

단순한 호기심일 거야. 늘 그랬잖아. 한두 번 만나는 여자는 있었어도 깊게 사귄 여자는 없었으니까.

박솔도 똑같은 거다. 이런 일로 유치하게 굴고 싶지는 않았다. 엠마가 자리에서 일어서자 신호라도 된 듯 다른 직원들도 하나둘 일어나 인사를 하며 식당을 빠져나가기 시작했다. 나가려는 엠마를 주혁이 붙잡았다.

"잠깐 얘기 좀 하자."

직원이 모두 나갈 때까지 기다리던 주혁이 입을 열었다. 전에 없이 서늘한 얼굴이 낯설어서 엠마는 불안해졌다. 뭔지 듣고 싶지 않은 말을 할 것만 같은 느낌이었다.

"미안하다."

"응?"

예감은 적중했다. 확실히 자신이 앞서나간 탓이다. 그런 말까지 하면 안 됐는데⋯⋯. 분위기를 가볍게 하고자 엠마는 서둘러 미소를 지었지만, 주혁이 먼저였다.

"혹시라도 내가 너에게 희망을 주었다면 사과할게. 정말 미안하다."

"무섭게 왜 이래. 내가 한 말 때문에 그래? 신경 쓰지 마. 나는 그냥⋯⋯. 알잖아. 내가 하루 이틀 이런 것도 아니고⋯⋯."

"넌 괜찮은 여자야. 좋은 친구고, 동료야. 나에게 너는 그 이상은 될 수 없어."

이토록 진지한 주혁의 얼굴은 낯설기만 해서 차마 마주 보기도 무서웠다. 엠마는 고개를 떨구며 지그시 입술을 깨물었다.

"다, 다시 확인시켜 주지 않아도 알아. 하지만 내가 기다릴 수 있다고 했잖아. 그것도 부담되면 그런 말 다시 안 꺼낼게."

"기다리지 마."

주혁은 부드럽지만 단호했다.

"네가 마음 정리 못 하면 나는 더 이상 너를 볼 수가 없어. 네 마음 알면서 그럴 수는 없다."

엠마가 아는 주혁은 허튼 말을 입에 담는 사람은 아니었다. 지금까지 그녀의 투정을 받아 준 것만으로 그에게는 최선의 배려였다는 것도 알고 있었다.

엠마는 황망한 시선을 급히 깔았다. 물 잔을 집어 드는 손이 가늘게 떨렸다.

"갑자기 왜 이래. 달라진 건 아무것도 없는데⋯⋯."

"나, 여자 있어."

심장이 유리였던 모양이다. 쨍하고 금이 가는 소리를 엠마는 분명 들은 듯했다.

저도 모르게 고개를 든 엠마의 눈동자가 당황함을 그대로 내보이고 있었다. 표정 관리에 능한 그녀도 놀라게 할 만큼 그는 확신에 찬 얼굴로 그녀를 마주 보았다.

"신경 쓰이는 여자가 생겼다. 너도 아는 사람⋯⋯."

아니야. 듣고 싶지 않아! 이렇게는 아니야. 싫어! 그 여자가 박솔이라는 소리까지 듣는다면 엠마는 참을 수가 없을 것 같았다. 그녀는 벌떡 자리에서 일어났다.

"어마낫! 벌써 시간이!"

엠마는 부산스럽게 먼지도 묻지 않은 스커트를 떨리는 손으로 탈탈 털고는 환하게 웃었다.

"점, 점심시간 끝났네. 먼저 갈게. 나, 아무 말도 못 들었어. 몰라, 아무것도 안 들은 거다! 알았지?"

물끄러미 바라보는 주혁을 등지고 그녀는 거의 도망치듯 뛰어

나갔다.

그 시각.

빈 사무실에서 솔은 심각한 고민에 빠져 있었다. 마침내 비장하게 치켜든 손가락이 두 개의 명함을 향했다. 그녀는 노래하듯 소리내었다.

"어느 것을 고를까요, 알아맞혀 보세요!"

음률에 맞춰 손가락이 가리킨 곳은……. 이런, 주혁의 명함이었다.

싫은데. 솔은 눈살을 찡그렸다. 그렇다고 한빈을 만나는 것도 싫고. 이건 뭐 양손에 쥐인 게 떡은 떡인데, 둘 다 먹기 싫고 꺼림칙하다. 어쨌던 먹든지 버리든지 남을 주든지, 해결해야만 한다.

둘 다 오늘 데이트를 청했으니, 한 명은 만날 생각이었다. 한빈은 만나서 그 해괴한 건강검진표를 돌려주며 거절 의사를 밝히면 그만이고, 주혁이도 이참에 이 불편한 관계를 정리하면 그뿐이다.

차근차근 정리하면 되는거야.

솔은 길게 한숨을 쉬었다. 지금 남자 따위가 중요한 게 아니니까. 둘 다 자신에겐 너무 벅차고 강한 상대라 기가 빨려 쪼글쪼글 늙을 것만 같았다. 꼭 연애를 해야 한다면 그들보다는 평범하고 덜 잘난 사람을 만나고 싶다. 자신에게 어울릴 만한 사람. 무조건 이해해 줄 수 있는 아주아주 착한 사람.

그 둘은 아니야. 둘 다 기가 너무 세고 범상치 않아. 자신만 생각하는 못된 성격도 비슷한 거 같고. 차라리 그 둘이 어울리겠다. 확둘이 잘되게 소개팅이나 주선할까 보다.

심술궂게 생각하며 주혁의 명함을 한참이나 노려보다가 솔은 손가락을 다시 움직였다. 오늘은 날도 구질구질하니 아무래도 쉬운 쪽부터 해결하고 싶었다.

"딩동댕……."

한빈의 명함이 그녀의 손가락에 간택되었다. 솔은 물끄러미 그것을 보았다. 오늘은 옷도 예쁘게 입었고 내일이 되면 주혁이 또 변덕을 부려 이런 기회가 없을지도 모르는데.

사실은, 주혁을 만나고 싶은 마음과 될 수 있으면 미루고 싶은 마음이 공존하는 까닭을 알고 있었다.

솔은 이것이 그와의 마지막이 될 것을 알고 있었다. 오늘 주혁과 끝내면 이 묘한 설렘과 긴장감이 사라진다는 것이 아쉬운 거였다. 처음이자 마지막이 될 데이트……. 조금이라도 미루고 싶은 거다.

바보다, 바보. 후유 솔은 길게 길게 한숨을 내쉬었다. 조심스럽게 그녀의 입이 다시 열렸다.

"동!"

손가락은 다시 주혁을 선택했다.

[7시 에이플러스 타워 앞 분수광장에서 볼래?]

결심이 흐려지기 전에 주혁에게 문자를 보내고 나서야 심장이 쿵쿵 뛰었다. 괜히 얼굴까지 빨개지며 안절부절못하던 솔은 또롱, 회신 문자 소리에 깜짝 놀랐다.

[시간 낼게. 조금 늦을지도 몰라요. 카페라도 들어가 있어.]

확! 복잡했던 머리가 깔끔하게 정리되는 기분이었다.

"뭔 시간을 내? 지가 만나자고 해 놓고는, 꼭 내가 조르는 거 같잖아."

애꿎은 전화기를 노려보며 솔은 궁시렁거렸다. '들어가 있어.'라니. 얻다 대고 명령문이야. '넵. 사장님, 천천히 오십쇼.'라고 답해야 할 것 같은 졸개스러운 이 기분은 또 뭐냐. 문자 하나로 이런 느낌을 주는 것도 재주다. 빈정이 상한 솔은 타닥 다시 문자를 날렸다.

[박솔입니다. 죄송하지만 오늘은 제가 선약이 있습니다.]

이번에는 한빈에게 보내는 문자였다. 솔은 손에 쥔 한빈의 명함과 영화표, 그리고 꺼림칙한 건강검진표를 흔들었다. 이건 어쩐다⋯⋯. 퀵서비스라도 불러서 돌려줘야 하나. 손톱을 깨물며 생각에 잠겨 있을 때였다.

Rrrrrr−

난데없이 전화기가 울렸다. 한빈이었다.

문자에 문자로 답해 주는 것이 기본 센스이거늘. 목소리를 들으면서 거절을 하는 건 참 어려운 일인데 . 남자들은 그걸 몰라.

쯧! 혀를 차며 솔은 통화 버튼을 눌렀다.

[솔이 씨!]

들뜬 목소리가 수화기를 타고 귓가에 흘러들었다.

[와. 기분 좋은데요. 이렇게 솔이 씨 번호를 알게 되네요. 감사합니다. 하하하.]

너무도 밝은 목소리에 솔은 슬그머니 미소를 지었다가 곧 냉정하게 목소리를 가다듬었다.

"흠. 그보다는 오늘 제가 시간이 없어서요. 영화표는⋯⋯."

[그건 아무나 주세요. 어차피 내 멋대로 정한 약속인데요, 뭘. 신경 쓰지 마십시오. 하하하. 그러면 언제 만날까요?]

이상한 일이었다. 쌀쌀맞은 주혁의 문자에 상했던 마음이 적극적인 이 남자의 반응으로 풀린다. 아무 계산 없이 순수하게 나란 여자를 만나길 기대하는 이런 남자도 있는데 말이야. 귀한 시간 내 줘 가며 만나 주는 걸 그 녀석은 왜 몰라.

어찌 됐든 회복된 자존심에 솔은 살짝 거만해졌다. 방자한 자세로 의자에 몸을 묻은 그녀가 책상 위 일력을 휙휙 넘기며 무심하게 답했다.

"글쎄요. 좀 바쁘긴 하지만, 다음 주 초에는 시간이 될 거 같네요. 드릴 말씀도 있으니까 제가 다시 연락드릴게요."

[다음 주요? 음⋯⋯. 솔이 씨 덕에 다음 주까지는 행복하겠는데요. 고마워요, 하하하.]

뭐가요? 왜요?

한빈은 알아들은 것처럼 묻지도 않은 말을 줄줄 쏟아 냈다.

[거, 있잖습니까. 복권! 복권을 사서 지갑 깊숙이 넣어 두면 일주일이 기대감으로 두근두근하잖습니까. 솔이 씨는 제게 긁지 않은 복권스럽습니다. 하하하.]

아이고, 대책 없이 밝은 남자야, 그 복권은 꽝입니다.

비유도 이상했지만, 그 복권의 당첨 유무를 알고 있는 솔은 입맛이 썼다. 괜스레 미안한 마음에 통화를 서둘러 마무리했다. 그래도 기분이 나쁜 것만은 아니었다. 자신을 볼 기대로 일주일이 행복할 것 같다고 말해 주는 남자라. 첫인상과 어째 좀 다르긴 했지만 좋은 사람 같았다.

어차피 내 떡이 아닌데 뭐. 좋은 사람인 게 뭐가 중요한가. 괜히 배만 아프지.

솔은 늘어지게 한숨을 쉬었다.

같은 시각.

각자의 사무실에서 두 남자는 핸드폰을 흐뭇하게 보고 있었다.

'그녀에게 처음으로 문자가 왔다.'

주혁과 한빈의 얼굴에 같은 미소가 떠올랐다.

✳

책상 위에 늘어져 있던 엠마가 솔이 일어나는 기척에 고개를 빼꼼 들었다.

"언니, 퇴근하게요?"

"응. 나 먼저 갈게. 엠마는 퇴근 안 해?"

"난 조금 이따가."

제임스가 신경 쓰는 여자. 나이도 많고, 자신보다 예쁘지도 않지만, 묘하게 정이 가는 여자…… 막막 괴롭히고 싶다!

갑자기 울컥한 엠마는 솔을 매섭게 노려보기 시작했다. 나가려던 솔이 엠마의 시선을 알아챘는지 눈을 찌푸렸다.

"엠마, 어디 아프니?"

걸음을 돌린 솔은 돌아와 엠마의 이마에 불쑥 손을 올렸다. 따스한 손길이었다.

'씨. 이런 건 새 남자 따라 미국 간 우리 엄마도 안 해 줬는데……'

가족에게도 받아 보지 못한 따뜻한 솔의 행동에 엠마는 뭉클해졌다.

"열은 없는데……. 점심 먹은 게 잘못됐나? 안색이 안 좋아. 약 사다 줄까?"

"언니."

"응?"

"우리…… 페어플레이 할 거지? 대표랑 친분 있다고 반칙 쓸 거 아니지?"

"뭐?"

고양이처럼 애처럽게 솔을 바라보던 엠마가 자신의 이마에 놓인 작은 손을 꼭 잡아 내렸다.

"그런다고 약속해요. 제발."

"흠."

솔은 장난스럽게 입꼬리를 올렸다.

"너, 긴장했구나? 내가 좀 한 실력 하긴 하지. 긴장 풀어라. 언니가 살살 할게."

그러고는 키득거렸다. 엠마의 볼살이 씰룩였다.

뭐라는 거냐, 이 여자. 쓸 만한 디자인은 아직 하나도 못 뽑은 주제에. 상처받을까 봐 슬렁슬렁 넘어갔더니만.

"계속 아프면 전화해. 언니가 약 사 올게."

아, 난 저 여자가 밉다. 미워할 수도 없게 맑아서 더 밉다.

솔의 뒷모습을 노려보다 엠마는 철퍼덕 책상에 엎어졌다.

페어플레이 따위 하기 싫어 죽겠다. 확 멱살을 잡고 너는 어디서 굴러와서 우리 제임스를 홀렸냐고 패 주고, 이따위로밖에 일을 못 하냐며 허접스러운 시안을 얼굴에 뿌리고 싶었다.

회사 생활을 지옥으로 만들어 주는 일은 마음만 먹으면 식은 죽 먹긴데. 밤마다 내려 보던 한국드라마에서 배운 온갖 패악 중에 서너 개만 실행해도 소심한 저 여자는 나가떨어질 텐데.

짜증 나!!

엠마는 몸을 털 듯 다다닥 발버둥을 쳤다.

"어? 이거 어디서 많이 본 건데. 우리 솔이 씨가 하는 행동인데……."

송 대리였다. 엠마보다 한참 작은 키에 사람 좋아 보이는 둥근 얼굴로 아침저녁 솔에게 이것저것 사다 바치면서 엠마에겐 캔 커피 하나 내밀지 않는 인간! 엠마는 아니꼽게 그를 흘기기 시작했다.

"우리 솔이 씨는 어디 갔어요?"

우리 솔이, 우리 솔이!

귀에 딱지가 앉을 지경이었다. 이제 하다 하다 이런 평범한 남자에게까지 질투를 느껴야 하는 자신이 불쌍했다. 그녀는 신경질적으로 대꾸했다.

"우리 솔이 언니 바쁘답니다! 왜요!"

"아……. 퇴근했어요? 저녁 사 주려고 했지. 오늘 점심도 안 먹길래. 미리 전화하고 올걸."

"언니만? 나는! 나는요!"

험악한 엠마의 반응에 송 대리는 살짝 뒷걸음쳤다. 벌떡 일어난 그녀는 킬힐로 인해 송 대리보다 10cm는 더 커 보였다.

"나도 사 줘요! 왜 맨날 솔이 언니만 사 준대! 왜! 왜요? 내가 언니보다 백만 배는 더 예쁘고, 키도 크고, 능력도 있는데! 왜 모두 언니 밥만 못 챙겨 줘서 안달이야! 나도, 나도 사 줘요!"

"나, 나는 엠마 씨랑 별로 친하지도 않으니까. 어색해서…… 무서운데."

찌릿! 엠마의 시선을 받은 송 대리가 움찔했다. 뭔지 모를 기시감을 느낀 그는 조금 혼란스럽기까지 했다. 지금 엠마의 모습은 쭉잡아 길게 늘여놓은 솔이 같았다.

"아, 알았어요. 순댓국 좋아하나? 우리 솔이 씨는 그거 완전 좋아해서 순댓국 사 주려고 했거든."

"순댓국? 그게 뭐예요? 맛있어요?"

"엄청 맛있어. 돼지 창자를 잘 씻어서 당면이랑 채소랑 돼지 피를 잔뜩 집어넣고……."

"어머! 그딴 걸, 우웩!"

질겁하며 입을 틀어막는 엠마를 보며 송 대리는 머리를 긁적였다.

"외국에서 오래 살아서 먹어 본 적 없겠구나. 좀 그렇지? 진짜 맛있는데……. 다른 거 사 줄게요."

"아뇨. 먹을 거야! 언니가 잘 먹는 거면 나는 세 그릇도 먹을 수 있어요! 가요, 갑시다."

팔을 휘휘 저으며 앞서 나간 엠마를 부지런히 따라잡으며 송 대리는 고개를 갸웃거렸다. 솔이같이 귀여운 성격은 세상에 다시 없을 줄 알았는데 어쩐지 비슷하다고 그는 생각했다.

✳

종일 흐렸던 날씨는 저녁이 되자 바람까지 불며 쌀쌀해졌다. 얇은 카디건만 걸친 탓에 오소소 소름이 돋았다.

솔은 손을 길게 뻗었다. 조금씩 내리는 비가 손바닥에 촉촉이 내려앉았다. 우산을 사기에는 어정쩡한 빗줄기였다. 시계를 보니 7시 5분이 넘어가고 있었다.

광장을 오가는 사람들의 움직임도 빨라졌다. 준비성 좋은 일부는 우산을 펼쳐 들었다. 장소를 옮기는 것이 좋을 것 같아 솔도 천천히 움직였다.

마음이 자꾸만 일렁거렸다. 하긴 종일 이랬다. 오후 내내 화장을 고치고 느리게 가는 시계만 쳐다봤었다. 약속을 잡고 단둘이 만나는 것이 처음이라 그런 건지, 데이트라는 그의 말 때문인지 기분마저 간질거렸다.

오늘은 무슨 일이 있어도 그와의 관계를 정리해야 하는데.

심란하기만 했다. 어깨 위로 흩뿌려지는 비마저도 거칠어지고 있었다. 솔은 원망스럽게 하늘을 올려 보았다.

비 온다는 예보도 없었으면서. 우산을 준비할 시간도 주지 않고서.

느린 걸음만큼 얇은 카디건이 조금씩 젖어 들었다. 나란 인간은 우산을 살까 말까 고민하다가 결국 쫄딱 젖고 말겠지. 그제야 후회해도 소용없을 텐데. 긴 한숨이 쌀쌀한 공기에 섞여 연기처럼 사라졌다.

멀리 주혁이 보였다. 급한 걸음으로 주위를 두리번거리며 그가 전화기를 꺼내 들었다. 신기한 일이었다. 동시에 주변의 모든 사물이 그녀의 시야에서 뿌옇게 뭉개졌다. 오직 주혁만이 천연색으로 선명하게 눈에 박혔다.

난 몰라…….

그녀의 눈동자가 크게 흔들렸다. 이미 난리가 난 심장이 뚫고 나올 것처럼 두근거렸다.

그저 멍하니 주혁을 보았다. 어딘가로 전화를 걸고 있는 그는 잠시 발을 멈추었고 상대가 받지 않는지 욕설을 내뱉는 거 같았다.

저 입 모양은 숫자 열여덟…….

슈퍼히어로도 아닌데 멀리 있는 그의 모든 것이 다 보였다. 급한 걸음. 두리번거리는 얼굴과 초조한 눈빛. 숱 많고 까만 머리 위에 보석처럼 빛나는 빗방울 개수를 셀 수 있을 만큼 그녀의 눈은 초능력을 발휘했다.

젠장. 솔은 눈을 질끈 감고 신음했다.

난 몰라. 난 진짜 망했다.

주혁이만 보이잖아. 그만 보면 가슴이 뛰잖아. 종일 저 녀석만 생각나잖아.

이 감정이 뭔지 그녀는 알고 있었다. 그저 같이 자고 싶다는 남자를 보고 두근대는 바보 같은 감정에 절망스러웠다. 동생 친구, 회사의 대표, 감당하지 못할 성격. 그 모든 방해물을 한 방에 때려 눕히는 강력한 콩깍지가 야속했다.

그녀를 발견한 주혁이 긴 다리로 뛰어와 순식간에 앞에 섰다. 금방이라도 울음을 터트릴 것 같은 그녀를 보며 그는 인상을 썼다. 거친 호흡이 하얀 서리가 되어 빗방울과 섞였다.

"왜 비를 맞고 있어? 전화는 왜 안 받고. 어디 들어가 있으라고 했잖아."

"……."

솔도 물거품이 된 인어공주처럼 공기 중으로 사라지고 싶었다. 갑자기 깨달은 감정의 정체에 그녀는 정말이지 오열이라도 하고 싶었다.

"가요."

커다란 손이 그녀의 손을 잡았다. 매일 밤 꿈속에 나타나 자신을 어루만지던 잘생긴 손가락들이 떨리는 손가락 사이사이로 얽혀 들었다. 마치 연인처럼.

그녀는 떨리는 목소리로 말했다.

"주혁아."

"왜."

"나, 할 말이 있는데."

"밥부터 먹고."

애절한 눈빛을 보내자 주혁은 고개를 돌려 시선을 피했다. 뛰어온 탓인지 그의 목덜미는 벌겋게 달아올라 있었다. 그리고 보니 그의 광대 주변도 열이 나는 것처럼 조금 붉어져 있었다.

"점심도 안 먹었잖아. 빨리 가요. 고깃집 예약해 놨어요."

"고기? 우리 고기 먹어?"

어젯밤 찬에게 고기 언제 먹냐며 투덜거렸던 그녀는 얼굴까지 환하게 밝히며 눈을 빛냈다. 주혁이라면 당연히 일식이나 레스토랑으로 갈 줄 알았는데.

"나, 고기 진짜 먹고 싶었는데. 어떻게 알았어?"

"고, 고기 좋아하게 생긴 얼굴이야. 빨리 가요."

그답지 않게 더듬거리며 주혁은 쌀쌀맞게 대꾸했다.

나, 육식성 얼굴이야? 고기 좋아하는 얼굴은 어떤 얼굴인데.

투덜대는 그녀를 끌며 그는 성큼성큼 앞서 걸었다. 바람에 사선으로 날리는 빗줄기는 제법 굵어졌다. 둘은 어느새 뛰기 시작했다.

11.

"예약한 곳이 어딘데?"

포슬포슬 뿌려지는 비를 손으로 막으며 솔이 가쁘게 물었다. 심장이 터질 것만 같았다. 그의 손을 놓아야 진정이 될 것만 같아 슬쩍 비틀었다. 주혁은 즉각 힘이 주며 느슨해진 손을 더욱 단단히 옥죄었다. 덕분에 솔의 볼이 밤거리의 조명보다 붉어졌다.

"다 왔어요. 한 블록만 더 가면 돼요."

"우리 다인정에 가는 거야?"

솔은 눈을 크게 뜨며 우뚝 멈췄다. 헉 소리가 나올 만큼 비싸고 맛있다는 그곳. 오늘은 누나로서 사 주려고 했는데. 남은 카드 한도가 얼마였더라?

난처해하는 그녀의 얼굴에 촉촉해진 머리 몇 가닥이 흘러내려 있었다. 넘겨 줄까? 저절로 올라가는 손을 멈추고 주혁은 주변을 둘러보았다. 일단 우산부터 사야겠다. 비를 맞고 있는 그녀를 봤을 때는 분명 그 생각부터 했는데, 손을 잡는 순간 모든 걸 잊어버렸다. 바보같이. 감기라도 걸리면 어쩌려고.

"거기 엄청 비싸대. 나도 말만 들었지, 가 본 적은 없어."

솔은 걱정스럽게 중얼거렸다. 무슨 이런 걱정을 하나, 주혁은 작게 찌푸리며 무시했다. 그보다 그녀의 얇은 옷차림이 신경 쓰였다. 젖어서 둥근 윤곽을 드러낸 어깨를 보자 주혁은 괜히 마음이 급해졌다.

"우산부터 사죠. 저기 편의점 있네요."

"아니, 잠깐, 잠깐만."

솔은 기어이 손을 틀어 그에게서 빠져나왔다. 후유, 티 나게 안도의 숨을 쉬는 것을 보자니 주혁은 씁쓸해졌다.

"다인정은 너무 비싸다니까."

"내가 사요."

"알아, 너는 사. 장. 님이니까 돈 많은 거. 그래도 내가 누. 난. 데. 어떻게 저 비싼 곳에서 얻어먹어. 예약했다니까 가긴 갈 건데. 그러지 말고 우리 밥 내기할래?"

이 여자는 참 속을 금방도 들킨다. 사장님. 누나. 굳이 두 단어만 강조하는 이유쯤이야 주혁은 쉽게 짐작할 수 있었다.

오늘 확실히 선을 긋겠다는 거로군. 쉽게 약속을 정할 때부터 예상했었다. 그런 생각으로 나온 거라면 그녀는 주혁을 몰라도 아직 한참 모르는 것이 분명했다.

솔은 경쾌하게 말했다.

"거기까지 먼저 도착하는 사람이 오늘 밥값 내기! 어때?"

뭔 말도 안 되는 소린가 싶어 주혁은 헛웃음마저 나왔다.

"그게 사 달라는 말과 뭐가 달라? 달리기에서 나를 이길 수 있을 거 같아요? 그 짧은 다리로?"

"뭐래니! 비율상 그닥 짧은 다리는 아니거든! 아무튼, 하자. 알았지? 하나 둘 셋 하면 뛰는 거야. 하나!"

발끈하는가 싶더니 솔은 금세 다부지게 자세를 잡았다. 이럴 때 보면 그녀는 정말 예쁜 것도 같았다. 특히 크고 맑은 눈이. 지금처럼 장난기까지 섞어 반짝일 때면 뭐든, 무엇이 되었든 원하는 건 다 들어줘야 할 것 같은 기분이 들었다. 협상의 대상으로 만났다면 무조건 그가 패할 수밖에 없는 힘을 가진 몹쓸 눈동자.

분명 어린 시절 기억 속의 그녀는 고약한 팥쥐 눈을 가졌었는데……. 주혁은 이제 자신의 기억마저 확신할 수가 없었다.

"내가 산다니까."

"둘!"

순간, 가차 없이 그녀의 단화가 주혁의 까만 구두를 야무지게 꽉 찍어 짓이겼다. 허억– 아프다기보다는 놀란 주혁이 움찔 물러났다. 기회를 놓치지 않고 바람처럼 뛰기 시작한 솔이 쩌렁쩌렁하게 외쳤다.

"나 잡아 봐라~! 진짜 잡으면 넌 죽어!"

"허……."

셋까지 센다며, 이 거짓말쟁이야.

"이거 반칙 아니다! 작전이야!"

키득거리며 멀어져 가는 그녀를 황당하게 바라보던 주혁의 입가에도 조금씩 웃음이 걸렸다. 유치하기 짝이 없었다. 그런데도 알 수 없는 이유로 가슴이 뛰었다.

놀아 줘?

넥타이를 느슨하게 풀며 주혁은 걷기 시작했다.

그걸 원해?

짧은 치마를 나풀거리며 가끔 뒤를 확인하는 그녀는 의기양양한 웃음을 짓고 있었다. 부지런히 뛰면서도 아직 멀리 가지도 못한 주제에.

누나라고 선을 긋고 싶다면 저런 귀여운 짓을 하면 안 될 텐데. 주혁은 고개를 저으며 웃었다.

멀리 다인정의 간판이 눈에 들어오자 그는 슬슬 보폭을 키웠다. 젖어 가는 머리도, 옷도 신경 쓰이지 않았다. 속력을 내어 달리기 시작했을 때 자신이 솔보다 훨씬 환하게 웃고 있다는 것도 깨닫지 못했다.

즐겁다. 믿지 못할 만큼. 못 견디게 가슴이 간지럽다. 그런 생각만 했다.

✳

식당에 부탁해 받은 수건으로 대충 물기를 털어 낸 주혁이 룸으로 들어갔다. 아직 남아 있는 잔잔한 흥분으로 그는 즐거웠다. 이렇게 아무 생각 없이 웃어 본 것이 얼마 만인지도 모르겠다.

정작 그에게 즐거움을 준 여자는 인상을 구긴 채 그를 노려보고 있었다. 촉촉하게 가라앉은 머리와 달아오른 홍조가 얼마나 예쁜지도 모르면서 도톰한 입술을 삐죽이며 빈정대기 시작했다.

"좋아? 그렇게 좋아? 나이 든 누나를 이기니까 막 신나?"

"뭐든 지는 건 질색이라."

뻔뻔하게 대꾸한 주혁은 메뉴판으로 얼굴을 가렸다. 새어 나오는 웃음을 참기 힘들었다.

"그러니까 함부로 내기 걸지 마. 누구에게든, 어떤 내기든 져 본

적 없어요."

"참 잘났구나. 암튼 이 내기는 무효야. 오늘은 무조건, 이 누나가 살 거야."

메뉴판을 펼치며 솔은 도도하게 턱을 치켜들었다.

그래, 나는 누나다! 오늘은 무조건 자신이 친구 누나라는 사실을 이 녀석 머리에 콕 심어 줘야만 한다.

"한 번쯤 밥 사려고 했어. 어쨌든 취직도 시켜 주고, 너한테 고마운 건 사실이니까. 무려 4살이나 많은 누나가 입을 쓱 닦고 넘어갈 수는 없지. 자, 맘대로 골라 봐."

"그래요, 그럼."

"뭐 먹을래?"

"예약하면서 주문은 미리 해놨어요."

"그래? 잘했네. 오늘 맘껏 먹어. 그리고. 흠! 잘 들어. 중요한 얘기니까. 일단 너 말야. 그 말투부터 확실히 하자. 반말했다가 존대했다가 그건 아니지. 나는 너보다 무려, 무려! 4살이…… 으응?"

짐짓 어른스럽게 타이르던 솔은 별안간 메뉴판에 얼굴을 박았다. 놀란 눈이 커다래졌다.

"흠, 흠……. 뭐 주문했어? 나, 나는 삼겹살을 좋아하는데……."

"VIP 한정판 모둠 한우 정식."

"뭣!"

솔은 다시 메뉴판에 얼굴을 묻었다.

"흐음……. 음……. 얼마 안 하는군."

이런 미친 가격을 봤나. 기껏해야 소고기거늘. 금송아지를 잡았나. 이게 대체 얼마냐.

솔은 믿기지 않는 가격을 다시 확인하며 더듬거렸다.

"음……. 난 이거 좀 별로다. 겨우 1인분에 150g이야. 이걸 누구 코에 붙이냐. 너는 이거 먹고 나는 삼겹살 2인분으로……."

"그래서 3인분 주문했어요. 그리고 여기 삼겹살은 안 팔아요."

고기 중에 제일이라는 삼겹살을 안 파는 고깃집이라니. 다신 오나 봐라.

솔은 바쁘게 이번 달 카드값을 머릿속으로 계산했다. 이래저래 타격이 큰 달이라 절로 한숨이 나왔다.

그래도 한 번은 사려 했으니까. 누나답게 통 크게!

솔은 허리를 똑바로 세웠다. 오늘따라 짧은 치마가 영 어색하고 불편해서 연신 끝자락을 끌어 내리며 목소리를 다듬었다.

"그래서 나는 누나로서……."

"가려요."

솔의 행동을 놓치지 않은 주혁이 내민 것은 남성용 손수건이었다. 얼떨결에 받자 그가 무심하게 덧붙였다.

"앞으로 그렇게 짧은 거 입지 말아요."

남이야 짧은 치마를 입든 끈 팬티만 입고 활보하든. 삐죽거리던 솔은 진지하고 어른스럽게 표정을 바꿨다.

"어디까지 했지? 아, 네가 자꾸 잊어버리는 거 같은데 나는 너의 친구의 누나……."

끙- 솔은 다시 입을 닫았다. 말이 시작됨과 동시에 종업원들이 음식을 나르기 시작했기 때문이었다. 그보다 눈이 휘둥그레질 정도로 끊임없이 나오는 음식의 양에 저절로 입이 벌어졌다.

"와! 한정식집도 아니고, 반찬 수가 이게 몇 개야? 비싼 집이 다르긴 하구나."

"많이 먹어요. 점심도 안 먹었잖아요. 자."

주혁이 미리 부탁해 구워져 나온 고기를 솔의 앞 접시에 수북이 올려 주었다. 그러기도 전에 솔은 수저를 놀리고 있었지만. 맛있는 반찬에 감탄하기도 하고 주혁이 올려 주는 고기를 날름날름 집어 먹을 때는 눈까지 감으며 음미하는 모습에 이상하게도 흡족한 기분이 들었다.

"그래서, 할 말이 뭐라고요?"

애써 웃음을 참으며 물어보자 솔은 양 볼 가득 고기를 물고는 고개를 들었다.

"응? 아, 그거. 오늘 내가 확실히 할 게 있는데. 나는 너보다 4살이나 많잖니?"

우물거리면서도 솔은 똑똑히 말하려 노력했지만, 주혁은 시큰둥하게 대꾸했다.

"그 얘기는 지겹게 했잖아요. 그래서 뭐?"

"그랬나? 그랬지. 그래서 나는 네가 찬이 친구니까. 귀여운 동생 같다는 거야. 비록 우리가……."

"이것도 먹어 봐요."

주혁은 직접 싼 쌈을 그녀의 입에 불쑥 집어넣었다. 자연스럽게 입을 크게 벌리고는 그녀는 덥석 받아먹었다. 볼이 터질 것 같지만 그래도 맛있다. 솔은 눈을 감았다. 아, 맛있다. 저도 모르게 감탄이 웅얼거리며 나왔다.

전에도 느꼈지만, 솔은 식사를 참 맛있게 한다. 한 끼 한 끼를 먹을 때마다 세상에서 가장 맛있는 것을 먹는 사람처럼.

주혁은 가만히 그녀를 응시했다. 즐겁게 먹는 사람은 마주 앉은 사람의 기분까지 좋게 만드는 재주가 있다. 하지만 그의 기분은 썩 즐겁지만은 않았다.

어떻게 나를 의식하지 않을 수 있나. 뜨거운 밤을 보낸 남자 앞에서 커다란 쌈을 넣고 볼 터지게 우물거리는 모습조차 난 예뻐 보이는데.

이런 게걸스러운 모습도 완벽한 여자로 느껴지는데, 곧 죽어도 누나라는 걸 주입하지 못해 안달이 난 그녀가 못마땅하기만 했다. 어쩌면 이 여자에게 자신은 고기만도 못한 존재일 수도 있다. 그만큼 음식에 집중하는 그녀는 행복해 보였다. 엄지까지 척 치켜드는 모습을 보자니 슬슬 짜증이 났다.

"찬이도 왔으면 좋았을 텐데. 그지? 다음엔 꼭 같이 오자."

볼 때마다, 만날 때마다 왜 남자로서 자존심이 상하는지 알다가도 모를 일이었다.

"넌 왜 안 먹어? 맛없어? 캐나다 고기보다 한우가 별로야?"

"먹여 줘요."

그제야 부산스럽게 움직이던 솔의 움직임이 멈췄다. 입가로 가져가던 쌈을 쥔 손을 허공에 든 채 그녀는 눈을 껌뻑였다.

"집에서 삼겹살 먹던 날, 찬은 잘만 먹여 주던데. 나도 동생 같다니까 먹여 줘 봐요."

솔은 대놓고 눈알을 굴렸다. 질색하는 낌새가 역력했다. 주혁은 순진하게 입을 벌리며 얼굴을 가까이 밀었다.

"싫어요? 못 하겠나? 역시 난 동생이 아니라 남자니까."

"어머! 무슨 소리야! 아냐."

솔은 손사래를 치더니 들고 있는 쌈을 슬그머니 내밀었다.

"아~ 해. 나 손 씻어서 깨끗해."

솔은 민망함에 얼굴을 붉히지 않으려 노력했다. 뭔 얘기가 이렇게 돌아가는지도 모르겠다.

이미 밥이 코로 넘어가는지 입으로 넘어가는지 분간이 안 간 지도 오래였다. 그가 쌈을 덥석 입에 물려 준 다음부터였다.

그의 손가락. 저놈의 손가락. 여전히 잘생기고 하얗고 길고 아름다운 그 손가락을 물어뜯지 않으려 얼마나 조심하며 받아먹었는데……. 쌈을 집어넣어 주면서 저 입을 움켜쥐지 않을 자신이 없는데…….

"아~ 해."

모르겠다. 슬쩍 쌈을 가져가니 보기 좋은 입술이 열렸다. 친절하게 그녀에게로 얼굴을 들이댄 그는 그 관능적인 입술을 벌린 채로 그녀에게 시선을 맞췄다.

눈감아! 라고 외치고 싶었지만, 쌈 받아먹는 사람이 눈까지 감으면 변태 같잖아. 야릇하잖아. 솔은 무서운 정신력으로 집중했다.

집어넣는다. 집어넣는다. 저 입술에 닿지 않게 후딱 던져 넣는다.

"어머멋!"

주혁은 말 그대로 그녀의 손까지 덥석 받아먹었다. 식겁한 그녀가 빼지 못하도록 단단히 손목을 잡고는 그녀의 손가락을 입안으로 삼켰다.

"앗! 얘, 얘, 얘가! 안 빼? 더럽게 뭐 하는 거야?"

"왜 나만 보면 맨날 빼래."

"뭣!"

솔의 얼굴이 더 붉어질 수 없을 정도로 달아올랐다. 서둘러 손을 빼는 그가 뻔뻔스럽게 씩 웃었다. 그리고 입을 다물고는 고급스럽게도 쌈을 씹기 시작했다.

"너…… 어디서 못된 것만 배워서! 너 진짜 철창 신세 져 봐야 정신 차릴래!"

"누나 말대로 꼬시는 거잖아요."

"……."

"누나를 꼬시는 중이라고, 나는. 최선을 다해서."

양쪽으로 올라가 입꼬리가 놀랍도록 매력적으로 움직였다.

"4살이나 연상인 누나를 만나니까 좋네요. 밥도 사 주고, 쌈도 싸 주고."

솔은 그만 고개를 숙이고 물티슈를 손을 벅벅 닦았다. 아무거나 입안에 쑤셔 넣기 시작했지만, 가슴이 제멋대로 울렁이기 시작한 후였다.

그 후로 어떻게 시간이 어떻게 흘렀는지도 몰랐다. 조금은 설레고 조금은 불편한 식사가 끝났을 때 솔은 거의 체한 느낌이었다. 그래도 카운터 앞에 먼저 나간 주혁을 보며 그녀는 슬그머니 미소를 지었다.

'본 건 많아서……. 왜에~ 계산하려고? 내가 사 준다니까. 치.'

하긴 민지 파티 알바비를 130만 원이나 꿀꺽한 놈이다. 그러니 이 정도는 얻어먹어도 괜찮을 거다. 그래도 예의상 모른 척해야겠지? 솔은 카드를 척 내밀었다.

"얼마죠?"

"38만 원 결제 도와드리겠습니다."

"네?"

밖으로 나간 주혁을 의식하며 솔은 상체를 카운터에 거의 눕혔다. 움찔하는 직원에게 은밀하게 속삭였다.

"뭐, 다른 할 말 없어요?"

가령, 저 잘생긴 남자가 미리 계산했다든가.

솔의 눈썹이 요란하게 꿈틀거리는 것을 본 직원이 아차 싶었는지 서둘러 말했다.

"회원 카드 있으면 주세요. 10% 할인됩니다."

"……3개월로 끊어 줘요. 무이자로."

퉁명스럽게 말한 솔은 문밖에 있는 주혁을 흘겼다. 이런 건 말을 잘 듣는다. 어차피 지는 몇 점 먹지도 않을 거면서 괜히 제일 비싼 걸로 시켜서는.

계산을 마친 카드를 지갑에 넣으며 솔은 투덜거렸다. 아무래도 드라마를 그만 보든지 해야지, 새삼 자신이 속물인 걸 깨달아서 무안하기까지 했다.

주혁은 제법 세차게 내리는 비를 보고 있었다.

"차까지 걷기엔 비가 너무 많이 와요."

고기도 얻어먹은 네가 혼자 비를 맞고 뛰어가 차를 가져오는 건 어떻겠니? 목까지 올라온 말을 꿀꺽 삼키며 솔이 대꾸했다.

"옆 건물에 편의점 있어. 뛰어가면 금방이야."

"그럼 우리 아까처럼 내기할까요?"

주혁은 장난꾸러기처럼 웃었다.

"편의점까지 늦게 도착하는 사람이 우산 사는 걸로."

그것도 나더러 사란 소리잖아. 밥도 내가 샀는데 그건 네가 사면 안 될까? 너는 엄청 부자고 나는 가난뱅인데? 예쁘게 눈을 깜빡였지만 아랑곳하지 않고 주혁은 숫자를 세기 시작했다.

"하나."

그래. 민지 파티 알바비도 거절하지 않고 받아 간 녀석이다. 저렇게 냉정하니 사업에 성공했나 보다. 어차피 질 것이 분명하기에

355

이번엔 제대로 발가락이 부러지도록 밟아 버려야겠다고 생각하며 솔이 슬쩍 발을 올릴 때였다.

"흡!"

주혁의 입술이 그녀의 입술에 내려앉은 건 찰나였다. 눈도 깜빡할 수 없는 그 짧은 시간에 도톰한 그녀의 아랫입술을 사탕 물듯 쪽 빨아 당기더니 그의 입술은 순식간에 멀어졌다. 그리고 아무렇지 않게 씩 웃었다. 영화 속 매력적인 빌런처럼.

솔은 손을 올려 제 입술을 만졌다. 여기 지금 뭐가 왔다 갔나? 무슨 입술이 저렇게 쫀득하고 끈끈한가. 지금 키스한 게 맞나?

그녀는 천천히 당황했다.

"너……. 지금 또, 또 멋대로……."

"작전."

짓궂게 빛나는 눈이 넋이 나간 그녀를 똑바로 응시했다.

"어때요? 4살 많은 누나가 보기에 이 동생이 배우는 거 하난 빠르죠?"

"너……. 하, 하나밖에 안 세 놓고."

"이런 걸 청출어람이라고 하지."

미소를 거둔 그는 알 수 없는 눈으로 솔을 물끄러미 보았다. 뒤늦게 솔의 얼굴이 타올랐다. 화를 내야 하는데 그의 눈에 담긴 열기가 너무 뜨거워 솔은 정신을 차릴 수가 없었다.

한숨을 길게 내쉰 주혁이 느닷없이 그녀를 와락 끌어안았다. 그의 품에 푹 파묻힌 솔은 바보처럼 눈만 깜빡였다.

"왜 이렇게 예뻐."

"……."

"가자."

목소리 그렇게 깔지 마라. 깔지 마. 무섭잖아. '가자'란 말이 '호텔로 가자'라고 들리잖아.

주혁은 차분하게 말했다.

"할 말 있다며. 나도 할 말 있어요."

힘을 꽉 주며 한 번 더 그녀를 강하게 안더니 주혁은 그녀를 풀어주었다. 멍한 그녀의 손을 잡아 깍지를 끼고 주혁은 비 오는 거리로 한 발 나갔다. 뇌가 없는 허수아비처럼 솔은 아무 생각 없이 그에게 이끌려 뛰기 시작했다.

❋

차창 너머 익숙한 풍경이 눈에 들어왔다. 주혁이 차를 세운 곳은 집 근처 호수공원이었다.

폭우처럼 변해 버린 빗줄기 때문인지 한밤의 공원 주차장은 한적했다. 다행인 건 차창을 두들기는 거센 빗소리에 솔의 심장 소리가 묻혔다는 것.

솔은 한참 전부터 말이 없는 주혁을 흘긋 보았다. 운전석에 몸을 깊게 묻은 그는 마치 자는 듯 눈을 감고 있었다.

정말 잘생겼다고 멍청하게도 솔은 새삼 감탄하면서도 한탄했다. 자신이 외모에 약하다는 것을 30살이 넘어서야 깨닫다니. 이 잘생긴 얼굴로 훅훅 들어오는데 도무지 이겨 낼 재간이 없었다.

오늘은 꼭 너와 나 사이를 도덕적으로 규정해 놓아야 하는데.

한참을 주저한 끝에 솔은 어렵게 입을 열었다.

"주혁아."

"······조금만 이따가."

"왜?"

"정리 좀 하고."

늦은 밤 호수 위를 때리는 빗소리는 요란했다. 그 요란함에 오히려 차 안에 내려앉은 침묵이 더 고요한 것만 같았다. 어색한 침묵이 길어질수록 괜스레 묘한 감정만 커져 갔다. 세상과 단절된 듯한 둘만의 공간이 점점 더 불편해질 때, 마침내 그가 말했다.

"그렇게 내가 싫어요? 남자로 느껴지지 않을 만큼."

그는 눈을 감은 채였다. 고요했던 공기가 순식간에 이상한 기류로 바뀌었다.

무겁거나 혹은 너무 가볍게 들리지 않도록 솔은 신중하게 대답했다.

"중요한 건 그런 게 아니야. 다른 걸 떠나서 나는 네 친구의 누나야."

그리고 4살이나 많다. 남녀 사이에 결코 많은 나이 차이라고 생각하는 건 아니었다. 하지만 30대의 여자와 20대의 남자. 동생의 친구, 성공한 회사의 대표와 낙하산 직원. 대책 없이 설레면 안 되는 이유는 충분했다.

"나와 잤을 때."

주혁은 눈을 뜨며 말을 이었다.

"너도 그런 건 신경 쓰지 않았어."

몸을 세워 자세를 바꾼 그는 솔을 똑바로 바라보았다. 어둡게 가라앉은 눈빛이었다.

"새삼 그게 무슨 상관이지? 친구의 누나라고 해서 내게도 누나인가? 어차피 난 같이 잔 여자를 누나라고 생각하지 않아."

불현듯 솔은 답답해졌다. 제자리를 돌기만 하는 대화가 숨이 막혔다.

"……잔 누나가 나밖에 없으면서."

"그러니까."

주혁은 옅게 웃었다.

"처음이니까."

"그게 뭐. 책임지라는 둥 이상한 소리는 하지 마. 잊었나 본데, 나도 처음이었어."

"잊지 않았어."

주혁은 빤히 그녀의 얼굴을 보았다. 어둑해진 차 안에서도 그녀의 하얀 얼굴은 빛났다. 그 얼굴이 빨개질 때까지 그는 솔을 응시했다. 찬찬히 살피면 이렇게 신경 쓰이는 이유를 알아낼 수 있는 것처럼.

그는 짓궂게 웃었다.

"잊고 싶지도 않고 잊히지도 않아. 너는 별로였다는데 나는 좋았나 봐."

"……"

"그래요. 나는 좋았어. 그래서 이렇게 질척거리는 거야."

장난스럽던 웃음기가 사라졌다. 항상 느끼는 거지만 주혁은 웃고 있는 얼굴과 무표정의 간극이 너무나 컸다. 이럴 때의 그는 어딘가 위험한 분위기를 풍겼다. 접근하기 힘든, 다른 세상 사람 같은 낯섦.

젊은 나이에도 상대방을 휘어잡으며 능수능란하게 사업을 주도해 가는 힘이 그 얼굴에 있었다. 당연하게도 솔 역시 그 영향을 받았다. 무섭도록 가라앉은 표정에 와락 겁이 나면서도 심장이 쿵쿵 뛰었다.

"돌려 말하지 않을 거야. 난 너와 자고 싶어."

그리고 빠르게 뛰던 심장을 한순간에 죽여 버리는 힘도. 그의 본심을 직접 듣는 기분은 비참했다. 섹스만을 바라는 그에게 새삼 실망할 것도 없는데도 가슴이 아팠다. 상처받은 티를 내지 않으려 솔은 시선을 내리깔았다.

"그래서 더 싫어. 넌, 나를 좋아하는 것도 아니고 그냥 단순히 자고 싶어서 이러는 거잖아."

"그게 무슨 상관이지?"

"너한테는 상관없을지 몰라도 나는 아니야. 내가⋯⋯. 그래, 내가 너무 쉬웠던 건 인정할게. 먼저 덤벼 놓고 이제 와서 내숭이라고 해도 할 말 없어. 네가 이렇게 나오는 걸 뭐라고 할 자격이 없다는 것도 알아. 하지만 이건 아니야. 미래도 없는 만남을 가지기엔 나는 나이도 많아."

"미래를 약속해야만 가능하다?"

주혁은 비웃었다.

"사람과 사람이 만날 때 무조건 미래를 약속해야만 하는 건가? 꼭 관계를 정의해야만 만남으로 인정된다는 건가? 좋아하는 것과 끌리는 게 뭐가 다르다는 거지? 난 그런 거 모르겠는데. 그냥 네가 끌려. 널 볼 때마다 그 밤이 떠올라. 네가 보내던 눈빛, 내게 안겼을 때 네가 얼마나 절실했는지. 내겐 그게 진실이고 이렇게 질척댈 수 있는 이유야. 넌 아니라고 하지만 네 눈은 지금도 다르게 말해. 나와 같다고. 이것도 착각인가?"

"⋯⋯."

"그런데도 네가 원하니까 네 말대로 꾹 참고 꼬셔 보는 거야. 그러면 나쁜 건가?"

솔은 아랫입술을 꼭 깨물었다.

"그런 식으로 말하지 마. 내가 꼬셔 보라고 한 건 홧김에 한 소리라는 걸 네가 더 잘 알잖아. 네가 원하는 그런 관계는……. 그건 두 사람이 합의했을 때나 괜찮은 거야. 나는 아니야. 네가 원한다고 덥석 안길 만큼 너는 내게 매력적이지 않았어. 그러니 그만하자."

"그렇군."

주혁이 시선을 돌려 정면을 바라보았다. 차창 너머 어디쯤엔가 있을 가로등의 희미한 불빛에 받은 옆얼굴이 씁쓸해졌다.

"네 말이 진심일 수도 있지. 그래서 고민도 했고. 싫다는 여자한테 이러는 거 나도 기분 별로니까."

"……."

"난 안고 싶은 여자와 같은 집에 살면서 아무렇지 않을 만큼 비위 좋은 놈이 아니야. 네가 싫다면 정리하는 게 맞지. 회사는 걱정하지 마. 직원으로만 대할 테니까. 하지만 친구 누나로 대충 사이좋게 지낼 생각은 없어."

"……."

"마지막으로 물을게. 내가 싫어? 나는 널 안고 싶은데, 너는 나와 자는 게 그렇게 싫어?"

잔다는 말은 섹스라는 단어보다 참, 사람을 흥분시킨다. 감정 없는 '섹스'란 말보다 뭔가 여지를 남긴다.

인적 없는 길에 세워진 꽉 막힌 공간에서 저런 수려한 얼굴로 나와 자고 싶다는 말을 진지하게 해 버리면 반칙이지.

솔은 고개를 숙였다. 가슴이 무섭게 뛰었다. 싫다고 한마디만 하면 될 것을 아는데도 그 당연한 대답이 주저될 만큼. 그 말을 하는 순간 주혁과 진짜 끝일 거 같아서. 낯선 사이로 돌아간다는 말이 아파서 눈물이 찔끔 날 만큼.

무릎 위에 올린 손을 꼭 마주 잡으며 솔은 간신히 대답했다.

"싫어."

고개를 푹 숙인 그녀에게로 주혁이 손을 뻗었다.

"알았어요."

적막에 싸인 차 안에서 그의 움직임은 파도처럼 크게 밀려왔다. 다정한 손길로 그녀의 얼굴에서 머리카락을 떼어 내 귀 뒤로 쓸어 넘기는 손길에 솔의 온몸에 있는 솜털이 하나하나 일어섰다. 가슴이 간질거리기도 하고 아프기도 하고 감히 숨도 쉬어지지 않았다. 가만히 그녀의 턱을 들어 시선을 맞춘 그 눈동자에 솔은 홀린 듯 빨려 들어갔다.

"누나 말대로 할게요."

그는 조용히 미소 지었다.

"오늘 이후로 우린 아무 사이도 아니에요."

강하고 긴 손가락이 입술로 옮겨 와 간지럽히듯 쓸어내렸다. 정말이지 그는 말과 행동이 달랐다.

하얀 목덜미 안에 숨겨진 핏줄들이 팔딱거렸다. 그의 손끝에 닿은 입술이 저항 없이 벌어지며 파르르 떨렸다. 그녀의 반응을 확인한 그는 부드럽게 미소 지었다.

"누나는 이제 내 회사 직원, 그 이상도 이하도 아니에요."

"……."

솔은 꼼짝도 할 수가 없었다. 행여나 그의 손길이 멀어질까 온 신경은 입술 위를 지분거리는 손가락에 집중되었다.

"짐은 누나 없을 때 가져갈게요. 그동안 미안했어요. 이제 만족

362

해요?"

"……."

"대답해야지. 이게 누나가 원하는 거잖아."

"나는……."

솔은 입술을 달싹거렸다. 모든 것이 정상으로 돌아간다는데도 도무지 입을 뗄 수가 없었다. 그녀를 바라보는 그의 눈동자에 어렸던 열기를 이젠 볼 수 없을 거란 생각에 가슴이 무너지듯 아파졌다.

"나, 나는 모르겠어."

거의 울 듯이 그녀는 속삭였다.

이것이 항복이란 걸 그녀도 알고 있었다. 하지만 여기서 대답을 하면 그와는 영원히 끝난다는 사실이 참을 수가 없었다. 그는 다시는 기회를 주지 않을 테고, 낯선 사람이 돼 버릴 것이다. 그것이 못 견디게 가슴 아파서 그녀는 덜덜 떨렸다.

그날 밤 이후 주혁의 눈을 마주치기조차 힘들었던 이유. 구걸하듯이 그에게서 좋아한다는 말을 받아 내고 싶었던 이유는 한 가지였다. 그녀는 이미 못 견디도록 그를 좋아하고 있었다.

"알기 쉽게 해 줄게."

주혁은 솔의 얼굴을 따뜻하게 감싸 쥐었다. 입술을 내리면서도 그는 그녀에게서 시선을 떼지 않았다. 마치 홀린 사람처럼 솔은 멍하니 그를 바라보기만 했다. 잡아먹히기 전 벌레처럼 온몸이 떨려 왔다.

"키스할 거야."

하지 말라고 해야 함을 알았다. 여기서 받아들이면 더는 실수라고 변명할 수도 없다. 바보처럼 섹스만을 바라는 남자에게 허락하

363

는 꼴이 된다. 알면서도 솔은 입을 열 수가 없었다.

어느새 그녀의 눈에는 주혁의 입술만 보였다. 그 입술이 선사했던 아찔한 황홀을 기억해 낸 몸이 의지를 배반하고 정신은 자꾸만 아득해졌다.

"아까…… 아까 키스했잖아."

무슨 말을 하는지도 모르면서 솔은 속삭였다.

"그건 키스가 아니지."

"나는, 나는……."

"이제부터가 키스야."

그가 입술을 포개 왔다. 고개를 기울이며 부드럽게 파고들었다. 그날의 과격함은 없었다. 더할 수 없는 다정함과 따뜻함으로 솔의 입술 주름 하나하나를 문지르듯 눌러 왔다.

"하아."

신음을 쏟아 내며 벌어진 솔의 입술 안으로 그가 망설이지 않고 침범했다. 두텁고 뜨거운 혀가 애틋하게 입안을 쓸다가 한없이 입안 점막을 핥고 빨아들인다. 조금 더, 조금 더 원하는 그녀의 부름에 답하듯 깊게, 깊게 들어왔다.

숨을 쉴 수가 없었다. 갈 곳을 찾지 못하고 떨고만 있는 손을 그는 자신의 가슴 위로 올렸다. 쿵쿵. 쿵쿵. 그의 심장 소리가 들렸다. 입술을 마주한 채로 그가 숨결을 불어넣듯 중얼거렸다.

"……들리지."

대답할 새도 없이 다시 침범해 온다. 한 번은 부드럽게 한 번은 강하게. 끈적이는 키스의 소리가 헐떡임으로 바뀐 지 오래였다.

"하아……. 하아."

숨을 쉬기 위해 어쩔 수 없이 입술을 뗀 주혁이 이마와 이마를

붙인 채로 눈을 감았다. 손가락으로 살짝 부풀어 오른 그녀의 입술을 부드럽게 어루만지며 그는 잠긴 목소리로 말했다.

"기억만큼 좋을까, 생각했어."

솔은 눈을 뜰 수도 없었다.

"미친놈처럼 아침부터 밤까지 너만 생각했어. 다시 네게 키스하면 똑같을까. 감당할 수 없을 만큼 또다시 심장이 뛸까. 널 볼 때마다 그 생각만 했어."

"……."

"넌 그날이 끝이라고 하지만 나는 그날이 시작이었어. 밤마다 널 벗기고 내 안에 가두고 쉴 새 없이 안았어. 겨우 벽 하나 사이에 둔 너를 두고…… 내가."

그의 숨결에 묻어 나온 열기가 솔을 집어삼킬 것처럼 강렬했다. 목울대를 긁으며 나오는 거친 음성이었다.

"……그래서 내가 돌겠다."

목덜미에 그의 입술이 뜨겁게 내려앉았다. 솔은 신음을 흘렸다. 정신없이 입 맞추는 그의 머리를 안으며 솔은 인정했다.

나는 이걸 기대했던 거야. 그날 이후, 난 쭉 기대하고 기다렸던 거야. 다시 한번 느끼고 싶었던 거야.

매일매일 쉽게 잠들지 못한 이유도, 그의 방을 보며 하나하나 되새겼던 이유도, 그날이 꿈이 아니었기를 바랐기 때문이야.

내 처음이 너인 것이 얼마나 다행인지……. 말해 주고 싶어서.

"네 생각만 해. 미친놈처럼. 눈을 떠도, 감아도 너만…… 네 생각만."

그는 고개를 들어 거칠게 입을 맞추며 말했다. 솔은 그저 눈을 감았다.

"안고 싶어 죽을 거 같아……. 나는 미칠 것만 같은데, 거짓말로 밀어내는 네가 나쁜 거야."

"……."

"말해."

잠긴 목소리로 그가 으르렁거렸다. 솔은 눈을 뜨지 못하고 달뜬 숨결만 내뱉었다.

"제발…… 제발 너도 좋다고 말해."

또다시 입술이 뒤엉켰다. 키스는 끝나지 않을 것 같았다. 영원히 계속되길 바라는 건 그녀일지도 몰랐다.

난 이 남자에게 다시 안기게 될 거야.

솔은 흐릿해지는 의식 속에서 인정했다.

이젠 상관없어. 그가 누구든. 나를 어떻게 생각하든 괜찮아. 솔은 두 팔로 주혁의 목을 단단히 감으며 키스를 되돌렸다.

쏴ㅡ 거칠게 쏟아지는 빗줄기보다 강하게 그가 그녀를 끌어안았을 때 솔은 깨달았다.

난…… 이 남자를 원해.

12.

밤이 깊어질수록, 솔의 눈은 점점 더 초롱하게 빛났다. 이불 위로 빼꼼히 내민 눈이 쉴 새 없이 깜빡였다.

– 안고 싶어 죽을 거 같아……
– 네 생각만 해, 미친놈처럼. 눈을 떠도, 감아도 너만…… 네 생각만.
– 제발, 제발 너도 좋다고 말해.

어떻게 그런 낯 뜨거운 고백을…… 퍼붓듯이.
솔은 가만히 입술을 만져 보았다. 아직도 아릿했다. 꿈이 아니었다. 부푼 입술은 자신의 것이 아닌 것처럼 낯설고 가슴은 여전히 두근거렸다.
열 번쯤? 아니 스무 번? 몰라. 모르겠다. 셀 수도 없을 만큼 끊임없이 입을 맞추던 그의 숨결이 생생해서 숨을 쉬기도 버거웠다.

그 분위기에 나는 도대체 무슨 말을 한 건가. 멍청한 것! 분위기 파악도 못 하는 것! 줘도 못 먹는 바보!

솔은 베개에 얼굴을 묻고 발버둥 치기 시작했다. 뒤늦은 부끄러움에 온몸이 다 화끈거렸다.

– 나도 좋아. 좋은데…… 다음에 하면 안 될까? 3인분을 거의 혼자 다 먹어서 배가……. 오늘은 벗기 좀 그런데 어쩌지?

순간, 주혁은 믿을 수 없다는 표정을 했고 곧이어 웃기 시작했다. 그녀의 목덜미에 얼굴을 파묻고는 끝도 없이 큭큭거렸다. 민망해진 솔이 거의 화가 나려 할 때쯤에야 겨우 고개를 든 그의 눈에는 눈물까지 맺혀 있었다.

– 너 때문에 못 살겠다, 진짜.

주혁은 노려보는 솔의 코끝을 가볍게 퉁겼다. 시동을 켤 때까지도 그의 웃음은 계속되었다.

– 다음엔 고기 사 주지 말아야겠네.
– 오늘 내가 샀거든!
– 자꾸 누나, 누나 하니까 얄미워서. 다음부터 내가 사 줄게. 아, 물론 하고 나서.

어떻게 저런 소리를 눈도 깜빡 안 하고 막, 막 할 수 있는지.

기막혀하는 솔의 볼에 기습적으로 쪽– 입을 맞추더니 주혁은 부드럽게 차를 출발시켰다.

– 도망가지 않는다고 약속하면 얼마든지 기다릴 수 있어.

하얗게 내려앉은 차창의 습기가 에어컨 바람으로 빠르게 사라졌다. 그들의 열기가 만든 흔적이 녹아내리는 걸 솔은 부끄럽게 보고만 있었다.

– 앞으로는 바닥에서 아무거나 줍지 마.
– 응?
– 꽃. 내가 사 줄 테니까.

이해가 안 되는 그 말을 끝으로 주혁은 입을 닫았다.
'하지만 계속 손을 잡아 줬어. 요렇게 꽉! 으스러지게 꽉!'
솔은 양손을 깍지 끼고는 주혁이 한 것처럼 힘을 불끈 주다가 이내 버둥거렸다. 자꾸만 웃음이 나왔다. 정말이지 가슴이 몽글거려서 잠도 오지 않았다.
물론 전에도 다른 남자에게 고백을 받은 일은 있었다. 진수와 끝나고 솔은 두 번의 짧은 연애를 했다. 모든 연애의 시작이 그렇듯 그 순간엔 그녀도 행복했다.
하지만, 그때도 이토록 떨렸나. 심장에 폭격을 맞은 것처럼 아찔하고 몽롱했었나.
아닌 거 같다. 그들이 가까워지려 할 때 솔은 언제나 겁을 먹었고 뒤로 물러섰다. 그만큼 조절할 수 있는 감정이었다.
하지만 이번엔 그녀는 도망칠 수가 없었다. 의지도 없었다. 폭우를 만난 것처럼 두렵지만 더 가 보고 싶었다. 처음 느끼는 감정이었다.

좋아한다는, 사랑한다는 말이 아닌 나만 생각난다는 말이 이토록 간질거릴 줄 몰랐다.

주혁은 연애라 정의하지 않겠다지만, 그것이 고백이 아니면 뭘까. 이런 게 연애가 아니면 뭐란 말야. 좋아서 죽을 것 같은데. 떨려서 아무것도 못 하겠는데. 지금도 이렇게 보고 싶은데.

너에겐 아니더라도 나에게 이건 진짜 연애야. 연애니까 행복하고 좋은 거야. 혼자 하는 연애니까 끝나도 상처받지 않은 척할 수 있어.

– 박솔! 넌 누구와도 끝까지 가는 연애는 못 할 거야. 그렇게 노처녀로 늙을 거다. 아마 어떤 남자와 자 보지도 못하겠지!

문득 떠오르는 기억에 솔의 미소가 사라졌다. 쿵쿵 울리던 심장도 빠르게 식었다. 왜 지금, 하필 진수의 말이 생각나는 건지 그녀도 이해할 수는 없었다.

– 이유는 네가 잘 알 거야. 넌 자격지심으로 똘똘 뭉쳐 있잖아. 모든 남자를 네 아버지와 같은 인간으로 취급하는 주제에! 내 말이 틀려?

"아니야. 네가 틀렸어."

솔은 조용히 중얼거렸다.

난 그런 적 없어. 그저 네가 나와 맞지 않았을 뿐이야. 술김이라고 해도 난 주혁이랑 잤어. 무서웠지만 피하지 않았어. 피하고 싶지 않아. 난 극복했어.

거짓말. 가슴속 깊은 곳에서 울리는 비웃음을 솔은 외면했다.

– 조금만 만져도 넌 나를 벌레 보듯 봤어. 여자를 때리는 놈 취급하며 움츠러들었지. 그때마다 난 어땠는지 알아? 사랑하는 여자를 안으려 할 때마다 흉악한 치한이 된 기분을 느껴야 하는 게 얼마나 더러운 기분인지 아냐고!

진수의 말이 틀린 것은 없었기에 솔은 가슴이 먹먹했었다.

– 민지가 좋냐고? 그래! 좋더라. 구질구질한 사연 갖고 그 나이까지 떨쳐 내지 못하는 너 같은 여자랑 만나 보니까 알겠더라. 이래서 어른들이 집안 보고 사람 만나라고 하는 거야. 화목한 집안에서 사랑 많이 받고 자랐다는 것이 얼마나 중요한지, 얼마나 사람을 편하게 하는지 민지 덕에 알았어. 그래서 잤다. 편해서 잤어! 그게 내 잘못이야? 왜 나만 나쁜 놈 취급해! 언제까지 내가 등신처럼 기다려야 했냐고!

쏟아지는 비난은 배신보다 더한 충격으로 솔을 무너뜨렸다.

– 넌 진짜 나쁜 년이야. 차라리 끝까지 숨기지 그랬어. 왜 그딴 멍을 들켰어. 대충 둘러대지 않고 왜 맞고 살았다고 고백했어! 부끄러운지도 모르고, 뭐가 자랑이라고! 불쌍해서 헤어지지도 못하겠더라. 그게 네가 원한 거지? 그럼 내가 받는 거라도 있었어야지!

줄 건 줘야지! 넌 잘못 생각한 거야. 아무리 불쌍해도 어떤 미친놈이 너같이 부담스러운 여자 곁에 있고 싶겠냐고!

10년이 지났어도 떠오른 그의 말은 여전히 아프기만 했다.

'그러게. 왜 하필이면 진수, 너에게 들켰을까. 그냥 끝까지 아니라고 우겼으면 좋았을 걸 왜 고백했을까.'

멍청하게도 그때는 진수가 자신을 위로해 주길 바랐다. 자신을 사랑하니까 가슴 아파해 줄 거라고. 그 고백이 그의 발목을 잡을 거라고는 결코 생각하지 않았다

창가로 걸어간 솔은 창문을 열고 손을 길게 뻗었다. 아쉽게도 비는 그쳐 있었다.

그래도 진수 덕에 같은 실수는 반복하지 않았다. 사랑했던 사람이 자신을 안쓰럽게 바라보고, 그 이유로 곁에 있었다는 것은 더할 수 없이 비참한 일이었으니까. 누구에게도 그런 부담스러운 존재가 될 수는 없다. 그것이 주혁이라면 더욱더.

그래, 그가 사귀자고 말하지 않은 게 얼마나 다행인가.

그는 단지 잠깐 즐기는 사이를 원할 뿐이고, 그 의도를 숨기지 않았다. 그래서 어쩌면 한두 번으로 끝날 가벼운 만남일 테니 부끄러운 자신을 알아챌 시간도 없겠지.

"괜찮아……. 우린 그저 섹스 파트너일 뿐일 테니까."

솔은 씁쓸하게 웃었다.

✼

아침부터 주방에선 맛있는 냄새가 진동했다. 아직 오전 7시도

안 된 시간이었다. 식탁 위에는 이미 전과 잡채, 그리고 몇 가지 반찬들이 놓여 있었다.

샤워를 마치고 나온 주혁은 솔의 뒷모습을 바라보고 있었다. 앞치마 차림으로 부지런히 움직이면서 그녀는 콧노래까지 흥얼거리고 있었다.

아직도 남아 있는 지난밤 키스의 여운과 샤워를 하고 나온 남자와 음식을 준비하는 여자라……

남자로선 꽤 만족스러운 그림이었다. 하지만 주혁은 솔을 못마땅하게 살폈다.

배가 나와서 안 된다는 독창적인 핑계로 빠져나간 여자였다. 얼마든지 기다릴 수는 있지만, 평소의 솔의 식욕을 생각하면 걱정이 되는 것도 사실이었다.

과연 자신의 매력이 저 여자의 식욕을 이길 수 있을지 진심으로 그는 자신이 없었다.

"이걸 다 먹을 생각은 아니지?"

"어?"

뒤돌아본 솔은 얼굴을 붉혔다. 갈 곳 잃은 눈동자가 이리저리 굴러다니며 그를 피했다.

그래. 적어도 나를 의식하긴 하는군. 그의 기분은 어이없을 정도로 쉽게 풀려 버렸다.

"날 피하려고 이러는 건 아니지? 배 나와서 안 된다는 핑계를 또 쓰려고."

퉁명스러운 그의 말에는 웃음이 섞여 있었다. 솔은 부끄럽게 고개를 저었다.

"아냐, 아냐. 그건 아니고……."

솔은 고개를 떨구며 한쪽 발목을 빙글빙글 돌렸다. 양 볼에 홍조가 올랐고 입술은 달싹달싹 움직였다.

혹시나 그런 모습이 얼마나 사랑스럽게 보이는지 알면서 저러는 거라면 그건 대성공이었다.

주혁은 재빨리 그녀의 입술을 훔쳤다. 맞물린 입술을 빨고 잼싸게 혀를 밀어 넣자 놀란 그녀는 이내 눈을 감았다. 그녀에게선 맛있는 냄새가 난다. 기억보다 달콤한 키스였다. 아쉽게 고개를 든 주혁이 속삭였다.

"너무 많이 먹지는 마."

솔은 얌전히 고개를 끄덕이다 뒤늦게 놀라며 그를 밀쳤다. 재빨리 찬의 방을 바라보더니 다음 순간 철썩– 그의 어깨로 매운 손이 날아왔다.

"미쳤나 봐. 찬이 보면 어쩌려고."

"보면 안 돼?"

"당연히 안 되지. 걸리면 너도, 나도 죽어. 빼도 박도 못하고 넌 나한테 장가와야 해. 그건 너도 싫을 거 아냐. 우린…… 그런 사이가 아닌데."

솔은 몹시 수상하게 웃었다. 어딘가 음흉해 보이기도 하는 웃음이었다.

"그런 사이?"

"우리는 사귀는 사이가 아니잖아. 우린 다른……. 음, 아주 몹시 다른 사이잖아."

굉장한 비밀이라도 되는 듯 소곤거리는 목소리는 예뻤지만 어쩐지 주혁은 불편해졌다.

너도 싫을 거 아냐? 아주 다른 사이?

주혁은 눈을 가늘게 접으며 물었다.

"우리가 무슨 사인데?"

"그걸 내 입으로……."

찬의 방 쪽을 기웃거리던 솔은 그의 귀에 대고 재빠르게 속삭였다.

"섹스 파트너."

"뭐?"

주혁의 인상이 와락 구겨졌다. 그는 조금 당황했다.

"네가 원하는 게 그거 아냐?"

솔은 고개를 갸웃거렸다. 되묻는 주혁이 이상한 듯했다.

"그건……."

"그냥 질릴 때까지 자고 싶다며. 그게 그거지. 아하!"

주혁의 말을 끊으며 솔은 묘한 웃음을 보내기 시작했다.

"후후후……. 후후…… 왜? 새삼 부끄럽구나!"

솔은 뻔뻔하게 눈을 반쯤 접으며 야릇하게 그를 훑어보았다.

주혁은 잠시 말을 잃었다.

내가 원하는 것. 내가 원하는 게 정말 그런 사이인가.

기분이 묘해졌다. 진지하게 미래를 생각해 본 것은 물론 아니다. 그럴 시간도, 정신도 없을 만큼 그에게도 갑작스레 휘몰아친 관계였다.

그래. 어쩌면 그녀의 말이 맞을 수도 있다. 섹스 파트너.

하지만 그녀의 입에서 정의된 그들의 관계는 기분을 묘하게 만들다 못해 불쾌하기까지 했다.

그런 말을 하는 솔은 괜찮은 걸까, 신경이 쓰였다.

그가 아는 한 그녀는 그 정도로 대범한 성격은 아니었다.

문제는 또 있었다. 그녀의 야릇한 시선은 즉각 그의 신체에 영향을 끼쳤다. 짧은 키스로 저릿했던 열기가 아래로 훅 퍼졌다.

그녀 앞에서 시도 때도 없이 벌어지는 현상이라 해도 이런 말에 반응하는 자신은 마음에 들지 않았다.

미친 새끼. 스스로에게 욕설을 뱉으며 주혁은 몸을 돌렸다. 절실하도록 샤워가 다시 필요해진 순간이었다.

다행히 솔은 재료를 다듬는 것에만 집중하고 있었다.

"흠. 그건 나중 문제고. 아무튼, 부탁이 있어."

"……."

"오늘 우리 부모님이 집에 오실 거야. 미안하지만 너는 집에 늦게 와 주라. 아무래도 가족 모임이니까 네가 있으면 불편할 거 같아서 그래."

생각해 보니 오늘이 그녀의 부모님이 오시기로 한 토요일이었다. 솔이 새벽같이 일어나 음식을 준비하는 건 그것 때문인 모양이었다.

하지만 분명 부모님의 방문 소식을 들은 그녀는 동요했었는데…… 주혁은 조심스럽게 솔을 살펴보았다.

쉴 새 없이 움직이는 그녀는 어딘가 들떠 보이기까지 했다. 아버지와 껄끄러운 관계는 아니라는 걸까. 이렇게 밝은 걸 보니, 잠깐 싸웠다가 화해하는 걸지도 모르겠다. 그런 자리에 자신이 끼면 불편하긴 할 테지.

원인 모를 꺼림칙함을 느꼈던 건 착각이었을지도. 흠ㅡ 헛기침과 함께 헛소리가 나온 건 충동적이었다.

"내일 약속 없으면 바다 보러 갈까?"

내뱉고 나서야 주혁은 쌓여 있는 일들을 떠올렸다. 주말 내내 처리해야 할 일들이 산더미였다.

"정말?"

솔은 눈을 반달처럼 둥글게 휘며 즐거워했다.

"바쁜 거 아니었어? 너 시간 돼?"

반짝이는 그녀의 눈은 그 몹쓸 능력을 또 발휘했다. 저도 모르게 주혁은 고개를 끄덕였고, 멍청하게 웃고 있다는 걸 깨닫고야 슬쩍 입을 닫았다.

신난다. 우리 회도 먹자! 좋아하는 걸 보니 뭐. 오늘 밤새워 일해 놓으면 내일 하루쯤 쉬어도 괜찮을 거 같기도 하고.

주혁은 머릿속으로 바쁘게 일정을 조율했다. 생각보다 기뻐하는 모습에 왠지 모를 뿌듯함마저 느끼고 있을 때.

"이건 다 뭐야?"

찬이 소리도 없이 다가왔다. 고개를 돌려 보니 어느 틈인지 솔은 주혁의 곁에서 멀찌감치 떨어져 있었다. 축지법을 익힌 홍길동 같은 움직임이었다.

씻지도 않는 손으로 날름 전 하나를 집어 입에 문 찬은 솔과 주혁을 수상쩍은 눈으로 보았다.

"나만 빼고 둘이 맛있는 거 먹었어?"

"아냐. 아빠 드릴 거야."

"저녁 드시고 오신다니까."

"그래도 오랜만에 오시는 건데 밥은 해 드려야지. 아빠가 동태찌개 좋아하시지?"

"신경 쓰지 말라니까 그러네."

찬은 못마땅한 듯 입을 씰룩이다가 갑자기 고개를 돌려 주혁을 보았다. 의아한 듯 그의 눈썹이 꺾였다.

"넌 왜 그러고 서 있냐."

"내가 밥 먹으라고 불렀어. 손 씻고 와. 오랜만에 누나가 아침 차려 줄게."

찬은 고개를 끄덕이다가 다시 주혁에게 말했다.

"아, 너 오늘 시간 되냐?"

"왜?"

"너랑 같이 산다니까 아빠가 보고 싶어 하시네. 시간 되면 와서 인사 좀 드리지?"

"오늘 좀 바쁠 거 같은데."

"안 되면 별수 없고."

주혁이 욕실로 들어가고 나서야 솔은 찬을 흘깃 보았다. 찬은 장난스럽게 어깨를 으쓱였다.

"내가 말했던가? 아빠 술 끊은 지 석 달도 넘었어."

"말했어."

"주혁이까지 있으면 더 자제하시겠지 싶어서 오라고 한 거야."

"……누가 뭐래."

"너무 신경 쓰지 말라고. 아빠도 이제 변했어."

"손이나 씻고 와."

찬이 들어가고 솔은 싱크대에 물을 세차게 틀었다. 참았던 긴 숨을 내뱉자 잔뜩 힘이 들어갔던 어깨가 축 처졌다.

"아, 떨려 죽을 뻔했네."

솔은 작게 중얼거렸다.

기습적인 주혁의 입맞춤에 아랫배가 저절로 조여 오고 심장이 방정을 떨었다. 어찌나 솜씨가 좋은지 주혁은 그 짧은 순간에도 입술을 가르고 들어와 혀를 섞었다.

선수야. 선수. 고개를 절레절레 저어 보지만, 사실 잔뜩 긴장한 건 그 때문이 아니란 걸 알고 있었다. 솔은 젖은 손으로 얼굴을 거칠게 쓸었다.

'왜 이렇게 불안하지…….'

찬의 눈에서 죄책감을 읽었기 때문인지도 몰랐다. 동생이 그런 눈빛을 할 때면 솔은 언제나 숨이 막혔다.

'바보냐, 박솔. 아무 일도 일어나지 않아. 괜찮다고. 술만 안 드시면 돼.'

솔은 주문처럼 되풀이했다.

일어나지 않은 일로 미리 긴장할 필요는 없다. 벌어진다 해도 평소처럼 묵묵히 참아 내면 그뿐이다. 게다가 아빠는 찬의 앞에서 손을 올린 적은 없으니까.

'그나저나 바다에 갈 때 뭐를 입어야 예쁘다고 해 주려나.'

그저 주혁과의 약속에 집중하려 노력했다. 어느새 솔은 입술을 꼭 깨물고 있었다.

❀

솔은 시간을 다시 확인했다.

한참 전에 부모님을 모시러 간 찬은 전화도 받지 않았다. 땀으로 축축해진 손을 옷에 문지르며 솔은 재차 시간을 확인했다. 어두워질수록 정체 모를 불안함이 고개를 들었다.

어둠과 술과 아빠.

"술 끊으셨다잖아. 찬이 어련히 알아서 할까. 믿어 봐라, 좀."

중얼거리며 걸레를 들고 몇 번이나 쓸고 닦아 먼지 하나 없는 거실 바닥을 다시 벅벅 문질렀다. 불안한 마음을 닦아 없애듯.

좋지 않았던 아빠와의 마지막 만남 이후 찬은 솔을 본가로 내려가지 못하게 했다. 괜찮다고 해도 막무가내로 그녀를 막았다. 거의 1년 전 일이었다.

그런 동생인데……. 아빠가 술 끊으신 게 확실하니까 보시고 오는 걸 텐데도 자꾸만 기분이 가라앉았다.

솔은 바닥을 닦으며 밝은 생각만 하려 했다.

오늘이 지나면 내일 주혁과 바다에 놀러 간다. 하지만 한번 고개를 든 두려움은 좀처럼 가라앉지 않았다.

잊었던 기억들이 꾸역꾸역 밀려들었다. 솔은 끝내 걸레를 던지고 무릎에 얼굴을 묻었다.

못났다. 박솔…….

고작 따귀 몇 번. 사나운 손에 질질 끌려 창고 방에 갇혔던 기억 몇 조각. 가끔은 커다란 발로도, 끔찍한 허리띠로도…….

그게 뭐라고, 어? 별거 아니잖아. 아니, 이 정도 사연 없는 사람이 어디 있어!

울음소리가 새어 나가면 아빠의 잠이 깰까 봐. 혹시나 동생도 맞을까 봐 소리 내지 못하고 불 꺼진 창고 구석에 쪼그려 밤을 새우던 기억들.

솔은 이를 악물었다.

그게 뭐 대단한 일이라고. 왜 이렇게 유난을 떨어. 못나게 굴어.

좋은 기억도 많았다. 그런 일이 벌어진 다음 날이면 어머니는 어김없이 솔을 데리고 나가서 맛있는 음식을 사 주고, 새 옷, 예쁜 학용품을 잔뜩 안겼다. 어머니는 어린 솔이 보기에도 안쓰러울 만

큰 부은 눈으로 힘겹게 웃어 주곤 했다.

아주 가끔은 새벽녘에 누군가가 머리를 쓰다듬어 주던 기억도 있었다.

그때마다 솔은 두려움에 더 눈을 꼭 감곤 했었다.

아빠의 낮은 한숨 소리가 들리면 두려움은 죄스러움으로 변했다. 정작 아빠를 아프게 한 사람은 자신이라는 걸 아니까.

오직 솔에게만 향하던 분노의 이유를 알고 있었기에 아빠를 이해했다. 언젠가는 용서해 줄 거라고 믿었다.

다행히 아빠는 찬만은 끔찍하게 사랑했다. 어쩌면 찬이 자신의 몫까지 사랑받는 건 당연한 일이었다. 자신에게 가해지는 일들이 대부분 찬이 없을 때 벌어진다는 걸 깨달았을 때 차라리 그녀는 안도했다.

하지만 모른 척 외면했던 찬도 결국 폭발했다. 중학교를 졸업하던 무렵이었다. 동생은 악을 썼다.

– 나 없을 때마다 매번 때렸어? 안 그러겠다고 약속했잖아요. 도대체 왜요! 언제까지! 한 번만 더 이러면 나 이 집 나가요. 누나 데리고 나갈 거라고. 공부도 안 하고 멋대로 살 거예요! 어디 계속 술 먹어 봐요! 다시 누나에게 손대 보라고!

어느새 아빠보다 껑충 커 버린 동생은, 너무 빨리 철이 들어 버려 의젓하기만 했던 동생은 그날 밤 아이처럼 엉엉 울었다.

– 나는…… 다 알고 있었어. 벌써 다 알고 있었는데……. 누나가 아니라 내가 될까 봐. 무서웠어……. 내가 힘이 없어서, 잘못했

381

어, 누나. 내가 잘못했어.

너는 잘못이 없는데도 내 앞에서 빌었지. 너에게서 무엇을 뺏어
갔는지도 모르고 나에게 미안해하며 울었지.

그날 느꼈던 참담함과 부끄러움이 다시 살아났다.

그 후로 한동안 아버지와 찬의 사이는 좋지 않았다. 누구보다
사이좋았던 부자였기에 솔은 죄책감에 시달렸다. 아빠가 솔을 미
워하는 이유를 알게 된다면 찬의 눈빛도 차가워질까 봐 겁이 났
다.

그래서 그녀는 과장되게 웃었다. 한 번도 그런 일을 당해 본 적
이 없다는 듯. 별거 아니라는 듯, 다 잊었다는 듯이. 그래서 찬도
잊기를 바랐다.

뺨에, 등에, 온몸에 가해지던 아픔이 독설로 바뀌어 계속해서
상처받고 있다는 것을 동생만은 모르길 바랐다. 어차피 모를 수가
없는 일이었지만.

솔은 벌떡 일어났다.

그저 그런 하찮은 기억일 뿐이다. 누구나 하나씩은 가지고 있을
마음의 상처 따위. 세상에 마냥 행복하고 좋은 기억만 갖고 사는
사람이 어디 있다고……

어김없이 움츠러드는 자신이 한심했다. 나이는 어디로 먹은 건
지.

솔은 심호흡을 크게 했다. 깊어지는 어둠 때문에 커지는 불안감
을 떨치려 그녀는 고개를 빳빳이 들었다.

하지만 덜컥 문이 열리기도 전에 솔은 알 수 있었다. 우르르 들
어오는 왁자지껄한 분위기에 섞여 있는 술 냄새에 겁먹은 몸이 먼

저 반응했다.

얼큰하게 취한 아버지를 부축하는 찬의 당황한 얼굴과 뒤따라 들어오시는 어머니의 허둥대는 모습은 익숙했다.

이런 빌어먹을. 솔은 눈을 질끈 감았다.

쓸데없는 감은 이럴 때만 탁월하게 발동했다. 아빠 얘기에 눈물부터 나고 괜히 불안했던 건 예상했기 때문이었다. 절대로 끝나지 않을 일이었으니까.

단련된 몸은 즉각 방어에 들어갔지만, 본능적인 두려움은 어쩔 수 없었다.

솔은 잘 꾸민 미소를 가면처럼 뒤집어쓰고, 침착함을 갑옷처럼 입었다.

금방 가신다고 했어. 술 취한 아빠를 찬이 오래도록 자신과 있게 하지는 않을 테니 아무 일도 생기지 않을 것이다.

"저! 저!"

솔을 발견한 아빠의 얼굴이 평소처럼 일그러졌다. 익숙한 욕설이 술 냄새를 튀기며 여과 없이 쏟아졌다.

"저년! 왜 들어오자마자 저년 얼굴부터 보이는 거야!"

"아빠!"

아빠의 험악한 욕설과 찬의 당황한 목소리쯤이야 아무렇지도 않았다. 그저 참기만 하면 지나갈 일이니까.

담담히 고개를 숙이던 그녀의 눈에 낯익은 신발이 들어온 건 그때였다.

땅이 흔들리고 심장이 멎었다. 파르르 손이 경련하고 눈동자가 속절없이 흔들렸다.

왜? 바쁘다면서 왜 네가. 주혁이 네가 왜 거기에 서 있어.

"말해 봐라! 왜 내 아들 집에 네년이 있는 거냐고!"

솔은 조용히 눈을 감았다.

아, 재수도 없지. 세 번의 연애 경험 중 이렇게 대놓고 걸린 적은 없었는데. 멍 자국을 진수에게 들킨 적은 있어도, 직접 목격한 놈은 없었는데.

그냥 어젯밤 그와 같이 잘걸.

우습게도 그런 후회가 밀려왔다.

이렇게 끝날 줄 알았으면 한 번 더 해 보기나 할걸. 적어도 불쌍해서 자 주는 건가 헷갈리지는 않았을 테니.

솔은 마주 잡은 손에 힘을 꽉 주었다.

❋

이게 무슨 상황이지.

주혁은 귀를 의심했다. 아저씨가 솔에게 험악하게 쏟아 낸 말은 듣고도 믿기 힘들었다.

아저씨는 금방이라도 솔을 끌어내고 싶은 것처럼 그녀를 노려보고 있었다. 술에 취한 눈은 벌겋게 핏발이 섰다.

"재수 없는 년……."

"아버지!"

찬은 벼락처럼 소리를 쳤고, 어머니는 앓는 신음을 흘리며 연신 주혁의 눈치를 살폈다.

"으응? 아들 왜?"

아저씨는 솔에게 소리친 것을 잊은 듯했다. 어리둥절한 얼굴이었다. 그는 아들이 자신에게 큰 소리를 낸 것에 놀라 눈만 껌뻑였

384

다. 생각보다, 보기보다 그는 취해 있었다.

모두가 굳어 버린 자리에서 침착한 건 솔뿐이었다. 그녀는 얼굴빛 하나 변하지 않았다.

하얗게 질리고, 빨갛게 달아오르고 온갖 감정을 얼굴에 드러내는 여자였다. 그런 그녀가 믿을 수 없을 만큼 차분했다. 그저 고요하게 서 있는 그녀의 반응에 오히려 주혁이 동요했다.

이건 최악의 반응이었다. 적어도 그녀에겐 익숙한 일이라는 뜻이 아닌가.

당혹스러움에 그는 상황을 이해해 보려고 애를 썼다.

문밖에서 마주친 찬의 아버지는 사람 좋고, 푸근한 인상이었다. 어릴 적 몇 번 뵙지는 않았지만, 주혁의 기억 속에서의 모습과 크게 달라지지 않았다.

– 아이고, 네가 주혁이야? 왜 이렇게 컸어. 그때는 우리 찬이보다 머리통 하나는 작았는데. 언제 이렇게 의젓하게 컸어.

등을 토닥이며 반가워하셨고 좋은 날이라 한잔했다며 껄껄 웃으셨다. 아버지를 부축하고 있는 찬의 얼굴이 난감해 보였지만 깊게 생각하지 않았다.

솔을 보자마자 돌변해 버린 표정과 언행에 주혁은 당황함을 넘어 당혹스러웠다. 분명 재수 없는 년이라고 했다. 그것까지는 말투려니 할 수도 있다.

그가 의아한 건 아저씨의 눈빛이었다. 어떤 아버지가 딸을 저런 눈빛으로 바라볼까? 원수를 대하는 듯한 눈초리에 주혁마저도 오싹 한기가 느껴질 정도였다.

당황함을 감추지도 못하고 주혁은 솔을 다시 보았다. 그녀는 주혁에게 눈길도 주지 않고 있었다. 미동 없이 서 있는 그녀는 침착해 보였다. 꼭 맞잡은 작은 손이 하얗게 질려 있는 걸 보기 전까지 주혁은 그렇게 생각했다.

"아, 우리 아빠, 술 끊었다면서 또 이러신다."

　그때 찬이 아버지를 와락 껴안으며 정신없이 흔들어 댔다. 살가운 아들의 행동에 아버지의 노기에 찬 눈이 조금씩 가라앉았다.

"딱 한 잔 했다. 내가 오늘 기분이 좋아서. 아, 친구 딸이 결혼한다 않느냐. 나이도 솔이보다 2살이나 어린데. 남의 딸이지만 내가 어찌나 좋던지."

"한 잔은 무슨! 술 냄새가 진동하는데 뭘."

　허둥지둥 어머니도 찬을 거들었다.

"그러게 말이다. 내내 보고 있었는데 언제 이렇게 마셨는지……. 어휴. 이러고 있지 말고 좀 앉아 봐요. 찬이 친구도 있잖아요."

　주혁을 흘깃거리며 어머니는 민망해했다. 따듯한 분인 듯했지만 이미 찬의 아버지에 대한 첫인상을 잘못 판단한 주혁은 그마저도 믿을 수가 없었다.

　주혁은 정중히 인사를 했다.

"한주혁입니다."

"그래요. 말 많이 들었어요. 나는 여태 우리 찬이 제일 잘난 줄 알았더니 친구도 어쩜 이렇게 훤칠할까. 사업도 크게 한다면서? 부모님이 뿌듯하시겠어요."

"말씀 편하게 놓으십시오, 어머님."

"호호. 그럴까? 가만있어 보자. 솔아, 뭐 먹을 것 좀 없니? 엄마랑 같이 차리자."

어머니가 서둘러 솔의 팔을 잡고 주방으로 끌어당겼다. 솔은 아무 말 없이 걸음을 옮겼다. 그런 그들의 뒷모습을 노려보다가 아버지는 다시 큰 소리를 내기 시작했다.

"남들 다 가는 시집도 못 가고, 동생 등골 빼먹으며 잘하는 짓이다. 네년이 이 집에 들어온 다음부터 찬이가 되는 일이 없잖냐, 엉!"

"그게 무슨 소리야, 아빠! 내가 요즘 얼마나 잘나가는데. 나 이번에 승진할지도 모른다고요."

아버지의 안색이 대번에 밝아졌다. 그는 찬의 손을 덥석 잡고는 아이처럼 웃었다.

"진짜야? 우리 아들이 승진해? 정말로?"

살뜰하게 찬의 얼굴을 쓸어 만지는 아버지의 손에는 애정이 듬뿍 담겨 있었다.

"이게 다 누나가 잘 챙겨 줘서 그래요. 아빠, 누나 요리 먹어 본지 오래됐지? 누나가 아빠 오신다고 새벽부터 이것저것 준비했어요. 좀 드셔 봐요. 깜짝 놀랄걸."

"제 엄마 닮았으면 요리야 그냥저냥 하겠지. 안 먹으련다. 저게 해 주는 밥 먹으면 재수가 없어."

"아빠!"

아들의 다급한 말에 아버지는 찬의 시선이 닿은 곳을 보았다. 정중한 자세로 서 있는 주혁을 보며 그는 흡족한 미소를 지었다.

"그래. 주혁아. 어고, 뭘 먹고 이렇게 컸어? 밖에서 보면 몰라보겠구먼. 이리 좀 와 봐라."

주방에 있는 솔의 자그만 몸은 무얼 준비하는지 쉴 새 없이 움직였다. 굳은 얼굴로 그녀의 뒷모습을 보던 주혁이 아저씨의 부름에 찬의 옆으로 가 앉았다. 곤혹스러웠지만, 애써 표정을 가다듬어야 했다.

"우리 솔이 회사 사장이라며? 어쩌냐. 네가 고생이 많다. 저거 일도 제대로 못하고 민폐만 끼칠 텐데. 미안해서 어쩌면 좋냐."

아버지는 주혁의 손을 잡으며 연신 미안하다고 했다.

"아닙니다. 누나가 정말 잘하고 있어요."

"어우, 그런 말 말아. 저거 사람 구실도 못 하는 거 내가 아는데. 친구 누나니까 네가 좀 잘 봐줘. 월급만 또박또박 주고 막 부려. 아, 회사에 장가 못 간 놈 있으면 소개도 해 주고."

"아버지!"

찬이 급하게 끼어들었다.

"서울 올라온 거 오랜만이잖아. 오늘은 여기서 주무시고 갈 거죠?"

"아, 싫다. 내가 왜 여기서 자냐. 나야 우리 아들하고 하루라도 더 있고 싶지만, 저년 때문에 난 싫다. 저거 만나고 가면 되는 일이 없어."

"그게 뭔 소리야. 무슨 농담을 그렇게 살벌하게 해."

어떻게든 화제를 돌리려는 찬의 노력에도 아버지는 주혁에게 다시 관심을 돌렸다.

"암것도 없어도 된다. 재혼이어도 괜찮아. 그냥 밥만 안 굶게 먹여 주기만 할 남자 어디 없을까, 응? 주혁아."

"아, 아빠. 진짜 왜 그래! 누나가 어때서!"

"지 어미도 잡아먹은 게, 멀쩡한 놈 신세 망가뜨릴까 봐 그러지. 흠이 있는 놈을 만나야 덜 미안하……."

"아버지!"

찬의 얼굴이 기어이 일그러졌다.

"손재주는 있길래 앞가림은 할 줄 알았지. 큰 회사 들어갔을 때만 해도 이제 정신 차렸나 싶었다. 걸핏하면 픽픽 쓰러져 엄한 사람들 피해나 주고. 저거 생각하면 내가 열불이 난다. 속이 터져."

주혁의 얼굴도 차츰 굳어 갔다. 어른 앞이라 예의를 벗을 수는 없어도 어쩔 수 없이 그는 차갑게 가라앉고 있었다.

찬을 대하는 태도와 너무도 달랐다. 아들딸 차별이라고 하기에도 아버지의 말투와 내용은 도를 넘었다. 이분은 솔을 미워한다. 진정으로.

하루 이틀 일이 아니란 걸 그는 어렵지 않게 눈치챘다.

아버지가 오신다는 말에 밤새 울고 나온 솔. 어쩔 줄 몰라 하던 찬.

이게 뭔가. 주혁은 낭패스러웠다.

그가 아는 박솔은 가끔은 생각 없이 행동하고, 심술궂은 모습도 분명 있었지만, 대책 없을 정도로 밝은 여자이기도 했다. 그 밝음이 과한 사랑을 받고 자란 철없음이라고 여겼다.

무슨 사정이 있다 해도 그녀는 이런 취급을 받고 살아온 게 아니어야 했다. 그래야 했다.

이러면…… 내가 어떻게 널 대해야 하나.

아버지의 넋두리는 계속되었다.

"찬이 덜컥 너를 데려왔다고 해서, 내가 와 봤어. 눈이 달렸으면 저런 게 눈에 차지는 않겠지만, 혹시나 해서 말이다. 그냥 있는 동안 밥하고, 빨래시키고 편하게 부려."

"아버지, 계속 이러면 나 진짜 화낼 거예요."

찬이 목소리가 무섭게 가라앉았다. 달라진 아들의 말투에 흠칫 한 아버지가 머뭇거렸다. 아들이 왜 자기에게 화를 내는 것인지 이 해 못 한 듯 얼굴이 다시금 어리둥절해졌다.

"우리 아빠, 후회할 거면서 맨날 왜 이러냐. 그러게 술 마시지 말랬지. 못 살아, 진짜."

찬은 갑자기 히죽 웃으며 넉살 좋게 아버지를 꼭 안았다. 아버 지의 어깨 너머 주혁을 향한 그의 눈빛은 어두웠다.

'미안하다.'

눈으로 그는 주혁에게 전했다.

"내가 너 때문에 산다. 내가 우리 아들 때문에 살아."

찬의 등을 토닥이며 흐뭇하게 웃던 아버지는 과일을 들고 나온 솔을 보자 다시 무섭게 눈을 치켜들었다.

"넌 뭐 해? 나가서 술 좀 사 오지 않고!"

"뭔 술을 사 와요. 벌써 많이 취해 놓고. 주혁이가 흉봐요. 여보, 세수라도 해서 정신 좀……."

어머니가 말려 보았지만, 아버지는 막무가내였다.

"주혁이가 있으니까 술 한잔해야지! 뭐 해! 빨리 사 오지 못하고!"

"늦었어요. 제가 다녀올게요."

찬이 엉거주춤 일어나며 솔의 눈치를 보았다.

"왜 네가 가? 앉아 있어. 가게가 바로 코앞인데 늦긴 뭘 늦어. 솔이, 너 평소에도 네 동생 막 부려 먹고 그러냐?"

"……아뇨."

"그런데 왜 찬이 너만 보면 쩔쩔매. 사내놈이 주눅 들면 안 된다 고 몇 번을 당부했어. 밥해 주고 챙겨 주라고 공짜로 이 집에 있게 해 준 거야.”

“네. 제가 금방 사 올게요.”

솔은 서둘러 지갑을 챙겨 현관으로 나갔다. 그녀의 뒤로 아버지의 악의 담긴 말은 계속되고 있었다.

“칠칠찮아서, 원. 남들 애 하나씩 낳은 나이에 동생 집에나 얹혀 살면서. 못난 년.”

복도로 나온 솔은 그제야 숨을 쉬었다. 끝까지 따라붙던 주혁의 시선이 닿은 목덜미가 불타는 것만 같았다.

이렇게라도 집에서 벗어날 수 있어서 얼마나 감사한지 몰랐다. 가족끼리 있을 때야 얼마든 견딜 수 있는 일이었지만 그 자리엔 주혁이 있었으니까.

주혁은 분명 당황했다. 어떻게 당황하지 않을 수 있을까. 이해 했지만 솔은 차마 그를 볼 수가 없었다. 끈질기게 눈을 맞추려던 그를 외면하는 것도 버거웠다. 등 뒤로 파고들던 주혁의 눈빛을 감 당하는 내내 그녀는 죽고만 싶었다.

바닥으로 꺼져 버릴 수반 있다면, 마법처럼 사라질 수만 있었다 면. 솔은 눈을 꼭 감고 길게 숨을 토해 냈다.

“솔아.”

문이 다시 열리고 급하게 따라 나온 어머니가 솔의 등을 토닥였 다.

“네가 이해해. 응?”

어머니는 연신 등을 토닥이며 말했다. 눈을 보지 않아도 알 수 있었다. 그녀는 찬과 비슷한 눈으로 자신을 보고 있을 것이다. 불 쌍해 죽겠다는 눈빛. 솔은 언제나 그 시선들에 숨이 막혔다.

"친구 딸 시집가는 걸 봐서 네 생각이 났나 봐. 속상해서 저러시는 거야. 알지?"

"……전 괜찮아요. 신경 쓰지 마세요."

금방이라도 울 것 같은 어머니가 보기 싫어 솔은 매정하게 고개를 돌렸다.

"이번엔 진짜 술 끊나 보다 그랬는데……. 정말 왜 저러신다니."

어머니는 문에 대고 눈을 흘겼다. 언제나 솔에게 미안해하고 아버지를 막아 주지 못한 자신을 탓하는 약한 분이었다.

문득 어머니의 맨발이 눈에 들어왔다. 냉기가 올라오는 복도 바닥이 시릴 만한데도 어머니는 자신이 신발조차 신지 않았음을 모르는 듯했다. 울컥, 마음이 일렁였다.

당신도 바보예요. 나만큼. 아니, 나보다 훨씬 더.

아버지가 저러는 이유가 전 부인 때문임을 알면서도. 이럴 때마다 아버지가 평생을 지우지 못한 전 부인의 존재를 아프게 되새기면서도, 전처 딸인 내가 뭐가 애틋하다고 신발도 못 신고…….

"추워요. 들어가세요."

냉정하게 말하며 솔은 버릇처럼 몸을 뒤로 뺐다. 토닥이던 손이 힘없이 떨어졌다. 상처받은 어머니의 눈을 솔은 끝내 마주 보지 않았다.

"건강은 괜찮으시죠?"

머뭇거리며 묻자 금세 어머니의 얼굴에 화색이 돌았다.

"우리야 뭐, 공기 좋은 곳에 사는데 괜찮지. 걱정하지 마라. 시간 되면 가끔 내려와. 아버지도 내색은 안 하시지만 네 생각이 자꾸 나는 모양이야. 자주 얼굴 보면 아버지도 좀 나아지지 않겠니."

설마요. 진짜 그렇게 생각하지도 않으면서……. 솔은 심술궂게 비웃었다.

아빠는 내 얼굴 자주 보면 건강이 더 나빠지실걸요. 화가 나서 참을 수 없을 테니까요. 술도 결코 끊지 못하겠죠. 맨정신에 제 얼굴 보기도 싫을 테니까.

목까지 올라온 말을 삼키며 솔은 온순하게 대답했다.

"그럴게요. 들어가세요. 아빠가 찾으시겠어요."

"그래…… . 내가 아버지 모시고 얼른 갈게. 너는 어디 가서 차라도 한잔하고 천천히 와."

"네."

"찬이 친구한테는 창피해서 어떡하니. 네가 얘기 좀 잘 해 줘."

지갑을 쥔 손에 저절로 힘이 들어갔다. 주혁의 얘기를 듣는 것만으로도 솔의 가슴이 다시 무너졌다. 지금은 그를 생각하기가 싫었다.

"다녀올게요."

솔을 태운 엘리베이터가 내려간 후에도 어머니는 한참을 그 자리에 서 있었다.

솔과 찬의 엄마로 산 지 20여 년. 엄마를 잃은 지 3년이 되었다는 아이들을 처음 만나던 날을 그녀는 생생히 기억했다.

고작 6살인 찬은 밝은 아이였다. 누나 뒤에 숨어 자신을 훔쳐보던 그 아이는 한나절이 지나기도 전에 그녀에게 안겼다.

유독 하얀 얼굴을 가진 솔은 아무 말도 하지 않았다. 경계하는 것도 아니었지만 다가오지도 않았다. 인형처럼 큰 눈을 깜빡이며 그 자리에 조용히 앉아 있기만 했다.

남편은 그런 솔을 보며 10살인데도 말도 제대로 못 하는 모자란 아이라고 했다. 하지만 그녀는 단번에 솔도 찬이 못지않게 밝은 천성을 지닌 아이라는 것을 알았다. 첫눈에 반해 매달리다시피 결혼을 하게 된 남편보다도 그녀는 아이들에게 더 끌렸다.

어눌하지만 천천히 말문을 튼 솔도 눈에 띄게 밝아졌다. 그때는 모든 것이 다 잘된 거라 착각했다. 그 밝음이 지나치게 과하다는 걸 깨달은 것은 얼마 지나지 않아서였다.

눈앞에서 처음으로 솔이 남편의 손에 맞아 나뒹구는 것을 보았을 때 그녀는 경악했다. 그 작은 소녀가 누구보다도 위태롭고 애달프게 자신을 포장하고 있었다는 것을 그제야 알게 된 것이다.

말려도 보고, 빌어도 보고, 악도 써 보았다. 술이 깬 후 남편은 자책했지만 그뿐이었다. 도를 넘은 솔에 대한 미움을 결국은 막지 못했다.

동네 어른들에게는 애교도 잘 부리고 항상 떠들썩했던 어린 솔은 오직 그녀와 남편 앞에만 조용했다. 작은 손을 잡아 주려 하면 뒷걸음쳤고 몸을 움츠렸다.

그리고 벽을 세우듯, 마지막 자존심을 지키듯 작은 입으로 언제나 '어머니'라고 불렀다. 단 한 번도 '엄마'라 부르지 않았다.

그것이 자신을 미워해서가 아님을 잘 알고 있어서 더 가슴이 아팠다. 솔은 부끄러워했고, 또한 아버지의 폭언과 폭력에서 구해 주지 못하는 그녀를 신뢰하지 않았다.

지켜 주지 못한 작은 아이는 상처를 감추는 법만 배우며 커 버렸다. 어느새 그녀의 키보다 껑충 커 버린 솔의 안에는 아직도 상처받고 학대받는 아이가 웅크려 있다는 걸 알았다. 아물지도 못하는 상처를 매번 헤집는 남편의 성정에 분노하면서도 바꾸지 못하는 자신에게 좌절했다.

곱게 주름진 어머니의 눈에 눈물이 글썽였다.

"저 착한 게 무슨 죽을죄를 지었다고 평생을 괴롭혀, 괴롭히긴. 죽어서 솔이 엄마 무슨 낯으로 보려고……."

✻

맥주. 그리고 소주, 간단한 안줏거리.

엘리베이터 벽에 기댄 솔은 콧노래처럼 흥얼거리며 몸을 까딱까딱 흔들었다.

"맥주, 소주. 맥주, 소주."

엘리베이터 거울에 담담한 얼굴이 보였다. 솔은 손을 뻗어 지나치게 차분한 그 얼굴을 쓰다듬었다.

"착한 것. 이쯤 되면 한번 대들어도 괜찮을 텐데 잘 참았어. 박솔, 너 참 착하다."

거울을 향해 솔은 엄지를 척 들었다. 그제야 거울 속 얼굴이 웃음을 지었다.

"그나저나 이런 결말은 예상치 못했는걸? 창피해서 주혁이 얼굴이나 보겠어? 진짜 쪽팔려 죽겠다."

거울 속 얼굴은 실없이 웃고만 있었다.

"이래서 타이밍이 중요한 거야. 어제 그냥 확 자 버리는 건데. 한 번은 꼭 다시 해 보고 싶었는데 말이야. 아깝다, 그지?"

그녀는 배시시 웃었다.

비루한 뱃살 한번 보여 주는 게 더 좋았을걸. 이딴 장면보다는 훨씬 더 그를 흥분시켰을 텐데.

문이 열리고 시원한 밤바람이 달아오른 얼굴을 식혀 주듯 간질거렸다.

나중에 혜주나 불러서 술이나 해야겠다고 생각하며 솔은 뛰기 시작했다. 가볍고 경쾌하게. 한 귀로 듣고 한 귀로 흘리기. 그래서 귀가 두 개 아니겠나. 언제나처럼 그녀의 기분은 금세 밝아졌다.

　"맥주, 소주. 맥주, 소주."

　그녀의 노랫소리가 멀어져 갔다.

13.

"미안해서 어쩌냐. 한국에 친척도 없다면서? 밥이라도 한번 해 주고 싶은데⋯⋯."

솔의 어머니는 주혁의 손을 꼭 잡으며 한 얘기를 되풀이했다.

"괜찮습니다. 다음에 제가 식사 한번 모실게요."

"참 의젓하네."

부드럽게 미소 짓는 어머니를 주혁은 말없이 살폈다.

닮지 않았다. 물론 부모와 자식이 모두 닮아야 하는 건 아니지만 이분에게서는 찬과 솔의 모습을 조금도 찾아볼 수 없었다.

─ 지 어미도 잡아먹은 게!

그 말이 도무지 머릿속에서 떠나지 않았다. 표정 관리만큼은 자신 있던 자신마저도 소스라치게 했던 악의에 찬 목소리, 감추지도 않던 혐오감.

새어머니인 걸까?

찬과 친구라고는 하나, 이건 가정사였다. 찬이 굳이 밝히지 않았다면 모르는 것이 당연한 일이다. 섭섭한 것은 아니었다. 당장 그도 찬에게 감추는 것이 있으니까.

"아버지 말은 못 들은 거로 해 줘요. 술 자셔서 그래. 그보다, 우리 솔이 좀 잘 부탁해요. 재주가 많은 아이야……. 우리가 능력이 없어서 뒷바라지를 못 했어. 나는 그게 너무 미안해요."

"솔이 누나, 회사에서도 잘하고 있어요. 걱정하지 마세요."

"고마워요. 정말 의젓하네. 다음에 애들하고 같이 내려와요. 내가 밥 한 끼 꼭 해 주고 싶어서 그래."

어머니는 천성이 살뜰하고 다정하다는 것을 쉽게 알 수 있는 분이었다. 잠에 곯아떨어져 뒷자리에 누워 계신 아버지 옆에 불편하게 앉으면서도 그녀는 연신 미안한 듯 웃으셨다.

"미안하게 됐다."

찬이 운전석 창문을 내리고 주혁을 보았다.

"내일 얘기하자."

"난 신경 쓸 거 없어. 운전이나 조심해서 가."

"오늘 못 올 거야. 왕복하면 4시간도 넘게 걸리거든. 날 밝는 대로 올 테니까."

찬은 주저했다.

"누나 오면……."

더는 말을 잇지 못한 찬은 길게 내쉰 한숨으로 심정을 대신했다.

"아니다, 아무튼, 방문 잘 잠그고 자라. 누나가 덮칠지도 모르니까. 알았지?"

특유의 유쾌한 어조로 돌아간 찬의 등을 어머니가 철썩 소리가 나도록 매섭게 내리쳤다.

"못 하는 소리가 없어. 뭐가 어째? 누나가 뭘 해? 덮쳐? 뭘 덮쳐! 이게 그냥 누나 알기를……."

"아오, 아파라! 엄마는 농담도 몰라? 아, 거기 불편하게 계시지 말고 내 옆으로 와."

"하나도 안 불편해. 됐어."

"뭐가 됐어. 아빠가 자리 다 차지했구만. 이리 와요, 이 여사님. 오랜만에 드라이브하면서 데이트 좀 하자고. 빨리!"

"귀찮게 왜 저래, 쟤가 정말."

퉁명스러운 말과는 달리 어머니는 좋아 죽겠는 표정이 되어 조수석으로 옮겼고 차는 곧 출발했다.

아파트 정문을 빠져나가는 차의 헤드라이트 불빛에 벽 뒤에 숨은 몸이 반짝 드러났다.

도대체 왜.

주혁의 입매가 차갑게 굳었다. 짜증이 났다. 복잡한 머릿속에서 전선 하나가 팍 나간 것처럼 울컥 화가 치민다. 무거워 보이는 봉투를 들고는 이제는 보이지도 않는 차의 흔적을 좇는 여자의 뒷모습이 유난히도 작아 보여 그런지도 모른다.

그녀는 금방이라도 바스러져 바람에 흩어져 버릴 토기 인형처럼 위태롭게 보였다.

도대체 왜! 짜증 나서 돌겠다고!

주혁은 성큼성큼 걷기 시작했다.

대체 뭔가. 이게 대체 무슨 상황인가. 생각 없이, 대책 없이, 아이처럼 매일매일 웃고 다니던 저 여자는 뭔가. 저 단순한 머리를 부모님 마중도 못 하고 훔쳐보게 할 만큼 복잡하게 하는 사연이 대체 뭐란 말인가.

왜 저 여자가 어울리지도 않게 상처받은 모습이어야 하는데! 대체 언제부터 친아버지에게 가슴을 후벼 파는 언어폭력을 듣고 살아온 건데!

그는 솔을 안아 줘야 하는지, 무슨 일인지 털어놓으라고 어깨를 흔들어야 하는지 알 수 없었다. 그저 기분이 사나웠다. 뭔가가 터질 듯 부글거렸다.

결국, 곧장 그녀에게 다가간 주혁은 그녀의 어깨를 잡아 사납게 돌려세웠다. 화들짝 놀란 그녀는 봉투를 놓쳤고 병 깨지는 소리가 요란하게 울렸다.

주혁은 거의 들리지도 않을 만큼의 낮은 목소리로 씹어뱉듯 말했다.

"너 뭐야……. 뭐야, 너!"

휘둥그레진 두 눈이 그를 올려보았다. 가로등 불빛에 따라 흔들리는 동공이 상황과 어울리지 않게 반짝거렸다. 그 모습이 예뻐서 주혁은 미칠 것만 같았다.

솔은 입을 벌리고 벙긋거리다 슬쩍 고개를 돌렸다. 주혁의 무서운 얼굴도 겁이 났지만, 마음의 준비도 없이 마주한 사나운 눈빛을 감당하기도 버거웠다.

'왜? 뭐가.'

솔은 입을 달싹거리며 소리 없이 물었다. 그러고는 어색하게 입꼬리를 끌어 올렸다. 최대한 가볍게 넘어가고만 싶은 마음이었기 때문이다.

하지만 바보 같은 그녀의 모습은 오히려 그를 자극시킨 듯 보였다. 주혁은 한층 더 험악해진 얼굴이 되어 솔에게 바짝 다가섰다. 그제야 솔은 그에게 거의 안겨 있다는 걸 깨달았다.

"왜 이래. 아파."

몸을 비틀어 빠져나온 솔은 밝은 목소리로 가볍게 타박했다.

"예고 좀 하고 다녀라. 놀랐잖아."

"너, 왜…… 왜."

신경 쓰이게 만들어. 화가 나게 만들어.

끝내 말을 맺지 못하고 주혁은 그만 등을 돌렸다. 어떻게든 끓어오르는 화를 참는 그의 어깨가 위아래로 느리게 오르내렸다.

어색한 침묵이 끝도 없이 길기만 했다. 솔은 그의 등에 박힌 시선을 간신히 발끝으로 옮겼다. 부끄럽고 슬퍼서 가슴까지 아팠다. 이윽고 그녀의 머리 위에서 들려온 음성은 다행히도 가라앉아 있었다.

"왜……."

주혁은 깊은숨을 들이켜며 천천히 말을 이었다.

"왜 이렇게 늦었어. 부모님 기다리다 가셨잖아."

하아, 다행이다. 솔은 눈을 감고는 마른 입술을 축였다. 원치 않은 대화로 이어지지 않았다는 안도감에 몸에서 긴장이 빠져나갔다.

"상가 슈퍼가 문을 닫아서 길 건너까지 다녀오느라. 아, 난 몰라. 이게 다 뭐야."

깨어진 병과 굴러다니는 맥주 캔들. 아빠가 좋아하는 마른안주, 과자 등이 바닥에 어지럽게 흩어져 있었다. 솔은 주저앉아 조심스럽게 깨진 소주병을 밀어내고 남은 물건들을 주워 봉투에 담기 시작했다.

"다 깨졌잖아. 이게 얼만데. 아깝게…….."

"일어나."

주혁이 불쑥 그녀를 일으켜 세웠다. 애써 담은 캔들이 다시 떨어지며 데굴데굴 요란하게 굴러갔다.

"잠깐만! 깨진 건 버리더라도 나머지는 멀쩡해. 좀 치우고 가져갈 건 가져…….."

"줍지 마!"

주혁이 버럭 소리를 질렀다. 깜짝 놀란 솔이 눈을 깜빡였다. 그는 정말이지 화가 난 것처럼 보였다. 왜? 왜 이렇게 화가 난 거지? 이해할 수가 없었다.

"내가 거지처럼 줍고 다니지 말랬잖아!"

"아니, 이건 내 건데. 내 돈 주고 산 건데 내가 왜 거지야. 앗!"

말이 끝나기도 전에 주혁이 솔의 손을 잡아 걷기 시작했다. 당황한 그녀를 아랑곳하지도 않고 긴 다리로 성큼성큼 걷는 그 때문에 솔은 거의 뛰어야 했다.

"왜 이래, 진짜. 저거 누가 밟기라도 하면 다쳐. 깨진 거라도 치우고…….."

"…….."

"3만 원이나 썼는데. 경비 아저씨가 보면 혼난단 말야."

"돈 줄게. 됐지."

엘리베이터에 솔을 밀어 넣고는 주혁은 벽에 기댔다. 관자놀이를 짚어 누르는 그는 마치 아픈 것처럼 보였다.

진짜, 왜 저래. 솔은 절레절레 고개를 저었다. 아픈 사람이 맞다. 정말 성격이 아픈 남자다. 도무지 주혁이라는 남자의 행동을 예측할 수도, 이해할 수도 없다. 어쩌면 진짜 분노조절장애가 있는지도. 위로는 못 해 줄망정.

거기까지 생각했을 때 솔은 피식 웃었다.

나는 그에게 위로를 바란 걸까. 왜 자꾸만 잊는 거지, 바보처럼. 내가 뭐라고 위로 같은 귀찮은 걸 하겠어. 아버지 술주정이 좀 심한가 보다, 그쯤 생각할 뿐이겠지.

그래도…… 그래도 이런 날 화풀이까지 할 거는 없을 텐데.

조금은 씁쓸해졌다.

"찬은 오늘 못 온다지?"

집에 들어서자마자 널려 있는 음식들을 치우며 솔은 목소리 톤을 높였다. 왠지 모를 실망감이 드러나지 않도록 바쁘게 몸을 움직이며 밝게 말했다.

"아까는 놀랐지? 요즘 울 아빠 최대 관심이 내 결혼이거든. 친구분 딸 결혼식에 가셨다가 열 받으셔서 그런 거야. 네가 이해해."

"……."

"근데 넌, 무슨 안 좋은 일 있었니? 기분이 안 좋아 보여."

주혁은 대답하지 않았다. 뚫어지게 바라보는 시선이 부담스러워 머뭇거리던 솔이 조심스럽게 덧붙였다.

"무슨 일 때문에 화가 났는지 몰라도. 주혁아."

"……."

"누나한테 화풀이하지 마. 아까처럼 막 끌고 오는 거, 나 싫어."

"……."

"나도 오늘은 기분이 좀 그래. 대충 봐서 알겠지만, 우리 아빠가 주사가 좀 있으셔. 매번 저러시는 건 아닌데……. 괜히 너한테 창피하기도 하고 그러네. 그러니까 너까지 나한테 화내지는 마."

배시시 웃음을 보내고 솔은 주방으로 향했다.

"여긴 누나가 치울 테니까 들어가서 쉬어. 우리 아빠 술 상대 하느라 고생했다."

차라리 무슨 말이라도 하면 좋을 텐데.

주혁은 우뚝 선 채 여전히 그녀의 움직임을 좇고 있는 모양이다. 뒤통수는 점점 더 따가워지고 분위기 또한 자꾸만 가라앉았다. 숨 막힐 듯한 어색함을 더는 참지 못한 솔이 재촉했다.

"들어가라고. 계속 서 있으면 누나가 불편하단 말이야."

"하지 마."

낮게 깔린 음성이 뒤통수에 부딪혔다. 심장이 철렁할 만큼 어두운 목소리에 솔이 뒤를 돌아보았다.

주혁은 천천히 걸어와 그녀의 손에서 쟁반을 빼앗아 테이블 위에 내려놓았다. 전혀 거칠지 않은 행동임에도 솔은 꼼짝할 수가 없었다. 한 발 뒤로 물러난 그는 청바지 주머니에 손을 깊이 찔러 넣었다.

"뭘 하지 마?"

"누나라고 하지 마. 말 안 해도 알고 있으니까."

불현듯이 공기마저 갑갑해졌다. 좁은 주방이 비좁을 만큼 커다란 주혁. 그래서 꽉 차 버린 공간에 둘만 마주 보는 것이 못 견디게 답답했다. 솔은 갑자기 늙는 기분이 들었다. 지치고 피곤했다. 그녀는 그저 쉬고만 싶었다.

"음....... 그러면, 솔이가 치울게. 너는 들어가. 솔이가 불편하니까."

그래서 더 함박웃음을 지었다. 그가 제발 한번 웃고 넘어가 주길 간절히 바랐다. 아까부터 울컥울컥 치미는 감정이 눈물로 쏟아져 그도, 자신도 당황할 상황을 만들고 싶지 않았다. 하지만 주혁은 그녀의 웃음에 오히려 더 싸늘하게 반응했다.

"웃지 마."

웃는 얼굴에 침 못 뱉는다는 말은 순전히 거짓말이라는 것도 깨달았다. 적어도 주혁에게 적용되는 말이 아니란 것은 확실하다. 최선을 다해 미소를 짜내는 그녀에게 그가 그랬으니까.

"너 학대받는 게 취미야? 속도 없이 좋아? 왜 웃지? 웃지 마."

그녀의 얼굴에서 거짓말처럼 미소가 사라졌다.

"지금…… 뭐라고 했어."

"정신적 학대. 폭력. 린치. 네 아버지가 네게 하는 행동."

주혁은 가차 없이 정의했다.

동정이나 연민도 질색이지만 이런 식의 분석은 경악스러웠다. 당황했던 것도 한순간, 정색한 얼굴로 돌변한 솔도 쏘아붙였다.

"뭐가 어째?"

"아닌가? 내 눈엔 정확히 그렇게 보이던데."

"하! 네가 뭘 오해하나 본데, 그런 말 함부로 하는 거 아냐! 표현이 서투른 분이라 그런 것뿐이야."

"……"

주혁은 말이 없었다. 동의할 수 없다는 듯 그녀를 바라보는 눈빛은 차가웠다. 마치 세상 제일 한심하고 덜떨어지는 것을 보는 듯한 그 시선에 솔은 이를 꽉 깨물었다.

"너, 너 진짜 못됐구나!"

와락 설움이 복받쳤다. 제까짓 게 뭘 안다고 감히!

결국, 참지 못한 솔이 주혁에게로 다가가 턱을 세우고는 찬에게 하듯 손가락을 들어 그의 가슴을 꾹꾹 찌르기 시작했다.

"진짜 못됐어!"

빌어먹게도 목소리가 떨려 나왔다. 아프게 힘을 주어 꾹꾹 누르는데도 꿈쩍도 안 하는 그가 미워 자꾸만 감정이 북받쳤다.

손가락이 무기였으면 좋겠다. 푹푹 들어가서 진짜 구멍이 뚫렸으면 좋겠다. 그래서 무쇠처럼 차갑고 못된 이 남자도 자신만큼 마음이 아팠으면 좋겠다. 못된 말만 골라 내보내는 차가운 심장이 욱신욱신 쑤셨으면 좋겠다.

한번 떨린 목소리는 끝내 갈라져 버렸다.

"지금 안 믿는 거지? 안 믿잖아! 아, 진짜 미치겠네. 우리 아빠를 뭐라고 생각하는 거야. 평소에 나에게 얼마나 잘해 주는지 네가 알아? 내가 아빠 목 위에서 자랐어. 어릴 적에 어찌나 업어 주고 목말 태워 줘서 땅 밟을 시간도 없이 곱게 자랐다고, 내가."

"……."

"날 얼마나 예뻐하는데. 나만 백화점 옷 사 주고 찬은 내 옷 물려 입고 컸어. 고작 한 번 실수한 모습만 보고 네가 뭘 안다고 감히 그딴 말을 써! 어떻게 학대니 뭐니 그런 막말을 해!"

"그만해."

"너나, 너나 그만해! 걸핏하면 화내고 거칠게 구는 건 너야. 그런 게 학대고 폭력이야! 내가 사람이 좋으니까 참아 준 거지, 어디 가서 너 그따위로 행동하면 바로 신고당한다고, 알아? 내, 내가 싫다고 했지. 왜 맨날 멋대로 굴어! 왜 사람 말을 안 믿어! 내가 아니라잖아!"

"……."

"넌 실수 안 해? 사람이니까 실수할 수도 있는 거야. 술에 약해서 무슨 말 하신지도 모를 거야. 우리 아빠야! 내 가족이야! 네가 뭔데 그딴 소리를 해."

얼굴이 점점 벌게졌다. 울분과 창피함이 뒤섞여 심장이 자꾸만 무너져 갔다. 온몸이 부들부들 떨렸다.

"내가 지금 창피할 거란 생각은 안 들어? 대충 넘어가려는 거 안 보여? 그 좋다는 머리가 이런 쪽으론 안 굴러가니? 그냥 넘어가 주면 안 됐어?"

솔은 주혁을 설득하는 것이 오늘의 목표라도 되는 것처럼 열변을 토했다. 빨개진 얼굴을 일그러트리며 바락바락 대들었다.

"왜 그런 눈으로 봐! 왜 한심하게 쳐다봐! 내가 정말 학대당하면서 자란 거 같니? 네 눈엔 내가 그렇게 한심한 인간으로 보여?"

"알았으니까……. 이리 와."

"뭐?!"

"이리 와……."

씩씩대던 솔의 어깨가 멈췄다. 목까지 차오른 설움으로 터질 것처럼 익어 버린 얼굴이 구겨졌다.

"허! 너, 너 정말 나를 아주 우습게 보는구나! 지금 우리 둘만 있다고 막 어영부영 얼렁뚱땅 그런 짓을 하려는……."

"미안해."

주혁은 주머니에 찔러 넣은 손을 더욱 깊게 밀어 넣었다. 그녀를 안을까 봐 겁이 나서였다.

한참 전부터 그는 정신을 차릴 수도 없었다. 지금 자신이 어떻게 해야 하는지도 모를 만큼 주혁은 당황하고 있었다.

그의 눈에 비친 솔이 울고 있었기 때문이었다.

눈물 한 방울도 보이지 않았는데도 주혁은 알 수 있었다. 그녀의 얼굴은 단호했지만, 또박또박 말을 할수록 드러나는 상처들은 깊었다.

이 여자는 지금 아픈 거다. 몸서리치게 아프다. 울지도 못할 만큼, 내색하면 무너질까 봐 겁을 내고 있다.

계속, 계속 아파하며 살았던 거다.

모른 척 넘어가지 못한 자신의 어설픔이 그제야 후회가 되었다. 그녀가 원한 건 그런 것이었을 텐데도. 삼류 배우처럼 어색한 연기로 웃음을 지었던 이유가 그래서였을 텐데.

그 모습이 보기 싫었다. 뭔지 모르는 아픔을 자신에게 공유하지 않으려는 모습에 화가 나서. 자신이 그 정도의 존재라는 게 참을 수가 없어서 어린아이처럼 심술을 부렸다.

정말이지 그는 후회했다. 언제부터인가 말을 멈추고 그를 응시하는 그녀는 위태로워 보였다. 금방이라도 몸을 돌려 방으로 사라지지 않을까. 문을 닫고 영영 그를 밀어내 버리지는 않을까, 두렵기까지 했다.

냉정한 척했지만, 주혁은 안절부절못하고 있었다. 불안한 시선을 숨기려 시선을 내리깔았을 때.

쿵. 그녀의 이마가 그의 가슴에 닿았다.

주혁은 숨을 멈췄다. 숨을 쉴 수가 없었다.

서 있던 자세 그대로 그녀는 몸을 기울이며 그의 품에 이마를 묻었다. 지친 숨이 길게 흘러 주혁의 가슴을 데웠다.

"……우리 아빠 나쁜 사람 아니야."

아이처럼 믿어 달라고 떼쓰는 음성.

"정말이야. 내가 알아. 내가 다 기억한단 말이야."

"……."

"아빠는 그냥 나에게 화가 난 거야. 오랫동안 화가 난 것뿐이야. 빨리 정 떼서 시집이라도 가라고 일부러 저러는 거야. 날 보면 괴로우니까……. 아빠가 못 살겠으니까."

"왜?"

입에서 멋대로 질문이 나간 순간부터 주혁은 후회했다.

고개를 든 솔의 얼굴은 파리해져 있었다. 듣고 싶지 않은 얘기를 예감한 그는 급히 그녀를 막으려 했다.

"내가, 내가……. 어, 엄마를……. 엄마를."

그녀는 제대로 숨도 쉬지 못했다. 울지도 못했다. 공허해진 동공이 쉴 새 없이 흔들렸다. 무슨 말을 하려는지 겁을 잔뜩 먹은 얼굴이 자꾸만 일그러져만 갔다.

"말하지 마!"

주혁은 벼락처럼 그녀를 안았다. 죽어 가는 작은 새처럼 희미한 그녀의 심장 소리에 겁이 나 죽을 것만 같았다. 그녀를 세게 고쳐 안은 그는 몹시도 허둥거리고 있었다.

"내가 잘못했어. 미안해. 말하지 마. 괜찮아."

"……내가 어, 엄마를, 엄마를 너무 닮아서."

"잘못했어. 잘못했다. 말하지 마. 하지 않아도 돼."

그렇게 잘 우는 여자가 울지도 못했다. 작은 어깨를 쉴 새 없이 떨며 그저 숨을 쉬고자 애를 쓴다. 가슴에 폭 싸인 그녀를 주혁은 더욱 힘을 주어 끌어안았다.

그가 해 줄 수 있는 것은 고작 그것뿐이라, 낯선 무력감에 주혁은 어찌할 바를 몰랐다. 그녀의 숨결이 닿은 가슴속 심장이 미친 듯이 쑤셨다.

그녀가 고개를 든 것은 한참이나 흐른 후였다. 이상하리만치 담담해진 눈빛으로 그녀는 그의 눈을 빤히 들여다보기 시작했다.

주혁은 어리둥절했다.

뭐가 이렇게 예뻐.

원래 이렇게 예뻤나. 눈을 뗄 수도 없을 만큼 아름다운 눈에 사로잡힌 그는 넋을 잃었다. 슬픔과 알 수 없는 애원과 수줍음에 반짝이는 눈. 주혁은 속수무책 빠져드는 자신을 느꼈다.

그리고 그녀가 천천히 눈을 깜빡이기 시작했다.

한 번, 두 번, 세 번, 네 번, 그리고 다섯 번…….

그 순간 뭔가 완벽하게 달라졌다는 것을 그는 깨달았다. 벌겋도록 달아오른 얼굴로 주혁은 전에 없이 당황했다. 생각마저 제대로 할 수가 없었다.

여기서 나가야 한다, 당장. 이 여자에게서 떨어져야 해.

알 수 없는 위기감마저 느꼈다. 당장 그녀를 안지 않으면 죽을 것 같은 마음과 뒤도 돌아보지 말고 도망쳐 다시는 이 여자를 보지 말자는 마음이 뒤엉켜 싸우는 그의 심장은, 두 사람의 숨소리만 울리는 고요한 공간과는 달리 격렬했다.

맞닿은 심장은 누구의 소리인지도 모를 만큼 하나가 되어 쿵쿵 울렸다.

"……키스해도 될까?"

솔은 아주 작은 목소리로 속삭였다. 서러움이 묻어나온 목소리였지만, 제가 말해 놓고도 부끄러운지 콧등에 주름을 잡으며 수줍게 웃었다.

그녀의 말이 일으킨 파장에 주혁의 심장이 멈췄다가 크게 울렁이기 시작했다. 바보 같은 심장 소리가 너무도 커서 그녀도 들었을 것만 같은데도 솔은 배시시 웃기만 했다.

"앞으로는 이렇게 물어봐 줄래?"

"……."

"안아도 될까? 먼저 물어봐 줘. 다정하게. 나처럼…….."

아무것도 들리지 않았다. 오직 조금씩 다가오는 그녀의 붉은 입술만이 보였다. 녹아내릴 듯 달콤하고 수줍은 목소리가 도톰한 입술을 열고 흘러나왔다.

"키스…… 해 줄래?"

그는 대답하지 않았다. 대답할 수가 없었다.

다만 그 작고 예쁜 얼굴을 감싸 쥐고 홀린 것처럼 고개를 기울였다. 입술과 입술이 포개지고 그녀의 입술이 그를 위해 꽃잎처럼 열렸다.

그는 신음을 흘렸다. 끔찍하게도 좋았다.

상처받은 마음을 어루만지는 긴 키스의 시작이었다.

널 어쩌나…….

잘 익은 연시처럼 예쁜 빛깔로 물든 뺨을 어루만지다 주혁은 또다시 입을 맞췄다. 급하지도, 열기에 들뜨지도 않은 따뜻한 입맞춤이었다.

"하아……."

하지만 어느 순간 키스는 달라졌다. 살짝 벌어진 입술 안으로 홀리듯 들어간 혀가 본능처럼 그녀의 혀를 찾아 물었다. 목 안 깊숙이 찔러 넣고 휘젓고 강하게 빠는 그에게선 앓는 신음이 흘렀다.

"하아……. 하아."

그녀가 토해 내는 젖은 신음이 아찔했다. 자신의 머리를 헤집으며 조르듯이 몸을 붙여 오는 몸짓에 눈이 뒤집혔다. 불끈 허리 아래가 반응했을 때야 주혁은 황급히 입술을 떼었다.

미쳤구나, 한주혁. 짐승 같은 새끼.

그녀는 지금 아프다. 슬프다. 그걸 알면서도 저급한 욕망을 자제 못 하는 자신이 경멸스럽기까지 했다. 주혁은 이를 꽉 깨물었다. 제가 들어도 거친 음성이 흘렀다.

"눈 떠 봐."

"싫어."

솔은 되레 그의 가슴으로 파고들었다. 고집스레 감은 눈에 속눈썹을 파르르 떨며 막무가내로 안기는 작은 몸을 주혁은 힘주어 안았다. 짧은 한숨엔 어쩔 수 없는 고뇌가 묻어 나왔다.

"같이 있어 줄까?"

주혁은 그저 솔이 긴장을 풀고 편해지길 바랐다. 동시에 그건 그도 이 순간 가장 바라는 바였다.

하지만 그의 말에 슬그머니 고개를 든 솔의 얼굴은 붉어져 있었다. 빤히 그를 바라보며 점점 더 빨개지던 그녀는 작게 끄덕였다.

"응."

그러고는 그녀는 손을 뻗었다. 가늘게 떨리는 손이 그의 셔츠 단추를 풀기 시작했을 때 주혁은 당황했다. 급히 그녀의 손목을 잡아 저지시킨 그에게 탁한 목소리가 터졌다.

"그런 의미가 아니야."

"……아니야?"

솔 역시 당황한 듯 보였다. 잠시 머뭇대던 그녀가 조심스럽게 물었다.

"찢어 줘?"

이런, 빌어먹을. 주혁은 눈을 질끈 감았다. 그녀와의 첫날밤, 거칠었던 자신의 행동을 기억해 내며, 네가 원하는 것이 그것 아니겠냐는 듯한 그녀의 눈빛에 부끄러워졌기 때문이다.

"아……."

이내 숨을 크게 들이켠 솔은 한 걸음 뒤로 물러났다. 거절당한 상처를 드러낸 얼굴로 어쩔 줄 몰라 했다.

"미, 미안. 나는……."

"아니야, 제길. 그런 게 아니라고!"

주혁은 그녀의 손목을 확 당겨 품 안에 와락 안았다.

기가 찬 건 그였다. 어떻게 그런 생각을 할 수가 있나. 자신이 얼마나 그녀에게 미쳐 있는지도 모르면서. 그는 헛웃음마저 나왔다.

"네가 날 어떻게 만드는지 봐!"

격정을 누르지 못한 그가 솔의 허리를 잡고 찍어 누르듯 하체를 밀착시켰다.

"어떻게 내가 널 원하지 않는다는 생각을 하지?"

솔의 눈이 서서히 커졌다. 아랫배를 짓누르는 살덩이는 노골적으로 그의 욕망을 드러내고 있었다. 이미 커질 대로 커진 페니스는 거추장스러운 옷을 사이에 두고도 충분히 존재감을 과시했다. 움찔거리며 뒤로 빼는 그녀를 바짝 당겨 안으며 그가 낮게 속삭였다.

"널 갖고 싶어."

"……."

"널 보면 자제가 안 돼. 네가 잠들어 있는 벽 하나를 사이에 두고 내가……. 밤마다 무슨 짓을 하는지."

그는 자조하듯 웃었다.

"내가 상상 속에서 너에게 하는 짓을 알면 넌 도망갈 거야. 네가 웃어도, 울어도, 가만히 있기만 해도 난 발정해. 개새끼처럼."

"……근데 왜?"

솔은 더듬거렸다. 주혁의 목소리엔 좌절감이 묻어 있고 눈빛은 정직했다. 무엇보다 묵직하게 배를 찔러 오는 그것이 그도 자신을 원한다는 것을 증명하고 있었다. 그런데도 주저하는 그를 이해하기가 어려웠다.

"너도 나만큼 날 원했으면 좋겠어."

주혁은 솔의 목덜미에 얼굴을 묻었다. 뭉개진 입술에서 흐릿한 말이 흘러나왔다.

"술김에, 슬퍼서가 아니고 똑같이 나를 원하기를 바라."

"하지만……."

가만히 안겨 있던 솔이 그의 허리에 팔을 둘렀다. 그녀도 아주 작은 소리로 고백했다.

"하지만 나도 그런걸."

"……."

"매일매일 나도 그랬어. 너랑…… 하고 싶었어."

그녀는 주혁의 뺨을 감싸 쥐고 눈을 맞췄다. 그리고 새빨갛게 붉어진 주제에 당차게 말했다.

"안아 줘. 당장."

혹시나 조금이라도 망설임이 있을까 주혁은 그녀의 눈을 바라보았다. 영혼까지 꿰뚫을 기세로 찬찬히 뜯어 살피던 그의 눈동자는 점점 탁해졌다.

"멈추지 않을 거야."

그리고 거칠게 경고했다.

그것이 그녀의 허락을 구하는 것임을 알아챈 솔은 참았던 숨을

토해 냈다. 언제나 거침없었던 그가 잔뜩 긴장한 채 자신의 대답을
기다리는 것이 믿기지 않아 솔은 미소 지었다.

"멈추면 안 되지."

그리고 용기를 내 그의 입술에 쪽 입을 맞추고는 부끄러운 듯
우물거렸다.

"중간에 멈추면 죽여 버릴 거…… 흡!"

말이 끝나기도 전에 사납게 입술이 삼켜졌다. 한껏 달아오른 두
혀가 격렬하게 엉켰다.

"하아, 흐음……."

꿀이 발라져 있다 해도 이보다 달 수는 없을 거라고 주혁은 생
각했다. 수줍은 듯 열정적으로 응답하는 그녀가 아프도록 예뻤다.

키스가 끝났을 때 솔은 혀를 내밀어 제 입술을 핥고 헐떡였다.
키스의 여운을 음미하는 무방비한 몸짓에 주혁의 심장이 터질 것
만 같았다.

"침대로……."

그는 불쑥 솔을 안아 올렸다.

"앗!"

"다리 감아."

말 잘 듣는 아이처럼 솔은 힘껏 그의 목을 껴안고 다리로 그의
허리를 단단히 감았다.

"착하네."

하지만 몇 걸음 가지도 못해 주혁은 멈춰 섰다.

"키스해 줘."

침실까지의 그 짧은 거리가 버거웠다. 영원처럼 느껴져 그는 도
저히 참을 수가 없었다. 자신보다 아래에 있는 주혁을 내려다보며

솔은 수줍게 웃었다.

"나, 무겁지?"

"키스!"

솔은 그의 얼굴을 양손으로 감싸고 입술을 포갰다. 긴 머리가 흘러내려 커튼처럼 그들을 가렸다.

서툴지만 솔은 열심히 키스했다. 남자다운 입술 안으로 혀를 밀어 넣자 그의 목울대에서 거친 신음이 흘렀다. 그녀의 허리와 엉덩이를 받치고 있는 팔에도 힘줄이 불끈거렸다.

이내 주도권은 주혁에게로 넘어갔다. 강하게 그녀의 혀를 빨고 핥고 입안을 훑을 때마다 섞이는 타액을 기꺼이 삼키자 아찔한 쾌감이 뻑뻑해진 하체로 흘러갔다.

"좋다……."

입술을 포갠 채로 솔이 속삭였다.

"너는 정말 키스를 잘해……."

나는 이 여자 때문에 미칠 거야.

침대로 가기까지 몇 번이나 멈춰 키스를 퍼부었는지도 몰랐다. 정말 키스만으로도 죽을 것처럼 황홀하기만 했다.

이윽고 침대에 눕힌 솔을 바라보며 주혁은 그제야 차분해졌다. 흩어진 머리카락을 쓸어 주는 손길은 조심스럽기만 했다.

"……예뻐."

솔의 감은 눈두덩이와 이마, 코, 입가, 온 얼굴에 키스가 이어졌다. 마치 사랑하는 연인처럼 다정한 목소리. 귓가에 파고드는 그의 숨결.

솔은 눈을 감고 중얼거렸다.

"이상해, 너."

"왜?"

"그날과 달라. 부드럽고 다정해. 이런 건 네 스타일이 아니라고 했으면서."

하얀 목덜미에 입을 맞추며 주혁은 신음했다.

맞아. 그런 건 내 스타일이 아니지.

혀를 내밀어 그녀의 목덜미를 스윽 핥아 내렸다. 그녀의 젖가슴이 반응하듯 크게 들썩였다. 눈을 감은 그녀가 몰아쉬는 숨결만으로도 그는 조바심이 났다.

너를 보면 사나워져. 부드럽게 안기엔 내가 너를 너무 원해. 격렬하게 사랑을 하고 네가 놀라 울며 애원하는 걸 보고 싶다고 하면 너는 또 겁을 먹을 텐데도.

그럼에도 그녀의 하얀 얼굴이 쾌락으로 구겨져 엉망으로 되길 바랐다. 출렁이는 젖가슴을 물고, 부서질 것 같은 허리를 잡고 그녀의 안으로 깊이깊이 들어가 살과 살이 부딪히는 소리를 듣고 싶었다. 제발, 제발 애원하는 소리를 들으며 강하고 빠르게 그녀를 갖고 싶어서 주혁은 돌 것만 같았다.

하지만 오늘은 네 마음이 아프니까. 그래서 나도 엉망이니까.

"그날……."

주혁은 어렵게 입을 열었다.

"많이 아팠어?"

머뭇거리던 솔이 작게 고개를 끄덕이며 말했다.

"하지만, 너도…… 처음이었으니까."

알고 있었다. 용감한 척하는 그녀가 지금 얼마나 겁을 먹고 있는지. 그것이 서툴고 거칠었던 자신 때문이란 것이 부끄러웠다. 차라리 내가 경험이 있었더라면, 적어도 그녀가 아프지 않게 더 배려해 줄 수도 있었을 텐데. 말도 안 되는 후회마저 들었다.

"오늘은 아프지 않도록 노력할게."

"그게 가능해?"

"조금이라도 힘들면 말해. 싫다는 건 안 할 테니까."

자잘한 키스를 피부으며 주혁이 그녀의 옷을 조심스럽게 벗기기 시작했다.

"내가 벗을게."

솔은 또다시 부끄러워했다. 이토록 금방금방 얼굴이 붉어지는 여자는 처음이라 저절로 미소를 지은 주혁은 바로 그녀를 제지했다.

"내가 해."

그녀의 티셔츠를 위로 벗겨 내며 그는 조금은 단호하게 되풀이했다.

"네 옷은 언제나 내가 벗길 거야."

브래지어도 곧 바닥으로 떨어졌다. 솔의 양 손목을 한 손에 잡아 베개 위로 올린 주혁은 하얗게 드러난 젖가슴을 가만히 응시했다. 시선만으로도 봉우리가 터지듯 유두가 투툭 불거졌다. 그는 혼잣말처럼 중얼거렸다.

"넌 가슴이 예뻐."

너무 예뻐. 가슴 위 보석 같은 점에 입 맞추자 솔이 움찔거렸다.

"예뻐서 돌 것 같아."

"하윽……."

오돌오돌한 돌기 하나하나를 세는 것처럼 유두를 입안에서 굴리며 정성스럽게 빨자 그녀가 경련했다. 입속을 자극하는 귀여운 감촉이 미치도록 좋았다.

"아앗!"

이를 세워 긁어내리자 솔의 허리가 튕기며 들썩였다. 간질간질한 찌릿함에 발가락 마디마디가 굽어지는 느낌이었다. 솔은 연신 신음을 흘렸다.

"아……. 이상해, 기분이 너무……."

"어떻게?"

"허억, 주혁아…… 주혁아."

주혁이 그녀의 유두를 살짝 비틀며 흔들자 솔은 온몸을 틀었다. 아랫배가 한없이 뜨거워지고 은밀한 곳도 움찔거린다. 미칠 것만 같은데도 주혁은 멈추지 않았다. 제 가슴을 물고 빠는 주혁의 거친 숨소리마저 그녀를 흥분시켰다.

"진짜 좋아……."

간신히 입을 뗀 주혁이 중얼거리며 젖가슴을 움켜쥐었다. 손가락 사이로 불거져 나온 젖꼭지를 바라보는 그는 거의 으르렁거렸다.

"내가 너 때문에 진짜……. 넌 몰라. 절대 알 수 없을 거야."

몸을 세운 주혁이 급히 셔츠를 벗어 던졌다. 잘 다져진 근육이 달빛을 받아 빛을 냈다.

치마와 팬티가 한 번에 벗겨 나가고 알몸이 된 솔은 본능적으로 다리를 오므렸지만, 그는 부드러운 손길로 다리를 벌렸다.

"안 돼, 그, 그거 하지 마."

그의 의도를 눈치챈 솔이 그의 머리를 잡고 위로 올리려 애썼다.

"괜찮아."

그녀의 다리 사이에 박힌 눈길을 떼지도 않고 그는 속삭였다.

뜨거운 시선에 울컥, 애액이 흘렀다.

"하, 하지 마."

"조금만, 응?"

그의 숨이 확연히 거칠어졌을 때 솔은 그의 약속이 지켜지지 않으리란 걸 깨달았다. 싫다는 건 하지 않는다고 해 놓고.

"하윽!"

그는 기어이 머리를 내렸고 그곳에 입 맞췄다. 이미 흥건한 입구에 정성스레 키스하고 혀를 내밀어 살점을 핥았다. 부드럽게 원을 그리며 질구 주변을 지분대던 그의 입이 어느 순간 흡입하듯 그곳을 빨기 시작했다.

"아흐윽…… 흐윽."

머릿속에 폭죽이 펑펑 터지는 느낌이었다. 솔은 고개를 젖히고 시트를 쥐어짰지만, 전율로 파닥이는 몸을 막을 수는 없었다.

찌걱거리는 야한 소음을 내며 그는 애액이 흘러내릴 틈도 없이 게걸스럽도록 빨아 삼켰다. 그녀의 다리 사이에 묻은 숱 많은 검은 머리가 쉴 새 없이 움직였다.

솔은 흐느끼며 몸을 뒤틀었다. 쾌락인지 부끄러움인지 분간되지 않는 감각이 전기처럼 흘러 참을 수가 없었다. 그의 손이 잽싸게 올라와 말캉한 젖가슴을 쥐고 빠져나가려는 그녀를 막았다.

어떻게 해. 죽을 것 같아.

솔은 결국 두 손으로 얼굴을 가렸다. 커다란 손에 잡힌 젖가슴은 뭉개지고 아래서는 그의 혀가 갈라진 곳을 찔러 댔다. 지독하게 음란하게.

맙소사.

그녀는 신음했다. 주혁은 아직 옷도 다 벗지 않았는데.

"그, 그만…… 제발."

그가 고개를 들었다. 입술에 묻은 액체를 핥으며 그는 말없이 그녀의 손을 잡아 버클 위로 가져갔다.

"벗겨."

거칠고 강하게 그가 명령했다. 떨리는 손으로 힘겹게 바지를 내리자 같이 내려간 드로어즈 안에서 거대한 것이 퉁기듯 모습을 드러냈다. 차마 바라볼 수도 눈을 뗄 수도 없었다. 솔은 결국 얼굴을 붉히며 시선을 피했고 주혁은 곧 그녀 위로 체중을 실었다.

"괜찮지?"

그녀는 젖은 자신의 다리 사이를 날카롭게 찔러 오는 존재를 깨달았다. 기억보다 거대한 그것은 금방이라도 다리 사이를 뚫어 버릴 듯 껄떡거렸다.

하지만…….

첫 관계의 아픔을 떠올린 그녀는 와락 겁이 났다. 그녀의 눈에서 공포를 본 주혁이 낮게 속삭였다.

"그렇게 아팠어?"

응응 고개를 끄덕이는 그녀를 보자 주혁은 새삼 미안해졌다.

조금 더 부드럽게 할걸.

하지만 다시 돌아간다 해도 마찬가지일 거란 것도 알고 있었다. 난생처음 느낀 쾌락으로 그때 자신은 제대로 생각할 수도 없었으니까.

오늘도 그 정도로 날뛰지 않는 나를 너는 고마워해야 해. 죽을 힘을 다해 참는 중이라고.

당장이라도 그녀의 계곡을 가르고 페니스를 쑤셔 박고 싶은 마음을 억누르며 그는 솔의 귓가로 입술을 가져갔다.

도톰한 귓불을 입에 물고 깨물자 그녀는 숨을 멈췄다. 귀 안으로 들어온 뜨거운 혀가 질척질척 젖은 소리를 내며 휘저었다.

"하웃……."

솔은 고개를 내저었다. 울음마저 섞여 있는 신음 소리가 주혁에게는 미칠 듯이 색정적으로 들렸다.

두 손으로 그녀의 가슴을 모아 쥐고 작고 앙증맞은 유두를 입안으로 가득 물었다. 쪽 소리 나게 빨았다가 놓아주며 이로 긁어 대었다.

솔의 세운 손톱이 아프게 등줄기를 파고들었지만 이미 흥분으로 고통스러운 주혁은 느낄 수도 없었다.

거칠게 숨을 몰아쉬며 주혁은 페니스를 조금씩 조준했다. 이미 다 핥아먹었는데도 또다시 샘솟은 그녀의 애액이 그를 유혹했다.

"……괜찮지?"

주혁은 한계에 다다랐다.

허락을 구하듯이 물었지만, 그는 이미 그녀의 엉덩이를 움켜쥐고 다리를 더욱 크게 벌리고 있었다.

"더는 못 참을 것 같아. 너무……. 너무 기다렸어."

움찔움찔 예쁜 입구를 당장이라도 뚫고 들어갈 듯이 성난 페니스가 껄떡껄떡 제 혼자 움직이고 있었다. 그는 거칠게 그녀의 음모에 그것을 비벼 대기 시작했다.

선단의 끝에 흘러나온 물기가 뚝뚝 떨어지며 그녀의 애액과 섞였다. 잔뜩 일그러진 얼굴로 주혁은 씹어뱉듯 말했다.

"……오늘도 아플지도 몰라. 네가 너무 작고 좁아서."

"그, 그럼……. 조금만 넣어 봐."

곧 닥칠 아픔에 대한 공포로 솔은 더듬거렸다. 그의 무게에 짓눌려져 목소리마저 갈라져 나왔다.

"반 정도……. 아니. 3분의 1만……."

"뭐?"

"넣어 보고 아프면 안 할래. 약속했지? 내가 싫어하면 안 한다고."

"……뭐라고?"

주혁은 멍해졌다. 믿을 수 없어서 그는 되물었다. 농담이길 바랐기에 바보 같은 질문을 했다.

"정확하게 3분의 1?"

"……대충 어림해서 하란 소리잖아. 내가, 내가 싫으면 않는다고 그랬잖아."

"진심…… 아니지?"

솔은 주혁을 보지 않았다. 질근질근 입술을 깨무는 모습에 농담이 아니란 걸 깨달았다.

아, 묻지 말걸. 그냥 해 버릴걸.

주혁은 후회했다.

항상 예상을 넘어서는 여자라는 걸 잊지 말아야 했는데…….

이 상황에서도 흥분이 가라앉지 않는 것도 이해되지 않았다. 뒷목덜미 잡게 하는 재주가 있는 여자지만 자신을 홀리는 뭔가가 있긴 있는 거 같으니…….

주혁은 눈을 질끈 감은 채 심호흡을 했다.

"노력해 보지."

이를 악물고 그는 힘을 주었다.

"진짜 다 넣으면 너 죽어!"

겁을 먹은 솔이 손톱을 날카롭게 세우며 그의 어깨를 잡는 순간 주혁은 허리를 밀었다. 쑤걱! 길고 굵은 그의 페니스가 갈라진 틈을 넓게 벌리며 밀고 들어갔다.

"하윽! 허억⋯⋯.

부드럽다고는 하나 여전히 살이 찢기는 아픔이었다. 솔은 자지러지며 괴상한 비명을 질렀다. 기억보다 우람하고 단단한 그것이 몸을 관통하는 생생한 느낌에 허리가 위로 솟아올랐다.

"으윽."

성기를 꽉 물어 오는 그녀의 감촉에 주혁도 고개를 젖히며 몸을 떨었다. 빽빽한 그곳은 다 들어가지도 않은 그의 성기를 끊어 낼 것처럼 옥죄어 들었다.

고통과도 같은 쾌락이었다. 본능적으로 조금 더 꾸욱 밀어 넣자 솔은 신음과 비명을 연신 토해 냈다.

"하으윽⋯⋯."

난 상 받아야 해. 넌 나중에 나한테 상 줘야 해.

기적적으로 다 들어가지 않은 그의 페니스가 화가 나서 미친 듯이 꿈틀거렸다. 있는 대로 힘을 주며 끝까지 밀어 넣지 않은 자신이 대견해서 주혁은 중얼거렸다.

반도 들어가지 않은 이물감만으로도 솔은 허리를 뒤틀며 끙끙 앓는 소리를 냈지만 아프기로 따지면 그도 그녀 못지않을 거 같았다.

반쯤 들어갔던 그것을 조금 빼며 주혁은 거친 숨을 몰아쉬었다.

"어때⋯⋯ 응? 아직도 아파? 괜찮지?"

거의 애원하듯이 주혁은 물었다.

"아, 아파⋯⋯. 아니, 아픈 게 아닌가⋯⋯? 잘 모르겠어."

제발. 괜찮다고 해⋯⋯.

감전된 사람처럼 경련을 일으키는 솔의 두 볼이 야하게 붉어졌다.

쉴 새 없는 신음을 흘리면서도 그녀는 끝내 아직은 아니라고 고개를 저었다.

미치겠네. 진짜.

시트를 쥐어짜고 있는 그녀의 손에 깍지를 끼며 주혁은 거의 기도하는 심정으로 다시 물었다.

"조금만 더 넣어 볼까?"

"⋯⋯조금만. 많이 말고. 헉⋯⋯! 숨을 못 쉬겠어. 너무 움직이지 마. 자꾸 꿈틀거리잖아. 기분이⋯⋯. 이, 이상하단 말야."

"이건 내 의지를 벗어난 거야. 이 여자야."

주혁은 끝내 버럭댔다.

"약, 약속했잖아!"

"그래서 나도 노력하잖아. 미칠 거 같다고 나도!"

그는 허리를 움직여 최대한 조심스럽게 나머지를 밀어 넣기 시작했다.

조금만 더 허락해 줘라. 제발 조금만 더 허락해 준다면⋯⋯.

"아아흑⋯⋯ 하아⋯⋯. 으, 하아."

솔은 야하게 몸을 뒤틀었다. 풍만한 가슴도 함께 출렁거렸다. 볼록 올라온 젖꼭지를 주혁은 꽉 깨물었다. 단번에 꿰뚫지 못하는 상실감에 뭐라도 물어뜯고 싶었다.

"주혁아. 나⋯⋯. 하아."

"말해."

"모르겠어⋯⋯. 아픈데, 아픈데⋯⋯. 좋아."

"좋아? 진짜 좋아?"

됐어! 차마 더는 움직이지 못하고 유두에 화풀이하던 주혁의 눈이 번쩍였다.

그녀가 좋다고 했다. 반쯤 눈이 풀린 그녀가 애처로울 만큼 몸을 떨었다. 그녀의 얼굴을 잽싸게 잡아 억지로 눈을 맞추며 그녀의 입안으로 손가락을 찔러 넣었다.

"아프면…… 물어."

힘이 빠져 말도 못 하는 그 틈을 놓치지 않고 주혁은 그녀의 허리를 한 손으로 단단하게 감아쥐었다. 그는 단 한 번의 동작으로 깊은 곳까지 단번에 푹 박아 넣었다.

"아악! 흑."

동시에 그의 손가락이 꽉 그녀에게 깨물렸지만, 등줄기까지 퍼지는 전율에 비할 바가 아녔다.

"헉. 윽……."

"조금만, 조금만. 미안…… 좀만 참아……. 나도 죽겠어."

간헐적으로 신음을 토하는 그녀에 맞춰 주혁은 허리를 움직였다. 일그러진 얼굴에 땀방울이 흘러 그녀의 알몸으로 떨어졌다. 조금씩 그의 허리짓이 빨라졌다.

"하아윽……!"

"괜찮지. 응? 괜찮다고 해. 응?"

열기로 후끈 달아오른 방안에 저도 의미를 알 수 없는 말을 하는 그의 목소리와 솔의 신음만이 가득했다.

솔은 몸을 마구 뒤틀고 있었다. 좋은 건지 아파하는 건지 싫어하는 건지 분간이 되지 않아 주혁은 초조했고 화가 났다. 나는 이렇게 좋은데 너는 왜 좋아하지 않는 거지? 어떻게 해야 좋아할 거지?

"하아. 주혁아."

그녀의 입에서 흘러나오는 자신의 이름이 좋았다. 적어도 그의 이름을 부르는 그녀는 그 못지않게 들떠 있었다. 자신의 몸짓에 흥분한 여자를 내려다보는 그의 얼굴이 그제야 만족으로 빛났다.

그의 얼굴에 얼핏 보이는 미소가 섬뜩할 만큼 아름다웠다. 그녀보다 그는 먼저 미쳐 가고 있는지도 몰랐다.

너무 좋아. 너무너무, 젠장 너무 좋다고.

그때부터 참았던 보상을 받으려던 듯 그의 페니스가 미쳐 날뛰기 시작했다.

퍽퍽 소리를 내며 강하게 쳐올렸지만, 다행히 솔은 거부하지 않았다. 오히려 그녀는 보채는 아이처럼 엉덩이를 움직이기 시작했다.

쾌감과 뿌듯함이 뒤엉킨 그의 허릿짓이 격렬해졌다. 아찔한 감각에 넋을 놓은 그는 미처 깨닫지 못했지만, 솔 역시 정신을 잃을 지경이었다.

아픔을 동반한 낯선 이물감이 야릇한 쾌감으로 바뀐 지는 오래전이었다.

"하웃 하으으. 헉. 헉. 읍."

단단하고 뜨거운 것이 왕복할 때마다 속절없이 흔들리는 몸이 격렬한 쾌락으로 경련했다. 첫날밤과 닮은 듯 너무도 다른 느낌.

이게 뭐야 너무 뜨거워. 미칠 거 같잖아.

"아흑 읔. 흡. 아윽……."

불꽃놀이처럼 뭔가가 번쩍번쩍 터졌다. 민망하고 요사스러운 신음이 자신의 입에서 나온다는 걸 깨달은 솔은 입을 틀어막았다. 주혁이 잽싸게 그 손을 잡아채 머리맡에 눌렀다.

"소리 내. 듣고 싶어."

"나 죽을 거 같아……. 허윽……. 흑."

그녀는 거의 울면서 헐떡였다.

묘한 승리감이 그를 사로잡았다. 쉴 새 없이 허리를 쳐올리면서도 그는 그녀에게서 눈을 떼지 않았다.

"좋지? 응? 너도 좋지?"

"아니……. 아픈데……. 좋아. 몰라."

주혁은 솔의 턱을 강하게 쥐어 올렸다. 그녀에게 눈을 맞추고 짐승처럼 으르렁거렸다. 심술이 났다. 그녀도 그처럼 미치길 바랐다.

"뭐가 좋아? 엉? 말해 봐. 뺄까? 어?"

솔은 도리질했다. 말할 때마다 강해지는 몸짓은 거의 내벽을 뚫을 듯했다. 철썩철썩– 홍건한 애액으로 범벅이 된 살덩이가 맞부딪힐 때마다 젖은 소리가 요란하게 울려 퍼졌다.

"싫어? 빼지 마? 계속해 줘?"

"아니……. 흐응……. 응."

"대답해."

정신을 차릴 수가 없었다. 이제 그녀는 그가 진짜로 멈출까 봐 겁이 났다. 쿵쿵 내리찧는 반동에 목소리까지 띄엄띄엄 나왔지만, 그녀는 울먹이며 매달렸다.

"제발……. 그러지 마."

"제발. 뭐? 응?"

주혁은 거의 이를 갈았다. 부드럽고 따스하게 위로하겠다는 맹세는 머릿속에서 사라진 지 오래였다. 울먹이는 그녀가 보기 좋았다. 더더 울부짖기를 바랐다.

"빼, 빼지 마. 해 줘……."

"안 들려."

"더, 더 세게……. 해 줘. 제발."

주혁은 만족스럽게 웃었다. 그는 그녀의 머리카락을 움켜쥐고 거칠게 그녀의 입술 안으로 혀를 쑤셔 넣으며 허리를 쳐들었다.

퍽– 단번에 끝의 끝을 뚫어 버릴 것 같은 강한 몸짓이 이어졌다.

헉, 솔은 숨을 들이마시며 눈을 크게 떴다. 그의 허리를 잡았던 그녀의 손이 그의 엉덩이를 힘껏 쥐어뜯었다.

하아아……. 주혁은 눈을 질끈 감았다. 깊이 들어간 그의 페니스를 꽉 조이는 쫀득이는 속살의 느낌은 고스란히 그의 뇌 속까지 올라왔다.

엉망이 된 솔의 얼굴도 눈에 보이지 않았다. 그는 이 순간 죽어도 좋을 것만 같았다.

"네가……. 날 이렇게 만든 거야!"

퍽퍽 들이박는 움직임은 여전히 격렬하고 빨랐지만, 그녀의 입 안을 헤집고 빨아 내는 힘도 못지않았다. 곧이어 그의 가슴 아래서 짓이겨지던 예쁜 젖꼭지도 그의 입속으로 삼켜 씹혀졌다.

"네 안이 너무 좁고 빌어먹게 좋으니까. 난……. 부드럽게 하려고 최선을…… 으. 다했어!"

이를 갈며 그는 솔의 허리를 번쩍 들어 올렸다. 지독하게 흐트러진 그녀의 얼굴이 아름다워 그는 눈이 뒤집힐 지경이었다. 치고 들어갈 때마다 쫀득하게 빨아 물며 옥죄는 속살의 감촉에 이성도 잃었다.

내 거야.

번들거리는 눈으로 탐욕스럽게 여자를 보았다. 제멋대로 흩어지는 머리칼이 시트를 어지르며 요란하게 펼쳐졌다. 순진했던 그

429

녀가 자신의 밑에서 요부처럼 입을 벌리고 헐떡였다.

다 내 거야!

망할 소유욕이 신물처럼 끊임없이 올라왔다. 가져도 가져도 그는 모자라고 허기졌다.

주혁은 밀려 올라간 그녀의 허리를 더욱 바짝 잡아낭겼다. 탐스러운 엉덩이를 움켜쥐고 자세를 바로 한 그가 다시 힘차게 튕기기 시작했다.

좋아. 좋아······. 너무······.

눈을 감은 그의 움직임은 더욱 격해졌다. 그에 맞춰 이리저리 철썩이는 젖가슴이 미치도록 좋았다. 솔의 몸은 힘을 잃은 인형처럼 리드미컬하게 흔들렸다. 그녀가 질러 대는 야릇한 신음이 통쾌했다.

넌 내 거야. 도망가 봐. 죽여 버릴 거야.

철썩철썩– 격렬하게 허리를 움직이던 그가 어느 순간 기어이 짐승 같은 신음을 터트렸다.

"으윽. 윽."

동시에 그녀도 눈앞이 새하얗게 점멸되는 걸 느꼈다. 격정적으로 경련을 일으키던 그녀는 다음 순간, 축 늘어져 버렸다. 급하게 페니스를 잡아 뺀 그가 그녀의 배에 아낌없이 파정했다. 끝이 없을 정도로 울컥거리며 쏟아지는 하얀 점액질과 함께 그도 솔도 몸을 부들부들 떨었다.

"하아, 하. 아. 하······."

가쁜 숨이 잦아들기도 전 주혁은 늘어진 솔의 머리를 잡아 올렸다. 가차 없이 입술을 틀어막고 난폭하게 키스를 했다.

"넌 내 거야!"

그가 거의 으르렁거렸다.

"머리부터 발끝까지 다 내 거야. 잊으면 죽어."

그의 입술이 다시 내려왔다.

- 2권에서 계속